水龍吟

世情小說
系列

新校版

高陽

目次

福壽全歸

嘉慶四年——宮中的「時憲書」是乾隆六十四年，正月初一。

在養心殿西暖閣的勤政親賢殿，太上皇帝盤腿坐在鋪著黃緞墊子的寶座上，雙目緊閉，口中唸唸有詞，聲音很低，而且模糊不清，只看出他唸得很急，因為乾癟的嘴唇，飛快地在翕動。

突然間，太上皇睜開眼睛，依然精光四射；他大聲問道：「叫甚麼名字？」

東側西向而坐的嗣皇帝，愕然不知所對；但跪在西側的文華殿大學士一等忠襄公和珅，應聲答道：「高天德、苟文明。」

太上皇仍舊閉上眼睛，喃喃自語，好久才停；張目問道：「川楚用兵以來，部庫、內庫撥發的軍費，一共多少？」

「兩千三百多萬。」

太上皇點點頭，轉過臉來望著皇帝，這是問他有無話說的表示；同時和珅也拋過來一個催促的眼色，皇帝便開口了。

「明年恭屆皇阿瑪九旬萬壽大喜，普天同慶，曠古所無；慶典宜乎早日籌備，請降勅旨，以便宣詔。」

太上皇沉吟未答，和珅便即說道：「這是皇上的一片孝心，請太上皇俯允所請。」

「你說『曠古所無』，倒也是實情。」太上皇看著東面說：「不過，福澤不在年壽，梁武帝八十六歲餓死臺城，高齡反為後人恥笑。只要川楚奏捷，百姓不遭匪禍，我就很高興了，不在乎舉行繁文縟節的慶典。」

「川楚教匪，首惡的齊二寡婦、王三槐都已伏誅；仰賴聖謨，在皇阿瑪期頤萬壽之前，一定早已肅清，大舉祝嘏，正得其時。」

太上皇微微頷首，轉臉問和珅：「你剛才說軍費的支出是多少？」

「一共兩千三百多萬。」

「我記得平定大金川，軍費報銷至七千多萬，如今教匪蔓延四川、湖北、陝西三省，如能克竟全功，就再用兩千多萬，亦不為多。如果統兵大員，尚有天良，為博我九十生日能開懷一笑，格外用命，早奏肅清的捷報，則明年舉行慶典，不失為激勵之舉，倒也不妨。」太上皇略停一下又說：「你不妨把我的這番意思，密諭勒保、宜綿、景安、秦承恩、額勒登保、明亮、德楞泰等人知道。」

「是。」

太上皇點點頭，慢慢地將雙眼閤上；皇帝與和珅對看了一眼，靜悄悄地「跪安」退出，以便讓住在養心後殿之西「燕喜堂」的汪惇妃來伺候太上皇歇中覺。

從養心殿退出來的皇帝，不是到天子正寢的乾清宮，而是回歸東六宮之前，在奉先殿與齋宮之間的毓慶宮。此宮在康熙年間為太子允礽所建，亦就是所謂「青宮」；乾隆六十年夏天，特命重新修葺，到了九月初三，太上皇召集皇子、皇孫及王公大臣宣諭，他早在乾隆三十八年，就遵照先帝所定立儲「密建」法，選定皇十五子嘉親王繼承皇位，書名藏於正大光明殿匾額之後。如今臨御六十年，壽至八十有五，決定歸政，立嘉親王為皇太子，以明年丙辰為嗣皇帝嘉慶元年。嗣皇帝亦隨即以皇太子的身位，由文華殿後，皇子所居的「南三所」移居毓慶宮。

「跟皇上回，和中堂到了。」

和珅是特地宣召來的，皇帝在他的書齋「味餘書屋」接見。「致齋，」他一直脫略君臣之分，像朋友似地叫和珅的別號，「坐，坐！」

「謝皇上賞坐。」和珅雙膝稍屈，請了個安；然後在一張紅木小凳上坐下。

「今天太上皇在唸甚麼？你奏對的那六個字，又是甚麼意思？」

「喔，」和珅答道：「太上皇精通密宗，西域高僧曾經進講過一種密咒；一唸此咒，惡人雖在數千里外，亦會無疾而死，或者得奇禍。奴才聽太上皇唸這個咒，知道要咒的是教匪餘孽中最凶悍的頭目，所以拿高天德、苟文明這兩個名字回奏。」

皇帝悚然心驚，暗地裡思量，和珅當然也會這種密咒，如果他有不軌之心，隨時可置自己於死地。不過轉念又想，這也是「子所不語」的「怪力亂神」；再說，他也還沒有這樣的膽子，因而心裡釋然了。

「還有件事，我要問你，川楚軍費已經撥過五千多萬，今天太上皇提到，你怎麼把數目縮減了一半呢？」

「奴才是怕說了實話，太上皇心裡不痛快，不願意行九十萬壽的慶典，豈非辜負了皇上的孝心？」

「可是，你上個月已跟太上皇回奏過五千多萬，如今數目不符，不怕太上皇駁你？」

「不會。太上皇八十歲以前的事，記得很清楚；過了八十，記性就不行了。」

皇帝想說：怪不得大家都在矇騙太上皇。但話到口邊，硬生生將它嚥住了，笑一笑說：「今天大年初一，你趕緊回去過年吧！明天不必進宮；初三重華宮茶宴，你要早來。」

「是。」

「十多年來，難得作長夜之飲；明天不必進宮，咱們今晚上好好兒樂一樂。你們倆，每人敬我一個『皮杯』。」

長二姑與吳卿憐相視而笑，卻無動作；和珅便又催了。

「誰先來？」

「自然是二姊當先。」

「多不好意思！」長二姑低聲說道：「當著那麼多丫頭。」

聲音雖低，吳卿憐的心腹丫頭，也是上房侍婢中領班的彩霞，還是聽見了，她向在侍宴的四名女伴使了個眼色，都悄悄地退了出去。

「好了，」吳卿憐將長二姑的酒杯斟滿，「丫頭都不在跟前了。」

「在窗外偷看呢！」

「那有那麼多顧慮？」

「那，你先來。」

「行！」

吳卿憐滿含一口酒，摟著和珅的肩項，嘴對嘴將一口酒度了過去，這就是「皮杯」。

「你身上甚麼香味？」

「不就是洋人送的那瓶香水嗎？」

「洋人？」和珅愕然，「最近沒有會過甚麼洋人。」

「那是五六年前的東西，一直擱在那裡沒有用；今天無意中發現，隨手抹了一點兒。」

「喔！」和珅想起來了，那是乾隆五十八年，英國國王喬治三世的特使馬戛爾尼所送的禮物。

「香味怎麼樣？」

「你來聞聞！」

和珅將長二姑拉得坐在他的腿上，雙臂一環，左摟右抱，三張臉湊在一起了。

「今兒個，咱們三個人睡一床，好不好？」

就這時，聽得窗外重重地一聲咳嗽；長二姑便坐回原處，高聲問道：「誰？」

「彩霞。」

「有事嗎？」吳卿憐接口，「進來！」

門簾掀處，彩霞朗聲回事：「達三爺來了，說有要緊事，馬上得見老爺。」

「達三爺」是指乾清門侍衛達納哈；他是領侍衛內大臣鄭親王烏爾恭阿的得力助手，年初一夜間求見，說有要緊事，那定是非同小可的要緊事，當即吩咐：「請到小書房見。」

這時長二姑已取了一件玄狐皮袍來，服侍他穿好；由兩個丫頭掌燈，將他送到小書房，只見達納哈不住在抹鼻煙，神情顯得焦躁不安。

「中堂，」達納哈打了個扦，站起來急趨兩步，壓低了聲音說：「太上皇中風了！」

和珅頓覺頭頂上「轟」地一聲，血都湧了上來，耳中「嗡嗡」作響，心跳氣逆，好半晌說不出話來。

「鄭王爺今兒在景運門值宿，派我來給中堂送信；只怕今天晚上就得進宮。」

「達三哥，」強自鎮靜下來的和珅，擺一擺手說：「你先請坐下來，慢慢兒說，是怎麼回事？」

「聽說是起更時分，太上皇還在西暖閣看四川、陝西來的軍報，一面看、一面拍桌子罵：『可惡！廢物！』罵著、罵著，叭嗟一下子，人就仆倒了，人事不知，手腳冰冷，牙關緊閉，只有白沫子從嘴角擠了出來……。」

「啊！」和珅失聲說道：「這是痰厥。」

「是！有痰，嗓子眼裡呼嚕呼嚕，跟拉風箱似地。總管太監趕緊先找值宿的太醫，跟著來回鄭王爺；如今皇上也從毓慶宮趕到養心殿去了。」

「喔，」和珅心亂如麻，定定神才能問出一句頂要緊的話：「救醒了沒有？」

「還沒有。為此，鄭王爺讓我趕緊來給中堂送信。」

「替我謝謝鄭王爺。」和珅又問：「還給誰送了信？」

「沒有。」

「好！勞達三哥的駕。你請坐一下，我還有話說。」和珅回到原處，一面關照預備袍褂、傳喚轎班；一面跟長二姑要了兩個十兩重的金元寶，命彩霞持著，跟他到了小書房。

「達三哥，一點小意思，別嫌菲薄。」他將用塊紅綾裹著的金元寶，塞到達納哈手裡。

「謝中堂的賞！」達納哈請了安，站起來說：「回頭我在東華門伺候。」

紫禁城前後左右各門，每天申刻閉門上鎖，至午夜過後，逐漸啟鑰，最先開放的是東華門，一交子正，雙扉初啟，首先進門的必是一輛黑布帷的大車，內載兩頭肥豬，直奔坤寧宮屠宰烹煮，作祭神之用。

但這天是例外，當和珅在子初三刻，坐著大轎到達東華門時，門已經開了。達納哈掀開轎帷告訴他說：「太上皇醒過一次，可是馬上又不行了。皇上傳旨：用『合符』大開五門——。」

「合符」之制，沿自前明，「符」共五副，每副用鍍金牌兩面，上鐫「聖旨」二字，一用陽文，一用陰文；陽文的一面存敬事房，陰文的一面，分貯乾清門左右的景運門、隆宗門，及東華、西華、神武三門，遇有緊急差遣或大征伐指授進退方略，必須爭取時機時，命敬事房發出陽文合符，經五門值班護軍統領與陰文合符比驗相符，方始啟門。

這夜皇帝傳旨用合符提前開宮門，不僅是為了太上皇病危，通知儀親王、成親王等親貴以及軍機大臣來送終，主要的是太醫院院使商彝，在家過年，並未住宿寧壽宮之東的太醫院，需要飛召他入宮請脈之故。

「有王公大臣進宮了沒有？」

「還沒有。」達納哈答說：「門才開了一刻鐘。」

「院使呢？」

「也還沒有。」

於是和珅的大轎，抬進東華門停了下來，另換兩名轎伕抬的小轎——凡是賞了「紫禁城騎馬」的大臣，如果過六十五，或有足疾，得乘二人肩輿，和珅雖然年紀不過五十剛剛出頭，但曾自陳，左腿因氣血不調，足軟無力、無法騎乘，亦蒙特准坐轎。照定制，「紫禁城騎馬」如進西華門，則在內務府公署前下馬；進東華門則在南三所之西的箭亭下馬，不過和珅並不理會這些，小轎越過箭亭，進景運門，經乾清門前向西，一直到軍機處下轎。

軍機處的直廬，南北兩楹，軍機章京的直廬，坐南朝北，稱為「南屋」；值夜的軍機章京曹振華，已自住宿的方略館，趕回南屋，奉召謁見，和珅問道：「皇上在養心殿？」

「是。」

「遞牌子！」

「牌子」是一方寬約八分，長約五寸的木牌，一面書職稱姓名，一面書經歷，上端加漆，親貴紅色，官員綠色，所以正式的名稱，叫做「綠頭籤」。臣下晉謁皇帝，須先呈遞綠頭籤，而照例在皇帝用膳時進呈，所以又稱「膳牌」，簡稱為「牌子」。所謂「遞牌子」，即是求見皇帝之意。

這曹振華在軍機章京中，資格甚淺；軍機大臣要跟南屋打交道，通常都找滿洲話稱為「達拉密」的領班，或者資深的「老班公」，和珅的崖岸更為嚴峻，若非這晚上情形特殊，曹振華是不太可能跟他對話的；事實上和珅連他姓甚麼都不知道。

這個可以巴結的好機會，曹振華當然不會輕易放過，「中堂，」他低聲說道：「倘或皇上問起，中堂何以來得這麼快？這話似乎不大好回奏。」

和珅被提醒了，因為如是奉召進宮，由三轉橋府邸到此，至少亦得個把時辰；如今提前到達，顯見得事先已知道了太上皇痰厥的消息，洩漏宮禁祕密，其罪不小，皇帝如果有心追究，豈不害慘了鄭親王烏爾恭阿及達納哈？

「你貴姓？」

「曹。」

「喔，」軍機大臣對章京，仿照「蘇拉」的稱呼；和珅叫一聲：「曹老爺，你很細心。不過，我亦不必等得太久，過兩刻鐘替我遞牌子。」

「是。」

「怎麼說『太上皇醒過一次又不行了』？詳細情形，你知道不知道？」

「聽養心殿的太監說，值班的太醫是左院判賈伯雄，請脈以後開方子，以『二陳湯』為主，另外加了兩味藥。御藥房煎好以後，撬開牙關灌了下去，太上皇仍舊不醒。皇上很焦急，問是甚麼緣故？賈伯雄回奏：太上皇的痰，是頑固不化的老痰，一時攻不下來。皇上就說：你得想法子，一定得攻下來才好。賈伯雄顯得很為難，不過，到底還是下了藥。」

「下的甚麼藥？」

「是他藥箱裡現成的藥丸子，可不知道叫甚麼名兒。」

「後來呢？」

「後來，太上皇倒是醒了，痰下來了，本來握得緊緊的拳也鬆開了，那知道睜了一下眼，可又昏迷過去了。」曹振華停了一下說：「不知道這會兒醒了沒有？」

「勞你駕去遞牌子吧！」

「是。」

和珅原以為一遞牌子，皇帝立刻就會「叫起」——召見；不意等了兩刻鐘之久，尚無消息，心裡不免有些嘀咕，思量著是不是逕自闖了進去？就在這沉吟未定之際，只見門簾掀處，出現了內務府大臣盛住，他是來傳旨的。

「皇上交代，這會兒心亂如麻，見面也不知道談些甚麼？等其他幾位中堂到了，一起進見吧。」

和珅心往下一沉，從嘉慶元年以來，皇帝有甚麼向太上皇陳請之事，都託他代奏；如今竟拒絕「獨對」，將他與其他軍機大臣一樣看待，這意味著甚麼呢？

但轉念之間，又釋然了。因為盛住是皇帝生母孝儀皇后之兄，經太上皇賜封一等承恩侯。皇帝傳旨不由太監，而派他的親舅舅帶話來，足見得對他還是另眼看待的。

「盛二哥，你請坐。」和珅問道：「太上皇怎麼樣了？」

盛住皺著眉答一聲：「難！」接下來又說：「脈息微弱，真所謂『奄奄一息』。」

「那得趕快進參湯啊！」

「賈伯雄說他一個人不敢作主。不過他拍胸脯擔保，一時三刻還不要緊：等他的堂官來處方。」

盛住又說：「後來賈伯雄私下跟我說，太上皇的補藥服得太多了，光是參湯亦未必管用。」

「那末，商彝呢？怎麼還不來？」

「他住在宣南。——」

一語未畢，跟盛住一起來的內務府司官在窗外接口：「來了、來了，商院使來了。」

「好！」盛住站起身來，「我得帶商彝去請脈，一會兒裡頭見吧。」

說完，匆匆出了軍機處，只見一盞宮燈，高照著商彝，他穿的是五色絲織緞面的短襟羊皮袍；同樣面子的狼皮短褂，頭戴狐皮帽，打扮得花裡胡哨，襯托著他的龐然鬚眉，樣子顯得有些滑稽，但定例如此，太醫冬季出差，都穿這一身由內務府發出的袍褂。

「老商，快進去吧！」盛住拉著他往內右門走，「賈伯雄沒轍了。」

「喔，」商彝問道：「皇上在裡頭？」

「不錯。」

進了養心殿東暖閣的寢宮，商彝先給坐在匟床上愁眉不展的皇帝行了禮；轉過身來只見壽高八十有九的太上皇，蓋著兩床錦緞的薄被，張口鼾睡，額上汗珠淋漓，他跪近床邊，先磕了一個頭，然後掀開被角，低頭張望，果如所料，太上皇下身墊著一方軟緞薄棉墊，小水失禁，將墊子濕了一大片。

醫家四訣「望聞問切」第一個字已大有所獲；「聞」則不能求諸肅靜無聲的深宮；「問」倒是有個大疑問，但只能私下問賈伯雄，所以商彝只有一下跳到第四個字上，預備「切」脈了。

「盛大人！」他站起來低聲說了兩句；盛住點點頭，轉身走到皇帝面前彎腰請旨。

「兩個大熏爐，炭都燒得很旺，商彝熱得腦袋都暈了，怕切脈不準，求皇上准他卸掉狼皮褂跟狐皮帽。」

「可以，可以。」

於是商彝在御前卸衣，特別是頭上的那頂狐皮帽一去，如卸千斤重擔，輕快無比；他復又跪下，探手入衾，將太上皇的左手輕輕拉了出來，擱在專為診脈用的五色絲繡緞面「脈枕」上，按「寸關尺」的部位，凝神細按；診罷左手，又爬到裡床，跪著細診右手脈息，等他從寬大的「龍床」上下地後，皇帝已迫不及待地發問了。

「怎麼樣？」

商彝不即回答，趨前兩步，下跪回奏：「臣不敢有一游移之語，致誤大事，請皇上傳『吉祥板』吧！」

預製棺木，民間名為「壽材」；宮中名為「吉祥板」，商彝明明白白宣稱太上皇已至「大漸」之時，皇帝頓時兩淚交流，但仍舊用不甘心的語氣說：「一定有法子的，你一定得想法子。」

「天年已到，實非人力所能挽回。」

「不！」皇帝固執地，「你想，慢慢想！」

「是！」商彝俯伏在地，想了好一會，抬起頭來說：「臣只有『大封固法』一方可用。」

「甚麼叫『大封固法』？」

「太上皇元氣已脫，僅存餘氣，流連臟腑經絡之間，尚未盡斷，倘能封固餘氣，或者真陽可以漸復。不過，希望極微。」

「只要有希望，就得盡心盡力，你趕快處方吧！」

於是盛住帶著商彝到了殿前總管太監的值房，等盛住圍爐烘手時，商彝向賈伯雄使了個眼色，引至遠處，低聲問太上皇得病的經過。

「猝然痰厥，我用『二陳湯』加枳實、南星導痰——。」

「為甚麼不加竹瀝？」商彝插嘴問說。

「竹瀝要現採，宮裡那裡來的竹子？何況還要加薑汁調製；緩不濟急。」

「嗯！請你說下去。」

「導痰湯不管用，皇上駕到，一個勁的催；我好用現成的『蘇合香丸』。」賈伯雄停了一下說：「太上皇倒是醒了，不過，不大一會兒，就成了現在這個樣子。」

「脈案呢？」商彝伸著手說。

「那裡有工夫開脈案，再說皇上也不懂藥性。」

「哼！」商彝微微冷笑，怔怔地望了他一會，終於忍不住說了：「虧得沒有開脈案，不然留下一個把柄，賈大哥，你的麻煩可大了。」他略停一下又說：「誰不知道，中風分『閉』、『脫』兩證，太上皇讓頑痰膠住了，一時打不開，如用竹瀝，一定可以打開。你怎麼用『蘇合香丸』？你莫非不知道，蘇合香丸有麝香，裡透骨髓、外徹皮毛，非內則經絡全壅，外則諸竅皆閉，不能用麝香。太上皇九十歲了，麝香在他就是狼虎藥，由閉而脫，其咎誰執？賈大哥，你自己心裡該明白。」

這一頓數落，將賈伯雄臉都嚇黃了，「怎麼辦呢？」他囁嚅著說：「院使，你得成全、成全我；替我擔著點兒。」

「當然，只有我來頂。」商彝凝神靜思，開脈案處方，然後交給盛住，請他細看。

「你乾脆講給我聽吧！」

「是。」商彝答說：「人參大補元氣、附子扶元回陽、黃耆生血止汗、於朮健胃去濕、五味子祛痰滋。這個方子名為『大封固法』，顧名思義，可知以保命為主。」

「太上皇的命能保住？」

「這——，」商彝問道：「盛大人要我說實話？」

「當然。」

「盛大人，這命之一字，要看是怎麼個看法，生龍活虎是一條命；有一口氣在，也是一條命。我可以用藥石之力，留住太上皇胸前一口熱氣，可是我不敢那麼辦。」

「為甚麼？」

「盛大人是皇上的親舅舅，我說句實話吧，我把皇上看得比太上皇重得多。」商彝緊接著說：「太上皇一口氣不嚥，皇上純孝，必是寢食不安、日夜焦憂，如今辦教匪的軍務正在緊要關頭，皇上不能辦事，太上皇又何嘗不是急在心裡，只是有口難言而已。」

盛住聽完他的話，沉吟不語，臉上卻顯出很用心的神氣；好一會，他深深點頭：「你的意思，我完全明白了，這才是忠心愛君。」他略停一下又說：「這個方子能維持多久？」

「至少一晝夜。」

「好！我去請旨。」

盛住復回殿內，約莫一盞茶的工夫，走回來說：「皇上交代，就用這個方子好了。」

從接位以來，皇帝是第一次單獨召見軍機大臣，地點仍舊在養心殿的東暖閣，不過他不是坐在太上皇平時所坐，背東面西的寶座上；仍然是側座。

軍機大臣照例雁行斜跪，領班的是和珅；接下來是因軍功封侯的戶部尚書福長安；原為太上皇文學侍從之臣的吏部尚書沈初；戶部右侍郎戴衢亨；以及工部右侍郎那彥成。他們剛在後殿探視過僵臥不醒的太上皇，一個個面色凝重；比較起來，反倒是受恩深重的和珅，臉上沒有甚麼憂色。

樞臣進見的規制，往往只是皇帝與軍機領班的對話，除非皇帝或者領班指名，後列都不能越次發言，這天亦不例外，答奏的只是和珅一個人。

「奴才擔心的是皇上的聖體，憂能傷人，奴才請皇上仰體太上皇無日不以蒼生為念的聖心，以天下為重，多多看開。皇上剛才宣諭，眼看太上皇期頤大壽將屆，不能率天下臣民歡舞、進酒，實不甘心。這一層上，奴才倒有個說法，去年太上皇萬萬壽之前，跟奴才談及，康熙五十年以來，有多少個閏月？奴才細查時憲書，自康熙五十二年到嘉慶二年，總共三十二閏，由去年八月到現在又是五個月，照廣東積閏的算法，太上皇聖壽，今年應該是九十晉二，早過期頤，皇上亦可安慰了。」

「可是——，」皇帝停了一下說：「此刻也不去談他了。『大事』是要緊的，凡事豫則立，你倒想想有那幾件事要預備？」

「民間八十歲以上去世，子孫治喪，稱為『喜喪』；如果太上皇出大事，似乎亦應該是『喜喪』，要辦得熱鬧，奴才請飭下禮部，將來擬太上皇帝喪儀時，格外留意。」

皇帝心裡罵一句：荒謬絕倫！但臉上毫無表情，只說：「沈初，你讀的書多；你看如何？」

沈初膽子很小，不敢得罪和珅，磕個頭說：「容臣詳稽舊典，另行奏聞。」

皇帝在心裡冷笑，另外問一個人：「戴衢亨，你呢？你是狀元。」

最後一句話是暗示戴衢亨，別像沈初那樣，有意閃避。其實，沒有這句話，他也會直抒所見，「各朝皆有皇太后，而漢唐以來，太上皇不常有，無須為太上皇特製喪儀。」他略停一下又說：「太上皇亦是皇帝，儀典自有定制可循，即令身分特尊，偶有變通之處，宜由治喪大臣，因事制宜，隨時具奏施行。」

聽得「各朝皆有皇太后，而太上皇不常有」這句話，和珅才知道自己失言；如果每朝皆有太上皇，則無一皇帝能終其位，國將不國了。

轉念到此，頗為不安，但皇帝並未責備，反倒是用平靜的語氣跟和珅說：「萬一太上皇棄天下，敬謹治喪，當然以軍機處為主。和珅，你不妨預備起來；一切文字，都由戴衢亨撰擬進呈。」

「是。」

到了第二天，皇帝單獨召見戴衢亨，首先問道：「你前年夏天奉太上皇勅旨，派在軍機大臣上學習行走，是不是和珅所舉荐？」

「臣不得而知，側聞和珅舉臣，是為了抵制吳熊光。」

「喔，是怎麼回事？」

「臣在頭班，吳熊光在二班，前年木蘭秋狩，二班隨扈；閏六月某日深夜，四川、貴州兩路軍報到達熱河，太上皇深夜召見軍機大臣，領班阿桂及王杰都臥病在床，和珅遍覓無著，福長安既不能

『承旨』，更不能『述旨』，因而改召二班達拉密吳熊光，奏對頗為稱旨。下一天太上皇召見和珅，以漢軍機大臣董誥丁憂，王杰腿疾甚重，難以常川入值，擬用吳熊光為軍機大臣，和珅回奏，吳熊光本缺為通政司參議，官階太低；不如用戴衢亨，他在軍機章京上多年，亦是熟手。太上皇垂諭；多用一人不妨。臣與吳熊光並加三品卿銜，在軍機大臣上學習行走，其實，臣之本缺為四品侍講學士，較之吳熊光的五品通政使參議，官階高得有限；和珅之意，希冀以臣代吳，而太上皇聖明，兼收並蓄，可見太上皇亦久有用臣之意。今日感念及此，臣實不勝悲痛之至。」說著，舉袖拭淚。

「你別難過！」皇帝反轉來安慰他：「你的文采，早在太上皇賞識之中。授受大典以後，太上皇一再向我誇你，說一切詔書文字，富麗堂皇，不愧此一千古罕遇的盛典。萬一太上皇出大事，還要你多費心。」

「臣敢不殫精竭力。」

「你先把遺詔擬起來！」

「只宜頒太上皇龍馭上賓的哀詔。」戴衢亨回奏：「嘉慶元年元旦所頒傳位詔書，等於遺詔，亦為恩詔，是故太上皇的遺詔及皇上登極詔書，皆可不必。」

「啊，啊，說得是。」皇帝又說：「太上皇功德巍巍，拓地二萬餘里，廟號本應稱『祖』，不過聖德謙沖，你總該記得，太上皇曾經面諭軍機大臣：萬年之後，當以稱宗為是。你看廟號應該擬個甚麼字？」

「『肇紀立極曰高』，竊以為應上廟號為高宗。」

「高宗？」皇帝有些躊躇，「唐高宗、宋高宗似乎都不怎麼樣。」

「殷高宗伐鬼方，三年克之；又刻像以求四方賢哲，凡此武功文治，太上皇足以媲美古之聖君。」

「好！」皇帝同意了，「我倒忘了還有位殷高宗。至於尊諡，應由大學士敬謹恭擬。這道上諭，你先擬起來。」

「是。」

「還有一道上諭，也是要緊的，太上皇別無心事，所念念不忘的，就是川楚的捷報。這回起病，亦由統兵大員玩兵養寇，冒功營私，喪盡廉恥，以致憤懣抑鬱。驟然痰厥。軍務一日不了，我就一日負不孝之名，內而軍機、外而將帥，同為不忠之輩。你把我這番意思，切切實實宣諭各路帶兵的大小武官；如果再不拿出良心來，我可不會像太上皇那麼寬厚。」

「是。」

「此外，你今天就發廷寄，飛召朱師傅，馳驛進京。」

皇帝口中的「朱師傅」，便是朱珪，字石君，先世住浙江蕭山，從他父親開始遷居京師，籍隸大興；乾隆十三年中進士，點翰林，年方十八。三十歲外放為福建糧道，積資陞到山西藩司，做了十五年外官，在乾隆四十年內召，以侍講學士直上書房；當今皇帝亦就是「十五阿哥」，年十六歲，勤奮好學，朱珪亦盡心教導，師弟感情極深。

乾隆四十五年，朱珪放了福建學政，臨行上「養心、敬身、勤業、虛己、致誠」五箴於十五阿哥——太上皇早在乾隆三十八年已密建儲位，由十五阿哥繼承大統，而由於他受師之教，敦品勵學，所以寵信始終不衰，十五阿哥與朱珪之間，書信亦始終不斷；朱珪在一度還朝以後，復又外放為安徽巡撫，後調廣東，署理兩廣總督。加左都御史、兵部尚書銜，眼看就要大用了，因而大遭和珅之忌。

十五阿哥由封嘉親王而立為太子，進而繼位；其時武英殿大學士福康安、文淵閣大學士孫士毅相繼出缺，太上皇決定召朱珪進京，他這一來，自然是入閣拜相，這在嗣皇帝，是「固所願也，不敢請耳」，高興之下，想做一首詩賀賀老師。

那知他的一舉一動都在和珅窺伺之下，所以詩還沒有做好，太上皇已經知道了，是和珅告的狀，而且是公然進行。

「嗣皇帝想討好師傅，勅旨未發，機密先洩。」他說：證據便是未脫稿的那首詩。

太上皇對權柄的掌握，非常在意，因為熟讀二十四史的他，鑒於唐肅宗、宋高宗、明英宗的故事，深知做一個「太阿倒持」的太上皇，是如何地痛苦？所以認為嗣皇帝此舉，是準備開始奪權，簡直大逆不道。

於是他看著同班進見的軍機大臣，東閣大學士董誥說：「你在刑部多年，這件事在大清律上怎麼說？」

董誥大驚失色，太上皇豈可用刑律來衡量嗣皇帝的行為？想了一下，磕頭答說：「聖主無過言。」

太上皇想了好一會，終於體認到自己的話說得過分了，點點頭說：「你是大臣！好好替我輔導嗣皇帝。」

話雖如此，太上皇仍具戒心，不但未召朱珪，而且將他調任安徽巡撫。嗣皇帝得知其事，言行更加謹慎，對和珅亦格外客氣；其中深意，戴衢亨旁觀者清，所以此時勸諫：「召朱師傅進京，似乎不宜亟亟。」

「為什麼？」

「只恐打草驚蛇。」

皇帝細想一想，恍然大悟，招招手命戴衢亨造膝密陳，君臣倆悄悄商定了太上皇駕崩以後，行事的步驟。

正月初二晚上，親貴及軍機大臣都住在宮內，皇八子儀郡王永璇、皇十一子成親王永瑆、皇帝的同母弟皇十七子貝勒永璘在乾清門內上書房；軍機大臣在內右門朝房，都是通宵不寐，圍爐靜坐，等著給太上皇送終。

天明不久，養心殿的太監來報，大行在即。於是親貴、軍機紛紛進入養心殿，只見內務府大臣縕布，站在台階上搖手，示意禁聲；於是都放輕了腳步，靜悄悄地進入東暖閣，只見太上皇已被扶了起來，背後靠著一大疊錦衾，左右有兩名太監扶住；商彝與賈伯雄二人跪在御榻前面，後面站著的是皇帝，聞聲回視，但見他一臉的淚痕。

領頭的儀郡王沒有說話，進入裡間，便即跪下，成親王璘貝勒，亦復如此。軍機大臣中，只有和珅跟了進去，其餘的都在東次間下跪。屏息注視。

一直在診脈的商彝，忽然轉臉向賈伯雄說了兩個字「線香」。取來一枝點燃了的線香，商彝持著湊向太上皇鼻孔下面，但見香頭一明一暗，顯示還有微弱的鼻息。這樣的一盞茶的工夫，商彝將線香交回賈伯雄，向御榻旁邊紫檀條几上的那具裝飾極其精美的金鐘看了一下，膝行轉身，跪在皇帝面前說道：「太上皇歸天了。」

皇帝一聲長號，跪近御榻，捧著太上皇的雙足，痛哭失聲，裡裡外外亦都是呼天搶地的哭聲，一面哭，一面不停地捶胸頓足，這有個名堂，叫做「擗踊」。等皇帝哭得力竭聲嘶時，和珅越次上前，跪在皇帝身旁說道：「請皇上暫時節哀，太上皇的大事，要請旨辦理。」

緊接著是掌印鑰的內務府大臣盛住，捧了一方熱手巾交到皇帝手裡，同時低聲說道：「請皇上移駕前殿，好讓太妃們來舉哀。」

「不！在上書房好了，『倚廬』也設在那裡。」

凡遇大喪，嗣皇帝不居正殿，照《禮記》設「倚廬，席地寢苫」。因此，皇帝在上書房召見軍機大臣。亦不御寶座，在地毯上鋪一領籧蒢而坐。

「奴才已傳知欽天監，擇定午時小斂，申刻大斂；小斂在養心殿，大斂在乾清宮。」和珅又說：「總理喪儀人員，奴才擬了一份名單在這裡，請皇上過目。」

「你唸吧！」

和珅所擬的名單是：睿親王淳穎、成親王永瑆、儀郡王永璇、東閣大學士王杰、戶部尚書福長安、禮部尚書德明、署理兵部尚書慶桂、署理刑部尚書董誥、工部尚書彭元瑞、總管內務府大臣盛住、縕布。

皇帝聽到治喪大員名單，親郡王之下，大學士有王杰而無和珅，不免自問：是何道理？多想一想，立即明白，當即說道：「怎麼不把你自己的名字添上？」

和珅再看一看名單，磕頭答說：「奴才正患眼疾，因太上皇駕崩，哭泣過度，以致雙眼昏花，遺漏未唸。太上皇的大事，奴才豈敢不效犬馬之勞，名單上原是有的。」

「有就好。把名單列入哀詔，不必另頒上諭。」

接下來皇帝又交代了幾件事：第一是儀郡王與成親王均為淑嘉皇貴妃金佳氏所出，儀郡王現為皇帝長兄，應晉封為親王；貝勒永璘晉封為郡王。第二是慶貴妃陸氏曾撫育皇帝，與生母無異，追封為慶恭皇貴妃。第三是太上皇駕崩，蒙古王公未出痘者，不必來京叩謁梓宮。第四是命額駙科爾沁郡王索特納木多布齊，在御前行走。最後是召吏部尚書署安徽巡撫朱珪來京供職，以藩司護理巡撫。

太上皇大斂是在乾清宮西次間。早在乾隆三十八年，太上皇密建儲位以後，便為他自己開始經營後事，寄骨之具，有棺有槨，皆用上好楠木製作，槨外滿貼金箔，所以稱為「金棺」；槨中之棺，才稱為「梓宮」，製作更為講究，硃紅雕漆，以卍字紋作底，雕出徑寸大的陽文梵字，四周雕出牡丹花紋，太后、皇后的梓宮，圖案相同，所異者只是梵字為陰文。

陪葬之物，亦由太上皇親自選定。和珅曾經獻議，將養心殿西暖閣「三希堂」的三本希世真蹟——王羲之的《快雪時晴帖》；王羲之第七子王獻之的《中秋帖》；以及亦為王謝子弟，曾為桓溫掌文書的王珣的《伯遠帖》；攜歸天上，太上皇的答覆是：「我不會像唐太宗那樣小氣，蘭亭真蹟，到死不肯放手。」

因為早有準備，所以從小斂到大斂，雖只有大半天的工夫，但有條不紊，非常順利。太上皇的妃嬪及子孫自然都到齊了，蓋棺時，皇帝一面擗踊，一面還要勸慰事太上皇於潛邸、高齡亦已八十有二的婉貴太妃，別太傷心。事實上正如和珅所說的「喜喪」，妃嬪皇子、皇孫、公主，只在擗踊時哭一陣，很快地都收淚了；唯一的例外是固倫和孝公主。

和孝公主在未嫁前，都稱之為「十公主」。太上皇自乾隆廿九年生了皇十七子永璘以後，就未再有子女，隔了十一年，壽登六十有五時，忽然又得了一個小女兒，「最小偏憐」，已是人之恆情，而太上皇之格外鍾愛十公主，另有一個特殊原因是，十公主的容貌，酷肖老父，太上皇生來是一張瓜子臉，年輕時清秀有餘，威儀不足，但公主有這張瓜子臉便很美了。

不但容貌，十公主的性情也很像太上皇，從小好武，作男妝打扮，自十歲開始，便經常隨太上皇在「木蘭秋狩」時，行圍打獵，穿一身特製的精美戎裝，在御廄中特選出來的「果馬」上，顧盼自雄，使得太上皇非常得意，常常向她說：「可惜你是女孩子；如果是男孩，我將來一定傳位給你。」

乾隆五十四年十月，十五歲的十公主出降前，特旨封為「固倫和孝公主」，並加恩添設頭等護衛一員；向例中宮之女，始得封「固倫公主」，十公主只應封為「和碩公主」，特封「固倫」，自順治以來，尚無先例。

和孝公主哀哀痛哭，久久不停，除了父女之情以外，還有一樁心事；原來和孝公主的額駙，正是和珅的獨子豐紳殷德。在她婚後不久，她的三個哥哥，皇十一子永瑆、皇十五子永琰、皇十七子永璘，分別受封為成親王、嘉親王及貝勒，上諭中並宣示：「皇十一子以下，俱著仍在內廷居住，暫緩分府。」三位皇子都仍舊住在「南三所」。有一天，弟兄們聚在一起閒談，推測將來大位誰屬？永璘說道：「神器至重，何敢覬覦？只望將來能把和珅的宅子賞給我，於願已足。」成親王亦說：「吾亦云然。」這些話，當然不會傳到外面，但和孝公主的生母惇妃汪氏知道了，卻悄悄警告愛女：「你得私下勸勸你公公，別這樣子跋扈，當心將來有大禍。」

現在太上皇撒手而去，和珅的靠山已倒；和孝公主想到即將有家門之禍，何能不痛哭？而且越是有人勸，她越覺得有苦難言，哭得也越傷心了。

皇帝倒看到她心裡了，親自走過來拉著她的手說：「小妹，你別傷心！皇阿瑪雖然去了，大家都會體念皇阿瑪鍾愛你的心，就當皇阿瑪在日那樣看待你。」

這算是說到和孝公主心裡了，她跪下來磕一個頭說：「皇上成全。」漸漸收住了涕淚。

正月初三恰好是和孝公主的生日，年年都要張燈演戲、大排筵宴；這天因為太上皇之喪，毫無舉動，不過固倫額駙豐紳殷德仍舊設下一桌精緻的酒席，為她慶生。

「我那裡吃得下！」和孝公主說：「我真替你擔心，只怕身家不保；眼前就要受你的累了？」

「怎麼？」大公主四歲的豐紳殷德，急急問說：「你在裡頭聽到甚麼消息？」

「沒有。」和孝公主沉吟好一會又說：「倘或皇上念在太上皇的分上，對你網開一面，你要痛改前非；如仗勢欺人、目空一切的那種驕縱的脾氣，如果不改，我看倒不如我死在你前面。」

「公主、公主！」豐紳殷德著急地去掩她的嘴，「大正月裡，何苦說這些不吉利的話？」

「哼，」和孝公主冷笑一聲：「自求多福吧！」

豐紳殷德心裡七上八下，起坐不寧；最後向門外大聲吩咐：「套車！」

「你上那裡去？」

「我回家去打聽打聽消息。」

他之所謂「回家」便是到三轉橋去見他父親，「你別去！」和孝公主說：「你別捲入漩渦。」

公主的話，就是命令，不聽也不行；因為公主才是一家之主，府中的「長史」唯公主之命是從，公主不准額駙出門，就沒有人敢替他套車。

「如果出了事，我該怎麼辦？」豐紳殷德問道：「你究竟在裡頭聽到了甚麼？」

「今天是甚麼日子？在裡頭還會聊閒天嗎？」和孝公主緊接著說：「我是心所謂危，不敢不言。你只要記住你的身分，第一是甚麼、第二是甚麼，自然就知道該怎麼辦了。」

和孝公主的意思是，他的身分第一是額駙；第二才是和珅之子，忠孝不能兩全，緊守額駙的分際，不會挨罵，更不會遭禍。

在這樣的瞭解之下，他只有靜以觀變；不過雖未「回家」，可以派人去打聽消息，年初五那天接到一份上諭的抄本，感到大事不妙了。

這道上諭不長，一開頭就說：「皇祖、皇考御極以後，俱頒詔旨求言」，因為「兼聽則明，偏聽則蔽，若僅一二人之言，即使至公，亦不能周知天下之務，況未必盡公」。為此「通行曉諭，凡九卿科道，有奏事之責者，於用人行政，一切事宜，皆得封章密奏」。在「九卿科道」及「用人行政」這八個字旁，還加了圈。

改朝換代，嗣君下詔求直言，事所恆有，無足為奇。但這個抄本來自左都御史吳省欽，而且特別標明應留意之處，那就不可等閒視之了。原來吳省欽是和珅的心腹；此人籍隸江蘇南匯，乾隆二十二年南巡召試賜舉人，凡是「召試舉人」彷彿「天子門生」，往往得受特達之知，吳省欽即是如此，授職內閣中書後，復於乾隆二十八年中進士，成翰林。乾隆三十三年戊子「翰詹大考」，太上皇親自命題閱卷；吳省欽考列一等，由編修陞為侍讀，隨即外放為貴州鄉試主考，差滿回京，派充己丑科會試同考官；下一年庚寅太后八旬高壽開恩科，吳省欽放到廣西當主考，回京仍充同考官；再下一年為辛卯正科，不道吳省欽又放了湖北主考，而且仍然是壬辰科會試同考官，同年冬天提督四川學政。自乾隆三十三年至三十七年，五年之間，年年收門生、贄敬所入，不下十萬，真把好幾年不得一考差，舉京債度日，「先裁車馬後裁人，裁到師門二兩銀」的窮翰林，看得眼紅得要出火了。

吳省欽之得以連年放為考官，實由於奉有考查士風、搜索違礙著述的密命。太上皇有許多絕不能為臣民所知的隱私，流言藉藉，傳播人口，如果僅是口耳相傳，事過境遷，自然歸於消滅，他深悟《易經》「吉人之辭寡，躁人之辭多」的道理，認為先帝一生最大的錯誤，就是御製《大義覺迷錄》，頒行天下，自辨得位絕非不正，所以一即位便降嚴旨，收繳《大義覺迷錄》，加以銷燬。但這些流言，如果有人私下作了記錄，一時雖不敢印行，而抄本流傳後世，豈不可憂？因而除了賦予吳省欽等少數可信任的官員秘訪密查以外，更進一步開《四庫全書》館，通飭各省督撫，搜集包括抄本在內的私人詩文集，並先查閱內容，作成節略進呈，以備採擇。這一下，又給吳省欽帶來了另一番機遇。

其時和珅正在走紅，因為太上皇的許多不能交給內務府辦的私事，需要有人替他料理，原來所信任的是乾隆二年的狀元于敏中，自翰林「開坊」後，官符如火，一直當到文華殿大學士，且以文臣而圖像紫光閣，可惜晚年口舌不謹，常會在無意間洩漏了太上皇的隱私，因而漸漸失寵，同時要找個人來替代他，終於看中了和珅。

和珅性情極為機敏，凡事只要太上皇微露口風，他即會辦得妥妥貼貼，而且記性特佳，守口如瓶，但他知道，如果能得太上皇重用，並且寵信不衰，對於文墨一道，尚須痛下功夫，因此請了一個舉人出身的國子監助教，供養在家，奉之為師，此人就是吳省欽的胞弟吳省蘭。

《四庫全書》開館後，吳省蘭由於胞兄的保荐，充任「分校官」專門審查各省所呈進的詩文集，凡有違礙之語，逐一簽出，當差勤奮無比，深得太上皇的賞識。乾隆三十九年甲午科鄉試，北闈的房考官，向例由禮部開列翰林院編修檢討，及進士出身的部員與「中行評博」——中書科中書，行人司行人，大理寺評事，國子監博士的合稱——的名單，奏請圈派，吳省蘭未成進士，不在名單上，特旨派充，以舉人而為北闈房考，亦是異數。

官員考績，三年一舉，外官名為「大計」，京官名為「京察」。吳省蘭這年京察一等；四十二年又是一等，下一年戊戌會試，吳省蘭名落孫山，又蒙特旨：「國子監助教吳省蘭學問尚優，且在四庫館校勘群書，頗為出力，著加恩准與本科中式舉人一體殿試。」榜發二甲，且點了翰林。

其時和珅已經很得意了，由三等侍衛一躍而為直乾清門的御前侍衛，兼副都統，下一年改授戶部侍郎，兼內務府大臣，派在軍機大臣上行走，而于敏中則在太上皇眼中，成了個厭物，要去之而後快了。

于敏中所受的寵信，一下子由九霄降至九淵，是因為太上皇託付給他的一件大事，搞得糟不可言——太上皇有個「外室」，就是孝賢皇后之弟傅恆的夫人，傅恆的第三子福康安實為「龍種」，從小養在太后宮中。

在太上皇第二次南巡途中，傅恆夫人又生了個女兒，這給太上皇帶來了一個很大的難題，因為傅恆與夫人久不同房，至少在傅家上下都知道的，夫人如今忽然生了個女兒，帶在身邊，豈不難堪？其次，清朝選秀女的制度，除皇族以外，八旗人家無分貴賤，皆不能豁免，這位異姓的「公主」，到了十二歲，亦必得報名候選，如果選上，或者「指婚」給某宗室，豈不成了亂倫？

因此，當傅恆夫人懷孕證實，被安排到一處極祕密的地方待產時，太上皇即已顧慮到此，跟于敏中密商決定，倘或生男，作為傅恆妾侍所出；若是生女，就作為于敏中的女兒，一生下來便抱至于家，由于敏中的姨太太張氏撫養，身分是「于二小姐」。

到得「于二小姐」及笄之年，太上皇自然要擇一貴婿；漢人身分最尊貴者，莫如衍聖公，恰好七十二世衍聖公孔昭煥的長子孔憲培，年紀與「于二小姐」相仿，在乾隆二十七年第三次南巡時，太上皇親自出面做媒，孔昭煥自然一諾無辭。

乾隆三十七年冬天，「于二小姐」嫁到曲阜，嫁妝豐厚無比，衍聖公府並大興土木，擴建題名

「鐵山園」的後花園，及期，孔憲培親自入都迎娶，太上皇及老太后皆曾召見，各有厚賜，這都不足以啟人疑竇，因為男家是聖裔，女家是宰相，兩宮格外加恩，是在情理之中。此外太上皇還特頒上諭，封于敏中側室張氏為「三品淑人」，當然，上諭中有冠冕堂皇的理由，看不出真正的理由是為了酬庸張氏的養育之勞。

但是在山東，尤其是曲阜，卻都沸沸揚揚地在傳說：孔家娶的是位公主。最後連衍聖公府也不得不承認了，因為「于二小姐」跟婆婆處得很不好，幾近不孝；第二是由於「于二小姐」的堅持，張氏搬進了連衍聖公胞弟都不能居住的公府，稱為「于官親」。這兩件事都是孔家傳統所不許的，如果孔家不承認這位「于二小姐」來歷不凡，就無法解釋其事了。

那知這一來疑問更多，特別是公主怎麼成了「于二小姐」？問到這一點，孔家總是支吾其詞、零零碎碎的片言隻語，久而久之為人拼湊出一套完整的說法，說這位公主是孝賢皇后所出，生來臉上有一粒黑色大痣，照看相的說，此痣主災，除非嫁到比王公大臣還闊的人家，不能倖免。

然則那家最闊呢？當然是曲阜孔家了，衍聖公世世代代正一品，得與天子並行於御道，駕臨闕里祭孔時，行三跪九叩的大禮，實在是闊極了。因此太上皇早就跟孔昭煥說定了親事，但滿漢不能通婚，所以將這位公主寄養在于敏中家，以「于二小姐」的身分，嫁到孔家。

這套說法，表面言之成理，但細加考究，漏洞百出，首先是這位公主出生時，孝賢皇后已崩逝了十年之久；其次是依照大清朝的家法，皇子、皇女從無改姓之例。再說，如真是公主，何以未見有她的兄弟姊妹來喝喜酒？可知其中大有蹊蹺；但這位「于二小姐」確是公主的派頭，孔家亦尊之如公主，那又是怎麼回事呢？尋根問柢到此，就很難往下說了。

這些情況傳到了太上皇耳朵裡，大為氣惱，于敏中應該想到，將金枝玉葉送給他做女兒，本意就在徹底隱瞞她的身分，這並不是很難的一件事，而居然辦不到，此人還能信任嗎？

由此下決心要找人來替代他，但不大容易，因為于敏中除了辦理政務以外，還有一項很特殊的差使。太上皇好做詩，廿五歲以前居藩時，就出過詩集；即位以後無日無詩，有時就用批章奏的硃筆寫在白紙上，交軍機處謄正，其名為「詩片」。

所謂「謄正」，其實即是潤色，因此軍機處奉交的詩片，一向歸翰林出身的該軍機大臣掌管，最早是汪由敦；後來就歸于敏中，他既是狀元、記性又特別好，所以太上皇乾脆就在召見時，唸給他聽，繕寫進呈，無不稱旨。這項差使先得找人接手。

想來想去，想到乾隆十六年的狀元，浙江紹興人梁國治，由湖南巡撫內召，派署禮部侍郎，在軍機大臣上學習行走，接掌了管理「詩片」的任務。

接下來便是看中了和珅，他與于敏中相較，除了講學問之外，其他皆有過之無不及，而年力正壯、勇於任事，又勝於于敏中。太上皇認為梁國治加上和珅，應抵于敏中有餘，可以動他的手了。

不過這也是很難的一件事。于敏中在軍機為領班；在內閣為首輔，除非有重大過錯，不能「罷相」，而年紀又只得六十多歲，即令再過十年，只要他覺得精力不是過於衰頽，無意告退，朝廷不但不能強迫他「休致」，反而以為「白頭宰相」為太平盛世的表徵，要加以種種優禮，所以一時無計可施，只能拖著再說。

可是身兼步軍統領，並已派充御前大臣的和珅，卻非除掉他不可。在軍機處，他位列第六，在前的第五是梁國治，忠厚謹慎，且只管詩片，不管政務，可以不理；第四是刑部尚書袁守侗，軍機章京出身，久任外官，且常奉派查案，對山川道路非常熟悉，和珅建議，將他外放山東河道總督，排出軍機；第三是傅恆的幼子、兵部尚書福隆安，已為和珅所籠絡，言聽計從，結成死黨，自然要留他在軍機處相助；第二是武英殿大學士阿桂，善於用兵遣將，每次紫光閣圖功臣像，不但總有他，而且必在前列，是太上皇最信任的滿洲大臣，但常奉派勘查河工、考察吏治，不常在京，在和珅並不覺得他礙事。礙事的是于敏中，軍機進見，照例只由領班發言，和珅不能越次陳奏，便無法操縱一切了。

因此，和珅除了多方打聽到于敏中及其親屬門下許多攬權納賄，口舌不謹的事實，不斷進讒以外，想除掉他還是不易，不過他亦深知太上皇跟他一樣無奈，只要能想出一條巧妙的釜底抽薪之計，一定會為太上皇所嘉納。

乾隆四十四年冬天，于敏中因病請假在家休養，和珅奉太上皇之命去探病，覆命時本想奏報：只是感冒，休養數日即可銷假。但在軍機處看到江寧織造衙門，解送各項「上用」、「宮用」的緞匹繡件，其中「雜件」項內，列有陀羅經被一百條，觸動靈機，說法就不一樣了。

「于敏中說，只怕要蒙皇上賞陀羅經被了。」

「你是說，他病得勢將不起？」

「照奴才看，未必盡然；年內就會銷假。」

「那末，他怎麼會提到賞陀羅經被的話呢？」

「大概是不放心的意思，擔心恩禮不終。」和珅等了一會，看太上皇沉吟不語，若有所思的神情，便又說道：「皇上何不就先賞他一條陀羅經被，好讓他放心。」

太上皇想了好一會，點點頭說：「好吧！你好好兒去辦。」

所謂「陀羅經被」又名「陀羅尼衾」是一塊長方形的緞子，上面滿織梵文金字；凡是一二品大臣，在京病歿者，在入殮以前照例得賞此物，無足為奇。但未死先賞，就是前所未見的奇事了。

不過于敏中心裡很明白，這條陀羅經被就是賜死的詔書，當即召集家人，交代後事；而且親自動筆寫了「遺奏」，然後仰藥而死。身後恤典頗為優渥，入祀賢良祠，派皇八子帶領侍衛十員，往奠榮酒，並賜祭葬，謚文襄；文臣而有武功者方得謚「襄」，自是美謚。

從此，和珅得以把持軍機處，只有當阿桂差滿回京時，稍有忌憚；吳省欽兄弟連帶亦越發得意，嘉慶三年三月，吳省欽由吏部侍郎升為左都御史，為和珅箝制言路，如今送來這道詔求直言的上諭，在「九卿科道」及「用人行政」這八個字旁打了圈，明明是提醒和珅，皇帝在暗示九卿科道，不妨發動對和珅的攻擊。

有人參劾是免不了的，和珅在想，自己跟皇帝的關係並不壞，加以有和孝公主在，不會有甚麼禍事，像那天念治喪大員名單，故意漏掉自己的名字，皇帝不就馬上指了出來？於此可見皇帝並沒有罷黜他的意思。不過要像從前那樣大權獨掌，恐怕辦不到了。

正月初六，有兩道「封奏」，上達御前，都是參和珅的，這兩道封奏，是吏科給事中王念孫與刑科給事中廣興所上，這兩名言官，都有來頭，王念孫為吏部尚書王安國之子，八歲就會做文章；十歲讀完了十三經，號為神童。乾隆四十年點了翰林，散館後授職工部主事，精研水利，著有《導河議》上下篇，並奉旨纂修《河源紀略》，學問淵博，久為皇帝所賞識，這道封奏並非專劾和珅，是奏陳「勦賊六事」，不過第一事就是責備和珅，於各路軍報任意壓擱，欺蔽太上皇，以致川楚教匪如此猖獗，這與皇帝的看法，完全相同。

廣興本姓高，大學士高晉的幼子，也是慧賢皇貴妃高佳氏的堂弟，雖是旗人，筆下卻很來得，他的封奏兼劾大學士蘇凌阿、禮部侍郎吳省蘭、兵部侍郎李潢、太僕寺正卿李光雲，說和珅在薊州的墳塋、設享堂、置隧道，當地居民稱之為「和陵」。

這兩道封奏並未發交軍機處，和珅心知不妙；但內廷的線索都斷了，養心殿、乾清宮的管事太監都已換人，無從打聽消息，不過皇帝亦別無舉動，他心口相問地自我商量，王念孫跟廣興的奏摺，如果是參他，罪名一定不輕；皇帝不辦他的罪便罷，要辦，必然是查抄，那就得先召見刑部尚書及步軍統領，當面交代。但這兩個衙門的堂官，都未曾進宮。

他未曾想到，皇帝將對付和珅一事，完全當作家務來處理，只跟三個人商量，一個是儀親王，一個是成親王，還有一個是皇帝的女婿，新派在御前行走的科爾沁郡王額駙索特納木多布齊。當時密商決定，由儀親王及成親王宣旨收捕，額駙帶同他的貼身護衛，蒙古有名的勇士阿蘭保隨行保護；同時另付硃筆密諭兩道，一道給署理刑部尚書董誥；一道給管理步軍統領衙門的定親王綿恩——皇帝長兄定安親王永璜的次子；命他照儀親王的指示辦事。

經過一天的部署，正月初八一早，和珅剛到軍機處，便有蘇拉來報：「儀親王駕到。」親貴是從來不到軍機處的，此事顯得有些突兀，和珅一時之間，不知如何處置，剛想發問時，一名侍衛已掀起門簾，儀親王昂然直入，開口問道：「福長安呢？」

坐在另一頭的福長安便即起立應聲：「在這裡。」

「有上諭。」

說著，儀親王已走到屋子中間，面南而立；這是正式宣旨，屋子裡所有的人，都朝北跪了下來。於是儀親王將一直握在手中的硃諭展開，郎聲唸道：「科道列款糾參大學士和珅、戶部尚書福長安，情罪甚重，著即革職，拿交刑部，並派儀親王永璇、成親王永瑆、大學士王杰、劉墉、前任大學士署刑部尚書董誥、兵部尚書慶桂，公同會審，議罪具奏。欽此！」

宣旨完畢，照例還要「謝恩」，但魂飛魄散的和珅、福長安那裡還想得到此，儀親王當然也不會去計較，只向帶來的四名乾清門侍衛作個手勢，管自己先走了。

「和中堂，請吧！」

四名侍衛扶起和珅與福長安，兩人都像癱瘓了似地，無法舉步，半扶半拽地弄到內務府前面，有兩部藍呢後檔車等著，坐上車出了西華門，一直到刑部，送入「火房」安置。

與此同時，定親王綿恩，帶領五百兵丁，團團包圍三轉橋和珅的府第；和家上下，准入不准出；下人報到上房，長二姑嚇得瑟瑟發抖，吳卿憐曾經滄海，知道是怎麼回事。

「來抄家了！」她對彩霞說：「多帶點東西在身上，等一攆出去，你就別想再回來了。」

其時刑部侍郎熊枚帶著六名司官也趕到了，跟和珅的總管劉全說：「請你家主母出來。」

和珅的正室已經亡故，如今是長二姑當家，劉全稱之為「二太太」；等她到得大廳，熊枚很客氣地作了一個揖，道明來意。

「和中堂已經拿交刑部了、奉旨查抄，請你通知女眷，找個寬敞的地方集中在一起；我們好封房子。」

長二姑不答他的話，只問：「我家大人是犯了甚麼罪名？」

「是言官參他，皇上派儀親王宣旨，革職拿交刑部。」熊枚又說：「是住在『火房』，地方很寬敞，不會吃苦。」

「可是鋪蓋呢？這麼冷的天！」長二姑問道：「熊大人，我們能不能送鋪蓋跟日常動用的東西進去？」

熊枚略一沉吟，隨即點點頭說：「你趕快收拾好了，我派人替你送去。」

「我家大人這幾天腿上的毛病又犯了，不能沒有一個人伺候——。」

「不！」熊枚打斷她的話說：「和中堂帶進宮的四個聽差，如今都跟到火房裡去了；不愁沒有人伺候。」

「可是那四個人是跟著出門的，不知道怎麼照料他的起居。熊大人，我只派一個跑上房的小廝進去，你老開恩吧！」

「言重、言重！」熊枚慨然允許，不過提醒她說：「去了，可不准再回來了。」

長二姑知道，熊枚是怕派去的人，來回傳遞信息；即忙答說：「去了，自然不必再回來。熊大人你請略坐一坐，我進去料理一下。」

這一套說詞，都是吳卿憐教好了的，在長二姑跟熊枚打交道時，她在上房中亦已準備好了，除了一個大鋪蓋捲皮、一隻裝動用什物的大網籃以外，另有一個帽籠，親自交了給跑上房的小廝，也是吳卿憐心腹的彭華，悄悄囑咐道：「帽籠下面有東西，你交給張四官，別讓人知道。」

這張四官是個義伶，年輕時流落在西安，投身一個「秦腔」的戲班，秦腔高亢激越，張四官的崑腔是「水磨調」，夾在中間，格格不入，不但很少上場的機會，而且常遭白眼，幾次相辭班他去，只以缺乏一筆盤纏，就只好受委屈了。

乾隆三十九年，浙江藩司王亶望調甘肅藩司，經過西安時，陝西巡撫設宴款待；王亶望聽不慣秦腔，便即問道：「有會崑腔的沒有？」

張四官恰好在侍席，應聲答道：「有。」

於是張四官當筵奏技，剛一發聲，王亶望便欣然色喜，但秦腔班子中的鼓板笛子，工尺不合；王亶望問他：「你願意不願意跟我到甘肅去？」

「願！願！大人栽培，怎麼不願？」

這王亶望聲色犬馬、無一不好；弄錢的本事亦很大，甘肅雖然地瘠民貧，但他到了蘭州任上，還是想出來一條生財之道，甘肅舊例，百姓捐輸豆麥，成為國子監的監生，便可應試做官，這些豆麥稱為「鹽糧」。捐輸的地區，本祇限於肅州、安西兩直隸州；王亶望陳請上司出奏，說內地倉儲空虛，請准所有州餘，皆得收捐。甘肅不設巡撫，他的上司便是陝甘總督勒爾謹，吃喝玩樂，與王亶望同好，自是言聽計從。

奏請照准以後，王亶望又請勒爾謹下令，改收折價，但奏報朝廷，仍為豆麥。再接下來，便是命蘭州知府蔣全迪示意各州縣虛報旱災，奏准以「鹽糧」放賑，其實是子虛烏有之事，但經此一番手續，折價所收的銀子，便可飽入私囊，從勒爾謹到州縣官，人人有分，當然，王亶望所得的大份。

因此，王亶望得以在藩司衙門養一個戲班子，張四官在王亶望的策勵之下，技藝大進。如是一年，王亶望對張四官說：「以你現在的本事，在這裡實在是委屈了；你到京城裡去，一定可以大紅特紅。」

王亶望資助他一筆豐厚的盤纏，又為他寫信給京中的大老與知交，切實拜託照應。張四官果如所言，一下子紅了，貴人宴集，幾於非張四官在座，不能盡歡。

其時王亶望已調升浙江巡撫，除了身任封疆以外，另有一樁得意之事，便是由他的好友蘇州府常熟縣的蔣賜棨經手，以三千兩銀子賺得年方十五的吳卿憐為妾，特為在西湖勝處築一座「十二樓」安置寵姬。

那知好景不長，就在乾隆四十五年春天，太上皇五度南巡赴浙江海寧去看海塘時，接到山西平陽老家的消息，老母去世。

丁憂便得開缺回籍，他的姬妾甚多，且有十一個兒子，年長的三個尚未出仕；其餘八個自五六歲至一兩歲不等，家累如此之重，實在不容他在家鄉賦閒，於是又找到蔣賜棨來商量。

這蔣賜棨字戟門，大學士蔣溥之子，現任雲南楚雄知府，此時亦以丁憂在家守制，為王亶望派專差將他自常熟接到杭州，了解了他的難處以後，便為他畫策，「皇上對海塘最在意，現在有兩段要改築石塘，你是經手的人，不妨自請在治喪百日後，自備資斧，在海塘專辦工程，以報國恩。」蔣賜棨又說：「等百日期滿，公差到雲南的致齋也回來了，那時再想辦法。」

「是，是，到時候還要仰仗大力。」

「義不容辭，何消說得。」蔣賜棨想了一下說：「自請效力一事，最好請軍機代奏。軍機大臣六員，漢大臣居二，都是浙江人。」

「是啊，皇上待浙江人格外寬厚。」

「那因為浙江是皇上的姥姥家。」蔣賜棨說：「事不宜遲，你趕緊動手吧！」

於是王亶望當夜就去拜訪軍機大臣梁國治及董誥。這兩個人的籍貫，一個是紹興、一個是杭州府屬的富陽，雖然官階都比王亶望來得高，但卻是王亶望的「部民」，所以彼此都很客氣；滿口應承，第二天就為他代奏。

事情出乎意料的圓滿，第二天午前就有一道口諭：「本日據軍機大臣代王亶望奏稱：『海塘工程緊要，奉旨督辦，今已丁母憂，自應解任回籍。但世受國恩，荷蒙重任，懇恩於治喪百日後，自備資斧，在塘專辦工程，稍盡犬馬之忱』等語，所奏甚屬可嘉，著加恩馳驛回籍，料理葬事，百日後即赴浙江辦理塘工。」

父母之喪，守制三年；百日後便即居官視事，謂之「奪情」，只有遇到大征伐，身負重任，方可從權，否則便是所謂「貪位忘親」，為清議所不容。因此，太上皇對此還有一段解釋，否則便不符「以孝治天下」的宗旨。

太上皇的解釋是：「朕念切民生，不惜數十萬帑金，建築石塘，以資捍衛，必得工程堅固，以垂永久，庶浙民得霑實惠。今王亶望懇請在工專心督辦，於工程更為有益，此非王亶望有戀缺之心，亦非朕在任守制之例，實屬伊具有天良，能以公事為急，大臣居心，自應如此，君臣之間均可以令天下共曉。至新任浙江巡撫李質穎到任後，專理一切巡撫應辦之事，所有海塘工程，伊初到浙江，未能深悉，不必辦理，庶彼此不致掣肘也。」

但話雖如此，李質穎畢竟是浙江巡撫，想過問海塘工程，王亶望無法拒絕；事實上，王亶望要採辦材料、徵用民伕，亦必須透過巡撫衙門辦理，自然而然使得李質穎想置身事外亦不可得。於是兩人的意見發生了嚴重的衝突。李質穎根本反對建築石塘，因為原來用木柴構築的「柴塘」及最裡面的「土塘」，為捍衛海潮的第二重保障，每年仍須花費大筆經費維護修理，既然如此，費數十萬帑金建築石塘，豈非多此一舉？

由於所持的理由頗為充分，而且內務府包衣出身的李質穎，由安徽巡撫調廣東、再由廣東調浙江，辦事的才具，素為太上皇所欣賞，因此保留柴塘雖為太上皇的意思，到此亦覺得不便再堅持原意，特召李質穎進京，當面質疑。

召見時少不得要問到王亶望的情形，李質穎面奏，王亶望的家屬仍舊住在杭州。這一下壞了，太上皇在指派大學士阿桂與李質穎回浙江，與閩浙總督富勒渾將王、李所見不同之處「秉公確勘，據實奏覆」的上諭後面，痛斥王亶望說：「至王亶望實丁憂之人，朕因一時不得其人，是以令其馳驛回籍，治喪事畢，即至浙辦理塘工，原為公務起見，其家屬自應即回本籍守制，以盡私情，乃據李質穎奏，伊家屬仍住杭州，安然聚處。朕聞之為之心動，王亶望並非無力令眷屬回籍之人，似此忘親越禮，實於大節有虧，為大臣者如此，何以表率屬員，維持風教？」

接下來提到王亶望的父親，曾任江蘇巡撫的王師，說他「品行甚正，無負讀書，不應有此等忘親越禮之子。養心殿暖閣恭懸皇祖聖訓，有『孝為百行之首，不孝之人斷不可用』。朕每日敬仰天語煌煌，實為萬世準則；王亶望著革職，仍留塘工，自備資斧，效力贖罪，若再不知自咎，心懷怨望，不肯實心自效，圖贖前愆，朕必重治其罪。」

上諭雖然嚴厲，但看得出來，太上皇仍舊看重王亶望的才幹，認為構築石塘，非他不可。因此，阿桂在浙江雖嚴劾杭嘉湖道王燧「驕縱不法，行同市儈，民怨沸騰」，奉旨革職拿問，抄出家財值二十餘萬銀子之多，但並未牽連到王亶望；他亦深信，已由蔣賜棨為他設法，勾連上和珅的關係，只要石塘完工，自會開復一切處分，官復原職，甚至回任浙江巡撫，亦不算意外。

那知太上皇在另一件事上又「心動」了，原來這年春天，甘肅回子因新舊派之爭，發生動亂，省城蘭州，亦幾有不保之勢；遇到這種情況，太上皇一定用阿桂去平亂，為了扶植和珅，讓他有個立功的機會，上諭派和珅帶同名將海蘭察率領健銳營、火器營精兵各二千人，先入陝甘，等阿桂隨後到達甘肅，和珅交卸軍務，回京供職。

和珅領兵出京以後，沿路皆有軍報，自西安經寶雞，一入甘肅省境，便遇大雨；太上皇心中便已一動，及至阿桂入甘，復有「連日大雨，行軍受阻」之奏，太上皇心頭疑雲大起，何以甘肅年年都報旱荒，獨獨今年多雨？降旨命阿桂徹查，王亶望的把戲完全拆穿，於是縲絏龍道，被解到刑部下獄，杭州及平陽原籍的家，亦都被抄了。家屬隨同進京，住在一家小客棧中，生活困窘，境況十分悽慘。

忽然有一天，有個老蒼頭到小客棧來求見王太太，道明來意：「我家主人，已經替夫人備好房子，就請搬過去吧！」

王太太愕然相問：「你家主人是誰？」

「夫人搬過去就知道了。」

及至遷入新居，食用諸物，無不具備，還留下五十兩銀子，告辭而去。此家主人，始終未曾出現；王亶望的長子王裘去探監時，問他父親才知道就是張四官。

張四官不僅照應了王亶望的家屬，對王亶望本人更為周到，每天在刑部「火房」伺候，有如孝子；只是他無法為王亶望打點脫罪減刑，因為案情太重大了。七月初流火爍金的日子，王亶望斬決於菜市口；年長的三個兒子，充軍伊犁當苦差，六歲以下的八個幼子，交山西巡撫監管，至年滿十二歲，次第發遣。甘肅冒賑案，無一州縣官不牽涉入內，為太上皇形容為「奇貪」，凡冒賑銀數在二萬兩以上者共二十二人，一律斬立決，太上皇認為此二十二人都死在王亶望手中，因而又下一道嚴旨，將王亶望的八個小兒子，移至刑部監獄監禁，及歲發遣，遇赦不赦。

當然王亶望的身後，包括送眷屬回平陽，都由張四官一肩挑起這副重任。不過王亶望的眷屬亦並未全數回老家，姬妾星散；吳卿憐仍舊是由蔣賜棨經手，轉入另一豪門，成為剛由甘肅回京，兼署兵部尚書的和珅的寵姬。

由於張四官的義行，所以吳卿憐不但將他引入和珅府第，而且深得信任；吳卿憐的私房，都交給他經理，張四官為她放債生利，二十年來利上滾利，總數已達八十萬兩，借據及支取利息的摺子與圖章，原都由吳卿憐自己保管，如今總算找到機會，可以偷運出去交給張四官處理了。

和珅家有十五座庫房，逐庫清點，非兩三個月不能完事，兩位親王跟大學士王杰、劉墉，及署理刑部尚書董誥、兵部尚書慶桂商量，應該如何處理？

「皇上急於要宣布和珅的罪狀，查抄如此費事，各位看，咱們該怎麼辦？」儀親王指名問道：「蔗林，你是刑部尚書，你倒出個主意看。」

「貪黷只是罪狀的一端，現在封了十五座庫房，我想揀要緊庫房，大致先點一點，再加上帳簿上的記載，就可以覆奏了。」

大家都同意他的見解，於是決定先點珠寶庫，因為除了珠寶本身的價值以外，必定還有非臣下所能使用的器物在內。果然，光是桂圓大的「東珠」便有十粒之多，還有重達數十斤，連大內都沒有的大紅寶石。

「即此一端，便是死罪。不過，」一向以識大體為太上皇所稱賞的王杰說道：「宣布罪狀，不宜著重於此，總以不守臣節之處，按照情節輕重、分別先後為宜。」

「說得是。」儀親王接口：「大家先列舉和珅的罪狀，煩蔗林拿筆記下來，再來區分先後如何？」

於是各就所知，紛紛列舉，經董誥整理以後，擬定十九款大罪，上呈御前，皇帝親筆添上一條：「朕於乾隆六十年九月初三日，蒙皇考冊封皇太子，尚未宣布諭旨，而和珅於初二日，即在朕前先遞如意，漏洩機密，居然以擁戴為功。」

這一來便成了二十款大罪，接下來是：「圓明園騎馬直入中左門，過正大光明殿至壽山口，大罪二；肩輿出入神武門，坐椅轎直進大內，大罪三；取出宮女子為次妻，大罪四；川楚教匪滋事，各路軍營文報任意延擱不遞，大罪五；太上皇聖躬不豫時，毫無憂戚之容，逢人談笑自若，大罪六。」「太上皇力疾批章，間有未真之字，輒口稱不如撕去另擬，大罪七；管理吏戶刑三部，將戶部事務一人把持，變更成法，不許部臣參議一字，大罪八；西寧賊番聚眾搶劫殺傷，疆臣奏報，擅將原摺駁回，隱匿不辦，大罪九；國服曾有中旨，令蒙古王公未出痘者不必來京，乃故違諭旨，無論已未出痘俱不令來，大罪十；大學士蘇凌阿以姻親，匿其重聽衰憊之狀，侍郎吳省蘭、李潢、太僕卿李光雲，以曾在其家教讀，俱保列卿階，兼任學政，大罪十一；軍機處記名人員，隨意撤去，大罪十二；私蓋楠木房屋，僭侈逾制，其多寶槅槅段，仿照寧壽宮式樣，大罪十三；其墳塋設立饗殿，開置隧道，致居民有和陵之稱，大罪十四。」

以下才提到和珅的財產：「所藏珍珠手串二百餘串，較宮中多至數倍，並有大珠較御用冠頂尤大，大罪十五；真寶石頂非所應戴，乃藏數十餘顆，並有整塊大寶石為御府所無者，不計其數，大罪十六；家內銀兩衣飾等物數逾千萬，大罪十七；夾牆藏赤金二萬六千餘兩、私庫赤金六千餘兩、地窖埋銀百餘萬，大罪十八；通薊地方當鋪錢鋪資本十餘萬，與民爭利，大罪十九。」最後一款是「家人劉全資產亦二十餘萬，且有大珠及珍珠手串，大罪二十。」

和珅該當何罪，上諭令大學士、九卿、翰詹科道「悉心妥議具奏」。對於福長安皇帝另有一番指責。

皇帝說他的這位表兄福長安，祖父兄弟世受厚恩，尤非他人可比，「伊受皇考重恩，常有獨對之時，若果將和珅種種不法，據實直陳，尤為確鑿有據，皇考必早將和珅從重治罪正法。」

退一步言，「即謂皇考高年，不敢仰煩聖慮，亦應在朕前據實直陳，乃三年中並未將和珅罪蹟奏及，是其扶同徇隱，情弊顯然。如果福長安曾在朕前有一字提及，朕斷不肯將伊一併革職拿問。現在查抄伊家資物，雖不及和珅之金銀珠寶數逾千萬，但已非伊家之所應有，其貪黷昧良，僅居和珅之次，並著一併議罪。」

這道上諭抄傳到刑部火房，正是元宵佳節。和珅倒是早想通了，必死無疑，絕無僥倖求免之心，但看到抄送進來的上諭，卻不免驚懼，因為照罪狀來說，必照「大逆律」來議罪，應該「凌遲處死」，即便皇帝開恩減一等，亦是「斬立決」。這身首異處的一刀之罪，如何消受？再想到綁赴菜市口，百姓圍觀笑罵的光景，更有不寒而慄之感。

「怎麼辦？」他繞屋彷徨，不斷自問；心裡一直在想的是兩個人，一個是雍正朝的年羹堯，一個乾隆朝的訥親，都曾位極人臣，寵衰被誅，前者賜令自盡，後者封刀交侍衛，斬於軍前。如今皇帝對他，會照那個例子處置？

一直想到半夜裡，和珅終於作了一個決定，自己上奏，乞恩賜帛。於是喚醒已經入夢的彭華，安排筆硯，動起手來，剛寫得「罪臣和珅」四字，聽得門上剝啄作響，接著「呀」地一聲，房門被推了開來，出現了管火房的差役。

「中堂！」那差役打個扦說：「三更天了，上頭交代，請中堂熄燈安置吧！」

監獄中，入夜只有甬道中豆大的數盞油燈，勉強照明，囚房中一片漆黑；火房雖與囚房不同，但到半夜還不熄燈，也是件說不過去的事。和珅很明白，如今的身分與正月初八以前，有天淵之別，能受差役這一聲「中堂」的尊稱，已很難得，若不知趣，便要自取其辱了。

「好，好，」他連聲答說：「我馬上就睡。」

一熄了燈，只見窗外一丸冷月，才想起這天是元宵佳節。回憶去年今日，陪著皇帝在圓明園「山高水長」奉侍太上皇觀賞煙火，當時皇帝做了一首詩，命他和韻的情景，歷歷如在眼前，誰想得到今年此日是這般光景？

萬千感慨之餘，忽然靈機一動，乞恩的奏摺，未見得能上達御前，倒不如做兩首詩，自陳悔恨，不該負恩，交給和孝公主去向皇帝求情，應該可望落個全屍。

主意一定，凝神靜思，總算做成了兩首五律，喚醒彭華說道：「我做了兩首詩，怕明天記不全。你替我記住。」

「是。老爺唸吧！」

「夜月明如水，嗟予困已深。一生原是夢，卅載枉勞神。屋暗難挨曉，牆高不見春，星辰和冷月，縲絏泣孤臣。」和珅慢慢唸完，問一句：「聽明白了沒有？」

「聽明白了。不過，老爺，『月』字犯重了。」

「回頭再改，我唸第二首；今夕是何夕，元宵又一春，可憐此夜月，分外照愁人；對景傷前事，懷才誤此身，餘生料無幾，辜負九重恩。」

「老爺，」彭華又挑毛病了，「『恩』字十三元，出韻了，要改。」

「沒有關係，這個恩字萬不能改。」和珅又說：「你明天把這兩首詩寫出來，交給十公主。你說，我請她代為向皇上求恩，賞我一個全屍。」說完才想起不妥，絞決亦是全屍，便又說道：「你跟十公主說清楚，我求皇上開恩，讓我在這裡上吊。」

「是。」彭華說道：「出去一趟不容易，老爺還有甚麼交代？」

和珅想了一下說：「事情太多，不知道從那裡說起？你只跟十公主說：一切都是我自作自受，死而無怨；事到如今，也沒有什麼放不下的心思了，就只一件，但望公主早早有喜信，能為我留下一株根苗。」

正月十八日一早，熊枚到了刑部衙門，立即吩咐差役：「請提牢廳張老爺來。」

管理監獄的提牢廳主事張遠帆應召謁見，行完了禮，開口問道：「昨天內閣已經具奏，和中堂是凌遲處死；福尚書是斬立決。凌遲處死照例『扎八刀』，只有一個劊子手會這項功夫，如今病得不能起床，司裡正要來回大人，不知道該怎麼辦？」

「不要緊，不要緊，不會『扎八刀』。聽說和孝公主替她公公在皇上面前求恩，賜令自盡；福尚書大概改為斬監候。」熊枚問道：「賜令自盡是怎麼個規矩，你知道不知道？」

「知道。」

「好！那你就去預備吧。等董大人一回來，大概就要動手了。」熊枚又問：「要不要通知家屬？」

「這要看大人的意思。」

「照規矩應如何？」

「沒有準規矩。」張遠帆答說：「像這種賜大臣自盡的情形，多年不曾有過了。」

「照絞刑的規矩呢？」

絞刑只在監獄中行刑，照例事後通知家屬領屍；但也有家屬事先花了錢，得知信息，在刑部後面找一座廟，預備棺木盛殮的。張遠帆將這些情形說明以後，熊枚即時作了決定，通知豐紳殷德。

到得巳牌時分，董誥從宮中回衙門，也帶來了一道上諭，說是「就和珅罪狀而論，其壓擱軍報，有心欺隱，各路軍營，聽其意指，虛報首級，坐冒軍糧，以致軍務日久未竣，貽誤軍國，情罪尤為重大，即不照大逆律凌遲，亦應照訥親之例，立正典刑，此事若於一二年後辦理，斷難寬其一線，惟現當皇考大事之時，即將和珅處決，在伊固為情真罪當，而朕心究有所不忍，姑念其曾任首輔大臣，於萬無可貸之中，免其肆市，和珅著加恩賜令自盡。」

接下來是對福長安的處置：「和珅既已從寬賜令自盡，福長安亦著從寬改為應斬監候，秋後處決。並著監提福長安前往和珅監所，跪視和珅自盡後，再押回本獄監禁。」

看到這裡，熊枚說道：「福尚書的命保住了；這等於『陪斬』，向『陪斬』必蒙恩赦。」

「原是警惕他的意思。」董誥說道：「十額駙已經知道了，正在準備後事，應該給他一點工夫，我看不必馬上宣旨吧！」

「可是，也不宜晚過午時；不然今天無法覆命了。」

「請你先交代司裡，把覆命的奏摺先預備好。」董誥想了一下說：「不妨先告訴和中堂，看他臨終以前，有甚麼話說，酌量敘在覆命的摺子裡。你看如何？」

熊枚是極謹慎的人，認為預先宣旨，等於洩漏機密；亦須顧慮到和珅或許暗藏著甚麼毒藥，萬一為了逃避刑誅，先行服毒自殺，那一來無法覆旨，後果不堪設想。董誥聽他說得有理，連連點頭，表示同意。

「十額駙呢？」熊枚問道：「和中堂革職拿問，當然革爵，十額駙無爵可襲，是不是加恩另封呢？」

「不，和中堂只革公爵，留他原來的伯爵，由十額駙承襲。」

「其餘一案的人呢？如何處分？」

「喏，」董誥拿出一張紙來，「我抄了個上諭的底稿在這裡。」

這道上諭，斥革「和黨」，第一個是大學士蘇凌阿，說他「年老龍鍾，和珅因伊係其弟和琳姻親，且利昏憒充位，難顯已才，伊年逾八十，跪起維艱，豈能勝綸扉重任？著即以原品休致。侍郎吳省蘭、李潢，太僕寺卿李光雲皆係和珅引用之人，李光雲現患痰疾，著以原品休致。吳省蘭、李潢雖無人列款參劾，但未便倖列卿貳，俱著降為編修；吳省蘭著撤回學政，不必在南書房行走。」

除此之外，別無株連，上諭中特別申明：「和珅任事日久，專擅蒙蔽，以致下情不能上達，若不立除元惡，無以肅清庶政，整飭官常。今已明正其罪，此案業經辦結，因思和珅所管衙門甚多，由其保舉升擢者，自必不少；而外省官員，奔走和珅門下，逢迎餽賂、皆所不免，若一一根究，連及多人，亦非罰不及眾之義。朕之本意，惟在儆戒將來，不復追究既往，凡小大臣工，無庸心存疑懼，況臣工內中材居多，若能遷善改過，皆可為國家出力之人，即有從前熱中躁進，一時失足，但能洗心滌慮，痛改前非，仍可勉為端士，不致修身誤陷匪人，特此明白宣諭，各宜凜遵砥礪，以副朕咸共維新之治。」

「真是皇恩浩蕩！」熊枚很興奮地說：「我這幾天一直在擔心，彼此攻擊檢舉，甲說乙是『和黨』，丙說丁曾行賄，由此啟告訐報復之漸，舉朝將無寧日，刑部亦將不勝其煩，如今有此一道口諭，澄清一切；『惟在儆戒將來，不復追究既往』，大哉王言！太好了。」

正在談著，張遠帆來回事，說福長安已經提到，請示行刑的時刻。

熊枚看一看表說：「剛交午時，就動手吧！」

「不！」董誥吩咐：「先去看一看，也許和中堂正在吃飯，別打擾他這最後的一頓。」

「回大人的話，」張遠帆答說：「已經吃過了。」

「既然如此，那就動手吧。」董誥向熊枚說道：「我宣旨；你監視。」

其實不用交代，熊枚也知道，因為臨刑一向是刑部侍郎的職掌。當下由張遠帆前導，董熊二人一起到了火房。

火房共占三個院落，和珅占的是中間的一座，一共三間房，宣旨自然是在居中間的堂屋。這裡本來作飯廳之用，事先由差役將一張方桌抬了出去，和珅便知道是怎麼回事了。在東間臥室中向彭華說：「時候大概到了！」說著流下淚來，但立即用白布棉袍的袖子拭乾，鼻子裡悉索悉索幾下，將雙眼睜得很大，作出生死並不縈心的神態。

「來了，來了！」

彭華的聲音猶在，只聽外面高唱：「宣旨！」

接著門簾被掀開，張遠帆進門打個扦說：「請和中堂領旨。」

和珅點點頭問：「預備了香案沒有？」

「只預備了拜墊。」

「呃，對！這不是值得慶賀的恩旨，用不著設香案。」

說著，走出門去，只見董誥面南而立，熊枚及數名司官，在西面雁行站班。宣旨之前，不敘私禮，和珅逕自走到拜墊前面跪了下來。

董誥便朗聲宣道：「大學士和珅種種悖妄專擅、罪大惡極，大學士九卿文武大員翰詹科道等，奏請將和珅照大逆律凌遲處死，著加恩賜令自盡。欽此！」

熊枚在一旁接口唱道：「謝恩！」

於是董誥避到一旁，和珅很吃力地爬了起來，由彭華扶掖著，重新又行三跪九叩的大禮，望闕謝恩。

「和中堂，請先稍息。」董誥作個揖說；「如果有甚麼話，我可以代奏。」

「承情，承情！」和珅還以一揖：「兩位請裡面坐。」

揖客入西圖書室，權當客座；董誥、熊枚抬眼一看，都不免驚異，火房原是為有罪入獄，而尚未定讞的犯官所準備，等於在「詔獄」中的一個「下處」，自己可以開火，故名「火房」，只要把差役敷衍好了，將姬妾送進去侍寢，都是瞞上不瞞下的事。

但那都是案情牽連甚廣，非數月不能了結，才會布置成一個「下處」，倘或案情明確，牽涉不深，只要住個七、八天，過堂兩三回，那便有如投宿逆旅，行李太多，徒然費事。和珅下獄，絕無生理，而且交付廷議定罪，由大學士召集，定例三天之內，必須覆奏，取旨遵行，前後不出十天，和珅的火房，只是通往黃泉路上小作逗留的客舍，不道布置得如此富麗，雅木桌子上鋪的簇新細竹布，一個通身碧綠的四格翡翠筆格，上擱大小不等牙管與湘竹管筆各二；一方大號端硯；白玉水盂；水晶鎮紙；下面押著一疊木刻水印「嘉樂堂」字樣的箋紙；另有一個置於桌上的小楠木書架，放著五六部書，看樣子是詩文集之類。

那張書桌是方桌，臨窗而設，三面設座，和珅擺一擺手，管自己在進門的那張蒙著白羊皮椅套的骨牌上坐了下來。

「剛才叫我『和中堂』，實在受之有愧。今日之下，該我稱兩位為『大人』才是。」

「那裡、那裡！」董誥說道：「此刻只敘私禮，不及其他。」

「是極，是極，我稱你蔗林，你叫我致齋。」說到這裡，和珅停了下來，面色一時凝重、一時憂傷、一時又像有些憤懣，最後說道：「蔗林，你問我甚麼話可以代奏，請你面奏皇上，和珅悔之已晚，尤其是最後一著之錯、滿盤皆輸。蔗林，我晚死了半個月，早死十五天，我不但不會家破人亡，或許還會優詔褒獎，不，不，」他緊接著自我修正：「這麼說，未免言之過甚；但以今上之仁厚，對我既往不咎，是不算奢望。」

「喔，」董誥極好奇地問：「你是說最後錯了那一著？」

「太上皇大殮之後，我在初三晚上，應該服毒殉主。那一來，你想呢？」

董誥一楞，朝中雖都知和珅必敗，也設想過他如何求免，一般的看法，都傾向於和珅將會以報效川楚軍費為名，獻出鉅額家財，加上和孝公主的求情，或可得免死罪，卻誰都沒有想到他曾有此打算，所以董誥一時亦未能評估他的想法的得失。

但稍為多想一想，不由得便為和珅深惜，他想到了一條無上善策，竟不能毅然而行，莫非真是昔人所說的：「千古艱難唯一死，傷心豈獨息夫人？」

「和中堂，」他仍用尊稱：「我真為公扼腕，一念猶豫，致有今日。正月初三那天，我公以受上皇逾分深恩，願侍上皇於天上為名，仰藥自裁，大臣殉主，事所罕見，則以皇上之純孝，絕不會再念前惡。」說到這裡，董誥有些激動了，「和中堂當時若能就商於下走，我必力贊其成，盡心為和中堂擬一通遺摺，自信縱無『優詔』，亦必有『溫諭』。」

董誥還有些話沒有說出來，如今廷議照大逆律擬罪，皆因二十款大罪，已為和珅自認，如果此身不在，死無對證，皇帝絕不會先行宣示罪狀；因為他與戴衢亨在上書房的「苦塊」上承旨時，皇帝一再憂嘆：「這一款恐怕有傷先帝的知人之明。」皇帝要去和珅，主要的是非此不足以整飭軍務，澄清吏治。至於民間有一句流口轍：「和珅跌倒，嘉慶吃飽」，並非皇帝所看重之處；如在遺摺中陳明捐獻家財，報效軍需，以及請將賜第繳還，得遂慶郡王之願，那就更易博得皇帝的有心包容了。

而且由於死無對證的緣故，和珅便有許多不當的舉措，可諉之於太上皇的授意，只以奉行不善，或誤會了太上皇的意旨致生咎戾，為此自辯，較能博人同情。同時太上皇賓天，亦是「死無對證」，所以有些錯失，只要言之成理，不怕拆穿謊言，如皇帝最痛恨和珅任意積壓軍報，「報喜不報憂」，便可以太上皇高年，不敢憂煩聖慮之論，論太上皇指授方略，萬里咫尺，有如明見，必能得勝，諸將偶有一時之挫，兵家常事，故而暫時擱置，俟捷報到後，方始奏陳，先憂後喜，終歸於喜，非粉飾可比。

而皇帝亦就得以據此訓誡帶兵大員，當初軍機大臣報喜不報憂，純為仰念太上皇高年，不瀆陳拂逆之事，絕非包庇前方將領，自今以後信賞必罰、實事求是，一樣能收整飭之效。

「唉！」和珅懊喪欲絕地重重頓足：「『我本淮王舊雞犬，不隨仙去落人間。』自作孽，自作孽，自作孽！」

他唸的兩句詩，是吳梅村在順治十年，以江南總督馬國柱的舉荐、苦辭不獲，被迫就道，北上出仕清朝，「過淮陰有感」作七律兩首，其第二首的結句，一般的解釋是，「淮王」指明思宗，「舊雞犬」則為自況，意味悔不早從舊主於天上，以致有今日的失節。董誥想不到和珅竟還能引喻吳梅村的詩，便不假思索地唸了其上兩句：「浮生所欠只餘死，塵世無由識九還？」這是說，塵世從無九轉還魂的仙丹，人總是要死的。當死不死，自貽伊戚。這是解釋「不隨仙去落人間」的緣故，自悔之意，十分明顯。

話一出口，董誥才想到，拿和珅與吳梅村相提並論，未免可笑；除了自悔「不隨仙去」以外，無一相似，即便是不死的原因，亦大不相同，當甲申之變，吳梅村正在江蘇太倉原籍，明思宗煤山殉國的消息，到達江南，吳梅村攀髯無從，號慟欲自縊，為家人所覺，其母朱太淑人抱持泣曰：「兒死其如老人何？」不死亦有迫不得已之故，與和珅的為了貪戀富貴，能「攀髯」而不攀，豈可同日而語？

轉念到此，董誥頗為失悔，人已將死，而猶責其何不早死，未免有欠厚道。誰知和珅的反應截然不同。「蔗林，」他輕拍一下桌子，「你這話正是搔著了癢處，我欠太上皇跟皇上的，只是一死；早死沒事，不死就甚麼罪名都加到頭上來了，要不然怎麼殺一個大學士呢？」

這話不免令董誥反感，彷彿是說「欲加之罪，何患無辭」，以他刑部尚書的身分，尤其不能接受，但此地此時，又何可與辯，只報之苦笑而已。

「蔗林，如果皇上問起我最後說了甚麼話，你就說『我欠太上皇跟皇上一死』這句話好了。」

「和中堂，」董誥仍用尊稱，「我留熊侍郎在這裡伺候，我可要告辭了。」

等他站起身來時，和珅已握住了他的手，「蔗林，我跟你辭行。」說著，已跪了下去。

董誥亦急忙屈膝，生離死別，判此頃刻，對拜起身，四目淒然；董誥強自笑道：「和中堂見了太上皇，為董誥代請聖安。」

這是無可慰藉之中想出來的一句話，但居然真的發生了慰藉的作用，和珅臉上的表情，忽然變得很微妙了，可以說它是孫兒渴望一親祖父的孺慕；也可以說它是受屈者渴望獲得撫慰的期待，總之，在此一刻，可猜想到他的視死的心境，浩然如遠遊之還鄉。

「蔗林，」和珅再次握著董誥的手，平靜地說：「咱們來世再見，但願仍能共事一主。」

「但願，但願！」

和珅還想再說甚麼時，張遠帆掀簾探頭，大聲說道：「和中堂，吉時到了！」

「好，好！」

董誥知道遷延得太久了，趁他鬆手時，一閃而出；和珅卻表現得更從容了，但徐步踏出門檻，只見屋梁正中懸著一條白綢帶——這便是所謂「賜帛」；但使得他變色的是，看到了跪在一側的福長安，雙手撐地，閉目垂首，和珅顯得有些躊躇，彷彿打不定主意，是不是應該打個招呼作為訣別。

「和中堂，」張遠帆打個扦說：「早升天界。」說完，向一個差役使個眼色，兩人掖著他，踏上一張骨牌凳，差役扶住他的身體，身材極高的張遠帆，一伸手將白綢圈套，套入和珅的頷下，直抵咽喉，看看妥當了，伸出右足，踢掉凳子，那差役將手一鬆，和珅的身子微微晃了幾下，靜止不動。

「哇——。」窗外的彭華噭然一聲，彷彿為和珅在黃泉路上喝道。

白雲深處

皇帝為了不願擔負刻薄的名聲，本乎「罪不及妻孥」之義，指示對於和珅的家屬從寬處理，雖由刑部會同順天府暫加管押，但只要有家屬具領，並經切實查明，並非冒名，皆可釋放；和珅的寵姬美婢，半個月中散去了一大半，有的回家、有的改嫁、有的先搬了出去，徐作別圖，都可以照自己的意思行事，只有長二姑與吳卿憐不能。

因為當和珅被逮，料其必死時，便有人在議論他的身後，最受人矚目的，便是他的愛姬長二姑與吳卿憐的動向，大多數的看法，這兩個人應該追隨故主於地下。

然而持此論調的人，各有各的理由，親近和珅的人，認為他的下場如此之慘，如果生前得寵的長、吳二人，還有點良心，應該殉主，稍慰故主於泉台；有的則是為她們本身設想，翰苑中人頗有似白居易者——唐朝尚書張建封歿後，歸葬洛陽，他的愛妾關盼盼，仍住徐州張尚書舊第中的燕子樓，十五年未嫁，而白居易認為他應如綠珠之殉石崇，作了兩首詩說：「今春有客洛陽回，曾到尚書墓上來。見說白楊堪作柱，爭教紅粉不成灰。」第二首譏刺的意味更重：「黃金不惜買蛾眉，揀得如花四五枝。歌舞教成心力盡，一朝身去不相隨。」關盼盼得詩，怏怏數日，絕粒而死。

還有種人，純為自己的安危禍福打算，這些人都曾以不光明的手段，從和珅那裡得到過非分的好處。

雖然曾有煌煌上諭：「和珅所管衙門本多，由其保舉升擢者，自必不少；而外省官員，奔走和珅門下，逢迎餽賂，皆所不免，若一一根究，連及多人，亦非罰不及眾之義」，一概不復追究既往。但有深知內幕的長二姑與吳卿憐兩名活口在，總是件不能叫人放心的事，即令無身家之禍，醜聞傳播，亦覺難堪，所以到處鼓吹，長、吳二人宜殉主報恩。

這股壓力越來越沉重，逼得長二姑與吳卿憐有非死不可之勢。長二姑倒還想得開，表示：「如果大家都覺得我應該死，死了也就算了。」

但吳卿憐卻不這麼想，第一，王亶望比和珅待她更好，不殉王而殉和，有欠公平；第二，不殉於前而殉於後，毫無意義，猶之乎世間沒有為再醮之婦建貞節牌坊之理；第三，她是真的不想死，後半生衣食無憂，又無羈絆，大可自由自在，好好享點清福，庶幾不負才貌。

在坐困愁城之中，吳卿憐亦有託諸吟詠，以為排遣，想到就寫，想不下去就擱筆，有時半首，有時一句，並不刻意成吟，十天以來，陸陸續續也做了好幾首七絕，第一首是驚聞查抄之信：「曉妝驚落玉搔頭，苑在西湖十二樓。魂定暗傷樓外景，池中無水不東流。」

回憶在王亶望所築十二樓中，查抄之時，恰在中飯時分：「香稻入唇驚吐日，海珍列鼎壓嘗時。蛾眉屈指年多少，到處滄桑知不知？」不過由往及今，二十一年恩寵不衰，畢竟還是和珅情重；富貴亦是新勝於舊：「緩歌慢舞畫難圖，月下樓台冷繡襦。終夜相公看不足，朝天懶去倩人扶。」懶是因為腿軟，她還記得有一回簡直扶都扶不住，後來有人說了一個單方，活殺一條黃狗，硬生生將狗皮剝了下來，裹在腿上，才能勉強進宮。

「村姬歡笑不知貧。」第四首只寫得一句，便擱下了；這天是正月十六，她只聽彭華說：前一天元宵，和珅在獄中做了兩首詩，請十公主拿進宮去，代為向皇帝求情，賜令自盡。到了下午十公主府的郭嬤嬤來了，她猜想必與此事有關。

這郭嬤嬤是和孝公主的乳母，現在是公主府中的總管嬤嬤，權威甚大；吳卿憐自然以禮相待，奉之上座，獻茶以後，先問公主安好，然後很委婉地動問來意。

「唉！」郭嬤嬤未曾開口，先重重地嘆了口氣：「會有好事兒嗎？吳姨太，說真個的，我真不想來，可是十公主交代的話——，唉！」

「是。」吳卿憐怯怯地問說：「十公主有甚麼吩咐？」

郭嬤嬤不答她的話，只說：「吳姨太，我先給你一個信兒，皇上開恩，賞了中堂一個全屍。」

「喔！」這在意中，而且也算好事，但吳卿憐不能不作出悲傷不勝的神情，擦一擦眼睛怔怔地望著她，等候下文。

「大概就是這一兩天的事。吳姨太，」郭嬤嬤急轉直下地問：「十公主讓我來問你，中堂過去了，你有甚麼打算？」

「我——，」吳卿憐說：「這半個月，亂糟糟的，那裡有工夫來替自己打算？」

「十公主倒替你打算過了。」郭嬤嬤沉吟了一會，毅然決然地，「唔，我也不必花說柳說了，乾脆把十公主跟額駙的意思告訴你吧，你跟二太太兩位，得為中堂留個體面。」

吳卿憐的一顆心驀地裡往下一沉，這不就是要她殉節嗎？但她很沉著，定定神裝作不解地問：「十公主跟額駙的意思是——？」

「吳姨太，你這麼聰明的人，難道還想不明白。」

「我確是不明白。」她掌握機會又說：「郭嬤嬤，你剛才說，十公主問我有甚麼打算，我一直沒有想過，這會兒倒想到了，我打算長齋繡佛，黃卷青燈，了此殘生。」

郭嬤嬤聽得一楞一楞地直翻眼，「吳姨太！」她問：「你倒是說的甚麼呀？」

「喔，」吳卿憐說：「我是說，我以後只是念經拜佛，修修來世。」

「原來吳姨太是打算鉸了頭髮作姑子，是嗎？」

「也不一定要鉸頭髮，帶髮修行也是有的。」

「喔，」郭嬤嬤仔細打量著吳卿憐，神情很怪；好一會才問：「吳姨太今年三十剛到吧？」

「郭嬤嬤說笑了，我在這裡就待了廿一年了。我今年三十七。」

「看上去最多三十歲，頭髮還是那麼黑；皮膚還是那麼白。吳姨太，」郭嬤嬤停了一下問：「你到底是甚麼打算呢？」

這是不相信她會長齋供佛；吳卿憐微慼不悅，因而默然不答。

「吳姨太，你如果真的是這麼打算，我敢說，你一天都不得安寧。這麼個大美人，手裡總也有不少私房，誰不想人財兩得？媒婆會把門都踹爛了。」

「我不理她們就是了。」

「由不得你不理。」郭嬤嬤說：「我老實說一說十公主的意思，你要走，就是空身一個人，甚麼也不能帶，若是你替中堂留個體面呢，那就甚麼都好說！」

吳卿憐不作聲，要她親口說一句願意殉節，無論如何於心不甘；若說照和孝公主的意思，孑然一身、飄然遠引，又覺得近乎絕情，所以心頭千迴百折，無法委決得下。

「我話傳到了。」郭嬤嬤站起身來說：「我先去看一看二太太，明天再來聽信兒吧。」

等她一走，吳卿憐將彭華找了來說：「你趕緊去找張四官，把我的情形說一說。看他有甚麼好主意，馬上回來告訴我。」復又加了一句：「事情很急，一定得有準主意。」

彭華這一去，久無回報，到得二更時分，丫頭來報，彭華回來了。

「叫他來。」

「他在滄浪山房，說請姨太過去，」丫頭答說：「那裡講話方便。」

「也好。」

滄浪山房是和珅特為吳卿憐建造的一座院落，專供她蘇州的鄉親上京探望住宿之用，在府第的西北角，自成一區，另外開門出大街，在內的通路，只有一條，便是通到吳卿憐後院的角門。

兩名丫頭掌燈，開了角門，經過長長的甬道，到了滄浪山房，月色極好，照出西邊之楹廂房的窗櫺中，清清楚楚的兩條人影，那是誰？張四官？

不錯，是張四官，相顧淒然，但沒有工夫去感嘆這半個月來的劇變：「法子倒想到一個。」他說：「不過——。」

看他遲疑的神氣，吳卿憐知道他是顧忌著下人，便指著南面那間屋子問道：「裡面生了火沒有？」

「有火盆。」

「咱們到裡面談去。」

圍著火盆低聲密語，張四官首先告訴她，放出去的款子，大部分都接頭好了，陸續在蘇州跟揚州兩地償還。至於和孝公主傳來的訊息，在他並不覺得意外，因為大家早都在這樣談論了。

「當時我心裡在想，你絕不能死，你一死，大部分的款子都收不回了，白白便宜了人家，連我都不甘心。可是，你如果不死，回到蘇州，亦未必能安安穩穩過日子；除非，你另外再嫁一家有勢力的人家——。」

「不！」吳卿憐打斷他的話，語氣很決絕，「我絕不會再嫁。」

「我想也是，『曾經滄海難為水』；那裡還有你看得上眼、過得慣日子的人家？」張四官略停一下又說：「不能死，又不能不死，怎麼辦呢？我想來想去，只有一個辦法：假死！」

「假死！」吳卿憐精神一振，「怎麼叫假死？」

「那還不明白？看起來死了，其實沒有死，不就是假死？」

吳卿憐定神細想了一會，方始弄明白他的意思，「你是說，要有一個人冒我的名去死。」她說：「這個人是誰呢？」

「不！吳姨太，不是真的有個人冒你的名去死；只是這麼說說而已。」

「我又胡塗了。不是這麼，誰又會知道我死了呢？」

「只要皇上知道，把案子銷了就行了。」張四官又說：「吳姨太，順天府抓總的捕頭楊才年是我拜把的弟兄，我跟他談過好幾回了，事情可以做；順天府司獄周老爺，因為知道上頭對這件案子從寬來辦，也答應幫忙，如今就不知道十公主的意思，到底是真的逼你，還是只為了一個虛面子？」

「十公主跟我無冤無仇，何必一定非置我於死地不可？多半是為了面子。不過，也很難說。」

張四官點點頭，「那好！」他說：「咱們只要做得像那麼回事？十公主就知道了真情，也不會追究。總之假死這件事好辦；難的是假死以後。吳姨太，你心裡該有個時時刻刻都不能忘記的念頭。」

「喔，你說！」

「從假死以後，這個世界上，就沒有你這個人了！」

「啊！」吳卿憐一面想、一面說：「我得移名改姓，躲起來，不能跟熟人見面，當然也不能回蘇州；還得另外編出一套身世，總而言之，『以前種種譬如昨日死；以後種種譬如今日生！』」

「對了，就是這樣子。」

「別的都好辦，只是我連我老娘都不能見嗎？」

「那倒也不然，以後總有辦法；只要你家老太太口風緊就行。如今倒是有件事，關係重大；倘或有人要賴你債，你不能出面來討，啞巴虧豈不是吃定了？」

「說得是。」吳卿憐停了一下說：「錢財雖是身外之物，但有錢可以助人、做許多自己想做的事，白白為人乾沒，於心不甘。」

然而如何才能不為人乾沒呢？張四官認為唯一的辦法，就是將債務轉到他人名下；張四官問吳卿憐，有沒有可以充分信賴的人？

吳卿憐心想，事情很明白地擺在那裡，如果張四官存心乾沒，根本無計可施；再說，他如有歹意，又何需跟她商量？所以毫不遲疑地答說：「除了你，還有誰？你去想法子，也不必告訴我，我把性命都託付給你，你怎麼說，怎麼好！」

張四官不作聲，但臉色凝重，彷彿負荷不勝似地，好一會他才開口，語音低沉地說：「吳姨太這樣信任我，我只好拿全副精神來對付這件事。現在我先請問你，你打算住那裡？」

「自然是想回蘇州，可是——。」

「回蘇州當然不行，離蘇州近的地方倒可以。」張四官沉吟了一會，很有決斷地說：「到太湖邊上，找一處風景好的地方，造一座『家庵』住！」

吳卿憐欣然色喜，「對！」她即時下了決心，「我住家庵。」

「家庵」的名目起於明朝。退歸林下的大老身後都留有姬妾，年紀往往比「少奶奶」還輕，既因名聲所關，不能讓她下堂求去；而供養在家，奉之為「庶母」，難免意見不合，有傷和氣，所以往往在清幽之處，建造一座佛堂來安頓，雙扉緊閉，並不對外開放，故而名之為「家庵」。

「好！說定了，我馬上去辦。」張四官又說：「再有一層，要跟吳姨太說明白，如今使這條金蟬脫殼計，事情要做得滴水不漏，各方面都要打點照顧到，得花大把的銀子。」

「要吃好多苦。」

「我知道，只要花得起，我不在乎。」

「那也是沒法子的事。」

「還要受許多委屈。」

「呃，」吳卿憐問：「是怎麼樣的委屈？」

「譬如說——，有些人你是不想見的，為了有求於人，不能不敷衍；那不是委屈？」

「既然有求於人，委屈也說不得了。」

「好！吳姨太完全明白，我就可以放手辦事了。喔，還有很要緊的一件事，郭嬤嬤那裡，得好好兒籠絡籠絡。」

吳卿憐想了一下說：「那也無非多給她一點兒好處。我如今是再世做人，一切身外之物都沒有甚麼用處；不但郭嬤嬤，這裡跟我的人，我亦都要給他們一點東西。」

「這就是了。」張四官問：「明天郭嬤嬤是不是要來討回音。」

「對啊！我該怎麼跟她說？」

「你只說，一定對得起和中堂就是了。含含糊糊，不必說死了，才好見機行事。」張四官站起身來，走到廊上，四處打量了一下，點點頭說：「這個地方好，一門關緊了，裡面幹些什麼，誰也不知道。」

「張四哥，」吳卿憐突然問道：「談了半天，你自己呢？是仍舊住北京，還是跟我一起？」

「我打算南北兩頭跑。」

「你的戲班子呢？」吳卿憐問：「是照常呢；還是『報散』？」

「這會兒還不知道，得看情形。」

「你何不到蘇州去搞一個班子？」吳卿憐說：「有你在，我才能放心。」

「這都好商量。」張四官起身說道：「我得走了。這幾天，你得派小彭專門跟我聯絡。吳姨太，你請放心，我一定會把事情辦妥。」

「張四哥，」吳卿憐一面相送，一面說道：「我現在無依無靠，一切都在你身上了；你就是我的親人。」

張四官走了，吳卿憐卻不想走，一丸涼月，滿院西風，凍得瑟瑟發抖，也不想馬上回屋子，因為身上冷，頭上卻很舒服，清醒輕快，自覺思路敏銳，甚麼都能想得通，實在是很值得珍惜的一刻。最使她興奮莫名，有不可思議之感的是，一夕之間，再世為人；「輪迴」之說，渺不可知，而自己竟在現世經驗到了，這不是萬分奇妙的事嗎？

她心裡又想，說有人能記得前生，那是虛無縹緲，無法求證的事，但像自己這樣，能記起「以前種種譬如昨日死」的往事，不就等於記得前生？

「姨太，要受涼了，回去吧！」

回到臥房，回想「以前種種」，忍不住又鋪紙吮毫，隨想隨寫，接著亦有起句的那第四首詩，記述往事。

「村姬歡笑不知春，長袖輕裾帶翠顰。三十七年秦女恨，卿憐不是淺嘗人。」第五首仍舊用「人」字韻：「蓮開並蒂是前因，虛擲鶯梭廿幾春。回首可憐歌舞地，兩番空是夢中人。」

如今夢是醒了，萬緣俱滅，寸心之中，空無所有，唯一割捨不下的是，蘇州的老母，從十五年前專程回鄉掃墓，曾有半個月的團聚之後，一直未曾見過，不知這兩天能不能在夢中相見。

於是，她又提筆寫了一首：「白雲何處老親尋，十五年前笑語溫。夢裡輕舟無遠近，一聲欸乃到吳門。」

這時天色已經大明，但吳卿憐卻毫不覺得，直到丫頭來打開深垂的簾幙，才發現紅日滿窗；人也覺得倦了，稍進飲食，解衣上床。朦朧中聽得人聲，旋即分辨出說話聲音又高又急的，正是郭嬤嬤。

「吳姨太天亮才上床，這會兒睡得正沉。」她聽見丫頭在說：「郭嬤嬤，你是不是下午再請過來？」

「來一趟也很麻煩，我等她醒就是。」郭嬤嬤又說：「這樣吧，我先到二太太那裡去一趟，聽了她的回音，再來看吳姨太。」

「是，是。郭嬤嬤你先請到二太太那裡去；回頭請過來吃中飯。」

誰知郭嬤嬤這一去，直到傍晚才來。問起來才知道她是奉召回公主府去了一趟，帶來的消息是，和珅將在第二天賜帛；在戶部後面的小廟中入殮以後，即時移靈到涿州，擇期安葬，府中亦不設靈堂，因為房產已經入官，不是和珅的私第了。

「轟轟烈烈一份人家，就此煙消火滅。」郭嬤嬤感嘆著：「想想做夢都沒有這麼快。」

吳卿憐蹙眉不語；然後起身到臥室中轉了一轉，回出來時，後面跟著一個丫頭，捧著一個托盤，盤中有一個蜀錦的包袱、黃橙橙的兩雙蒜條金的鐲子、一朵珠花，另外是拿紅絲線串著的四個寶石戒指。

「郭嬤嬤，多年承你照應，如今要分手了，你留著作個遺念。」

這在一般富貴人家也算是一份重禮了，但和府上實在太豪奢了，郭嬤嬤是看慣了的，所以並無驚訝之色，只說：「吳姨太，我也沒有甚麼好處到你身上，這些東西實在有點拿不下手。」

「別說這話。」吳卿憐意味深長地說：「這兩天也許還要請你幫忙，在十公主面前，多多為我擔待。」

「只要用得著我，沒有話說。」郭嬤嬤問：「吳姨太，我回府以後，怎麼跟十公主回覆。」

「請你跟十公主說：我一定會對得起老爺。」

郭嬤嬤不作聲，然後點點頭說：「我先回覆了，看十公主怎麼說，再作道理。」

等她一走，吳卿憐派彭華去約張四官來見面，後半夜仍在滄浪山房等候，直到四更時分，方見張四官踐約。

「事情很痛快，一切都已談好，連公主府的長史也說通了。吳姨太，你要帶甚麼人、帶甚麼東西，明天白天都弄妥當，半夜裡我派車來接。」

「到那裡？」

「到通州暫住一住。」張四官說：「半個月以後，我陪你一起走，是起旱還是水路，現在還不能定。」

「喔，」吳卿憐問：「這裡怎麼辦？」

「這裡司獄周老爺會安排，細節我亦不十分清楚；總之，一定妥當。」

「好！只要妥當就好。」

「不過有件事，我得告訴吳姨太，一共花了四萬銀子。」

「你不必告訴我。」吳卿憐問：「我帶的人除了貼身的兩個丫頭以外，我想把彭華也帶了去。」

「彭華隨後再去好了。」張四官又說：「行李不能太多，揀緊要的東西拿好了。」

「我明白。」

「好！我走了。」等他出了門，忽又回身說：「吳姨太，你得扮成一個普普通通的小家婦女，首飾不能戴，脂粉也不能用。」

「現在穿孝，首飾脂粉本來就用不著。」

「再有件事，言語行動別顯得跟平常不一樣，讓人起疑心。」

「好，我明白。」

「那就明兒晚上見了。」

其實應該是「今天」才是，因為曙色已露，已是正月十八了。吳卿憐回去和衣假寐了一會，等天色大亮，將她的兩個心腹丫頭找了來，低聲說道：「今天晚上，我得走了，你們怎麼樣？」

兩人愕然不知所答，都瞪大了眼，等她往下說。

「這一回，我是隱姓埋名、吃齋唸佛，雖不當姑子，可是有一座庵，容我帶髮修行。你們如果願意跟我去呢，我當然替你們好好兒找個有出息、又是你們中意的人，備一副妝奩，風風光光把你們嫁出去；如果不願意呢，我讓張四官給你們每人一萬銀子，回娘家好好過日子。不過有一層，絕口不能談以前的事。」

「我沒有娘家。」

「我有娘家也不回去。」

「照這麼說，你們都願意跟我走？」吳卿憐欣慰地說，「那好，我現在交代幾件事，你們聽仔細了：第一，這件事不能露半點口風，也不要有甚麼惹人生疑的舉動；第二，你們得換粗布衣服，替我也找一身來；第三，我今天一天不進飲食，不過小廚房的飯，還是照做。」

「為什麼？」

「今天老爺升天，既不能看他入殮；也不設靈堂，連痛痛快快哭他一場都辦不到。」吳卿憐悽然落淚，「我只有絕食一天，代替撫棺一慟。」她擦一擦雙眼又說：「你們悄悄兒收拾東西去吧，越輕便越好。」

吳卿憐自己只是關起門來，焚香靜坐，回想廿一年來繁華富麗的日子，不免擔心將來能不能忍受那種淒清寂寞的歲月？倘或不能忍受，又將如何？

這個念頭，一直縈繞在心，直到長二姑來了，方始打斷。

看她雙眼紅腫，便知她剛哭過；吳卿憐不由得嘆口氣，自語似地說：「死者已矣！生者何堪？」

「只有靠自己拿主意，再難堪，也得咬緊牙關來挺。」長二姑緊接著說：「我是來跟你辭行的，我明天一早要走了。」

這「走」字可有生離死別兩種解釋，吳卿憐先得確定是那一種，才能答話，因而只是怔怔地望著，開不得口。

「前天郭嬤嬤來傳十公主的話，要我跟了老爺去；又說，如果不願，只能空手出門。我說：螞蟻尚且貪生，能不死何必非尋死不可？不過，我仍舊願意聽十公主一句話，我請你上覆十公主，能不能讓我空手出門。今天中午，有了回音，十公主答應讓我走。」

長二姑個性爽朗，這件生死之間的大事，辦得乾淨俐落，不由得使吳卿憐佩服，想了想問道：「那麼你是到那裡呢？回陝西？」

「當然，不回娘家到那裡？」長二姑問說：「你呢？你是怎麼個打算？」

吳卿憐當然不能透露自己的祕密，但也不願編一套話欺騙她，半真半假地說：「照我自己的心願，最好長齋供佛，但能不能辦到，還要託郭嬤嬤跟十公主先商量。」

「我想十公主會答應的。」長二姑急轉直下地換了個話題，「我怕夜長夢多，明天一早就走，反正空手出門，除了鋪蓋，沒有別的，倒也省事。不過有件事我要託你，我有五萬銀子在張四官那裡，那天不是把摺子、圖章都交給他了；如今沒有工夫找到他談，拜託你轉告張四官，務必把我這筆款子要回來，轉存天源德票號，那裡的掌櫃姓屈，只說是我的錢，他自然會替我料理。」

「你最好寫封信，我怕說不清楚。不過，我一定會替你盯著這件事。」

「也好。我回去寫。」

這封信一直到晚上才送來，另外還有一幅素箋，上面寫了兩首七律，題目是：「哭相公兼以留別卿憐妹」，第一首是：「誰道今皇恩遇殊，法寬難為罪臣舒。墜樓空有偕亡志，望闕難陳替死書。白練一條君自了，愁腸萬縷妾如何？可憐最是黃昏後，夢裡相逢醒也無？」

第二首是預擬登車以後的心境：「掩面登車涕淚潸，便如殘葉下秋山。籠中鸚鵡歸秦塞，馬上琵琶出漢關。自古桃花憐命薄，者番萍梗恨緣艱，傷心一派蘆溝水，直向東流竟不還。」

「唉！墜樓空有偕亡志！」吳卿憐很想依韻相和，但心亂如麻，只好收起詩箋，以後再說。

「姨太，」彩霞悄然到她身邊，低聲說道：「有件事，我想求姨太，針線房的阿蓮是我嫡親的表妹，當初我姑媽千叮萬囑，務必照看她，如今不能丟下她不管。姨太，是不是可以帶著她一起走？」

「你已經這件事告訴她了？」

「沒有，我不敢說出去。」

「你沒有說破，就可以去。不過這會兒先別告訴她，要防她無意之中，走漏風聲；到時候叫醒她就是。」

「是。」彩霞四面看了一下問道：「姨太，這裡的東西，真的都不要了？」

「想要也要不成，怎麼帶啊？我只帶一個首飾箱。」

彩霞不作聲，望著多寶槅上，五光十色的擺設；臉上流露出難以割捨而無可奈何的神色。吳卿憐當然知道她的心境，想開導她一番，正要開口時，聽得窗外有男人咳嗽的聲音。

「誰啊？」

「必是彭華！」

彩霞走到外間去掀開門簾，果不其然是彭華，他低聲說道：「我有話要跟姨太回。」

他要跟吳卿憐說的是轉述張四官的話，第一、不必帶鋪蓋，在通州備有全新的臥具；第二、要改姓名身分，請吳卿憐自己決定。

「姓就不必改了。」吳卿憐想了一下說：「你們都叫我『吳大姑』吧。」

「是。」彭華看一看彩霞：「你可記住了。」

「彭華，我倒問你，等我走了，他們到底如何交代？」吳卿憐問：「說我上吊死了，還是怎麼著？」

「說姨太，不，說吳大姑上吊死了；還要抬一口棺木到滄浪山房。」

「喔，裝要裝得像。」吳卿憐點點頭表示讚許。

「抬棺木進來，另外還有作用。」彭華停了一下，終於忍不住還是說了下去，「這回抄家只封老爺的上房跟八個倉庫，各處好東西還多的是；他們打算趁此機會，拿棺木塞滿了抬出去。」

「原來是借我的『屍首』發一筆財。」吳卿憐有些憂慮：「但願不出事才好，不然，我到那裡都不能免禍。」

「不會，不會。張四官做事最扎實。」彭華放低了聲音說：「刑部、順天府、公主府的長史，都通了的；萬無一失。」

「那也罷了。喔，彭華，我有句要緊話問你，你自己總有個打算吧？倒說給我聽聽。」

「我老早打算好了。我要去從軍。」

這個答覆，大出吳卿憐意料，「你怎麼會想到這條路子。」她仔細打量著他說：「看你文質彬彬的，怎麼也不像個武夫。」

彩霞一旁接口說道：「人家可是位五品的武官呢！」

「五品武官？」吳卿憐越發詫異，「我怎麼不知道？莫非是二老爺替你辦的保舉？」

「二老爺」是指和珅的胞弟和琳，他是筆帖式出身，由於胞兄的提攜，當到湖廣道御史；以伉直見知於太上皇，隨福康安辦理軍務，乾隆六十年在四川總督任內，以平苗之功，封一等宣勇伯；嘉慶元年福康安卒於軍中，和琳督辦軍務，不久，亦像福康安一樣，染患瘴氣，不治而死。身後恤典甚厚，晉贈一等公，謚忠壯；尤其難得的是，詔命配饗太廟，准其家建專祠。這些非分之榮，如今隨著和珅的獲罪而被褫奪了，不但撤太廟，毀專祠，他的兒子豐紳伊緜承襲的公爵當然亦保不住了，不過還是賞了他一個三等輕車都尉的世職。

彭華的五品武官，卻非由於和琳的保舉，他年紀雖輕，很有志氣，書也讀得不錯，但不能應考出仕，光大門楣。因為身隸奴籍——士農工商四「民」為「良」；而倡優胥隸以及奴僕則為賤民，照定制報官改業，須經四代，身家清白，子孫方准應試。彭華為了擺脫賤民的身分，特地捐了個守備的武職，成為五品武官，由「民籍」改隸「軍籍」，便像脫胎換骨一樣了。

「我的捐官，是老爺准了的。老爺跟我說，你既然有志上進，就該真的到前方，只要立了軍功，有我在，何愁不飛黃騰達？老爺答應今年放我走，去年還託了四川總督勒大人；勒大人要我去替他管糧餉。我等老爺安葬以後，馬上就要去投勒大人了。」

「你倒真是有志氣。不過，」吳卿憐悵惘地說：「這一來，我的打算可落空了。」

「吳大姑是怎麼打算？」

吳卿憐不答他的話，向彩霞說道：「一天沒有吃東西，心裡慌慌地發空；你看能做一碗甚麼湯來喝。」

「有現成的杏酪燕窩粥，熱一熱就行了。」說完，出屋而去。

這是吳卿憐故意將她遣走，好跟彭華說話：「我在想，現在是遭難，凡事總要互相倚靠才好。你是江西人，我的打算是想讓你跟著我到南邊；我把彩霞配給你，你們跟我一起住也好，或者搬出去住，逢年過節帶著孩子來看看我，等於回娘家。你要做買賣，我給你本錢；不做甚麼，我也養得起你們。不想，你有這番立軍功做官的志向，我就不好再說甚麼了。」

彭華不作聲，好半晌才說了句：「我不知道吳大姑有這麼一番打算。」

「這也是出了事以後，才有的打算；不過我想把彩霞配給你，是早就想到了的，跟老爺也提過，他也贊成。」

「沒有用！」彭華搖搖頭說：「彩霞不會要我的。」

「喔，」吳卿憐很注意地問：「你怎麼知道？」

「我，」彭華楞了一回說：「偶爾跟她說句把笑話，她就把臉放下來了。」

「你錯了！這是府裡的規矩，她管著好多人呢！不是以身作則，自己重規矩，可怎麼說人家。」吳卿憐停了一下又說：「我老實跟你說了吧，我探過她的口氣，她不講話，如果她不要你，她就會批評你，可是沒有說你一個壞字。」

「這——，」彭華遲疑了一會，「如今似乎也不必再談了。」

聽他口氣不是很決絕，吳卿憐重新萌生希望，「不然。」她問：「最要緊的是問自己，你喜歡不喜歡彩霞？老實告訴我。」

「光我喜歡也沒有用。」

「誰說沒有用？有我在，我就能作主。」吳卿憐想了一下說：「等張四官把我們安頓好了，你專程來一趟，咱們好好商量。你看這樣行不行？」

「我原來就打算著，到四川去以前，先要去看看吳大姑，才能放心。不過，就不知道張四官甚麼時候才能把事情辦妥。」

「不會太久的。」吳卿憐忽又說道：「或者我們在通州，就把事情定規了它。」

這所謂「事情」，自然是指他跟彩霞的終身而言；彭華一時委絕不下，只是沉吟著無法作確實的答覆。

就這時，彩霞已將燕窩粥送了來；看著彭華問道：「我熬了一罐紅棗蓮子白果粥在那裡，你要不要喝一碗？」

「好！」彭華無可無不可地說：「喝一碗。」

「彩霞，」吳卿憐交代：「回頭我要躺一會兒，如果睡著了，到半夜裡叫醒我，別誤事。」

「我知道，你儘管放心睡好了。」

「彩霞，」吳卿憐又說：「這回咱們等於逃難，甚麼想不到的情形，都會遇到；而且我又是個『黑人』，好些地方不能出面，全得靠你，江湖上的花樣很多，如今快動身了，你得好好兒請教請教彭華。」

這是她有意安排彩霞跟彭華接近，只為「全得靠你」四字，彩霞亦頓覺仔肩沉重，想細問一問旅途上宿店、雇車、應付江湖上各色人等的要訣，所以在彭華喝粥時，她為自己沏了一碗釅茶，準備長談。

「宿店、雇車，張四官都會派人照應，你不必擔心。說到江湖上的應付，一句總的祕訣：多用眼睛少用嘴！凡事隨處留心，別多開口；你不開口，人家摸你不透，一開口說了外行話，是非就容易上身了。」

「嗯，嗯，『是非只為多開口』嘛！」

「有是非的場合，最好躲遠一點兒。」彭華又說：「你平時好管閒事，這在江湖上最犯忌。」

「不是我好管閒事，是不能不管，譬如那天你罵了掃院子的小丫頭，害得她一個人委委屈屈地淌眼淚，我見了能不問嗎？」

「那不能怪我——。」

「我沒有怪你，我只是打個譬仿。」彩霞略停一下又說：「不過，你向來得理不讓人的脾氣，最好改一改；尤其是要出去帶兵做官了，總要多體諒部下才好。」

話題很快地落到了彭華頭上，「我從小愛看武戲，尤其是靠把戲，羡慕威風八面的將官。」他興高采烈地說：「想不到現在真的走上了這條路。」

「有志者、事竟成！但願你馬到成功。」

「不知道勒大人肯不肯讓我帶兵？他要我替他管糧餉，在我，這不是個好差使，我不會打算盤。」

「你不會，自有人會。」彩霞說道：「要你管糧餉，是要你看住手下的人，不偷不盜、不報花帳，並不是要你自己去記帳盤算。」

「話是不錯，不過，我自己覺得我宜於帶兵打仗。」

「為甚麼？莫非你學了一身好武藝，有打勝仗的把握？」

「打勝仗，不在於會武藝，現在是用火器，舞槍弄棒沒有用。」

「那末，你是憑甚麼覺得你宜於帶兵打仗呢？」

「第一、我喜歡冒險；第二、我膽子大。打勝仗全靠弟兄能拚命，弟兄肯拚命，全在乎你自己先帶頭去拚。這就是所謂身先士卒。」

彩霞笑一笑不作聲，臉上微有一種不屑與辯的神色，這讓彭華看了很不舒服。

「你當我說大話吹牛？」他說：「你將來總看得到的。」

「你別多心，我沒有那種意思。」

看她臉上那種怕他誤會她的微帶惶恐的神色，彭華不但再無不悅，而且覺得很安慰，因為他開始發現自己在她心目中，還是有相當分量的。

「我老實告訴你，我不是笑你說大話，我是覺得你把事情看得太容易。你千萬不能在心裡存甚麼芥蒂，心裡如果有那麼一塊病，最容易壞事；譬如有時候不該冒險；有時候要謹慎小心，只為有這麼一個誤會，惟恐人家笑你膽小，不該冒的險也去冒，該小心的不小心，那關係太大了！」彩霞的語聲如銀瓶瀉水，順暢非凡、欲止不可地又說：「你萬里迢迢去從軍，我不擔心你別的，擔心你太爭強好勝；而且從小跟在老爺身邊，耳濡目染，也不免武斷，如果你把這些脾氣收斂一點兒，你的成就一定不小。將相本無種，男兒當自強，不過『強』不是任性專擅，也不是一定要壓倒人家，『謙受益，滿招損』，你千萬記住我這一句話！」

就這一番話，將彭華的一顆心整個掌握了，情不自禁一伸手壓在她置於桌上的左手背上，怔怔地望著她，自覺眼圈都有些紅了。

「你怎麼不說話？莫非嫌我的話不中聽。」

「不中聽，我也得聽。彩霞，我今天才知道，你對我的脾性，摸得比我自己還透。」

這好像是在說，她在他身上下的功夫很深；彩霞有些不好意思地抽回了手，轉過臉去說道：「天天見面的人，還能不知道誰是怎麼樣的一個人嗎？」

「我就不知道你。」

「那末！」彩霞正一正臉色問道：「你看我是怎麼樣的一個人呢？」

「我看你——，」彭華找不到適當的形容，很吃力地說：「人太方正，彷彿不太有情義似地，現在我才發現，我完全看錯了。」

「好！」

這等於說她是個有情有義的人；彩霞的臉又紅了，搭訕著說：「粥還有，要不要添一點兒？」

等她拿起他的碗出房門，迎面遇見預定跟她一起隨吳卿憐「出亡」的阿鶯，笑嘻嘻地望著她，一臉詭祕的神色；便退後兩步，先容阿鶯進門。

「阿鶯，」彭華定睛看了一下問道：「你好像遇見了甚麼好笑的事！」

「我笑你長篇大論地挨了彩霞一頓訓，竟一點兒也不動氣。」

「怎麼？你聽見了？」

「從頭到尾都聽見了。」阿鶯笑道：「彭華，你將來得意了，可別忘掉彩霞。」

「去你的！」彩霞罵道：「從不說好話！」說完，奪門便走。

「真的，彭華，」阿鶯低說道：「彩霞一片心，早在你身上了，你怎麼懵懵懂懂，直到今天才知道她對你好？」

「就到今天知道也不算晚。」

「這倒也是實話。」阿鶯緊接著問：「那麼你現在打算怎麼辦呢？」

「甚麼事怎麼辦？」

「你是裝糊塗不是？」阿鶯想了一下說：「我倒問你，你是不是打算掙一副誥封給彩霞？」

彭華覺得這是一件大事，不願輕率作答，故意笑道：「我掙一副誥封給你，如何？」

「我可沒有那份福氣！」阿鶯嘟起嘴說：「好意跟你談正經，你反油腔滑調跟我開玩笑！」

「對不起、對不起！」彭華陪著笑說：「你的話讓我沒法兒回答，只好這樣子說了。」

「為甚麼沒法兒回答？莫非你還不願意？彩霞那一點配不上你？」

「我沒有說她配不上我；是我自己有顧慮。」

「甚麼顧慮？」阿鶯咄咄逼人地問。

「你想，」彭華答說：「我自己都還不知道怎麼樣呢；人到了戰場上，槍炮無情，何必害得人牽腸掛肚？」

「那，」阿鶯脫口說道：「你乾脆就別上戰場了！」

彭華噗哧一聲笑了，「阿鶯，」他說：「咱們換個題目聊聊，好不好？」

「為甚麼？我只想談這件事。」

「你真是強人所難了。好吧，」彭華收起臉上的笑容，是談正經的神態，「從軍是我一生的大事，要對得起祖宗父母，只有走這條路。你知道不知道，『奴才』兩個字是怎麼寫的？不說別人，只說劉總管好了——」

彭華指的是和珅的老僕劉全，家貲鉅萬，在家一樣也是奴婢成群，但只能關起門來當「老爺」；到得場面上，自然而然地矮了半截。身隸奴籍的痛苦在阿鶯是不容易體會的，所以對彭華的話，完全不能接受。

「你已經捐了五品功名在身上，武官的身分，不再是奴才了。做官歸做官，何必一定要上戰場？」

「不上戰場，那裡來的官做？阿鶯，人各有志，不能相強；沒出息的人，彩霞也未必看得上眼。」

阿鶯語塞，賭氣說道：「我是為你好？你不聽勸，我懶得跟你說了。」

相對沉默了一會，只聽得一聲咳嗽，彩霞掀簾而入；原來她在門外已聽了好一會，只為談的是她，故意躲開這段尷尬的時刻，此時裝作毫無所知地問道：「你們在爭甚麼？」

「你問他！」阿鶯向彭華一指，「狗咬呂洞賓，不識好人心。」

彩霞不再接口，彭華自然也不會說破，只笑嘻嘻地向阿鶯說：「你的好意我完全明白，你別生氣，是我不對。」

阿鶯的氣自然消了，正待回答時，突然停了下來，側身靜聽，彩霞與彭華也聽見了，隱隱哭聲，發自內室，彩霞頓時色變，向阿鶯抬一抬手，急急越過穿堂，哭聲越發清晰，確是來自吳卿憐的臥室。

「大姑、大姑！」彩霞搖撼著她的身子喊：「醒醒，醒醒！」

哭聲止住了，在阿鶯擎著的燭台照耀之下，只見吳卿憐滿臉淚痕，而雙目炯炯，流露的卻是迷茫的神色，彷彿不知身在何處似地。

「怎麼了，大姑！著魘了不是？」

吳卿憐不作聲，等彩霞扶她坐了起來，為她拭淚時，她才開口問了一句：「甚麼時候了？」

「戌時剛過。」

「我剛才夢見老爺了，在『十笏園』。」

這十笏園是和珅的賜園，在圓明園之南，原名淑春園；和珅受賜以後，大興土木，結果成為他的二十款大罪的第十三款：「園寓點綴，竟與圓明園『蓬島瑤台』無異，不知是何肺腸？」

「蓬島瑤台」為「圓明園四十景」之一。圓明園中湖泊多處，最大的一座名為「福海」，中有三島，正中最大的一個，原名「蓬萊洲」，乾隆九年易名為「蓬島瑤台」，正殿七楹，殿東有樓，題名「暢襟樓」。淑春園中亦有一座大湖，孤嶼矗立、恰似蓬島瑤台，和珅便照福海的規格布置，建一座「臨風待月樓」，倒比「暢襟樓」更為講究，樓前有一塊兩丈多高的太湖石，清奇古怪、莫可名狀；此石原為揚州鹽商花園中的珍物，和珅在隨駕南巡到揚州時，一眼看中了，鹽商不敢不予奉獻，光是運費，就花了上千兩銀子都不止。

臨風待月樓便是吳卿憐所住，樓後有一座「花神廟」，廟旁是一具「石舫」；這也是有違禁制的，因為與「清漪園」中的石舫一模一樣。清漪園在圓明園西，有山有水，山名甕山、水名西海，乾隆十五年為皇太后六旬萬壽祝釐，就甕山明朝所建的圓靜寺廢址，特建一座「大報恩延壽寺」，甕山亦改名為「萬壽山」。

其時為了大小金川的軍務，特在香山設立「健銳營」，選拔八旗勁卒，展開山地作戰的訓練。但太上皇認為水戰亦不可不講求，因而疏濬玉泉山的水源，匯注西海，擴展為一片汪洋的大湖，設置戰船、選拔廣東福建水師的千總、把總為教練，訓練健銳營的兵丁，並仿照漢武帝闢「昆明池」習水戰之義，將西海改名為「昆明湖」；湖中建石舫一座，為的是供皇太后觀賞水操之用。

吳卿憐夢見和珅，便是在這座石舫中，「在夢裡，我沒有想到他是賜自盡的，還問他：幹麼脖子上掛一條白綢帶子？他怪我：你好糊塗！莫非我現在是在甚麼地方都不知道？我這才想到他不在人世了。我哭，他也哭！」說著，她又垂淚了。

「老爺說甚麼？」

「沒有。」吳卿憐搖搖頭，「我正要開口問他，有甚麼未了之事交代？人就醒了。」

「唉！」彩霞懊喪地說：「早知是這樣，我就不推醒你了。」

「日有所思，夜有所夢，都是大姑想念老爺的緣故。」阿鶯勸道：「大姑也不必難過，我想過幾天老爺還會來託夢。」

「誰知道呢！」吳卿憐說：「到了通州，我要寫一卷心經燒給他。」

「大姑，」彭華在房門高聲說道：「時候差不多了，大家預備、預備吧！」

「喔，」吳卿憐突然想起，「有一樣要緊東西，彭華，你要想法子帶著，老爺的詩稿。」

「連在刑部火房中做的詩，都交給大少爺了。」

吳卿憐點點頭，然後嘆口氣說：「唉！一世榮華富貴，到頭來一場空，甚麼東西是自己的？算起來只有幾首詩，或者還能流傳後世，彭華，你記住了告訴大少爺，老爺的詩集子，一定要印出來。」

「大少爺已經有這個打算了，詩文合集，叫做『嘉樂堂集』。」

正月二十五鼓出東便門，到得通州，住在城外一個很大的莊園中，居停是誰，吳卿憐一無所知；她跟彩霞、阿鶯，還有一個丫頭，是單獨住在一起院落中；日常有一個雙耳重聽、沉默寡言的老嫗，來為她們送供給，那個老嫗姓孟，自吳卿憐為始，都叫她「孟婆婆」。這孟婆婆居然識字，她說：「我的耳朵不好，你們跟我說話，很費勁；有甚麼事，要甚麼東西，寫張條子，我就知道了。」

張四官將她們送到通州，安頓好了，便即回京，半個多月，未曾來過；只有彭華，每隔三天，騎一匹健騾，來住一天，也帶來了好些消息，最要緊的一件是：順天府衙門會同刑部奏報，和珅之妾吳卿憐已於正月二十日午刻自縊，並檢呈遺詩八首，硃筆批了個「知道了」。從此以後世上就沒有吳卿憐這個名字了。

張四官終於來了，「吳大姑，」他說：「我把戲班子讓出去了。你的款子，有一部分撥到揚州，一部分撥到杭州，要造家庵，可以開始動手了，你喜歡甚麼地方？」

「上有天堂，下有蘇杭，照我的意思，最好住在這兩個地方，可是辦得到嗎？」

「蘇州是你的家鄉；杭州知道你的人也不少，住這兩個地方，真正身分容易敗露。」張四官想了一下說：「這樣，吳大姑，你給我幾個宗旨，我去找幾處地方，讓你自己挑。」

「好。」吳卿憐一面想，一面說：「第一，要離蘇州近，第二，要清靜隱密；第三，要安全。還有，如果新起樓臺，一定會引人注目，看看有現成的房子弄一所，比較妥當。」

「說得是，我照你的意思去辦，現在談第二件事，這裡是暫時歇腳的地方，在家庵弄妥當以前，總還要找一個能夠住個半年到八個月的地方；我有兩個好朋友，可以投靠，一個在濟南，一個在徐州，你願意到那裡？」

「自然是濟南。『一城山色半城湖』，濟南是好地方。」

「那就濟南，等天氣稍微暖和一點兒，我們『起旱』到濟南。這一回，我跟你一起走。」

「對了，張四官，」吳卿憐關切地問：「你的戲班子已經讓出去了，以後有甚麼打算？是再『團』一個班子呢？還是幹別樣行當？」

「還不一定。」張四官答說：「吳大姑，我是身不由己，自己都不知道將來怎麼樣？」

「為甚麼？俗語說：人在江湖，身不由己。你又不是跑江湖的人。」

「吳大姑，請你不要多問。慢慢你就會明白了。」

聽他言語閃爍，吳卿憐微感不安；因而也就想到了眼前的境況，便即說道：「張四官，我在人家這裡打攪了半個多月，連主人家都沒有見過，好像很失禮；這裡到底是個甚麼地方？」

「是個土財主，很講義氣的，我們有甚麼為難的事，找到他一定有辦法。」

「是這樣一位人物，我倒非見見他不可了。」

張四官沉吟了一會，慨然說道：「好！我先跟他去說一聲。」說著，站起身來，就待離去。

「張四官，」吳卿憐攔住他問：「初次見面，又承他好大的情，我該有兩樣見面禮，表表意思。你說是不是？」

「你有甚麼東西送他？」

「我只帶了一個首飾箱，揀兩樣首飾，送他太太，你看如何？」

「他太太死掉了，只有一個十三歲的女兒。」

「那就送他的小姐。」

十三歲的小姑娘，要送甚麼首飾才合適？吳卿憐面對著寶光閃閃、五色繽紛的首飾，頗費躊躇，便找了彩霞來商議。

「管她十三歲、十四歲，將來總用得著的。」

說著，彩霞代為揀挑了一支三鑲的玉簪、一隻珠花、一隻藍寶石戒指，正待再挑一樣，湊成四色時，吳卿憐自己看中了一樣東西。

「十三歲不也肖羊嗎？」

原來肖羊的吳卿憐，有隻玉鐲，是養心殿造辦處的司員特為琢製了送她的生日禮物，上有不同形態的三頭羊，寓意「三陽開泰」，選材既精、雕鏤尤為精緻，她覺得拿來送居停家的女兒，非常合適。

四樣首飾選定，彩霞找幾張綿紙一一裹好，然後再取一方紅緞繡花的包袱包好，拿在手裡，隨著吳卿憐一起去見主人家。

「這位是劉三爺；這位，就叫吳大姑吧！」張四官這樣為他們引見。

劉三爺約莫五十開外，穿一身青布薄棉袍，外套青布臥龍袋；由長衣下襬中看過去，內著一條裹腿的夾袴，這種滴水成冰的天氣，衣服穿得這麼少，而且腰板挺直，毫無瑟縮之容，可想而知是個會武的。

「多蒙劉三爺收容，」吳卿憐深深萬福，「感激不盡，今天特為來向劉三爺當面道謝。」

「好說，好說！都是一家人，不必客氣，請坐。」劉三轉臉向張四官說道：「老四，只怕吳大姑過不來這裡的苦日子？」

「那裡，那裡！」吳卿憐接口：「我也是苦出身；再說，這裡清靜自在，一點也不苦。」

「覺得清靜自在就好；儘管住下去，一年半載，住多少日子都行。」

「三哥，我打算讓吳大姑挪個地方。」說著，他拉一拉他的凳子，挨近劉三，促膝低語，是一篇長長的話，但第三者隻字不可聞。

吳卿憐便趁此時機，打量四周，只見堂屋正中，懸一幅達摩一葦渡江圖；兩旁一副顏字對聯：「因火成烟，若不撇開便是苦；三酉為酒，入能回首方成人。」初看不解所謂，細想一想，方知是勸人摒除煙酒的規箴，「若」字那一撇不往左撇開，便成「苦」字：「入」字第一筆由左往右扭過來，才是個「人」字，吳卿憐心想雖是淺近的拆字格，倒也要點巧思。再看下款署的是：「東魯劉協之撰語自警」，想來就是劉三了。

「劉三爺貴處是，」吳卿憐等他們談完了，插嘴問說：「山東？」

「是，我是諸城。」

「好地方。」吳卿憐問：「劉三爺是劉文正一家？」

「我們同族，劉中堂算是我五服之內的弟兄，不過從未見過。」

劉文正便是太上皇早年最賞識的漢大臣劉統勳，官至極品；他的兒子劉墉，是當朝的大學士，便是劉三所說的「劉中堂」。

「怪不得劉三爺一筆好顏字，原來淵源有自。」

劉墉字石庵，寫顏字為當代大家，所以吳卿憐順口恭維了一句；但劉協之卻惶恐地說：「不敢，不敢！我跟劉中堂分隔雲泥，豈敢高攀？若說顏字，不過臨過幾天『麻姑仙壇記』，離好字十萬八千里都不止。」

接下來閒聊家常，劉三說他的妻子十二年前因難產去世，但留下一個女兒，小名「阿難」。

「這個名字好！」吳卿憐脫口稱讚：「佛經上說，阿難是釋迦的堂兄弟，也是他的十大弟子之一。阿難是喜度的意思，你這位小姐，將來一定是有福氣的。」

劉三大為驚異，而且出現了肅然起敬的神色，「替她起這個小名，原是為了讓她記住，她娘是為她難產而死的；不想暗合著佛經上的故事。」他轉臉向張四官說：「吳大姑真了不起，肚子裡不知道裝了多少墨水！」

「這要問她自己了。」張四官笑著回答。

「那裡有甚麼墨水？」吳卿憐向彩霞使個眼色，「劉三爺，阿難小姐在那裡？」

「小姐是讓她姥姥接到山東去了；不然，我早就該讓她去見吳大姑了。」

「喔，我帶了幾樣小東西，送阿難小姐玩，現在就交給劉三爺！」接著喊一聲：「彩霞。」

等彩霞恭恭敬敬地將小包袱遞上去時，劉三不肯接，看著張四官問道：「不知道是甚麼東西？」

「反正總是女孩子用得著的東西。」

「不，不！如果是首飾，可萬不敢受。」說著，雙手飛搖，把彩霞僵在那裡，縮不回手去，一臉的尷尬。

於是吳卿憐就只好用眼色向張四官乞情了，「三哥！」他從彩霞手裡接過小包，放在劉三身旁的茶几上，「人家是給孩子的見面禮，你就不必多管了。」

「正是。劉三爺這麼見外，就不是一家人了。」

「都是一家人」是劉三自己說的話，正好堵住他的嘴，「長者賜，不敢辭。」他說：「等小女回來了，再叫她給吳大姑去磕頭。」

「磕頭不敢當，不過我倒真的想看看她。」

「吳大姑有幾位少爺、小姐？」

「沒有。」吳卿憐面色淒涼地又加了一句：「一個都沒有。」

劉三沒有再說甚麼，沉默了一會，看看沒有話可說了，吳卿憐便起身告辭；張四官另有事要談，仍舊留在原處。

不一會他回來了，手中持著那個小包袱，轉述劉三的意思，飾物過於珍貴，不敢收受。經張四官相勸，只收了那隻「三陽開泰」的鐲子。

「這還是見外。」吳卿憐不悅地說，「他不肯輕易受人之惠，我亦是如此。張四哥，我不想欠他一個人情，你看應該怎麼謝他。」

「吳大姑，你別誤會！他為人外冷內熱，極有血性；不然，我亦不能把你安頓在這裡。他在這通州，有呼風喚雨的能耐；通州又是南來北往的大碼頭，將來說不定還有倚靠他的時候，你心裡對他存了意見，事情就不好辦了。」張四官沉吟了一會說：「我倒有個主意，可不知道嫌不嫌冒昧？」

「張四哥，你怎麼說這話？你不管冒昧不冒昧，說出來商量。」

「我在想，你跟劉三不妨結個乾親家，阿難生得聰明伶俐，挺可愛的。」

「喔，」吳卿憐怦然心動，「你是說，讓阿難給我做女兒？」

「是。」

「他有幾個兒女？」

「三個。大女兒已經出閣了，兒子在滄州是北五省有名的鏢頭『金鎗牛春山』的徒弟。」

吳卿憐點點頭，沉默不語，但看得出來，她是很認真地在考慮這件事。

「吳大姑，」張四官怕她為難，特意表白：「我是隨便一說，你別以為是我出的主意，怕駁了我不好意思。你要不願意，咱們那兒提頭那兒了，就當我沒有說。」

「不，張四哥，正好相反，我很願意。」吳卿憐停了一下說，「我為什麼問他有幾個兒女呢？如果只有阿難一個，我是一種打算；既然阿難有哥哥、姊姊，我又是一樣打算。不過，就是你說的那句話，可不知道嫌不嫌冒昧？」

「你說，你是甚麼打算？」

「他肯把阿難給我，索性讓阿難姓我的姓。張四哥，你看這是不是過分了？」

「不算！江湖上這種情形也多得很。我可以跟他去談；就作為我的意思好了。」

張四官非常熱心，立即又去看劉三，到得起更時分，復來叩門；應門的是彩霞，非常意外地發現，彭華跟在張四官身後，兩人都是紅光滿面、神情愉悅，可想而知的，在劉三那裡喝了一頓很痛快的酒。

「吳大姑安睡了沒有？」張四官問說：「如果睡了，就不打攪了。」

「請進來！」吳卿憐在屋子裡應聲，先出堂屋迎接，看見彭華便問：「你是甚麼時候來的？」

「傍晚。一進門遇見劉三爺，拉在一起喝酒。」彭華緊接著說：「吳大姑，恭喜你啊！」

顯然的，他也知道了她收義女的事了；先不答他的話，只含笑問張四官：「怎麼樣？」

「劉三說：這是意外之喜。不過，他要你看了人再說；已經派人連夜動身到諸城去接阿難了。」

「這個小姑娘我見過，人品，沒有話說，吳大姑一定中意。」

「咦！」彩霞插嘴問說：「你怎麼會見過？莫非您跟劉三爺早就認識？我們怎麼不知道？」

這種語氣，倒像疑心彭華隱瞞著甚麼，故而質問；事實上她確有此意，因為她覺得劉三形跡詭秘，尤其是在談到吳卿憐將移居濟南時，張四官跟他低聲密語；透著有不足為外人道的隱情在內。如今聽出彭華似乎早跟劉三有往來，自不免多心了。

「我也是這回才認識劉三爺。」彭華的態度卻很從容，「吳大姑決定暫住通州，我自然要請張四爺先陪我來看看地方；那個小姑娘，就是那天看見的，長得很俊，一臉的聰明相。」

「劉三說，」張四官言歸正傳，「如果吳大姑看得中意，正好了掉他一件心事，將來不但改姓，而且不管海角天涯，跟著你走。他說：有吳大姑這麼大的學問，一定能把阿難造就出來。」

這兩句話，又激起了吳卿憐無限的興奮與憧憬。她之不願從和珅於地下，原以不殉王而殉和，死得無名；但雖說青燈黃卷，懺悔宿業，那種淒涼歲月，能不能捱得過去，自己亦並無把握；如今好了，有個聰明伶俐的「女兒」在膝下，不但日子不難打發，而且也有了希望與寄託，真是可遇不可求的一樁喜事。

一眼看到彭華，不免想起另一樁喜事，「張四哥，」她問：「你預備甚麼時候回京？」

「我這回是特地來跟你商量，挪到徐州、還是濟南，既然已經決定挪濟南，我就得趕緊回京去部署。不過，阿難的事——」

「是啊！阿難的事，你必得在場。諸城到這裡要幾天？」

「要十天。」

「那就請你十天以後再回京。」吳卿憐緊接著又說：「在這十天之中，我另外還有件事，亦非你幫著我辦不可。」

「喔，甚麼事？」

「明天跟你詳細談。」吳卿憐轉臉問：「這兩天有甚麼新聞？」

「很多。」彭華答說：「聽內務府的人說，府裡賞給慶親王了；十笏園東面賞給成親王，西面歸十公主。」

「喔！」吳卿憐頗感安慰，因為十笏園的勝處，大部分在西面。

「從前跟老爺作對的兩位都老爺，如今都得意了——」

這兩位「都老爺」，一個是原任陝西道監察御史曹錫寶，上海縣人，因為劉全恃勢營私，起居服飾無不僭妄非分，曹錫寶決定嚴劾和珅縱僕為惡；那知事機不密，為他的小同鄉吳省欽所知，密告扈從在熱河的和珅，得以事先彌縫，劉全將踰制的住宅、車馬、衣服，或毀或藏，毫無形跡。

及至曹錫寶的彈章到達御前，詰問和珅，他很坦然地奏請「嚴察重懲」，因而降底旨命留京辦事的王大臣，召曹錫寶面詢詳情，然後派步軍統領帶著曹錫寶到劉全家，曹錫寶一看，目瞪口呆，只好自承「冒昧」，部議降官，太上皇知道事出有因，不過查無實據而已，因而加恩，改為革職留任，歿於乾隆五十七年。

這回和珅被誅，劉全亦被抄了家，皇帝想起曹錫寶，特降手詔：「故御史曹錫寶，嘗劾和珅奴劉全倚勢營私，家貲豐厚，彼時和珅聲勢薰灼，舉朝無一人敢於糾劾，而錫寶獨能抗辭執奏，不愧諍臣。今和珅治罪後，並籍全家，貲產至二十餘萬，是錫寶所劾不虛，宜加優獎，以旌直言。錫寶贈副都御史，其子曹江贈廕生。」

另一個叫謝振定，河南湘鄉人，由江南道監察御史，轉為兵科給事中，巡視東城，見有一輛藍呢後檔車，在大街上絕塵而馳；心想藍呢後檔車中，坐的必是大臣，上了年歲，自以安穩為重，何以在通衢飆車？於是攔車查看，車中是一個舉止輕佻的華服少年，原來是長二姑的弟弟。

問話的時候，長二姑的弟弟，出言不遜，謝振定一怒之下，當街痛責，舉火將那輛藍呢後檔車燒掉了。不久，和珅嗾使另一名言官王鍾健彈劾謝振定行為乖張；謝振定具奏申覆，但車子已經燒掉了，事無佐證，竟因而革職。不過「燒車御史」的名聲，已經傳遍京城了。

和珅既敗，「燒車御史」特詔復起，調任禮部主事。彭華又談了好些當年不附和珅，如今都蒙拔擢的故事，其中有個人是吳卿憐所熟悉的，便是由從四品的侍讀學士，超擢為從二品內閣學士的英和。

英和字煦齋，他家是內務府正白旗的包衣，漢姓為石。其父德保，乾隆二年的翰林，他由閩浙總督內調禮部尚書時，正是和珅剛蒙大用之時。及至和珅扶搖直上，德保卻很倒楣，因為他以禮部尚書兼署左都御史，管理樂部及鴻臚寺，朝會祭典，樂部奏樂不協律，或者百官失儀，御史失於糾參，處分往往落到德保頭上。不是申飭便是罰俸，最嚴重的一次是，「常雩大典」所掛的「天燈」不足數；更衣的黃幄中，所設的坐褥亦欠整齊，奉旨革去頂戴、花翎，革職留任，十年無過，方准開復，而大過不犯，小過不斷，以致開復不知何年何月。

不過他有一件很值得安慰的事，獨子英和，在京師的貴公子數第一，年少多才，而且是個美男子，為和珅看中了。

和珅有個嫡出的女兒，正室去世，便由吳卿憐照看，有一天和珅對她說：「明天我要請客，客人都是八旗佳子弟；你們在屏風後面看，看得誰好，記在心裡，隨後告訴我。」

原來和珅是為女擇婿；第二天的午宴，是個文酒之會，分韻賦詩，復又聯句，至晚方罷。吳卿憐與長二姑一直在槅扇後面細看；到晚來和珅問她們的觀感，一致認為穿一件紫緞臥龍袋，戴一頂貂帽的美少年，人材無雙。

和珅大感安慰，原來此人正是他所看中的英和，第二天託人到德保家去試探，德保不等來客吐露本意，便即表示，他的獨子將來只願結姻寒族，高門閨秀，不敢仰望。

但也有人勸德保應該結這頭親事；有了和珅這麼一個闊親家，何愁不能開復原官，賞還花翎？至於英和目前雖只是一名舉人，但成進士、點翰林，金馬玉堂，指顧間事。這些話，德保那裡聽得進去；只答一句：「人各有志，不能相強。」

這話傳到和珅耳朵裡，越發生了志在必得之心，他心裡盤算，請出天子來做媒人，便是「指婚」，德保不允，便是抗旨，諒他不敢。

誰知德保是內務府出身，當過總管內務府大臣多年，宮中的耳目亦很廣，得知和珅出此一著，威力非凡；但亦不是沒有解救之法。原來德保夫婦早看中了一位八旗賢媛，是他同年的女兒；但女家表示，非英和中了進士，不談親事；到此事急，老夫婦雙雙登門，見了他的同年，一起下跪求親，要求即日下聘，他的同年亦知他有此難處，慨然相許。

於是第二天就下了聘禮，而且選定了合巹的吉期。但和珅要請天子作媒人，卻不能這麼快；一天找到機會，婉轉陳請，得蒙允許，召見德保問道：「你有幾個兒子？」

「奴才只生一子，名叫英和。」

「娶親了沒有？」

「已聘定一女，是——。」

德保將他親家的姓名職銜，以及選定完婚的日期，詳細奏陳，作媒的天子自然開不得口；這一下，和珅跟德保的冤家，算是做定了。

下一年是乾隆五十四年，元旦朝賀時，有人越班至甬道上行禮，降旨查辦，鴻臚寺堂官奏請將排班的引贊官交部議處，並自請處分；糾儀的御史道是蒙古的王公行禮錯誤，請交理藩院查明議處。上諭痛斥御史不能即時糾儀、諉過於人。德保過去兼署左都御史時，亦曾遇見過類似的情形，結果連帶處分，罰俸一年；而這回左都御史無事，反是他這個革職留任的禮部尚書，「係管理鴻臚寺大臣，咎實難辭」而交部嚴加議處。德保心知是和珅搗鬼，氣憤難平，加以憂慮不知何日復遭暗算，更有身家之禍，因而中風不起。身後除蒙賞還花翎、頂戴外，別無恤典。

但和珅卻並不因為德保去世而解消仇怨，對人表示：「我不能禁止英和不中進士，但他要想點翰林，叫他趁早死心吧！」因此，這年己酉正科會試；下一年庚戌皇帝八十萬壽恩科會試，英和都不下場，以示退避。

到了乾隆五十八年癸丑正科，英和躍躍欲試，但又顧慮和珅未忘前嫌，有意作梗，因而躊躇不決，便有人勸道：「和相的紅人吳白華，是令尊在乾隆二十八年主持會試取中的門生，你們是師兄弟，他不會不念師門之恩的，請他跟和相說一聲，不就甚麼事都沒有了嗎？」

吳白華便是吳省欽，當初和珅派來作媒的人就是他；進言的人，只知其一，不知其二，英和亦不願細言其事，含糊以應。不過這倒提醒了他，德保當過會試總裁五次之多，門生滿朝，不妨找一兩個交情深厚，而又不附和珅的「師兄弟」去問計。

英和先想找吏部尚書軍機大臣董誥，他亦是乾隆二十八年的進士，殿試是二甲一名的傳臚。但和珅耳目眾多，董誥的一舉一動，亦在他監視之中，以不驚動為宜。想來想去，想到了一個人；此人名氣很大，但這幾年形同蟄伏，去找他商量，絕不致為和珅所知。

這個人名叫錢棨，籍隸蘇州，是明朝浙江的商輅以後三百三十六年來又一名「三元及第」，臚唱之日，御製五言排律一首：「龍虎傳臚唱，太和曉日暾；國朝經百載，春榜得三元；文運風雲壯，清時禮樂藩；載咨申四義，數奏近千言；詎止求端楷，所期進讜論；王曾如可繼，達蹈我心存。」

這是乾隆四十六年的事，那年辛丑會試正科，德保在「四總裁」中居首，照例會元由他取中，所以錢棨對這位會試的座主，特別有知遇之感。但錢棨的遭遇，與恩師相似，乾隆五十四年在上書房為皇孫、皇曾孫、皇元孫授讀時，因為連日不到書房，奉旨革職留任，八年無過，方准開復。這一來不特升遷無望，而且這八年之中，連番正科、恩科，本來以他狀元授職翰林院修撰的身分，每一科都可望放主考、收贄敬；這一下，所有的考差都落空，舉債度日，生活拮据，英和常有接濟，交情特厚。

聽他道明來意以後，錢棨略一沉吟，開口答說：「向例覆試、殿試、朝考，三試皆在上等，才能點庶吉士，朝考一關是最要緊的，不過你的情況不同，我以為根本還是在殿試，如果你在鼎甲之列，授職修撰或是編修，朝考就毫無關係了。」

「鼎甲非所敢望，能在『進呈十本』之內，已符所願。」

「進呈十本，中館選的亦常在十之七、八之間。只怕他要暗算你，還不在名次高下，而是粘兩張黃簽子，那就永遠跟翰林院絕緣了。」

聽得這話，英和不免心驚，原來殿試的閱卷官，名為「讀卷大臣」，因為臨軒發策，天子親試，讀卷大臣不能在卷子上加任何批語，如果文字不妥，或者違犯功令，如應避諱而未避；寫了白字等等，另用黃紙簽出，浮貼卷面，以候欽裁。但殿試的大卷子，如果被貼上黃簽，視作極大的瑕疵，不獨館選無望，連分發為部員都沒分，通常以知縣歸班候補，要等好幾年才能分省補缺。

「和相這幾科都奉派為讀卷大臣，想來這一科亦不會例外；如果——」錢棨停了一下，忽然問道：「趙雲崧的故事，你知道不知道？」

趙雲崧就是趙翼，詩名極盛，英和當然知道這個人，但不知道他有甚麼故事，可供談論。

「狀元得而復失的故事。」

「喔，」英和答說：「聽先公談過，不知其詳，你再談一談。」

「是這樣的——」

乾隆二十六年，皇太后七旬萬壽，又以平定西域、武功告成，特舉恩科。這年初春，皇帝奉太后巡幸五台山，啟鑾以前，私下告訴兩名軍機大臣，東閣大學士劉統勳及戶部侍郎于敏中，主持三月初的恩科會試。

及至試期將近，在山西接到任軍機章京的陝西道御史眭朝棟一道封奏，建議本科應行迴避的舉子，另派考官加以考試。定制，凡是奉派為考官，不論主考、房考，其親屬包括叔姪在內，均不得入圍應試。皇帝先疑心睦朝棟有子弟應本科會試，而又怕他自己得了考差，耽誤了子弟的功名；因而特點睦朝棟為房考，並命他開列應該迴避的親族的姓名。

誰知睦朝棟並無子弟應試，倒是查出劉統勳有胞弟、胞姪各一人；于敏中有堂姪一人，必須迴避。皇帝恍然大悟，作為軍機章京的睦朝棟，完全是為了逢迎長官而有此奏，於是降旨切責，「說劉統勳、于敏中既係軍機大臣，而睦朝棟現係軍機處行走之員，此次劉統勳、于敏中二人不令隨駕，外間已揣測其與典試事，而軍機處之人，固不待言矣。況朕向劉統勳等曾面諭及之，睦朝棟豈有不知之理？則其所奏，顯屬迎合上官，此風斷不可長。」

接下來引喻前明師生堂屬、黨援門戶之弊，痛斥為「言路惡習」，將睦朝棟拿交刑部治罪。對劉統勳及于敏中之是否授意，雖「姑不深究」，但有一段話卻是「指著和尚罵賊禿」，上諭中說：「今歲恩科會試，已屬格外曠典，臣工得與文衡，已可云寵榮逾分，而更欲為宗戚倖中，是於不知足之中，又加甚焉。號稱讀書者，宜如是乎？」言外之意，認定了睦朝棟之奏，為劉、于所指使；而免於深究之外，仍有薄懲，劉、于兩家應該迴避的弟姪，罰停鄉會試一次，亦就是下一科亦不准入闈，真是欲速則不達了。

不過，劉統勳的人品，皇帝是信得過的，所以會試以後的殿試，仍派「讀卷」；軍機大臣中奉派此一差使的，還有個乾隆元年舉「博學鴻詞」制科，取中一等第一的左都御史劉綸。

命下之日軍機領班將二劉找了去說：「自從睦朝棟的案子以後，外面流言很多，去年的狀元、榜眼，都是軍機章京，就說歷科鼎甲，都讓軍機章京占盡了。今年格外要留意，避免嫌疑。」

「今年趙雲崧中了，」劉綸答說：「以他的才氣，鼎甲可期，要留意的，也只有他。」

「趙雲崧志不在小，豈但鼎甲，還想大魁天下。」傅恆又說：「我已經跟他說過了，早早死心吧，反正趙雲崧的筆路，兩公是看慣了的，想來絕不會讓他漏網的。」

到得殿試以後，照例以前十卷進呈；其中只有一卷，獨得九圈。錢棨談到這裡，為英和插嘴打斷了。

「慢慢！」他說：「讀卷大臣例派八員，怎會出來九圈？」

原來殿試閱卷的規矩是，收掌官以收卷先後，分為若干束，每束十卷，以次分配給讀卷大臣；閱卷後，用「圈、尖、點、直、乂」五種記號，區別高下。然後將卷子留置原處，去看另一桌上的卷子，名為「轉桌」，直到轉完八桌為止，所以最好的卷子，至多亦只能有八圈，何以多出一圈，豈非怪事。

「這有個緣故，皇上因為這一科是為平定西域而開的恩科，所以加派凱旋班師的將軍兆惠為讀卷大臣。兆惠面奏，漢文程度極淺，難當衡文之任。皇上告訴他說，你只看圈多的就是好卷子。兆惠『照方吃炒肉』，別人畫圈，他亦畫圈，別人加一尖三角，他加一尖三角，因此而有個九圈的卷子。」

「這一卷是不是趙雲崧的呢？」

「你別打岔，聽我往下說——」

當時劉綸特別謹慎，將這本應列為第一的壓卷之作，左看右看，端詳了好半天，跟劉統勳說：「只怕是趙雲崧的卷子。」

劉統勳看完大笑，「你太多疑了。」他說：「趙雲崧的字跡，燒了灰亦認得出來。你別忘了，他曾在我家坐過兩年館，他的字我看得太多了。」

「可是，」劉綸又說：「一共兩百零七卷，我每一卷都細看了，沒有趙雲崧的筆跡，那自然是變體了。」

「這話倒也有理。」劉統勳將這一卷細看了一遍說：「趙雲崧的文字，一向踔跐不羈，才氣橫溢；不能像這一卷的嚴謹。」

由於劉統勳的堅持，仍照原次序進呈。向來皇帝先閱卷再拆彌封；這一回亦由於流言甚多，有御史奏請改變制度，先拆彌封再閱卷。拆開一看，「趙翼」之名，赫然在目。

皇帝亦是熟悉趙翼的筆跡的，當時派侍衛向劉統勳傳旨詰問：「趙翼擬旨，寫的是顏字，何以試卷變了率更體？」

劉統勳只好去問明了趙翼自己再行回奏：「趙翼曾在臣家為西席，愛臣子劉墉的書法，棄率更體而習顏字。這回恩科，臣等為避免物議，相約不以軍機章京列入前十卷；趙翼志在鼎甲，深恐見擯，故用變體。臣不識趙翼原習率更體，蒙旨詰問，轉詢趙翼，始知真相。」

「此卷寫作俱佳，你們看得不錯，不過。」皇帝問道：「本朝曾有陝西的狀元沒有？」

「據臣所知前朝有康海，在本朝，陝西尚未出過狀元。」

皇帝將第一本趙翼的卷子，與第三本陝西韓城王杰的卷子，反覆比較，最後將兩本卷子換了位置，第一變成第三；第三變成第一，原應大魁天下的趙翼，一下貶落為探花郎。

「江浙多狀元，無足為奇。」皇帝為讀卷大臣宣示：「王杰的卷子，已列第三，就給他一個狀元，亦不為過。如今西域平定，把陝西人中了狀元，是彰偃武修文之義；我的這番不得已的苦心，你們要體諒。」

聽完這段趙翼的狀元得而復失的故事，英和自然懂了錢棨的意思，「你是要我另學一路字，瞞過和相？」他躊躇著說：「這怕不容易，時不我予；另學一路字，要寫得像樣，起碼也得半年工夫。」

「世上無難事，只怕有心人；今天是花朝，到四月廿四殿試，還有兩個多月工夫，何患不成？」錢棨打開抽斗，取出一封英和寫給他的信，凝視了好一會說：「你這筆趙字，實在漂亮，不妨改寫蘇字，化柔媚為厚重，筆路相近，而面目不同，一定瞞得過人。」

「好吧！我試試看。只怕仍舊會露馬腳。」

「萬一自己覺得會露馬腳，你可記住，卷子千萬不能早交，如果是在第一束之內，你會落入三甲。」

英和想了一會，懂了其中的道理。原來為防止讀卷大臣各憑好惡任意去取，以及高下其手之弊，所以評等時不准相去懸絕，所謂「圈不見點，尖不見直」，便是評定優劣，只准有一等之差；譬如「尖」為第二等，首閱者位後，以後諸人，高則加「圈」，低則加「點」，如果加「直」，評為第四等，則兩等之差即是故意貶低，便有私心。

因此，英和卷子交得太早，而和珅如果奉派讀卷，位居首列，第一束的十本分給他以後，識出是英和的卷子，只要加上一「直」，定為第四等，以後諸人就受了限制，至多只能加上一「點」，無「圈」無「尖」的卷子，一定列為三甲，想點翰林就很難了。

如錢棨之教，英和會試獲雋以後，殿試大卷子的筆跡，果然瞞過了奉派為讀卷大臣的和珅，榜發列名二甲第二十五名；名次雖不算高，占了「旗卷」忒少的便宜，仍能點為庶吉士。

其時和珅是翰林院掌院學士，庶吉士「散館」能否「留館」任編修，需經一番考試，掌院學士又可以操縱其間；因此英和是否始終能居清要之地，仍在未定之天。

幸好，掌院學士有滿漢二人，漢缺的掌院學士嵇璜，亦是漢大臣的領班，與乾隆皇帝同年，而生日早兩個月，嵇璜本於「臣不敢居君之先」，奏請將生日改在八月十三萬壽以後。皇帝嘉許他知禮，代定為八月十九日，正好在「花衣期」之後，八十歲那年，皇帝萬壽，宰相千秋，而又適逢成進士花甲一周，重赴禮部的「恩榮宴」，熱鬧極了。

嵇璜是蘇州人，清操絕俗，嫉惡如仇，但立身處世，自有蘇州人那一套迂迴平和的巧妙手法；有一回和珅請他寫一副對聯，他欣然相許，帶了宣紙回宣武門外爛麵胡同府第。

第二天嵇璜請了好幾個翰林來喝酒，酒到一半，他的書僮來報，墨已經磨好了，嵇璜很不高興地申斥，正有客在，何以不識進退？客人詢問動怒的緣故，聽嵇璜說明以後，大家都說：「正要看中堂如何用筆，好偷一點訣竅。」

於是，抬來條案，鋪好和珅所備的宣紙，嵇璜捲起袖子，對客揮毫，寫好上聯寫下聯，書僮牽紙不小心，將一硯池的墨潑翻在紙上；嵇璜震怒，痛斥不已，直到客人都覺得不好意思，代為求情，嵇璜方始息怒。第二天特地到軍機處向和珅道歉，糟蹋了他的好紙。和珅只能付之一笑。

其實書僮潑墨，是嵇璜的授意；所請的翰林，亦都是跟和珅常有往來的，用意在讓他們目睹其事，作個見證。嵇璜深知不附和珅，必遭排斥，是件不易堅持的事，所以對英和格外愛護，加意提攜，很快地造就了他的名翰林的地位；見此光景，和珅反過來想籠絡以為己用，但英和落落寡合，毫不理會。

嘉慶三年二月底舉行翰詹大考。這是對翰林是否勤於進修的一大考驗，規定翰林院侍講、侍讀學士以下；詹事府少詹以下，凡是官階未升至三品的翰林，都得應考，不准迴避，因此成翰林已久，年齡較長、學殖荒落的，一聽翰詹大考，無不發愁；相反地，新進而有自信的後進，則視作喜訊，因為大考亦是三年「京察」以外，另外為翰林加一次考績。大考名次分為五等，即是一、二、三、四等以外，另列一類「不入等」。一等至多三名，立即超擢；二等亦是高等，通常可升一級，或賞給文玩緞匹等物；三等無榮無辱；四等降調休致；不入等便須革職，不過這種情形極罕見。

由於大考是在圓明園正大光明殿舉行，和珅在翰林院特為將英和找了去問道：「你在海甸找好了下處沒有？」

由於圓明園在西郊，所以凡是官員奉召赴園，都是前一天在海甸覓妥住處，以便第二天一大早進宮；英和覺得為時尚早，不必亟亟，便老實答說：「還沒有找，反正只是一晚上的工夫，那裡都可以想法子。」

「不然，雖是一晚上的工夫，也很要緊，吃得香、睡得足，養精蓄銳，文思才會泉湧。煦齋，你不妨到我園子裡去住；應試期那天，我帶你進園，一切方便。」

「是，多謝中堂！」英和請了個安，作為道謝。

「我們世交，無須客氣。」和珅又說：「你要早搬來呢，我那裡杏花開得正盛，很可以看看。如果為了用功，前一天搬來亦隨你便。」

「是。」英和不置可否。

「到底甚麼時候搬，此刻說定了它。」

「我，」英和遲疑著說：「前一天去打攪吧！」

「好！到時候我派人來接你。」

英和越想越不妥，回家以後，立即修書一封，專人送到和珅府中，大意是說，原來與同僚約定，在海甸同住，未便爽約，改日專誠到他園子去瞻仰，謝謝和珅的盛意。

英和自忖，這一下冤家結得更深了，誰知不然；大考那天，和珅派了他的聽差在大宮門迎接，領著他過了金水橋及「出入賢良門」，在正大光明殿內找了個避風而又透光的角落，代他支好了活腿的考桌，方始離去。

大考照例作賦一篇，五言八韻試帖詩一首，等題紙發了下來，英和先凝神構思，等一篇賦有了大意，然後動手作試帖詩，起了草稿，細細檢查韻腳，出韻失粘、詩再好亦將列為四等，絲毫馬虎不得。檢點無誤，開始作賦，起草到一半，侍衛來發食物，照唐朝「紅綾餅」的遺制，發御膳房所製的「大八件」一盒。

應試的翰林都自備乾糧；當然是冷食，但和珅卻命聽差送來一個食盒，裡面是熱騰騰的一盤「門釘饅頭」，一碟醬羊肉；另外有一把已盛了茶葉的瓷壺，聽差在設在大殿右廊的茶爐中沏上熱茶。在料峭春寒中，只有英和的這頓飯吃得最舒服。

飯後繼續動手，起完賦稿，開始謄正，試帖詩剛剛寫完，奉派監試的和珅來巡視考場，走到英和案前，含笑問道：「一詩、一賦都脫稿了吧？」

英和抬眼一看是和珅，欲待起身行禮，卻讓和珅攔住了，順手拿起他的試帖詩稿細看，看到一半，有個侍衛走到他身邊，低聲說道：「成親王請和中堂去談事。」

「好！」和珅略為遲疑了一下，將詩稿揑緊了對英和說：「我帶去細細拜讀。」

等他走了，英和突然省悟，和珅此舉可能是善意，也可能是惡意，善則是閱卷時看到這首詩，取在一等或二等；惡則以詩為驗，有意點落。善意不願接受，惡意更是不甘被欺，然則唯一的處置之道，就是另擬一首試帖詩。

因為這一耽誤，文卷便很遲了，殿廷試士，向不給燭，二月底的天氣，白天黑得早，暮靄四合，而他的卷子，還有三行未曾謄清，正在著急時，救星來了。

救星正是和珅，他捧著一管水煙袋踱了過來問道：「完卷了吧？」

「還有三行。」

「別急！」和珅「噗」地一聲，吹旺了紙煤，為英和照明，「你的詩很好，這回一定取在前列。」

英和顧不得道謝，聚精會神地寫卷子；和珅便一支續一支點燃了紙煤，續到第四支，英和方才完卷。偌大殿廷，只剩下他一個人了。

第二天名次揭曉，英和考在二等前列。由侍讀升為侍讀學士，及至和珅事敗，搜檢他的在朝房中的文件，開單奏報，皇帝看到了單子上列有「英和大考試帖詩稿一件」，不免奇怪，當年德保拒婚的經過，他是聽人說過的，莫非英和不能成父之志，倚附和珅，所以上年大考，先送試帖詩稿，企求拔擢。

為此，皇帝特地召見英和，登下試帖詩稿問道：「是你的原稿不是？」

「是。」

「怎麼會在和珅那裡？」

「去年二月底，在圓明園正大光明殿大考，和珅奉派監試，對奴才頗為照應，取閱奴才的詩稿，適以成親王派人邀和珅前往談事，和珅順手將詩稿帶走。奴才以和珅近年來頗假詞色，取走奴才的詩稿，或有憑以為驗，取在上列之意；奴才之父，素來不齒和珅的所作所為，奴才豈能受其籠絡，因而廢原稿不用，另作一首。請皇上調取原卷察看；倘或奴才所言不實，請治以欺罔之罪。」

皇帝果然派人到內閣調取英和的原卷，果然是另一首詩，對英和始終不附和珅，大為讚賞，特旨升英和為內閣學士，原職四品，一下升為二品，是個異數。

由於吳卿憐曾看見過英和，事隔十年，他那種玉樹臨風的神采，仍是恍然在目，因此聽他的故事，特感親切，而且也很替他高興。時已三更，但興致依舊很好；「還有甚麼新聞？」她說，「是該吃消夜的時候了，咱們一面吃，一面談。」

聽得這話，彩霞跟阿鶯相互看了一眼，雙雙出屋，去準備消夜的酒食，彭華想了一下，突然大聲說道：「吳大姑，你做的詩，把蔣侍郎的紗帽掀掉了。」

「蔣侍郎？」吳卿憐急急問道：「是蔣戟門？」

「是啊！」

蔣戟門便是蔣賜棨。蔣家是江蘇常熟的大族，蔣賜棨的伯父蔣陳錫，以科第起家，官至雲貴總督；陳錫之弟廷錫，亦就是蔣賜棨的祖父，為雍正皇帝的寵臣之一，宦途得意，別有因緣。

原來蔣廷錫工詩善畫，當聖祖初次南巡時，蔣廷錫以舉人被薦，供奉內廷。其時聖祖籠絡士林，江南文人召置左右的很多；有的借此招搖，怙權弄勢，如高士奇等人；有的為諸王所延攬，如陳夢雷之入誠親王府。何焯之為皇八子允禩所禮遇。只有蔣廷錫本性安靜，循分供職，規規矩矩做個文學侍從之臣。康熙四十二年奉旨與何焯賜進士一體殿試，點了翰林，第二年未曾散館，即授職為編修。

其時太子被廢，諸王暗中較量，覬覦大位；當時被封為雍親王的雍正皇帝，亦有野心，但心機特深，表面絲毫不露，他的秘訣是獨闢蹊徑，暗中布置。由於聖祖好西洋天算之學，天主教士，極受優遇，所以諸王皆與西洋教士交往，皇九子允禟的門客，甚至有俄國東正教士。

雍親王獨崇佛教，除了喇嘛以外，府中有一個和尚，蘇州人，為東林鉅頭文震孟之後，法號文覺，恰如明初另一個蘇州和尚，本名姚廣孝的道衍之於明成祖，「奪嫡」的謀略，都是他一手所策畫，雍親王府不蓄名士，便是他的主張，一則示無大志；再則免得洩密。

另一方面，他勸雍親王在聖祖左右，密置耳目。蔣廷錫便是很得力的一名「坐探」，因此，雍正即位以後，即蒙大用，他亦謹慎小心，守口如瓶，故能始終獲得雍正的恩禮。蔣陳錫於康熙六十年病歿後，查出他在山東巡撫任內，侵蝕公款兩百多萬銀子，部議督追，亦由於蔣廷錫的陳情，減償一半，別無處分。

蔣廷錫由雍正元年的內閣學士，六年工夫便入閣拜相，授為文華殿大學士，加宮銜太子太傅，雍正七年更賜世職一等都尉，雍正十年病歿，賜謚文肅，恤典極厚，連棺木亦出自內府所頒。

蔣廷錫有兩個兒子，長子叫蔣溥，十三歲即蒙雍正召見，雍正七年欽賜進士，下一年中進士、成翰林，入值南書房。及至乾隆即位，亦是一帆風順，乾隆十年就在軍機大臣上行走；十八年當到協辦大學士，不久遭遇了一件拂逆之事，胞弟以罪被誅。

蔣溥的胞弟叫蔣洲，乾隆二十二年由山西巡撫調山東，為他在山西的後任嚴劾，在任貪縱，虧空庫款鉅萬，赴山東之前，命藩司及太原知府，勒派所屬，代為彌補；朝廷派大學士劉統勳查辦屬實，蔣洲正法，但仍須追贓。

蔣溥遭此家門之禍，不能庇護胞弟，心情之惡，可以想見。乾隆亦覺得辦得過分了些，因而除了寬免蔣洲完贓以外，特拜蔣溥為東閣學士、兼管戶部，又派他主持會試，藉以慰藉，但蔣溥鬱鬱寡歡，終於一病不起，年紀不過五十剛剛出頭。

在蔣溥病重時，乾隆親臨視疾，歿後優加撫恤，最難得的是入祀賢良祠。他有六個兒子，其中有一個叫蔣元樞，據說在台灣發了一筆大財；他在台灣當縣官時，與本地一個大叢林的住持，結為莫逆之交，不想有一天接到閩浙總督送來一道極機密的文書，命他立即捉拿這個住持，星夜解送福建省城，倘有疏虞，厥罪甚重。蔣元樞與幕友多方研究，查察舊案，判定這個住持便是多年前橫行閩海的江洋大盜，遁入空門，雖未再作案，但一旦被捕，死罪絕不可免。

於是蔣元樞邀此住持到衙門裡，盤桓數日，始終無法下手，幾次欲言又止，始終不敢說破真相；這個住持自然看出來了。

「蔣老爺，」他說：「我看你心事重重。大丈夫做事，落落大方，小家巴氣就不對了。」

既然他先提到，蔣元樞便正好吐露心事，「大師，」他說：「有件事，我要做了，於你大不利；不做，於我又不利，所以為難。」說完，出示總督的密札。

住持看完，面色凝重地沉吟了好半天的工夫，方始開口：「蔣老爺，我跟你是前世的緣分，如今亦容不得我退縮了。蔣老爺，如果你不株連大家，我把我這條命交給你。否則，我為了大家，不能不做違反我本心的事；不過，我老實告訴蔣老爺，你手下這點人馬，不夠看的。」

「當然！當然！」蔣元樞急忙答說：「省裡只要你一個人，其他不問，你請放心好了。」

「好！我明天來報到，蔣老爺你如果信不過，我今天就不走。」

「那裡，那裡，我怎麼信不過。你儘管請，明天我等你來喝酒。」

住持告辭而去，召集他手下的頭目，俵分財物，勸大家賣刀買犢，從此做個安分良民。第二天下午到了蔣元樞那裡，豪飲交談，一如往日。酒到半酣，有話交代。

「蔣老爺，我從前殺人如麻，如今償命，也是應該的，不過，你要買一口楠木棺材盛殮我。我已經告訴我寺裡的知客了，我住的三間禪房歸你處置，禪房的牆壁是銀子打的。『千里做官只為財』，我勸蔣老爺趕緊辭了官，回江南去享福；夜長夢多，只怕有人會對你不利。」

「是！」蔣元樞離座一揖：「謹受教。」

第二天啟程，坐官船直航福建，一路臥起相共，尊如長輩。到了福州，總督是他的世交，深夜求見，除了「贈金」一事以外，其餘據實而陳，請求總督速審速決，勿事株連。

總督倒想照他的意思辦，但欽命要犯，必須明正典刑，以昭炯戒。草率從事，對朝廷無法交代，所以仍舊大張旗鼓，親自審問，但除了直認本人的罪行以外，若問同黨，始終只有兩個字的回答：「沒有。」

不招就得動刑，雖說「三木之下、何求不得」，但亦真有能熬刑的狠人，上了夾棍，神色自若，夾得太緊，昏死過去，不能不鬆下來，因為重囚而無口供，當堂刑斃，問官會有極重的處分。

於是閩浙總督召集福建巡撫及臬司來商量，說軍機處的「廷寄」中指明，在本省審問明白後，須將此犯護解至京，尚有其他要案究問。如今只有派重兵押解進京，不必再審了。

臬司反對，福州至京城六千里，路上要走兩個月，隨時隨地可以出走，欽命要犯被劫，這個責任太重，不如「請王命」就地處決方為上策。巡撫亦以為是。

所謂「請王命」，便是封疆大吏運用「先斬後奏」之權。本來人命至重，即便皇帝誅囚，亦須經過「秋審勾決」的程序，但有時情況緊急特殊，不能不因時制宜，因而授權地方大員得有殺人之權。授權的憑證，在明朝是「尚方劍」，只授代天子巡方的巡按御史；在清朝用「王命旗牌」，凡是總督、巡撫、掌一省綠營的提督，及統兵駐守要地的總兵，都由兵部頒發「王命旗牌」，旗用二尺六寸見方的一塊藍綢，懸於八尺長的一支朱漆木桿，上有滿漢合璧的一個金色「令」字，加蓋兵部大印；牌用製枷的椴木，亦就是柚木所製，是直徑七寸五分的一塊圓牌，亦鐫滿漢文的「令」字，釘在八尺長的一支榆木桿身鐵槍上。旗與牌上都由兵部編了字號，督撫提鎮異動移交，除了大印以外，最要緊的便是「王命旗牌」。

這一旗一牌平時供在大堂暖閣的公案後面，請用時，設公案，行大禮，轅門鳴炮，然後決囚，亦是明正典刑。所以此住持畢命之期，闔城皆已前知，法場上人山人海，都是來看熱鬧的。

其中有一個人，黑面長髯，面對監斬的福州知府，怒目而視；住持一眼發現，揚臉注目，大聲喊道：「你過來！」等黑面大漢乖乖地走到他面前，他說：「昨天在監獄裡面，我是怎麼勸你的？再三叮囑，回心向善，不准輕舉妄動；現在你想幹甚麼？趕緊走！你別以為我現在就不能殺你！」

黑面大漢跪下來磕頭訣別，默默離去、消失在人叢中。須臾轅門炮響，監斬官下令開刀；劊子手身手俐落地完成了「行差」，人頭落地，頸項上標起丈把高的血雨，只聽四面八方如春雷乍動地一聲暴喝。監斬官明知這是老百姓看殺頭慣有的習俗，要喊這麼一嗓子，才能免晦氣上身，卻仍嚇得心驚肉跳，以為是那住持的徒眾鼓譟暴動。

看看事情是過去了，不道住持告誡黑面大漢的那番話，傳到了總督耳朵裡，下令追究，何以欽命要犯能在獄中與徒眾會面？層層下飭，最後由福州府的司獄，帶同「牢頭禁子」去見臬司，接受質詢。

「回大人的話，這個和尚，武功了得，腳鐐手銬，對他不管用，有一回，小人拿一條牛筋將他綑住，照樣制不住他。小人幾個只有哀求他，不要連累大家。」

「那麼，你怎麼放人進去跟他見面呢？」

「小人那裡敢！」牢頭禁子沒口分辨，「他的徒弟都會飛簷走壁，來無蹤，去無影，不知道他們是甚麼時候來的。」

「大人，」司獄磕個頭說：「卑職查過，他們的話不假。卑職求大人不必再追究，不然，只怕另外會惹出很大的麻煩。」

臬司聽出言外之意，不敢多事，悄悄勸總督說：「無事是福，這一案既已出奏，就算結案了，讓蔣元樞銷差回去吧！」

「這蔣元樞的差使辦得很漂亮，應該從優獎敘。」總督說道：「你告訴他，銷差回去以後，預備辦移交吧，我打算把他調到省裡來，另有重用。」

當然，蔣元樞不但不想升官，而且還要求辭官，「多謝制台跟大人的提拔。不過卑職另有私衷，要請列位大人，格外體諒。」他從從容容地說：「那住持平時熱心公益，地方上凡有興作，或者水旱災荒，勸捐賑濟，無不踴躍輸將，卑職跟他由公務而建私誼，交稱莫逆。這回公事上雖有了圓滿的交代，可是愧對故人，良心不安，唯有辭官歸田，才能略表疚歉。如果因此而受獎勵，豈非賣友求榮？想來列位大人亦必不取。再說，即令卑職靦顏居官，他的徒眾也一定饒不過卑職。那一來愛之適足以害之，列位大人亦總於心不忍吧？」

臬司聽他說得情詞懇切，十分同情；總督認為蔣元樞是個難得的能員，還想堅留，臬司勸道：「『愛之適足以害之』這句話值得警惕；萬一出事，還不止於是他個人的禍福，『戕官』的案情極重，會累及大人的前程。」

「啊，啊！」總督被提醒了，「照此說來，還得派兵保護，等他回到蘇州府，才能放心。」

因此，蔣元樞發的這筆橫財，是由福建水師護送到了江蘇松江府屬的瀏河海口，復有閩浙總督衙門的公事，咨請江蘇巡撫派綠營兵丁，循陸路到達常熟。由於輜重過多，道路側目，一個小小的地方官，辭官歸里，何來如許行李，且勞官軍護送？因而流言四起，有各種揣測之詞，蔣元樞怕惹是非，就不敢求田問舍了。

不久，蔣賜棨由雲南楚雄知府調為京官，回籍掃墓，兄弟倆閉門密議決定，由蔣賜棨出面，買下一座園林，作為蔣溥將來娛老之計，藉以遮人耳目。

這座園林在蘇州婁齊二門之間，頗有來歷，初建於明朝嘉靖年間，名為「拙政園」，主人是當過御史，在浙江發了財的王獻臣；有子不肖，豪賭大輸，將它賣了給同里姓徐的富翁。

入清後，拙政園歸吳梅村的親家大學士陳之遴所有；陳之遴獲罪充軍，家產籍沒；其時吳三桂勢力方盛，自公家買下此園，給他的女婿王永寧住。三藩之亂，吳三桂亦被抄了家，拙政園改為蘇松常道公署，以後蘇松常改為蘇松太道，道員移駐松江府上海縣，拙政園散為民居，逐漸荒涼。蔣賜棨出面買得以後，由蔣元樞經營，改名「復園」，復成蘇州有名的園林，春秋佳日，遊人如織，吳卿憐就是在逛復園，為蔣賜棨所見，因而歸於王亶望。

害得蔣賜棨丟紗帽的是，在進呈御覽的吳卿憐詩箋中有這樣一首詩：「最不分明月夜魂，何曾芳草念王孫，梁間紫燕來還去，害殺兒家是戟門。」皇帝查問「戟門是誰？」有人說是戶部侍郎蔣賜棨，將他引吳卿憐為和珅之妾的經過，和盤托出。皇帝罵一聲「無恥」，降旨革職。

「看來倒真是我害了他了！」吳卿憐不勝歉然；復又關切地問：「不知道他以後有甚麼打算？」

「蔣侍郎也夠了。」張四官接口，「他很會弄錢，和中堂提拔他當『崇文門副監督』去收稅，是個日進斗金的差使；他又喜歡玩，正好帶著他的四個『線量美人』，回蘇州復園去享清福。」

原來蔣賜棨對聲色犬馬，無一不好；選色好長身玉立的女人，所以買妾時，先用一根線量身高，要夠了高度，再論其他，所以他的姬妾，稱之為「線量美人」。

「沒有那麼便宜！」彭華連連搖頭，「他的侍郎革掉了，雲騎尉的世職還在，皇上已經交代了，等太上皇奉安『裕陵』派他去守陵。當到這個差使，別說唱曲演戲，連朋友都不能上門的。」

「是啊，陵寢重地！」吳卿憐嘆口氣：「怎麼會派了他這麼個差使？」

「是內務府的人搗鬼，有意跟他過不去。」彭華又說：「牆倒眾人推，京裡現在是非很多，最好趕緊離開。」

談到這裡，阿鶯來請消夜，山蔬野果，居然也料理出來五、六個下酒的碟子。但張四官卻望著三副杯筷，躊躇著不肯落座。

「坐啊！」吳卿憐擺一擺手說。

「咱們，」張四官看著彭華，用商量的語氣說：「換個地方去吃吧！」

吳卿憐明白他的心意，是因為身分不侔，不敢跟她同桌，「現在是甚麼時候了？還講那些！」她趁機表明：「我如今是吳大姑，而且是在逃難避世，以後不論在那裡，你們都當我是一家人，不光是不論身分，而且也不必講男女之別的迴避。」說著，她自己先坐了下來。

彭華比較放得開，坦然坐下；張四官卻還怯怯地有些拘束，直到幾杯酒下喉，神態才恢復正常。

「我倒想起來了，」只喝了一碗粥的吳卿憐，放下筷子，問道：「照劉三爺自己寫的那副對子，好像煙酒不沾，怎麼又陪你們喝了一頓呢？」

「他是打算戒煙、戒酒。」張四官答說：「煙戒掉了，酒還丟不開。」

「張四爺，」彭華突然問道：「我聽人說，劉三爺勸人戒煙戒酒，是打算傳甚麼教。你知道不知道這回事？」

聽這一說，張四官的臉色都變了，「那有這回事？」他連連搖手：「你別聽人胡說；自己也別提甚麼教不教的話。」

他這種心虛情急，諱言其事的神態，使得吳卿憐大惑不解，而且也很不安，等張四官與彭華辭回客房歸寢後，她悄悄問彩霞：「你剛才看到了張四官的情形，為甚麼彭華一提傳教，他那樣子氣急敗壞？倒是甚麼教呀？」

「不就是白蓮教嗎？」

「啊！」吳卿憐嚇得一哆嗦，急不擇言地說：「那，劉三爺不就成了『教匪』了嗎？」由於驚惶之故，她的聲音不知不覺地提高了，彩霞急忙警告：「輕點！輕點！這兩個字不能隨便出口！」

吳卿憐被提醒了，她聽人說過，京師及順天府屬各地，查緝教匪極其嚴厲，以致有些不肖胥吏，藉此為訛詐勒索的手段，每每在夜深人靜時窺視竊聽，倘有人在言談中提及「教匪」二字，立即排闥直入，抖著鐵鍊一個勁地追問：「教匪在那兒，教匪在那兒？」說不出來，頓時鐵鍊套頸，往外直拉。

這一來少不得要「講斤頭」，花錢消災。有那出不起錢，或者與人有仇的，便誣指一人，禍及無辜。是故近畿小民提起「教匪」二字，無不色變。吳卿憐定定神想了一會，低聲說道：「話雖如此，有『空穴』才有『來風』，照彭華所說，這位，」她伸三指示意，「似乎也有關連，咱們是不是該敬而遠之？」

「大姑的意思是，不打算跟他結乾親家了？」

「你說呢？」

「我看他，絕不是為非作歹的人？」彩霞想一想說：「何妨問一問張四官。」

「對！看他那張皇失措的神氣，一定知道底細。不過，」吳卿憐遲疑著說：「只怕他不肯說實話。」

「大姑是從那裡看出來的？」

「從他對彭華的態度上看出來的。」

「不！」彩霞是很有把握的聲音：「張四官看彭華跟看大姑不同，彭華年紀輕，每天在外面，交接的人不少，怕他年輕不識輕重，跟人隨便談論，惹出很大的是非。跟大姑談，他就沒有這些是非了。」

「說得也是。」吳卿憐想了一下，詭秘地一笑，「這件事不能讓彭華知道。明天一早，你到他們客房裡，把彭華絆住了，好讓我細問張四官。」

「只怕絆不住。」彩霞答說：「要絆住他，就得沒話找話，跟他瞎扯。我把阿鶯找去，說廢話是她拿手。」

「說廢話，彭華怎麼聽得進去？再說，彭華也未見得對阿鶯有興趣。」

吳卿憐正一正臉色又說：「說真的，你何不跟他好好談一談？彭華很有出息的人，你嫁了他，絕不委屈。他現在就有五品功名在身上，如果運氣好，又肯上進，戴紅頂子也不算意外，到那時候給你請一副誥封，鳳冠霞帔，藍呢大轎，我還要靠你照應呢！」

彩霞繃著臉不答，意思是根本不可能的戲言，無可贊一詞。不過對她的最後一句話，卻頗有所感，真的能巴結上一種可以庇護她的身分，只怕是報答故主唯一的一條路了。

「張四官，」吳卿憐很認真地說：「昨晚上彭華一提到傳教的事，彷彿觸犯了甚麼忌諱。你如果願意跟我談呢，你知道我如今的身分，根本不會洩漏任何祕密；你如果不願意呢，我也不勉強。不過，劉三爺那方面，我就不大敢接近了。」

「大姑，我沒有甚麼要瞞你的事。」張四官說：「彭華年紀輕，現在一心想建功立業，萬一把事情看不透，也不跟人商量，就照自己的意思去做，會害得人家家破人亡，那時候，我的罪孽就重了。」

「你這話，我不大明白。」吳卿憐問：「這跟彭華建功立業又有甚麼關係呢？」

「這，說來話長，」張四官很為難地，「我真不知道從那兒談起了。」

沉默了一會，吳卿憐看他確是有不知從何說起之苦，便即說道：「這樣吧？彭華說，劉三爺想傳甚麼教，到底是甚麼教？傳教又為甚麼要勸人戒煙戒酒？」

「勸人戒煙戒酒是好事不是？」

「當然是好事。」

「好，大姑，你該明白了，勸人做好事，可知所傳的不是邪教。」

「我並沒有說劉三爺傳的是邪教。」

「可是，有人不是這麼想，總說白蓮教是邪教。彭華或許也是這麼個想法。」

「怎麼？」吳卿憐是吃驚的語氣，「劉三爺要傳的是白蓮教！那可是個專會造反的教，元朝末年韓山童父子、明朝的唐賽兒、徐鴻儒，史書上都記得有的。」

「大姑，我肚子裡可沒有你那麼多的墨水。不過，要說造反，也是官逼民反！」張四官凝神靜思，臉色顯得沉重而認真，「打直隸往南，一直到河南，再沿黃河到山東，地方很苦，水旱災荒總是那些個地方，就算遇見清官，也得靠老天爺幫忙，才有幾天好日子過；倘或年成不好，官府徵糧加派，毫不放鬆，加上貪官汙吏，額外敲詐勒索，老百姓活不下去了，你說，他能不反嗎？」

吳卿憐無言可答，但臉上更有懼色，「造反總不是好事。」她放低了聲音說：「張四哥，我看得離著劉三爺一點兒。」

「大姑，你完全弄錯了，我是說從前如果有白蓮教造反，也是官逼民反，跟劉三爺毫不相干，他不是會造反的人。」張四官停一下又說：「劉三爺確是想立一個勸人戒煙酒的教，他的想法是，既然地方上夠苦了，就得省吃儉用才能撐得下去。飯不能不吃，還不能不飽，不然幹活兒使不出勁；抽煙喝酒，花費不少，能省下來，日子不就好過一點兒？俗語說：『飢寒起盜心』，為了塞飽肚子犯法，事出無奈，還能原諒，若說犯了煙癮酒癮去偷去搶，大姑，就算你這麼好心的人，也未見得能饒他吧？」

這一番說詞，完全改變了吳卿憐對劉三的想法，「原來他立這個教，不但不是想造反，而且是在消弭亂因。好了，我明白了，咱們揭過這一篇兒去。」她緊接著說：「今天我請你來，是要跟你談彭華的親事，我想把彩霞配給他，你看如何？」

「好啊！郎才女貌，挺好的一對。」

「還不是甚麼郎才女貌，彭華很有志氣，彩霞不光是能幹，見識也高人一等，一定能幫彭華成功立業。」吳卿憐緊接著說：「不過，說老實話，我也存著一點兒私心，能把他們這一對造就出來，我將來也有個倚靠。」

「大姑，你這不是私心，是利人利己的長遠打算。」張四官問道：「大姑的意思是，要我來做媒？」

「一點不錯。如今彭華要去從軍，不願成家，免得有個累贅，這話也在理上。我的意思是，先把事情定下來，兩三年以後，再辦喜事，未為不可。」

「是。」張四官起身說道：「我這會兒就跟他去談。不過，大姑，不知道你跟彩霞姑娘說通了沒有？如果那面答應了，這面不願意，這就沒趣了。」

「不會。彩霞雖沒有點頭，可是我有把握。倒是彭華，脾氣有點兒倔，你別把話說僵了，不好轉圜。」

「不會，不會，大姑你請放心好了。」

等張四官告辭不久，彩霞就回來了，可想而知的，張四官一回去，便表示她羈絆彭華的任務已經終了，功成身退，面無表情，一回來便到廚下，幫著她的表妹玉妞及阿鶯料理午餐。

「表姊，」玉妞喊道：「你不是說魚你來煎？油鍋旺了。」

「好！我來。」彩霞隨口答應著，走到爐台邊，從玉妞捧著的瓷盤中，提起一條醃在清醬中的鯽魚，往冒著白煙中的油鍋中一丟，即時油花四濺，落在玉妞的手背上，燙得她一縮手，「嘩啷啷」一聲，將瓷盤打碎在地上。

「怎麼啦？」阿鶯趕來探視。

彩霞微紅著臉，窘笑不語；拿圍裙掩著手背的玉妞卻困惑地問她：「怎麼回事？表姊，你沒有看見油鍋在冒煙？怎麼老高地就拿魚往鍋裡扔呢？」

阿鶯一聽明白了，煎魚入鍋，只能輕放，從沒有往鍋裡扔的，何況還是老高地扔？必是彩霞心不在焉，根本就不知道自己在幹甚麼。

於是她再看一看彩霞的臉色，開口問道：「你有心事？」

「回頭跟你說。」

就這時，聽得對面堂屋中傳來彭華的聲音，阿鶯便說：「得上緊一點兒了，吃午飯的人都來了。」

「你聽聽去！」彩霞看了她一眼，「聽他跟大姑說些甚麼？」

阿鶯頓時省悟，這跟她的心神不屬有關，趕緊拿了一方擦桌布，將一包用白布包著的筷子捏在手裡，匆匆趕到對面，發現除了彭華，還有張四官。

一見阿鶯進來，吳卿憐便說：「咱們到裡頭談去，讓她擺桌子。」

於是阿鶯一面收拾餐桌，一面側著耳朵聽，只聽張四官笑道：「大姑可是過慮了，用不著我費事，他們自己都談好了。」

「喔，彭華，」吳卿憐問道：「你們怎麼談的？」

「我問她，我打算娶你，你肯不肯嫁我？她說，你不是要去從軍嗎？我說：不錯。我娶你不是現在，要等兩三年以後，我從四川回來。她不開口，我又催了一遍，她才說：這得去求大姑。我現在就是求你來了，還有一句話，要稟告在先。」

「甚麼話？」

「我不下聘禮、也不要彩霞的八字，就憑我一點良心，不知道大姑信得過不？」

「我自然信得過。」吳卿憐說：「不過婚姻大事總得有點鄭重的表示。你這樣做法，顯得有點兒戲了。」

「天有不測風雲，人有旦夕禍福，倘或我在四川陣亡了，大姑就當我的話是兒戲，替彩霞另找好女婿。」

「原來如此！」吳卿憐沉吟著，開始重新考慮。

「小彭是為彩霞姑娘著想。」張四官開口了，「我自告奮勇，給小彭做個保，包他有良心，將來得意了，一定把一副誥封送給彩霞姑娘。」

「既然張四哥又做媒人又做保，我也無話可說了。」吳卿憐停了一下，正色說道：「我打算讓彩霞對我認個名分，彭華，你將來負心，就是對不起我這個乾丈母娘。」

在堂屋中的阿鶯聽得這話，掉頭就走；出了屏門，飛也似地奔向廚房，望見彩霞的影子，便笑著嚷道：「雙喜臨門，彩霞你好造化！」

正在片火腿的彩霞，把手停了下來，「幹麼這樣子大呼小叫！」她說：「差點害我在手上拉個口子。」

「我告訴你，」阿鶯又喘又笑地，「以後我要管你叫乾小姐了。」

「怎麼？」玉妞問說：「大姑要收我表姊作乾閨女？」

「可不是！連帶你也沾光了。」

「那可真是喜事。」玉妞又問：「阿鶯姊，你不說雙喜臨門嗎？還有一喜呢？」

「傻丫頭！女孩子的喜事，你說是甚麼？」

玉妞眨巴著眼，忽然想起，「啊！原來是表姊大喜。新郎倌呢？」語聲未落，急急又說：「自然是彭爺了！」

她在府中的身分甚低，屬於打雜燒火的「灶下婢」，所以對「跑上房」的聽差，皆用尊稱；但她只知彩霞將嫁彭華，還不知道彭華當面向彩霞求婚，及至阿鶯轉述了她聽來的隔牆之語，便又喧嚷了。

「怪道呢？那有個煎魚楞把魚往油鍋裡扔的道理？原來手上煎魚，心裡是在想彭爺。害我——」說著玉妞去按她燙起泡的手背。

「別亂按！」彩霞喝道：「剛才不告訴你了，我鏡箱裡有玉樹神油，搽上就好了。快去！」

玉妞捨不得走，因為阿鶯的話還沒有完，她想聽下去；可是彩霞偏不教她聽，又喝一聲：「去啊！」

阿鶯看她萬分不願的神氣，知道她心裡的想法，便安撫她說：「你快去吧，回頭我原原本本告訴你。快去快回，回來就要開飯了。」

等玉妞委委屈屈地走了，彩霞問道：「甚麼原原本本，倒像還有多少話似地，你往下說啊！」

「我，」阿鶯發楞，「我剛才說到那兒啦？」

「說到我要他去求大姑。」

「對了！」阿鶯說道：「彩霞，人家可真是為你好，替你把好路都想好了；當然，那是絕不會有的事。」接著，將彭華不願下聘禮，張四官作保，以及吳卿憐以「乾女婿」視彭華的話，都告訴了她。

彩霞正要答話，只見玉妞三腳兩步地趕了來，便住口不語；阿鶯不由得笑了。

「慢慢走！再快也趕不上了，新聞說完了。」

「不是我想聽新聞，我表姊的喜信，我能不關心嗎？」

「好了！多謝你關心！」彩霞指揮著說：「把下酒碟子端出去。」

「等等！」阿鶯說道：「桌子還沒有擺妥當呢！我們一起走。」

「對了！」彩霞接口：「回頭你們倆伺候席面，廚房歸我。」

「怎麼？」阿鶯問說：「你是躲著彭華？」

彩霞轉過身子去，恍若未聞，顯然的，這是默認了。

原來說定的，等喝過吳卿憐收兩個乾女兒的喜酒，彭華方始回京，摒擋入川，那知有個意外的機緣，提早成行，而且急如星火，連想到通州跟吳卿憐辭行的工夫都抽不出來。

一入川東境界，就不斷聽人提起「劉知府」、「羅游擊」這兩個人；言者、聽者無不肅然起敬。彭華不免奇怪，一天在驛站中忍不住發問：「劉知府是誰？」

「劉青天！」作東道主的驛丞訝然反問：「足下到四川來投軍，連劉青天都不知道嗎？」

「原來是劉青天！」彭華又問：「他不是知縣嗎？」

「劉青天」是外號，本名劉清、字天一，貴州廣順人，是十二年才選一次的拔貢出身，分發到四川，由縣丞升任南充知縣。王三槐被擒，原是受劉清招撫，送到經略大臣勒保的大營，勒保聽幕僚獻策；虛報大捷，俘獲匪首，將王三槐解送京城。

王三槐知道劉清絕不會出賣他，所以一無怨言。及至皇帝親自鞫問造反的原因，王三槐答了四個字：「官逼民反。」

「莫非四省通省沒有一個好官？」

「有。只有一個。」

「誰？」

「南充知縣劉青天。」

皇帝命軍機處查報，才知道川東因為劉清公正廉明，清操絕俗，所以將他的單名與別號的第一個字連起來，稱之為「劉青天」。

「原來是知縣，現在升任忠州直隸州了。」驛丞答說：「照他的功勞，早應該升到道員了；只為大官冒功，小官就只好受委屈；這一回倘或不是皇上有話，還在那裡當縣大老爺哩！」

「那麼，羅游擊呢？」

「嘿！」驛丞喝了一大口酒，拍案連稱：「奇人、奇人！」

「那，咱們乾一杯！」彭華將驛丞的酒杯斟滿，舉一舉杯，「為奇人乾杯。」

「這羅游擊，是離本縣不遠的東鄉人，早年貧困，是個有名的強盜，足跡遍四川、陝西、河南、湖北四省，不過是個俠盜，專門扶弱鋤強，剷除不義，土豪劣紳死在他手裡，不計其數。」

「了不起。」彭華復又滿斟，「再乾一杯。喔，」他復又相問：「他的名字是甚麼？」

「叫羅思舉，後來自己起了個別號叫天鵬。」

「這是以岳鵬舉自期，其志不小。」彭華插嘴說道：「不過，他倒不怕犯忌諱？」

驛丞不懂他的意思，急於談羅思舉，也就不去理會了，管自己往下說道：「羅思舉不知道遇到過多少危險，命大不死。後來聽人勸說：你是孝子，做強盜可怎麼榮宗耀祖呢？他覺得這話不錯，從此洗手。恰好教匪鬧事，官兵招募鄉勇，羅思舉當了團勇，頭一回打仗，就遇見王三槐——。」

其時王三槐盤踞東鄉的豐城寨，游擊羅定國派他去偵察敵情，羅思舉回報：「王三槐的人馬雖多，全是烏合之眾，請你讓我挑十個人，晚上去摸他的營，等我得手，官兵在外響應，一下子就把他們統統滅掉了。」

「你在說甚麼瘋話。」羅定國揮揮手：「走、走！」

連談都不跟他談，這可真把羅思舉氣瘋了，好在管軍火的把總，是他的知交，悄悄去要了一大包火藥，趁月黑風高的天氣，看準了風向，沿路散布炸藥，直到敵營。三更時分放火燒山，火趁風勢，炸藥又爆得山鳴谷應，王三槐的部下，燒死的不多，驚恐莫名，自相踐踏，以及掉落在山谷中的，卻有上萬之多。王三槐倉皇走避，過了數十里，才能穩住腳步。

這一戰，以「一夫走賊數萬，聲震川東」。四川總督英喜賞給七品軍功狀，由此升騰，現在跟羅定國一樣，都是游擊了。

「羅思舉不光是膽大不怕死，他的鬼點子亦真多，所以他的打勝仗，是力敵兼智取。」驛丞思索了一會，突然問道：「閣下到峨嵋山去過沒有？」

「我剛剛入川，還沒有去過。」

「峨嵋山猴子最多。那些猴兒崽子可討人厭呢！最喜歡學人樣，有一回一個賣摺扇小販，上山做生意，正好遇見猴子，一來就是一群；那小販剛打開一把扇子招徠買賣，猴子一擁而上，一個一把，搶得精光，個個打開扇子搧了起來。這小販腦筋也很好，把扇子摺起來，在後腦殼上使勁打了兩下，然後裝作生氣似地，把扇子往地上一扔；猴子學樣可吃了虧，打得自己吱吱大叫，扇子也照樣扔在地上，小販一一收拾，一把不缺，可是已經損失慘重，因為收回來的扇子，破的破，髒的髒，已經不能賣錢了。」驛丞話鋒一轉，回入正題：「羅思舉有一回帶隊駐紮在山裡防賊，那山上的猴子亦很多，經常一早出來找吃的，專偷糧庫，管糧的恨透了，可就是拿畜生沒辦法。」

「那，」彭華興味盎然地說道：「那就得請羅思舉來拿猴子了？」

「正是。」驛丞答說：「羅思舉不會拿猴子，不必多，只要一隻就行了。他隊上有四五十名弟兄，拿一隻猴子，不是難事。等把猴子拿到，羅思舉叫人把猴子臉上的毛都剃光，用藍筆替猴子畫兩個極濃極大的眼圈，再用紅黃顏料替猴子『勾臉』，畫得像夜叉似地；接下來把猴子的嘴縫上讓牠叫不出來。到了第二天猴子遠遠地來了，羅思舉叫人在猴子屁股掛一串一千五百響的鞭炮，點燃了把猴子放出去；偷食的那群猴子一看，嚇得轉身就跑，大花臉的猴子急於歸群，拚命在後面攆，一面逃、一面追，鞭炮劈劈啪啪亂爆，那份亂勁兒，可真夠瞧的！」

彭華聽得有趣，不自覺地又乾了一杯酒，問說：「從此以後，猴子嚇得不敢來了？」

「當然，不過光會收拾畜生，還顯不出他的本事。前兩個月，他在夔州大破私梟，雙方鬥智，那才真叫精采。」

「喔，他是駐紮夔州？」

「對了，夔州有個管收稅的關卡，多少年來一直拿闖關的私梟無可奈何，因為三峽灘險水急，不容易攔截；私梟更有一記絕招，拿火毛竹綁在船尾，硬把它彎了過去，用粗麻繩在船頭上牽繫牢靠，再吊上一兩塊大石頭，如果上游有追下來的緝私船，看看近了，一斧頭拿粗麻繩砍斷，毛竹向後反彈，大石頭打中緝私船，沒有個不翻的！緝私船吃過幾回虧，都不敢再追私梟了。」

「這是用從前石弩的法子，確是很厲害。羅思舉怎麼破它呢？」

「羅思舉做事，向來謀定後動，他對夔州的地形，早就很熟悉了，但仍舊沿江勘察，選定夔州府東，劉先主伐東吳，兵敗退守的白帝城為下手之處——。」

白帝城在三峽之中的瞿唐峽，有個關口即名瞿唐關，關西正對灩澦堆，又為瞿唐峽的險中之險。所謂「堆」，其實是矗立江中的一座小山；江水深淺，因時而異，盛夏水漲，深至八十四丈，冬天水淺，亦仍有三十多丈。灩澦堆絕大部分，隱在水中，而水勢湍急異常，不識深淺，不懂趨避之道，行船必然撞上灩澦堆，舟毀人亡。

趨避之道，全在掌舵靈活，如果舵不管用，就一定會撞堆。羅思舉便從這一點動腦筋，祕密招募精通水性的土著，身帶極鋒利的鋸子，等私梟船過來，抓住舵板，大鋸特鋸，但並不鋸斷，「舵把子」仍能操作，要行過一段路，將近灩澦堆，半斷的舵板經水力激盪，終於脫落，船身左飄右盪，無法操縱，一條條都撞沉了。

經此一番大創，私梟再不敢打著鑼，大呼小叫，闖關而過。

「羅思舉還積了一件極大的陰功，」驛丞又說：「在那些私梟船裡面，還有好些人販子，帶著用賤價買來的良家婦女到下江去賣，運氣好的，給人家做姨太太、當丫頭；不然就落了火坑。等到私梟船不敢橫行，到關驗稅，查驗到那些良家婦女，追究起來，人販子都要充軍，就不敢再幹這種傷天害理的買賣了。」

聽完驛丞的敘述，彭華仰慕英雄之心，油然而生，不自覺地說：「能跟羅思舉共事就好了！」

「閣下的官銜是守備？」

「是。」

「守備管大營糧餉，也可以充任參將、游擊的中軍官。不過，中軍管軍政——」驛丞笑笑不再說下去了。

彭華心知，他是笑他妄想，初涉軍伍，何能處理軍政？但他另有想法，「我打算請勒大人派我到他那裡，替他打打雜，跟他學點東西。」彭華問道：「羅思舉為人好相與不？」

「當然好相與，不然怎會有人肯跟他一起拚命。」驛丞問說：「閣下跟勒大人很熟？」

「熟也不算熟，不過曾經有人替我引見過。」彭華不願提和珅的名字，只說能夠跟經略大臣勒保見得上面的原因：「這回我是上命差遣，有東西要面呈勒大人。」

原來彭華早就呈文兵部請求分發四川；用兵之地，求才孔亟，自然一請一個准。兵部武選司的司官，以前到軍機處跟和珅同事時，彭華曾經照應過他，此時投桃報李，附帶替他找了個臨時的差使——皇帝賞賜勒保的一對大荷包，一隻白玉班指，交彭華帶到四川，這一來有盤纏可領，猶其餘事，最難得的是得以「馳驛」，六千里迢迢長途，一切不用費心。不過，既算專差，不能耽擱，此所以他連想到通州跟吳卿憐去辭行，亦未能如願。

「勒大人前一陣子駐梁山，聽說要移駐達州，等我替你去打聽一下。」

驛丞很熱心，親自出馬打聽勒保的行蹤，果然，已經移駐達州了。

「達州在東鄉以西，那裡的路很難走，而且地方不安靖。我看，」驛丞沉吟了一回說：「只有通知大營，請勒大人派人來接。」

「那不大好吧？」彭華躊躇著，他說：「還沒有見著勒大人，先就麻煩他。」

「不然！」驛丞問道：「我看閣下帶著一個黃布包裹，那裡面是甚麼東西？」

「是皇上賞勒大人的一對大荷包，一個白玉班指。」

「那閣下就是欽差囉！」驛丞很起勁地說：「皇上賞的東西，萬一叫人給搶走了，別說你擔不起責任，勒大人還會怪你大意，聽我的話沒有錯，請大營派人來接。」

「此地到達州三天路程。」驛丞建議：「你自己寫封信給勒大人，我託人替你到大營投遞，大概六、七天就有人來接你了。」

彭華如言照辦。他一直在和珅身邊，達官貴人的八行書，不知看過多少，書信款式及措詞，頗為內行，這封信寫得言簡意賅，極其得體；驛丞看完，讚不絕口，隨即封好，託一個很老成的驛丞，遞到達州大營。

彭華對此驛丞的熱心非常感激，加以見多識廣，言語麻利，十分投緣，便有意結交這個朋友，行篋中帶了許多小件的珍玩，都是和珅平時隨手給的，當下開箱子找出兩樣禮物，拿塊繡花袱子包一包，親自去送驛丞。

「承老哥種種費心，感激不盡；一點小東西，聊表微意。」

「不敢當，不敢當。」

話是這麼說，仍舊將包袱解開來，先看一個猩紅色的絲絨小盒，裡面是金光閃亮的一隻表，便即正色說道：「太貴重了！不敢領。」

一上來就碰了個軟釘子，彭華心想就萍水相逢的交情來說，確是太貴重了，只有說了實話，才可望他能夠接受。

「實不相瞞，這隻打簧表，在你看或許貴重了一點，可是我說句放肆的話，這樣的表，我有三隻。老實奉告吧，我原是和中堂身邊的人。」

「和中堂？就是今年正月裡出事的和中堂？」

「是。」彭華又說：「你不必客氣；而且這也不是甚麼不義之物，都是他自己給我的，來路非常清白。」說著拿起表，撥動機鈕，將表湊近驛丞耳際，只聽清脆嘹亮地先打三下，再打一下，又打五下，「此刻是三點一刻加五分，申正一刻過了」

驛丞愛不忍釋，終於收了下來；接著檢視另一樣禮，一個長形皮套，兩截尺許長的木棍，不識其物，只是把玩猜測。

「這是一支手杖。」彭華將兩截木棍接上一起，轉了一下，有個搭襻扣住，成了整體，「雖是濟勝之具，可也是防身利器。咱們來試一試。」

「怎麼試法？」

「偽裝我拿手杖揍你，當頭砸了下來，你一定奪我的手杖，以便反擊。是不是？」

「是，應該是這樣。」

「好！我動手了，你可要玩兒真的！」

「是了。」

彭華舉杖相擊，驛丞抓住了不放手，彭華想奪奪不回，便往右一扭，把子跟手杖分開了，只見銀光閃閃，是一把三角形帶著血槽的鋒利短劍。

驛丞對這支「手杖劍」異常欣賞，喜色滿面，沒口稱謝；但接著卻出現非常難為的神情，似乎有話非說不可，而又羞於出口似地。

彭華自然看得出來，便即說道：「我們一見如故，又多蒙你當我自己人看待，有何見教，何須顧忌。」

「我顧忌的是，怕人笑我自己忘了自己是甚麼東西，妄想高攀——」

「言重、言重！」彭華搶著打斷他的話，「高攀二字，請你收回。」

「既然如此，我也就顧不得甚麼叫『羞恥之心，人皆有之』了。朋友投緣，願意禍福相共，總想另結一重因緣；你說，你是不是這麼個想法？」

這一說，彭華自然明白了，而且也很願意，看那驛丞約莫四十上下年紀，比自己大得很多，便叫一聲：「大哥，『固所願也，不敢請耳！』我們收起『老兄』、『閣下』的客套，揀日不如撞日，今天就換個帖。」

「老弟！」驛丞作個揖說：「你是五品守備，我是未入流的驛丞，我又癡長幾歲，承你叫聲大哥，在我等於榮宗耀祖的喜事。不過，人情澆薄，難免會有人笑我；所以承老弟看得起我，敬謹從命，不過，最好不必讓旁人知道。人之相知，貴相知心，只要你我自己知道，情同骨肉就夠了。你說呢？」

是這樣的一種態度，越使得彭華覺得，官是未入流，人品是「一品」，因而一面還禮，一面恭恭敬敬地答說：「我聽大哥的吩咐。」

於是驛丞去找來兩張紅紙，自己先提筆寫了一張趙士奇、湖北施南府恩施縣人、乾隆二十七年壬午八月初二辰時生；下面是父某某、祖某某、世代務農，家世清白，寫完交了給彭華。

彭華照他的格式，也親自寫了一張，交給趙士奇，作為「換帖」。趙士奇又關照，在稠人廣眾之間，仍照官稱，私下才敘異姓手足之誼。不過彭華仍舊將他的兩名隨從喚了來，當面交代，要稱趙士奇為「趙大爺」。

這天晚上，趙士奇覓來一罈瀘州老窖的大麴，用冬蟲夏草燉了一隻肥雞款待盟弟，酒逢知己，無話不談。「老弟，」趙士奇忽然問道：「我倒想起來了，你怎麼說羅思舉以岳鵬舉自期，不惜犯忌諱。甚麼忌諱？」

「雍正年間，有人投書岳大將軍鍾琪，說他是岳武穆之後，應該反金人同族的清朝。所以自己取一個跟岳武穆相同的號，不怕犯忌諱？」

「你說得也有道理，不過，至少現在不會；功高震主，才會有人想打擊他。羅思舉離這四個字，還遠得很。倒是有一層，不能不替他擔心，萬一將來出了事，請老弟量力而為，幫幫他的忙。」

「喔，甚麼事？」

「羅思舉當年劫富濟貧，在湖北、四川兩省，不少縣分懸紅緝拿。如今他在鋒頭，就知道他底細的，也不敢冒昧行事；不過『人無千日好、花無百日紅』，倘或失勢，譬如吃了個大敗仗，統兵大員把責任推在他身上，一本參到朝廷，革職查辦，那時牆倒眾人推，一定會有人翻他的老帳。老弟如果得意到能夠單銜上奏摺，務必救他一救。」

「是，是，大哥用不著交代，我也會這樣做。就怕我到不了專摺言事的分上，辜負了大哥的期許。」

「你一定會。二弟，我別無所長，對於風鑑一道，自己倒還信得過。」

「那末，大哥，我倒要率直相問了。我見過的大官不少，大哥書讀得不錯，經驗見識比一般的大官都強，何以會屈居下僚？」

「我的八字不好。四十五歲以後有一步運，或許——。」趙士奇笑一笑說：「或許就應在二弟你身上。」

「禍福同當。等我一到達州，見了勒大人，行止一定，我就替大哥想辦法。」

「不！不！時機未到，不必強求。」趙士奇又說：「其實若論做事，我這個芝麻綠豆官的驛丞，著實可有作為，上個月本縣的大老爺要保我升巡檢，我辭掉了。」

正在談著，驛卒送進來一張上一站傳來的「滾單」，趙士奇接到手裡一看，頓時笑逐顏開，舉杯便飲。

「保駕的來了。劉青天明天中午經過這裡的達州，你跟他一起走，萬無一失。」說著，趙士奇將手裡的「滾單」遞給彭華看。

原來所謂「滾單」是州縣傳遞達官貴人過境的通知，也是州縣辦差的依據，上一個州縣通知下一個州縣，達官貴人的職銜姓名，隨員幾多，有無眷屬，多少行李，要準備多少車馬伕子？如果只是過境「打尖」；看情形或是備酒席，或是送路菜，負擔較輕；倘或留宿，還得預備「公館」，那就很費事了。

彭華隨和珅出差多次，滾單也見得多了，通常都是長長一大篇：「和中堂，海菜席一桌」，接下來是「上席」多少桌；「便飯多少桌」；或者「一品鍋」多少個。要車馬、要伕子，三、五十不足為奇；尤其是回京覆命，各省督撫皆有餽獻，輜重特重，要的人馬更多。

但這張滾單在彭華卻是初見，只簡簡單單寫了幾行字：「忠州劉大人明日中午經貴處赴達州大營，只攜一僕，請備馬兩匹，不必備飯，更不必迎送。」

「真正一清如水，可敬之至。」彭華又說：「這張滾單，應該送到縣衙門，怎麼直接送到這裡？」

「向例是前一驛遞送下一驛；再呈縣大老爺。」趙士奇起身說道：「我到縣裡去一趟，馬上回來，你請寬飲。」

「你請，你請！」

趙士奇去了不到半個時辰，便即回轉：「縣大老爺交代：『劉青天心口如一，聲明不吃飯，不迎送，我就樂得省事了。不過你要替他找兩匹好馬。』這是他不用交代，我也知道的事；腳程快的馬，只有三匹，一匹留給你。貴介只好我另外派人陪了到達州，也不過一天、半天的工夫。」
「費心，費心，不過跟我的那兩個人，到了達州，怎麼找我呢？」
「你在達州驛站留話好了。」
第二天上午，趙士奇一直陪著彭華閒話，他像小孩新得了一樣玩具似地，不時將彭華送他的那隻打簧表取出來撥動機鈕，湊近耳際聽報時；聽到十點三刻時，突然聽得廄中群馬長嘶；趙士奇便說：「來了！」
「是劉青天？」
「是的，驛馬已經聽見鸞鈴響了。」
彭華側耳靜聽，過了一會，方聽得驛馬的鸞鈴，琅琅作響，便即問道：「是在這裡下馬？」
「是啊，他換了馬就走，我該去照應。」
「我陪你去接他。」
「老弟！」趙士奇鄭重其事地叮囑：「回頭當著劉青天，你可千萬記得，管我叫趙驛丞。」
彭華點點頭，跟著趙士奇在驛館門口等待，「大哥，」他問：「劉青天多大年紀？」
「五十不到，不過辛勞過度，鬚眉全白了。」
「他光是直隸州？」
「加了知府銜的。」
直隸州知州跟守備都是正五品，不過武官的品秩不值錢；而加銜知府又變成從四品，所以彭華說道：「我也應該稱他劉大人。」
其時鸞鈴越來越響，黃沙塵頭中來了兩匹馬，直到驛館門前停住，趙士奇急忙上前，拉住嚼環，叫一聲：「劉大人到來得早。」

「不然還要早，路上出了個小小意外。」劉清下了馬，回頭看著他的艱難下鞍，面現痛楚的跟班說：「他那匹馬性氣不馴，把小尤兒從馬背上掀了下來，傷了腿，得勞你駕，找個傷科替他治一治。」

「有，有！你老先裡頭請。喔，」趙士奇回頭看著彭華說：「我給劉大人引見一位遠客，這是分發到勒大人大營來的彭守備。」

「劉大人！」彭華屈膝請了個安。

「不敢當，不敢當！」劉清還了個禮。

到得驛館堂屋，趙士奇忙著喚人招呼受了傷的小尤；劉清負手在簷下看著，神情顯得相當關切。這給了彭華一個打量劉清的機會，只見他穿一身粗布行裝；腳下是一雙破舊的皂靴，但頭上卻很輝煌，藍頂後面拖著一條色彩鮮明的花翎。再看到小尤，細皮白肉、面目俊俏，與劉清的白頭黑面，成了個很不調和的對比。

彭華恍然大悟，照劉清的清廉，且又在前方，當然不會接眷到任，拖個家累；更不會像那些「吃空」的營官，公然挾妓飲酒、通宵作樂，那就只好置一個孌童，以備不時之需了。

忙過一陣，趙士奇才能來招待賓客，坐定以後，他首先為本縣縣官致意，說完全遵照劉清的吩咐，但特別交代預備好馬，即此便是聊盡東道主微意。

「士奇，」劉清說道：「如今得改一改了，馬只要一匹，我騎；小尤兒腿傷不能騎馬，勞你駕，替他找一輛車。」

「小事，小事，我一定找一輛妥當的好車。」

「士奇，我把話說在前面。」劉清一本正經地，「驛站有馬無車，要車都到民間去找，只給『官價』，心狠的連官價都不給，硬是抓差。你不是那種人，不過官價實在太少了，這也是教匪能夠裹脅百姓的原因之一。此刻你給我找車，照市給價，講好了我自己給。」他拍一拍置在他座椅旁邊的一個褡褳袋：「我帶得足夠的盤纏；回頭找個小館子，我請你跟彭大哥喝一鍾。」

「劉大人，」彭華說道：「能不能讓我做個小東，以表敬仰？」

「對！」趙士奇接口，「彭守備先到，也算半個東道主。」

「喝頓酒，誰做東道是小事，只是於情理不合，彭兄萬里迢迢到四川來請客，成何話說？」

正在爭讓不下時，驛卒引進來一個漢子，是僕役打扮，見了劉清先請安，然後說道：「我家二老爺，聽說劉大人來了，特為叫小的來請劉大人去吃晌午，還有件要緊事要跟劉大人商量。」

「好！我回頭就去。」接著轉臉看著彭華與趙士奇說道：「好了，誰也不必爭了，跟我一起去打擾邵仲琛。」

這邵仲琛是當地的一個紳士，也是劉清的債主，不過並非劉清私人有債務要向人告貸；只為四川的教匪，一家之中，父子兄弟不全是蹚渾水的，劉清一向採剿撫兼施的策略，而撫尤重於剿，經常派人存問這些教匪的家屬，若生計艱難，一定設法替他們解除，如果匪徒有投誠之意，自然負責替他作妥善的安排，否則就聽其自然，照舊存問，並無要求。因此輾轉相引，就這樣將好幾股教匪瓦解了。

這樣的想法，自然要花很多錢，但庫款不能動用，一則動用公款必須呈報奉准；二則公款另有農田水利上的用途，若說慰撫匪徒家屬可用公款，豈非鼓勵良民做賊？因此劉清只向殷實的紳商打交道，用私人名義借錢來行此釜底抽薪的長治久安之計。

這些情形，彭華自然不會明瞭；不過看得出來，劉清與邵仲琛的交情極深，邵家彷彿是他自己家裡一樣，去做不速之客，不嫌冒昧，因而欣然相許。

邵仲琛是川北廣元人，在川東創業，釀的酒不輸瀘州大麯，本人亦捐了個知縣在身上，所以亦在縉紳之列，為人慷慨慕義，極其敬重劉清，對彭華及趙士奇招待得殷勤備至，酒過數巡，劉清問主人：「說有要緊事跟我商量，甚麼事？」

「『藍號』有人在這裡。」邵仲琛輕聲答說。

「在那裡？我來問問他巴州的情形。」

「不忙，不忙。飯後等送了貴客再說。」

這明是礙著生客，不便深談之意，趙士奇立即接口：「請便、請便；邵二爺我替你招待客人。」

「對了！士奇你陪彭兄寬飲兩杯，我失陪片刻。」

於是邵仲琛告個罪，與劉清相偕入內。等他們的身影消失以後，彭華壓低了聲音問：「我在京裡，也常看到勒經略他們奏摺，常有『白號賊、藍號賊』的字樣，那是怎麼回事？」

「呃，這說來話長了。」趙士奇沉吟了一會，方又開口：「我此刻只能簡略談一談。大家都說『教匪』之教是白蓮教，這個說法不能算錯，但也不完全對，如今勢成猖獗的邪教，起於明末萬曆崇禎年間，所信奉的教祖名為『無生老母』，信教的都算無生老母的兒女，所以又有八字真言，叫做『真空家鄉，無生父母』。凡是入教，要經過一番儀式，首先是出錢辦蔬果『上供』；然後『升表』，用黃表紙寫上名字焚化，為的是通知無生老母；接下來列冊『掛號』。邪教的幫派很多，用顏色來分，故而有『白號』、『藍號』的說法。」

「原來如此！」彭華又問：「說藍號有人在這裡，自然是派人來接頭投降？」

彭華的猜測不誤，來接頭投降的，正是出名狡悍的巴州藍號大頭目，鮮大川的族人鮮文炳、鮮路保，以及鮮大川的副手楊似山。劉清透過邵仲琛在川北的關係，早在這三個人身上下了很深的工夫；此三人感恩自願效死，劉清便關照他們說服鮮大川來降；這是兩個月前的話，如今來作回報，劉清以為事情成功了，誰知不然。

「劉大人，」鮮文炳說：「看情形，我那個姪子是不會投降的，到底該怎麼辦，特為來見大人請示。」

「他如果執迷不悟，那也是急不得的事，只好慢慢想辦法。」

「辦法倒是有一個，不過要劉大人替我們作主。」楊似山說：「文炳雖然是大川的胞叔，不過大川從小離家，我跟他十六歲起，就在一起打流；大川的性情，我最清楚，他為人陰狠、疑心病重，如果勸他投降，他答應了，還則罷了；不肯答應，他一定要殺我們。所以我們商量好了，只有一不做二不休，勸他不聽，就先下手為強。」

「這麼做，有把握嗎？沒有把握就別做，我絕不肯讓你們白白送命。」劉清又說：「這是我心裡的話，不是假惺惺。」

「我們都知道大人的心；就因為大人心好，我們才心甘情願賣命。」楊似山緊接著說：「事情雖沒有十成把握，七、八分數是有的，不過沒有大人做後台，事情就辦不成了。」

「你說，要我怎麼做後台？」

「無非做『後路糧台』。一聲把大川做掉了，我們就要告訴大家，願意回家的，多發盤纏；願意投到劉大人這裡來當『鄉勇』的，加發一個月恩餉。這樣子，大家自然就服貼了。」

「一共有多少人？」

「兩千三百多。如果說是投到劉夫人這裡來，想回家的就不多了。」

「投到我這裡來，是辦不到的事，我在川東，豈能到川北去辦招撫？那不是太越權了？其次籌一筆遣散的盤纏，跟一個月的恩餉，數目不小，大是難事，只有等我到了達州，跟額大人好好商量了，才能給你們確實回話。」劉清想了一下又說：「計之善者，還是勸鮮大川改邪歸正，事情歸達州大營來辦，就順當得多了。」

「能讓大川改邪歸正，自然再好不過，無奈——，」鮮文炳使勁搖著頭：「聽口風是絕不會改的。」

「他的口風怎麼說？」

「他一再說：『我是早就打算好了的，一定「穿大紅袍上天」。你們就不能上天，至少也不能「下地獄」，那個想下地獄，趁早說，我先成全他。』劉大人，你倒想，他是這樣子的語氣！」

「上天」就是去投無生老母，永登仙界，與「往生極樂」同義。但「上天」亦有各種區分，信教起事被捕，如判絞罪，是「不掛紅上天」；斬罪是「掛紅上天」；倘或罪至凌遲，則受刑時，全身成了個血人，所以說是「穿大紅袍上天」。至於被捕而未判死罪，雖不能上天，但可免「下地獄」。鮮大川的意思是，他已準備受凌遲之罪；而警告「號眾」，雖不能上天，至少也不能下地獄，意思就是莫作脫教之想；所謂「我先成全他」，自然是倘有異心，先死在他手下之意。

「嗯，嗯，看來你們是要慎重，謀定後動。」劉清又問：「你們此來，鮮大川知道不知道？」

「文炳跟路保來，他不知道。」楊似山答說：「我是他要我來採辦火藥，這裡查得緊，我還找不著門路，回去怕交不了差；劉大人能不能替我想個法子？」

「你要多少？」

「不多，有一百斤就夠了。」

「好！我替你找一百斤。」劉清對邵仲琛說：「邵二哥拜託你替他辦一辦；我寫封信，請你派人到我營裡去領了轉交。」

「是。」

「你們倆，一個回去，一個到達州聽回音。」劉清問鮮文炳叔姪：「誰去？誰留？」

他們叔姪低聲商量了一下，決定鮮路保去，鮮文炳留，不過不是留在達州，因為邵仲琛認為達州既設大營，盤查必嚴，「鮮」是個僻姓，盤查起來，易露馬腳，不如留在邵家，較為穩妥。劉清亦以為然，事情就這樣決定了。

隨劉清到了達州，彭華見到勒保，交代了差使，不用他開口求差，勒保便先表示：「和中堂託過我，他雖賜了帛，我不會因為生死易交；你的事，我已經想好了，你先去休息，我很快就會替你安排。」

於是彭華道謝辭出，先投驛館。到晚來劉清回來了，一見面就說：「彭兄，我們要共事了。」

原來勒保特保劉清，說他連年從賊營中拔出脅從的良民兩萬多人，遣散歸農，保他有功請加道銜，已得部文、奉旨照准。勒保向他道賀以後，隨即派他隨副都御史廣興駐達州大營，治理軍糧；同時將彭華交劉清差遣。

原來廣興因首劾和珅，而為皇帝所賞識，由給事中超擢為副都御史，他熟於案例、勇於任事；由於皇帝不斷聽到四川軍餉過於糜費的傳聞，所以特派他入川整頓，此刻尚在途中。

「彭兄，」劉清說道：「今天我另外得到一個消息，勒大人恐怕要調動了。」

「怎麼？勒大人不是打得很好嗎？」

「好是好，無奈有人為求自保，不能不先下手為強。」

「這個人是誰呢？」

「前任四川總督福大人——。」

劉清所說的「福大人」，名叫福寧，原任湖廣總督，已經調任兩江，因為教匪起事，命他仍留湖廣剿匪。嘉慶元年四川總督孫士毅病歿軍中，詔命福寧接任，以剿賊不力，先奪去他的「太子少保」的宮銜；接下來是革職，並罰銀四萬兩充軍餉，另予「副都統」銜，駐達州治理四川軍需。

如今聽說廣興將入川整頓軍餉，這表示皇帝對他深為不滿，怕廣興一到，他會革職拿問，因而先下手為強，奏劾勒保大營，月餉十二萬，比其他各路多得多，而諸將奢靡無度，兵勇口糧反而時有不繼，以致所辦之賊，有增無減。這樣將責任推在主帥勒保頭上，他辦糧台的，責任便可減輕，甚至不須負責。

「那末，如果勒大人有調動，誰會接他呢？」彭華猜測著說：「自然是明大人明亮。」這猜測是合理的，因為他不獨是勒保的首席參贊，而且家世貴盛，既為孝賢皇后與傅恆的姪子，又是多羅額駙，也就是皇帝的堂姊夫，無論從那方面來看，都應該是他接經略大臣。

「很難說。」劉清答道：「明大人跟我說過，他生在乾隆元年，今年六十四歲了，打仗到底不宜於上了年紀的人。」

「但願皇上調他回京去享福。如果是明大人接經略，只怕我要悔此一行了。」

「為甚麼？」劉清愕然相問。

「明大人帶兵帶了一生，如說打個勝仗，都是別人看他是皇親國戚，幫襯著他。為人顢頇糊塗、易受蒙蔽；他這一生，封爵、革爵；賞花翎、拔花翎；革職降調，乃至於下獄、判斬監候，不知道多少回，只為命好，摔了跟斗總能爬起來。不過，要他來剿匪，絕不會成功；跟他的人，也會連帶倒楣。我豈不是要悔此一行？」

「彭老弟，」劉清改了稱呼，「你也不必灰心，事在人為，你就不在大營，也可以到別處，立功的機會，隨時隨地都有。而且接經略的，也不一定是明大人；皇上如果為了剿匪軍務，早日收功著想，多半會派額大人來接手。」

勒保之下有兩名參贊，明亮以外，另一個便是「額大人」額勒登保。兩人的名字相近，但出身、性情大不相同。勒保是滿洲貴族，他的父親溫福，乾隆三十六年以理藩院尚書，授為定邊右副將軍，隨大學士阿桂討伐大小金川，本不知兵，又喜歡剛愎自用。部下有個武進士出身的四川提督董天弼，是個人才，但溫福輕視漢人，不能重用；進軍至木杲木時，命董天弼守後路要隘底木達，只給他兩百人，小金川的土司煽動已投降的土番叛亂，半夜由兵力最弱的底木達進攻，董天弼率兩百人血戰，力竭陣亡，後路震動，官軍萬餘人，運糧的伕子數千人，爭相避入大營；溫福慌了手腳，竟封鎖各處入大營的通路，拒而不納。土番奪得官軍的大炮，對準大營直轟，軍心益發渙散，守碉卡的官兵，望風而潰，小金川復又淪陷，溫福亦在亂軍中，中槍陣亡。

是故短小精悍、善於用智的勒保帶兵，深以其父的剛愎為戒，一反所為，寄心腹於將帥，優禮僚屬，將士樂為所用，但亦因此在軍紀上不免寬弛。

額勒登保的身世不能跟勒保比，他雖姓滿洲「八大貴族」的瓜爾佳，但世代都是吉林下松花江採「東珠」的珠戶；直到額勒登保，方始從軍，以戰功彪炳，賜封威勇侯。額勒登保初隸名將海蘭察麾下，海蘭察跟他說：「你是將材，應該略知兵法。」於是給了他一部書，叫他去讀。

這部書不是《孫子兵法》，而是一部滿文的《三國演義》，這是太宗特命滿洲「儒臣」所翻譯的，他自己運用得極其純熟，尤其是對「蔣幹盜書」那一段，周瑜所用的反間計，更有心得。八旗名將，亦多從滿文《三國演義》中，學到了用兵御將，力敵智取的要訣。額勒登保自從讀此書後，果然成了將材，以正守奇攻為臨陣的要領，而且確是從「空城計」中，學到了諸葛亮臨危不亂的鎮靜工夫，矢石從身際飛過，不為稍動。

額勒登保也學像了「諸葛丞相」的威嚴及重法，所以部下諸將有所陳述，都是躬腰俯首，不敢仰視。不過有功必賞，而且是重賞，所以部下都樂為所用。

「照這樣看，」彭華興味盎然地插嘴：「額大人似乎比勒大人還強些。」

「是的，至少操守過於勒大人。旗營的帶兵官都發了財，像額大人那樣，每次移防，只有幾箱行李的，真正絕無僅有。」劉清揮一揮手，表示結束了這個話題，「閒話少說，彭老弟，廣大人還在入川途中，我既然奉命幫他辦事，要等他來了再說；目前暫回忠州，你呢？」

「你幫廣大人，我幫你，自然跟你一起走。」彭華突然問道：「劉大人，酆都離忠州近不近？」

「酆都是我屬下，在州城西南一百里。怎麼，你想去逛一逛酆都？」

「是啊！」彭華笑道：「陽世有地獄，不可不去瞻仰一番。」

「好！你到了忠州，我派人陪你去。」

「預備甚麼時候動身？」

「鮮大川的事，還沒有談好；明天還要去見勒大人，談出結果，就可以走了。」

第二天，劉清去見勒保，談得並無結果，因為勒保奉到一道嚴旨說：「太上皇父武功十全，開疆拓土，從未似此次用兵，遲延逗留至三年之久未能成功，當龍馭上賓時，頻望西南，似有遺憾。爾等皆滿洲世家，上忘祖父舊勳，不思盡忠報國，惟知苟延歲月，軍中宴樂，總不盡心；朕若不繼成先志，則大不孝矣！使朕有不孝之名，爾等能當罪乎？」詞氣甚厲，所以福寧的彈章一到御前，禍在不測，調職是一定免不了的，甚麼事都要等灰塵落地再談。

「沒有結果，也是結果，等小尤兒一到，咱們就動身。」

「說得是。」

於是等彭華去見勒保辭了行，順便稟明隨劉清先回忠州，等待廣興入川，隨即啟程南下；由於劉清要順道視察屬縣的鄉勇，取徑與來時不同，所以給鮮文炳的回音，只是寫了一封信給邵仲琛，託他轉告。彭華亦有信給趙士奇，細敘近況，交由劉清所派的專差，順便帶去。

到了負山面河的忠州，彭華才知道忠州與石砫直隸廳接壤，只隔一條山澗；這又使得他大為興奮，原來彭華從小住在京師宣武門外的「四川營」，因而習聞秦良玉的故事，仰慕不已，不想無意之中到了秦良玉起兵之地，自然要去瞻仰一番。

「這容易。」劉清答說：「我原就要去拜石砫廳的同知，商量防務，我陪你去。」

石砫廳的同知叫黃德標，以軍功起家，赳赳武夫，人極豪爽，一見面便向劉清作個揖，口稱：「劉大人！」

「黃大哥，你別罵人了！甚麼大人、小人的？」

知州與同知品級相同，所以平時見面，稱兄道弟，但黃德標別有說法：「從前加了府銜，還可以打馬虎眼，如今加了道銜；三品大員，照規矩一定要稱大人的。」

「好了，好了，我先來見一位遠客。」

時已正午，引見了彭華，主人置酒款客，席間自然要談秦良玉；黃德標笑道：「談到這位英雌，我跟劉大人就好比『會親』了。」

「這話，」彭華問道：「怎麼說？」

「我是秦良玉夫家的地方官；劉大人是秦良玉娘家的地方官，豈非『會親』？」

「我只知道秦良玉是石砫的女土司，倒不知道她是忠州人。」

「她的父親叫秦葵，」劉清接口，「是忠州的一個秀才——」

秀才的女兒嫁了石砫宣撫使馬千乘。早在明朝萬曆二十七年，秦良玉就曾隨夫出征。以後馬千乘為部民控告下獄，竟致瘐死。秦良玉便接領馬千乘那個世襲的宣撫司職位，成了四川獨一無二的女土司。

這個女土司真是「巾幗英雄」，善於騎射，智勇雙全，行軍發令，隊伍肅然，所部號「白桿兵」。兵器的棍棒中，有一種「白蠟桿子」；彭華聽人談過，「白桿」取義在此。

秦良玉不僅智勇雙全，而且也是才貌雙全，儀容嫻雅，兼通詞翰，「上馬殺賊，下馬草檄」，多少儒將，自愧不如，但亦因此，竟沒有一個人敢向這個正當盛年的女土司示愛，不是自慚形穢，就是怕她的粉拳繡腿。

「喔，」彭華插嘴，「我聽說秦良玉置了好些男妾，有這話沒有？」

「我也聽說過，只不過聽說而已。」

「彭老弟，」劉清發話了，「事涉巾幗，而況又是英雄，這件事不宜深談，稍留口德。」

「是，是！」彭華趕緊答應著，「請黃大哥言歸正傳。」

「你知道的，明朝凡是——」

明朝凡是有大征伐，常徵召「土兵」助戰，泰昌、天啟年間，都曾徵秦良玉所部援遼。秦良玉一兄秦邦屏，一弟秦民屏，及她的兒子馬祥麟都曾隨征，秦邦屏且在遼東渡渾河時陣亡。

其時流寇漸起，秦良玉奉旨回川援救，解成都之圍，又克復重慶，因而得封「夫人」，授為都督僉事充總兵官；土司的世職，由她的兒子繼任。接著又奉旨赴援貴州，她的胞弟秦民屏復又戰死，不過她的四個姪子，秦邦屏之子翼明、拱明，秦民屏之子佐明、祚明，都已授職武官，而且官階不小；明朝待秦良玉不薄，秦良玉感恩圖報，亦真個「老當益壯」了。

崇禎二年，也就是清太宗天聰三年十一月，清太宗初次征明，入山海關後，直逼京城；寧遠巡撫袁崇煥，率錦州總兵，吳三桂的舅舅祖大壽，率師入關回救，清太宗師法《三國演義》中「蔣幹盜書」的故事，使了一條反間計，竟使得崇禎將召入禁城，面議軍情的袁崇煥，交付詔獄治罪；祖大壽得報大驚，是夜率所部出關，奔往錦州。

於是，年逾五十的秦良玉奉詔勤王，與她的姪兒秦翼明，率領「白桿兵」兩萬人，由陸路出「鐵馬秋風大散關」，糧餉皆出家財自備，一路秋毫無犯，浩浩蕩蕩直奔京師，駐兵宣武門外。

其時清太宗已退出山海關，京師解圍，只京東永平、灤州、遷安、遵化四城尚未收復。崇禎皇帝特為在中海紫光閣原址的「平臺」召見秦良玉，慰勞備至，大發羊酒犒勞白桿兵，復為秦良玉寫了一首詩：「蜀錦征袍手製成，桃花馬上請長纓；世間不少奇男子，誰肯沙場萬里行？」

不過這回秦良玉未到沙場，因為奉清太宗之命守永平四城的「二貝勒」阿敏，由於明朝經略孫承宗督師反攻，先後收復遷安、灤州，截擊清軍，死傷四百餘人；阿敏看看形勢不妙，不等關外的援軍到達，先就在永平屠城，大掠財帛牲畜，由長城的一個名叫「冷口」的關隘，破邊牆，遁回遼東了。

崇禎皇帝命秦良玉先回四川，但她的白桿兵還不能撤回，由秦翼明率領。秦良玉的部隊都是自己養自己，但在京師，不比邊疆，盡有空地可以「屯墾」。

秦良玉為了自籌軍費，定了個紡棉花的計畫，因為四川的棉花，出在涪江及嘉陵江一帶的盆地，白桿兵都會紡棉。

「啊，」彭華又插嘴了，「我明白了，怪不得『四川營』旁邊有棉花胡同；棉花頭條到九條，其中二條到七條，各有上、下之分，一共有十五條胡同之多，占的地面極大，原來都是當年白桿兵紡棉花的地方。再有一處，為甚麼成為凶宅，我也明白了。」

「甚麼凶宅？」

「這座凶宅在棉花頭條東口路北第一家，離我家不遠，聽人說，那裡從前殺過好些人，所以成了凶宅；想來一定是白桿兵違犯軍紀，被砍腦袋的地方。」彭華問道：「秦良玉回到四川以後怎麼樣？」

「秦良玉入川以後，就沒有再出川，明朝要她專門剿四川的流寇。」

「那不是跟張獻忠要交手了嗎？」

「那是後來的事，先是跟羅汝才交手——」

明末流寇，李自成、張獻忠以外，就要數到羅汝才了。崇禎十三年五月，羅汝才會同其他七股流寇，由湖北經三峽入四川，蜀軍葛元吉守夔州，飛檄向秦良玉求援，等秦良玉率領已班師回川的白桿兵趕到，汝寇已由巫山登陸，間道占領巫山以北的大昌；羅汝才聽說秦良玉在夔州，不敢輕犯，在萬山叢中四處擄掠，秦良玉熟悉地形，在流寇西進必經之路的馬家塞設下埋伏，一仗殺了他七百人，後又乘勝追擊，陣斬流寇頭目之一的「東山虎」，生擒羅汝才的副手「副塌天」，而且奪了羅汝才的大纛旗。時逢炎暑，七股流寇無法在深箐密林中紮營帳，只能露宿，不但毒蛇蚊蚋，攪得人無法休息；

而且馬糞遍地，臭了幾十里地，以致人馬皆病，可是官軍無法殲滅他們。

「這，」這一回是劉清打斷黃德標話問：「其故安在？如果官軍是由羅思舉率領，他一定用火攻，放起一把火；再用強弓硬弩，守住要路，流寇那裡還有生路？」

「壞在主帥無知，自己造成部下大將不和。」

「那時是楊嗣昌督師？」

這楊嗣昌是湖南人，他的父親叫楊鶴，曾總督陝西三邊軍務，父子二人都負清望，亦都不知兵。崇禎十年三月，丁憂在籍的楊嗣昌奉召入京，崇禎皇帝在平臺召見，諮詢時事，楊嗣昌書讀得極好，口才更佳，大為崇禎讚賞，召見數次，每次都是個把時辰，有所建議，無不見聽；自道：「我用你太晚了。」

崇禎用楊嗣昌為兵部尚書，明朝的制度，兵部尚書既掌軍政，亦掌軍令，其權極重，楊嗣昌又勇於任事，奏請大舉平賊，定下「四正六奇」的「十面羅網」之策，四正是陝西、河南、湖廣、江北，四處巡撫專防分剿；六輔是延綏、山西、山東、江南、江西、四川，六處巡撫分防協剿，須增兵十二萬、增餉二百八十萬。其時民窮財盡，軍餉都靠「加派」，即是就田賦上附加多少稅，因此有田的人，受害無窮，相率逃亡；有人以田為題，用拆字格體裁作了一首五言詩說：「昔為富之基，今為累字頭。」還有人將田契丟在路上，如果有路人撿起來看，田主馬上上前捉住他的手臂：「好！我的田就是你的了，田契在你手裡。」

因為如此，每年要再增餉銀二百八十萬兩，崇禎亦知是一大難事，但他確信楊嗣昌的策略，一定很快地就會見效，所以硬著頭皮，下了一道詔書說：「流寇延蔓、生民塗炭，不集兵無以平寇；不增賦無以餉兵，勉從廷議，暫累吾民一年。」

一年以後，楊嗣昌不談他的「十面之網」了，原因是他錯用了一個人；此人叫熊文燦，原籍貴州，移家湖北，在當福建巡撫時，招撫了海盜鄭芝龍，得鄭芝龍之力，剿平了其他海盜，得以總督兩廣軍務、兼廣東巡撫；而且走私發了大財，結交京師權貴及掌權的太監，所以都在崇禎面前說他的好話。

但崇禎不知其人，而且懷疑他誇張戰功，因而遣派一個叫何忠的太監，託詞往廣西採辦，去看看熊文燦究竟如何？

到了廣州，熊文燦自然送了極重的一筆程儀，而且留他多住幾日，天天以盛宴款待。有一天談起中原流寇四起，天子寢食不安，已有酒意的熊文燦，拍著桌子罵道：「都是一班誤國的飯桶！如果是我督師，怎能讓鼠輩猖狂？」

何忠一聽這話，當即站起身來說道：「老實奉告，我不是往廣西採辦，而是奉旨來看熊大人的為人，熊大人真是稀世之才；非熊大人不能剿滅流寇。」

熊文燦大悔失言，酒也嚇醒了，想把話拉回來，說要多少兵、多少餉；兵部、戶部一定不許，兵餉兩缺，何能辦賊？

「沒有關係。」何忠答說：「我見了皇上，代熊大人請求。皇上如果准了，熊大人就不能辭了。」

熊文燦詞窮，只好硬著頭皮答應。何忠回京，恰好楊嗣昌正在物色人材；他有一個至交，詹事府正姚明恭，是熊文燦的兒女親家，聽說熊文燦有意出任艱鉅，便向楊嗣昌推薦，而且說他有「內援」，一經奏請，絕無不准之理。

楊嗣昌大喜，即日舉薦；崇禎有何忠先入之言，拜熊文燦為兵部尚書兼右副都御史，總理河南、山西、陝西、湖廣、四川五省軍務，「三正兩輔」都託付給他了。

熊文燦受命後，上奏請將公認為精銳的左良玉一軍六千人，歸他指揮，又在廣東招募了兩千人，帶到河南。路過廬山時，去看他的一個法名「空隱」的方外之交；空隱一見面就說：「熊公，你大錯特錯了！」

「喔，請教。」

「熊公，你自己估量，你的兵能不能制賊死命？」

「不能。」

「你的部下有可以信任，不必你指揮，就能獨當一面的沒有？」

「那還不知道怎麼樣呢？」

「兩件都是沒有把握的事。」空隱說道：「朝廷因為你的名氣大，才重用你；既然重用，期望必高，爬得高，跌得重，你如果不能平賊，只怕首領不保。」

熊文燦楞住了，崇禎殺大臣是有名的，空隱的話不是嚇人。想了好半天問道：「招撫如何？」

「我料到熊公一定會用『撫』之一策。不過流寇不比海盜，你要慎重！」

因此，熊文燦取道安徽入河南，剛到安慶，即派人招撫張獻忠；他願意受撫，但所部在與河南交界的湖廣襄陽府穀城縣，只有一萬人，而要十萬人的餉，熊文燦居然亦給他了。以後又招撫盤踞在南陽一帶的羅汝才等共十三家，編為九營，集中在襄陽以西的鄖縣、均州等地。

原來為了剿滅流寇而加派的民脂民膏，反而養肥了流寇；到得崇禎十二年五月，張獻忠復又反叛，於是九營皆反，四處流竄。

崇禎得報大驚，一面下詔逮捕熊文燦；一面特旨派楊嗣昌督師，賜尚方寶劍，誅賞皆得便宜行事。

崇禎於楊嗣昌九月初出京以前，賜宴、賜帛、賜御製「贈行」詩。九月底到了襄陽，立即逮捕熊文燦派兵押解進京；熊文燦應了空隱和尚的預言，「首領不保」；他的至親姚明恭已經入閣拜相，千方百計想救他，未能成功，第二年九月綁赴菜市口，一刀斬訖。

其時楊嗣昌的境遇比他也好不了多少。他從逮捕熊文燦以後，召集諸將及「四公子」之一方以智的父親、湖廣巡撫方孔炤等，在襄陽誓師，並用永州推官萬元吉監軍；起初打得很好，張獻忠復又請求招撫，楊嗣昌不許，張獻忠只好從王昭君的家鄉秭歸一帶的萬山叢中，遁入四川，左良玉乘勝追擊。楊嗣昌的原意，將流寇攆到四川，封鎖「難於上青天」的「蜀道」，任其自生自滅，怕左良玉一追，反將張獻忠逼回湖廣，所以下令勿追，但左良玉不聽，追到川東達州境界，大破張獻忠於瑪瑙山，斬賊將十六人，流寇死在澗谷中的，不計其數，張獻忠的妻妾，亦皆被擒。

這一場大勝仗，破壞了楊嗣昌的計畫。他初到湖廣時，重用左良玉，奏請授為「平賊將軍」，但左良玉跋扈難制，便私下許了戰功次於左良玉的陝西總兵賀人龍，代左良玉佩「平賊將軍」印。那知左良玉以瑪瑙山之役，反加了太子少保的宮銜，何能奪他的將軍印？所以楊嗣昌對賀人龍說：「這件事一時辦不成了，以後再說吧！」

由於楊嗣昌的失信，賀人龍大為懷恨，將經過情形告訴了左良玉；可想而知的，左良玉對楊嗣昌越發不滿了。

其時張獻忠率殘部逃回湖廣邊界，在亂山中被困，補給不繼，苦惱萬分，後來有人獻計，用擄掠來的珍寶，賄賂左良玉，當然還有一番說詞。

這番說詞是：楊嗣昌看重你是因為有張獻忠在，你的部下軍紀不佳，倘或沒有張獻忠，以楊嗣昌的作風性情，你就岌岌可危了。

養寇自重，本就是明朝將帥的慣技，左良玉覺得這話有道理，因此連營百里，圍而不攻。張獻忠得以復由湖廣入川，與羅汝才合流。楊嗣昌因為流寇已匯聚在川，因而由襄陽沿水路往西，親自督師，但諸將既難約束，而京營及雲貴湖廣的士兵屯聚山谷，為炎暑瘴毒所侵，病死的十之二、三，「開小差」的亦復不少。同時山河殘破，關塞蕭條，大旱缺糧，易子而食，無足為奇，饑民亦成了流寇，到處告警，駐紮重慶的楊嗣昌迫不得已，下令赦免羅汝才的叛亂罪；如果投降則奏請授予官職。

不過張獻忠不赦，如果有人能持張獻忠首級來獻者，賞銀一萬，並奏請封為侯爵。

那知第二天早晨起來一看，自大堂至廁所，到處題著這麼一行字：「有斬督帥來獻者，賚白金三錢。」

這個玩笑開得楊嗣昌面無人色，緊急檄調賀人龍一軍入衛。賀人龍置之不理，而且傳說他的部下都不願在川，紛紛要求回陝西去保衛自己的家鄉；楊嗣昌便跟他的督軍萬元吉商量，該如何處置當前棘手的局面？

「我看猛如虎驍勇善戰，而且賦性純樸，極負責任，大可重用。」

這猛如虎是蒙古人，積功陞為薊州鎮總兵，因案革職；楊嗣昌奉旨督師時，聽人談起猛如虎是一員勇將，便將他帶到四川。如今聽萬元吉保荐他，當然要重用，擢升他為「正總統」，也就是說臨陣以他為前敵總指揮。

於是萬元吉與猛如虎商定進取的方略。其時張獻忠所部屯聚在四川中部迤南的安岳一帶，由猛如虎指揮左良玉的部卒，守住綿州各地的要害；而萬元吉在綿州與安岳之間的射洪、蓬溪兩地設伏，綿陽的正兵無非虛張聲勢，以守為主；萬元吉這一支奇兵，才是殲敵的主力。

那知張獻忠不上當，往南逃向川南的內江，官軍由北南進，張獻忠又攻陷了川南重鎮的瀘州，但也是陷入了絕地。

原來瀘州的長江，兼眾水之流，浩瀚洋溢，三面皆水，流寇沒有舟船、無法渡越；唯有北面名為立石站的一條陸路，是唯一的孔道。萬元吉決定派遣大軍進攻，逼他沿江北走，設伏在永川地方，打算一鼓作氣聚而殲之。

那知永川知縣已經逃走了，猛如虎兵到，覓嚮導不得，在城內住了一夜；而就在這一夜中，張獻忠沿江西去，渡過南溪往成都，賀人龍的部隊坐視不擊，張獻忠找得了一條生路。

其時坐鎮雲陽的楊嗣昌下令，各軍均須追賊，不得距賊過遠，以致逃逸，所以猛如虎帶領改歸他指揮的左良玉所部，一路窮追，自成都、漢川、德陽，渡綿河到巴州。時逢冬月，雨雪載途，左良玉的部隊怨聲不絕，多想歸還建制，因為左良玉守而不攻，舒服得很；軍中流行兩句口號：「想殺我左鎮，跑殺我猛鎮。」鎮是總兵的簡稱。

這一跑由川西而川北，兜了個大圈子，復又回到川東，一路又燒又殺，六、七百里不見人煙，四川到湖北、陝西的驛道不通，消息亦隔絕了。

崇禎十四年元宵節那天，猛如虎追賊追到達州以西、萬縣以東的開縣，天色將暮且又下雨，營將都向猛如虎要求休息一夜，到第二天再攻。但有個守備劉士杰奮然而起，「追賊追了四十天才追到，」他說：「追到了又不攻，我辦不到。」說完，領兵先攻；猛如虎以重賞激勵其他諸軍，一起行動，由於劉士杰的奮勇，打得很好。

於是張獻忠登高瞭望，發現猛如虎只是一支孤軍，並無後繼的官兵，這就不足為懼了，當即選拔精壯部下，跨馬自高處疾呼直衝。左良玉的部隊，人困馬乏，鬥志不堅，經這突出不意的一衝，不戰而潰，劉士杰與猛如虎的兒子猛先捷相繼陣亡，猛如虎由親兵保護著，血戰突圍，但旗纛軍符完全失去了。

這一下，張獻忠、羅汝才脫困了，東走巫山、大昌，自萬山叢中疾馳不停，竄至湖北當陽。此地東去武漢、南入湖南，都是港汊縱橫的沼澤，向為流寇所忌；唯有向北先取襄陽，再入河南，與李自成合流是善策，因此自當陽沿大路北上。其時鄖陽巡撫袁繼咸，本來屯兵在竹山、房縣一帶，得報賊至當陽，星夜趕來迎擊；同時張獻忠打聽到，襄陽並無戒備，這是個大好機會，絕不可錯過。

於是，張獻忠派羅汝才向西，阻擋袁繼咸的部隊。他自己率輕騎，一晝夜疾馳三百餘里，在入襄陽的必經之路上，截住了楊嗣昌經常往來川楚的專差，取得了入城的軍符，用二十八人假扮官軍去叫城，守夜的校尉，看符節相合，放他們進城了。

到得半夜裡，這二十八人找到原為「同袍」的一百多人，放起火來，這是個信號，張獻忠帶大隊趕到，城門洞開，全數入城，楊嗣昌大營的幕僚及知府以下的文武官員逃的逃、死的死，張獻忠輕易占領了楚北名城的襄陽。

襄陽是藩封之地，仁宗第五子封襄王，采邑先為長沙，後移襄陽；此時襄王名叫翊銘，算輩分是崇禎皇帝的叔祖，張獻忠決定借刀殺人，要借襄王翊銘的人頭一用。

侵入襄王府後，張獻忠高坐堂皇，襄王坐於堂下，張獻忠親自為他斟了一杯酒說：「我要砍楊嗣昌的腦袋，不過他人在四川；如今只有借你的人頭一用，楊嗣昌『失陷藩封』是死罪，由他來給你償命。」

說完，殺了襄王、放火燒府，襄王的妃妾侍女，死者四十三人。

楊嗣昌得報，驚悸莫名，星夜出三峽入湖北，經過荊門時，去朝見神宗第六子惠王常潤；常潤不見，叫人告訴楊嗣昌說：「你應該先到襄陽。」言外之意，襄陽失陷，其罪在楊。

楊嗣昌心想，在此以前，李自成破洛陽，捉住逃出城外的福王常洵；在「慶功宴」上，李自成將福王斬成肉塊，雜以鹿肉，煮成一鍋，名為「福祿酒」。這是一個多月之前的事，連陷親藩、罪在不赦，因而絕食而死。

朝中聞襄陽、洛陽之變，紛紛上奏嚴劾，但楊嗣昌雖已死，廷臣仍請以失陷城案律，定為斬罪。但崇禎皇帝另有看法，他說：「故輔楊嗣昌奉命督剿，無城守專責，乃夜襲之檄，嚴飭再三，地方置若罔聞。及違制陷城，專罪督輔，殊非通論，且臨戎二載，屢著捷功，盡瘁殞身，勤勞難泯。」因而昭雪楊嗣昌的罪名，賜祭葬。

楊嗣昌是葬在他湖南老家武陵，後來張獻忠攻陷武陵，前恨未消，發掘楊家七世祖墳，楊嗣昌夫婦的棺木燒燬，楊嗣昌的屍首取出來砍腦袋，居然還有血流出來，可惜此血並非「碧血」。

「張獻忠掘了楊嗣昌的祖墳以後，不敢北上，因為左良玉在武昌；瑪瑙山一役使得張獻忠在官軍中獨懼左良玉，因而率眾南下，到得道州，」黃德標滿引一杯，「又遇見了一位巾幗英雄。」

劉清陪他乾了酒問：「是沈雲英不是？」

「是。沈雲英的父親叫沈至緒，官居道州守備，迎戰張獻忠陣亡；沈雲英挺矛出戰，居然奪還她父親的屍體，也保全了道州，張獻忠竟因為她這麼一擋，轉而東趨，攻入江西——。」

「慢慢！」彭華打斷了他的話問：「沈雲英後來如何？」

這可把黃德標問住了，幸而劉清讀過《小腆紀年》、《續表忠記》這些明末逸史，可為彭華解答：「她是浙江蕭山人，文武雙全。以保全道州之功，授為游擊將軍。她的丈夫叫賈萬策，亦是武官，在荊州陣亡；沈雲英便辭了官，扶了父、夫兩口靈柩，回蕭山隱居，以設帳授徒維生，三十八歲就去世了。」

「她不如秦良玉老壽。」黃德標重拾中斷的話題：「張獻忠攻陷了吉安、袁州、撫州、安福、萬載、南豐，以至於廣東大起恐懼，南安、韶州兩府的官員百姓都逃空了。這時便有人獻議，說應該取東南膏腴之地，但是張獻忠怕秦良玉，不聽。這一下，四川便又大遭其殃了。」

「那麼，」彭華問道：「秦良玉又要出山了？」

「是的。可惜巡撫陳士奇不聽她的話——。」

秦良玉熟悉全蜀形勢，畫了一張地圖，指出十三處要隘，能增兵防守，可拒賊於境外。但陳士奇不能理會，他是福建人，頗有文名，先到四川提督學政，好集合一班秀才，大談兵法，朝廷誤以為知兵，因而改任為四川巡撫，其實他是紙上談兵，與秦良玉格格不入。此外還有一個原因，他要調任了。

「新任巡撫龍文光，快要來了。」他說：「你跟新任商量吧！」

龍文光還未到任，京師卻傳來一個不幸的消息，李自成在西安稱王，僭稱國號為「大順」，改元「永昌」，大封功臣，起步兵四十萬，馬兵六十萬，攻入山西後，諸道並進，直指京師，他自己由大同、宣化、陽和進逼，破居庸關後，於三月十五日到明朝陵寢所在的昌平。兵部派出探子去打聽軍情，或則被殺，或則投降，沒有一個回去的，因此李自成的先鋒，到了平則門外，在深宮中的崇禎皇帝還不知道。

三月十七日，李自成大隊擁到，環攻九門，深宮方知已是兵臨城下，急召群臣問計，都是默默無語，崇禎皇帝說了句：「我不是亡國之君，你們都是亡國之臣。」推案而起。

第二天攻勢越發猛烈。李自成駐馬彰義門外，對著城門設座，被俘的晉王、代王左右席地而坐。李自成派投降的宣化鎮守太監杜勳，向城上喊話，要進城去見皇帝。守城的司禮監王承恩，將他用繩子吊了上去，一起入宮，杜勳說道：「大勢已去，皇上不如讓位。」崇禎皇帝大怒，左右有人打算留住杜勳不放，但他已早算到有此一著：「晉王、代王在那裡當人質，你們不放我走，兩王性命不保。」於是只好仍舊放他回去。

到得到黃昏，有個太監曹化淳，開門獻城，李自成的部下一擁而入，大殺大搶，四處放火；崇禎皇帝出宮登煤山遙望，只見火光燭天；徘徊嘆息，復又回宮，以硃筆「諭內閣、命成國公朱純臣提督內外軍事，夾輔東宮。」然後又派太監將皇三子定王、皇四子永王，送到皇后之父周奎及田貴妃之父田宏遇家；皇后大哭一場，閉門自縊。

皇后所生的女兒，封號為「長平公主」，年已十六，已選定了駙馬，尚未出降；崇禎皇帝怕她受辱，召喚入殿，恨聲說道：「你為甚麼要生在我家。」接著左手以袖障面，右手揮劍力砍，長平公主舉起左臂一擋，臂斷人未死，做父親的手軟砍不下去了。

到得天色將曙，崇禎皇帝命鐘鼓司撞鐘，召集百官上朝，等到天明，沒有一個應命的。崇禎皇帝長嘆不止，換了前一天預備下的藍袍朱履，帶著王承恩復又上了煤山，脫去左足的鞋襪，表示倉皇蒙塵之意，然後在新建預備觀操閱兵之用的壽皇殿旁，一株「歪脖樹」上，繫上帛帶，打成圈套，引頸自縊，王承恩亦是如此。天子殉國，太監殉生，由太祖洪武元年壬申，到崇禎十七年甲申，「樹倒猢猻散」，大明兩百七十六年天下，就此完了。

到了正午，李自成跨馬自西長安門入宮，大加搜索，不見崇禎；搜出神武門外，方知崇禎已經殉國，藍袍前面，留下一道遺詔：「朕自登極十七年，逆賊直逼京師，雖朕薄德，上干天咎，然皆諸臣之誤朕也。朕也無面目見祖宗於地下，去朕冠冕，以髮覆面，任賊分裂朕屍，勿傷百姓一人。此諭。」另書一行：「百官俱赴東宮朝行在。」

原來他以為成國公朱純臣，已經將太子安頓好了，其實，成國公既未從逃得空空的內閣中，接到任何通知；而太子則為太監獻之於李自成，被封為「宋王」，太子不受，但亦未曾被害，李自成將他留在身邊。到得吳三桂請清兵，李自成迎戰於山海關前的「一片石」，大敗而回後，太子就不知所終了。

其時，新任巡撫龍文光，亦已到了四川，但陳士奇反而不走了，因為他自負知兵，要報國仇，駐紮重慶，調兵遣將，徵調秦良玉，卻無回音。原來她特地到成都去見巡按御史劉之勃，細陳守十三隘口的策略，劉之勃深為讚許，但兵呢？無兵可調，歸於空談。

及至輾轉接到陳士奇的檄文，星夜東歸，而勢已經不可為，因為張獻忠到了萬縣，正逢水漲，一直逗留至六月裡，方能西進，陳士奇派兵邀擊於忠州，倒是打了一個勝仗，但接下來就不行了，張獻忠沿長江兩岸，左步右騎，兩支兵夾護舟師而下，先陷涪州，再奪佛圖關，進圍重慶，攻守都很激烈，但只守得四日，終於為張獻忠掘地道用火藥炸開城牆而淪陷。

逃難在重慶的瑞王，闔宮殉難，陳士奇及知府、知縣，盡皆被俘；陳士奇誓死不降，張獻忠決定殺他，縛在教場上正要開刀時，突然雷電交加、晦冥如夜、咫尺不辨面目。張獻忠大怒，仰面罵天：「我殺人，干你老天甚麼事？」下令向空開炮轟天。

在教場上還聚集著被繳了械的官兵及士兵共三萬多人，張獻忠將他們砍斷一條手臂，驅散至各州縣，又發了許多傳單，凡「兵」至不降，都照此榜樣，成為殘廢；但如能殺王府官吏，封存公庫，以待接收，便可秋毫不犯。因此各府各州各縣，幾乎「傳檄而定」；土司亦復如此，只有秦良玉保存石砫一片乾淨土。

她說：「我一兄一弟，皆死於王事，我蒙受國恩二十年，不幸到此地步，餘生無幾，何敢事賊。」召集部下相約：「有敢投降張獻忠者，全家皆誅！」分兵部署、日夜防守，張獻忠的部下都說：「這個婆娘惹不起。」竟沒有人敢到石砫的。

「莫非張獻忠真的奈何她不得？」彭華問說：「張獻忠不是有一百萬人嗎？把石砫踩都踩平了！」

「來不及踩，他就惡貫滿盈，死在肅親王手裡。」

「他是怎麼死的？」

「這倒說不上來了。」

「要問我。」劉清接口，「他死在順治三年——。」

順治三年正月，肅親王豪格受任為靖遠大將軍征四川、兵屯南鄭，準備循棧道入川；其時張獻忠屠蜀，四川人被殺的，不知凡幾，以致幾百里地無人煙，無足為奇，那裡去找嚮導？

正在一籌莫展時，不道來了救星，此人名叫劉進忠，是張獻忠所封的「都督」，他跟他的部下，都是四川人。張獻忠無人可殺，想殺他的部下；劉進忠得到消息，決定反正，往北出川，投誠了肅親王。

於是肅親王派麾下大將鼇拜為先鋒，在劉進忠嚮導之下，由川北南下，經巴州到保寧府的南部縣接到諜報，張獻忠夷平了成都府，打算由川東流竄到湖北，帶的隊伍不多，因為他認為當初起事時，只有五百人，縱橫無敵，人多反而礙事，所以這回出川，亦只帶了千把人。

鼇拜得報，領兵向西迎擊，走到南台與三台縣中途的鹽亭驛，忽起大霧；哨探報來，張獻忠便在鹽亭驛之西的鳳凰坡息兵。鼇拜下令「放箭」！濃霧中飛矢如雨，張獻忠的一千人，不知箭從何來？呼嘯著四處潰散；張獻忠亦在倉皇中，避在一個柴垛下面，那知一支流矢，鑽穴而入，正中張獻忠胸前，霧散清理戰場，發現了猶在呻吟的張獻忠，即時被斬。

「南部離南充不遠，關於張獻忠的傳說很多，據說張獻忠剛到成都時，毀了一座塔，塔下掘出來一塊石碑，上面刻一面五言詩：『修塔于一龍，毀塔張獻忠，吹簫不用竹，一箭貫當胸。』第三句隱一個『肅』字，他要死在肅親王手裡，是命中注定的事。」

「原來如此！」彭華感嘆著說：「八旗入關之初，旗開得勝，馬到成功，如今怎麼那樣子的不經打呢？」

「這一半也要靠運氣。」黃德標說：「像楊時齋真是福將，大小數十戰，連根寒毛都沒有傷過。」

「楊時齋？」彭華問道：「是額大人的翼長楊遇春嗎？」

「對了。」

「我見過他，一貌堂堂，確是有股福相。」

「咦！」黃德標奇怪，「你怎麼會見過他？」

「我不但見過楊時齋，我還見過額大人的另一位翼長穆克登布；這話說來就長了。」

原來楊遇春是四川崇慶人，武舉人出身，在四川總督標下當個小武官。福康安督川時，很賞識他；福康安征甘肅、征台灣、征廓爾喀，他都立了功勞，官升到守備。

乾隆六十年貴州、湖南苗亂，福康安受命東征，請調兩員大將，一個是額勒登保，一個是德楞泰；楊遇春亦被調至苗疆，救過額勒登保，擒過湖南苗亂首腦吳半生，立一次功升一次官，由守備而游擊，由游擊而參將，由參將而副將，賜花翎、賜「勁勇巴圖魯」稱號。福康安死於瘴氣，改隸額勒登保，在湖北、陝西、四川平教匪、升總兵、升提督，還獲得了一個雲騎尉的世職。

「我是他跟額大人一起進京，來拜和中堂時見過他。」彭華又說，「至於穆克登布，見過好多次，因為他跟和中堂不但同旗，而且同族。」

穆克登布跟和珅同為正紅旗，同姓鈕祜祿氏。他的父親叫成德，是乾隆專為征金川而練新陣法的「健銳營」出身，曾兩次圖形紫光閣，官至荊州將軍。穆克登布亦曾從征金川，因而授為藍翎侍衛，外放後，逐漸升到游擊，嘉慶二年隨額勒登保剿匪，立功升為總兵，與楊遇春為額勒登保的左右翼長。

但這兩個人的性情作風不同，楊遇春善於訓練，士氣不振的疲卒，一歸入他的部下，都變成精壯可用；用兵步伐從容，即使倉卒之間遇到埋伏，亦不致張皇失措。還有一項長處是，善用降卒。俘虜了教匪，親自審問，老稚赦免。精壯必須投匪三個月以上而又無悔意者，方始處決。而且操守廉潔；一弟楊逢春，一子楊國佐，皆在軍中，從不敢違法亂紀。

穆克登布就不同了，性子很急，好大喜功，軍紀亦不甚在意。因此，額勒登保召集左右翼長討論軍情時，常常發生爭執；爭不過楊遇春時，往往自以為是，擅自行動，有一回終於吃了大虧。

有一回協議會剿保寧府蒼溪縣一處名叫貓兒埡地方的教匪，議定兵分三路，楊遇春、穆克登布分左右進攻；額勒登保自領索倫騎兵居中路。穆克登布不守約定，領兵先發，不道中了埋伏，腹背受敵，傷亡副將以下二十四人，士兵上千。連帶額勒登保的中軍亦有不支之勢。

虧得楊遇春及時趕到，占領了一處山頭，時已入夜，楊遇春命士兵割取乾草，結成火炬點燃了擲向山下，會合索倫騎兵，激戰徹夜，終於反敗為勝。

「穆克登布年紀比和中堂小，不過輩分比和中堂大，每回來看和中堂，都是老氣橫秋，直呼直令地喊和中堂的號；和中堂很討厭他。」

正在談著，傳進來一個公文封，黃德標拆開一看，是一道「宮門抄」——由內閣抄出來的上諭：

「勒保自任經略以來，於剿辦賊匪機宜，總未通盤籌畫，惟知安坐達州，毫無調度，僅將各路軍營所報情形，敷衍入奏。前據湖廣總督倭什布奏，川省賊匪，闌入楚省邊界，係前月二十四日拜發，至今已二十餘日，並未據勒保奏及此事；茲又據倭什布奏，入楚之匪，為數不下二萬，現經飛咨勒保，速派官兵，赴楚協剿，可見楚省並無川省派往之兵。勒保於事先既未能預為防範，縱令群賊擾及楚境，迨賊已入楚，又不星速派兵前往會擊，竟置楚省之賊於不問，又安用此經略為耶？現在藍號、白號賊匪，俱已竄入川北地界，亦未聞勒保派兵堵截，是勒保竟係擇一無賊處所，紮營株守，直與木偶無異，不料勒保辜負委任，一至於此！上負皇考及朕簡用之恩，此而不加懲治，軍紀安在？勒保著革職拿問。」

「糟了！」黃德標說：「勒大人恐怕還有牢獄之災。」

劉清與彭華都吃一驚，「怎麼？」劉清想了一下問道：「勒大人是革職拿問？」

「是。」

「那麼，誰來代他呢？」

「明參贊掛經略大臣印；總督放了吏部尚書魁倫。」黃德標問道：「這位長官，不知道好不好伺候？」

「不太好伺候。」彭華答說：「脾氣很壞。」

於是彭華談魁倫的生平——此人姓完顏氏，是金兀朮之後；乾隆末年授為福州將軍，性好聲色，以將軍之尊，常常夜宿娼家，閩浙總督伍拉納賦性嚴厲，打算奏劾魁倫；不想事機不密，魁倫得以先發制人。

伍拉納是皇族疏宗，稱為「覺羅」，俗稱「紅帶子」，兼以與和珅是姻親，所以在福建賄賂公行，官聲不佳。魁倫便搶先嚴劾，奏稿出於福州名士林喬蔭之手，文筆雄健，敷奏詳明，高宗勃然震怒，即命兩廣總督長麟署閩督；福建巡撫浦霖亦革職，藩司伊轍布、臬司錢受椿並皆革職，由魁倫署理巡撫。此案即交長麟、魁倫嚴審。

命下之日，藩司伊轍布驚悸而死；臬司錢受椿已升陝西藩司，中道追回，併案審辦。長麟主張從寬，為高宗不滿，改派魁倫為總督，審理全案。

於是魁倫命新任藩司田鳳儀，設立「清理局」，清查各州的虧空，這田鳳儀天性峻刻，一味從嚴，州縣虧空，各有原因，侵吞入己的固然不少，但亦有因公墊付，可以扣抵的，但田鳳儀概以庫存現銀為憑，虧空一萬以上者，一概處斬，州縣官死了十幾個。

伍拉納、浦霖、錢受椿還解至京師受審，廷訊之日，動用大刑，浦霖的右腿被夾棍夾斷。由於抄家抄到贓款皆有數十萬之多，罪無可逭。伍拉納、浦霖被斬於菜市口。錢受椿則還受了活罪，送福建，上夾棍兩次，重笞四十，才與州縣官駢首伏法。

聽完彭華的敘述，黃德標吐吐舌頭說：「這樣的長官，可真得好好小心了。」

「閒話少說，」劉清說道：「政局既有這樣的變動，我應該辭差；別擋了人家的財路。」

到得達州，劉清去見勒保，當面請辭「隨副都御史廣興治餉」的差使。他當然不能用「別擋了人家的財路」這種措詞，只說：「也許明經略另有屬意的人；卑職為大人計，似宜收回成命，免得明經略為難，對大人或許會生芥蒂。」

「他對我之心存芥蒂，已非一日。他自負老將，金川之役，曾經跟先公共事，恥居我下，所以一直不肯入川。我如果能給他方便，亦是修好之道，何樂不為。不過，天一，你的差使已經奉了上諭了，朝命發內帑二百萬兩，由廣副憲帶來，特別指定，要你襄理治餉；你如果不願意幹，跟明經略去辭吧！」

既有上諭，就不必多說甚麼了。劉清便即起身告辭；身子剛動得一動，就為勒保的一個「稍安勿躁」的手勢止住了。

「劉大哥，今天沒有事，我陪你喝酒。」

劉清這才發覺到，偌大官廳，就只他們兩個人；心裡不免訝異，以經略大臣兼總督，平時官廳上文武兩途的官員，求謁候見，推排不可，如今都到那裡去了呢？

「也不是沒有事。」勒保從容說道：「不過有事不找我而已。我現在說的話不作數了，何不拖一拖，請新經略來裁決。有的倒是想我放一個『起身炮』，有個不能用的人想用；有件不能了的案子想了，只望我筆下超生。可是，我也不能那麼傻，胡裡胡塗替他們擔責任，所以轅門上有我親筆的一張單子；單子上有名字的，一概『擋駕』。這一來，自然就沒有人來了。」

「是。」劉清答道，「卑職只有點感慨而已。」

「你感慨世態炎涼是不是？這，我經得太多了。」勒保忽然掀眉：「劉大哥，你知道不知道，我廿幾歲就在四川？」

「尚未有聞。」

「我廿四歲外放到成都府當通判，當差很老實，所以常碰知府的釘子，同僚因此看不起我，每逢衙參，在官廳上沒有一個人理我的。內心不平，幾次想辭官，可是我窮，不能不忍。抑鬱兩三年，終於來了個機會，新任總督是我的世交——。」

他的這個世交叫阿爾泰，是個能員，兼且官運亨通，一路扶搖直上，當初同是筆帖式，勒保沉滯下僚，而阿爾泰由山東巡撫升任四川總督了。

勒保自然很高興，但不敢向人透露；打聽到阿爾泰到達成都的行程，頭一天就迎了上去，遞手本求見，那知阿爾泰不念舊情，命巡捕出來告訴他：「大人事情忙，沒有工夫見你。」

勒保無奈，只有回來隨班迎接，跟到行轅，照例都遞手本求見，大小各官，都見到了新任總督，只有勒保向隅。但手本並未發下，只有等待。時逢溽暑，汗流浹背，痛苦不堪；正在自怨自艾，不知何以自處時，只聽裡面巡捕傳呼：「請勒三爺！」

不稱其官，而稱行輩，便顯得交非泛泛了。勒保當時的心情，如久羈之囚，忽聞恩赦，頓覺遍體清涼，精神一振，當下整一整衣冠，捧著履歷，疾趨而進，只見阿爾泰光著頭，穿一件缺領的夏布「半截衫」，手搖羽扇，站在二堂簷下等候，一見勒保，便笑著罵道：「你真不要臉，居然這副裝束來見我！」

阿爾泰親愜地在開玩笑，勒保卻不敢忘記自己的身分，站住腳說：「成都府通判勒保，稟請『庭參』。」

「庭參」是照《大清會典》上的規定，屬下正式參見長官之謂，官階相去懸殊，須一磕三叩，只阿爾泰大聲答道：「不要你磕狗頭！」接著吩咐聽差：「把勒三爺的狗皮剝掉，到後院喝酒去。」

聽差動手，為勒保除冠卸袍，擁至後院涼亭，把杯話舊。「劉大哥，」勒保說道：「實不相瞞，那時我飄飄然、如登仙境；以後封侯開府，還沒有當時的得意。記得這天喝到三更天才回家，首府還在那裡等我，含笑相問：大帥說些甚麼？從此以後，每逢三、八上院衙參，都爭著跟我寒暄。我自封疆以來，對屬官接之以禮，從不敢驕恣自大，就因為有感於當年的炎涼世態之故；不過屬官的賢愚不肖，我胸中自有區別。劉大哥，你是可以共事的人，此番我被逮入京，禍福難料；雷霆雨露，都是皇恩，我亦沒有話說，不過辦賊不能竟其功，覺得不甘心而已，所以，今天我們好好談一談，我把我的心得告訴你，將來你襄贊新任經略，能夠適時進言，成功不必自我。你說是不是呢？」

「大人此言，可質天日，可對君父。」劉清答說：「八旗將士，不免驕縱，大人稍加裁抑，難免蜚語上聞；天子聖明，不久真相終當大白。」

「『蜚語上聞』這四個字，實在可怕！」勒保說道：「當年阿制軍，就死在這四個字上。」

阿爾泰到四川不久，高宗為了在天壇立燈竿，降旨命四川採購楠木；燈竿極長，採購、運輸，都很費錢，阿爾泰在奏摺中說：自捐養廉報效。但私底下跟人說：為此搞了一大筆虧空，將來只怕會受拖累。這話不知怎麼傳到了高宗耳朵裡，大為不悅；以後阿爾泰因贓私獲罪，詔命繼任總督嚴審，賜令自盡。

時已入暮，掌燈命酒，脫略形跡，把杯快談；劉清將與黃德標所談的，明末流寇竄擾湖北、四川、陝西的情形，用來印證當前教匪之難以剿滅，頗有相合之處。其間最大的關鍵，即在善良百姓，為不肖官吏所逼迫，求生無路，致為賊匪所裹脅；所以剿匪以安民為第一；這一點勒保與劉清的見解，完全相同。

「劉大哥，聽你談張獻忠的情形，我越覺得紮寨自保一法，確宜推廣。我一日未卸經略，即一日仍有建言之責。你的筆下很來得，替我擬個奏摺，明天一早拜發。」看劉清面有難色，勒保便又說道：「如今幕友星散，要找也不容易，事不宜遲，你就勉為其難吧！」

劉清無法推辭，即席起草，大意是：「近來被脅良民，逃出不少，自應詳求綏輯之道。惟賊匪未平，往來無定，凡鄉村場市，屢遭焚掠，田野難以耕作，房屋悉為灰燼，如官為授糧，則日久恐其不繼；官為修屋，則賊來又為焚燒，迨至無食無居，復為賊擄，所辦仍屬無益。

「是以臣曾通飭川東川北各州縣，令百姓依山附險，構築寨堡，將糧食器具，移貯其中，賊去則下寨而耕，賊來則守寨以避，此不但為百姓全身保家之計，兼可絕賊匪擄人劫食之謀。嗣後凡裹脅良民除能反正立功，另請加恩外，其餘或潛行散出，或臨陣投降，即由各路隨營糧員及地方官訊明所隸州縣，按道路遠近，酌給銀米回籍，歸入附近民寨，仍給搭蓋草棚之費，俾資棲止。」

寫到這裡，劉清暫時擱筆，將稿子遞了過去；勒保看完說道：「很好。該作個收束了。」

於是劉清提筆又寫：「如此安插，則從賊之民，知解散可得生全，必生反正之心；既散之後，有寨可居，不致再為賊擄，於綏輯大有裨益。數月以來，川省已行之有效，敢請降旨通飭湖北、陝西、河南等省，一體遵辦。」

「大人，」劉清忽有所感，「福大人的彈章，說大人所辦各股賊匪，有增無減，而上諭又責備大人堅執不必添兵之說。此層如果不作辯解，則『數月以來，川省已行之有效』的話，便成虛罔。大人倒想呢？」

「說得不錯。」勒保深深點頭，「福寧說有增無減，我相信有減無增，賊股雖多，化整為零，還是舊有之賊，並非新起。」

「是。此所以不至添兵。」

「是啊！添兵要餉、餉在那裡？」勒保微顯激動，「我最氣憤不平的是，不必添兵一節，我跟福寧談過，他亦深以為然，而竟不為我一辯。」

「大人跟他談這件事的時候，有沒有旁人在？」

「有。幕僚都在。」

「既然如此，亦不妨一辯。」

於是，劉清又擬了一個「附片」的稿，專辯賊股雖增，人數反減這件事。連做帶寫，一直搞到半夜方回驛館；黎明時分，從夢中驚醒，是大營放炮拜摺，心中尋思，不知道這一摺一片，能不能為勒保免去牢獄之災？

衣錦歸娶

勒保不但身受牢獄之災，而且幾乎首領不保，但終於又回到了四川。

嘉慶皇帝駕馭將帥有一套特殊的手法，先以重典恫嚇，使其生悔悟警惕之心；然後給他一個戴罪圖功的機會，果然成功，不但官復原職，且另有賞，對勒保就是如此。

勒保是由魁倫受命審訊，對於軍餉支出及賊匪有增無減一節，很替他說了好話；但迎合帝意，關於接到倭什布咨會，未曾派兵援楚及部下不聽調度，未能據實參辦，說他「昏憒錯謬、疲軟瞻徇」，依照「統兵將帥，玩視軍務，貽誤國事」律，擬「斬立決」。

嘉慶不是崇禎，何肯輕殺大將？詔命改為「斬監侯」，解送進京監禁。其時經略大臣已改派了額勒登保。並以德楞泰為參贊；額勒登保的策略是，將各路賊匪，逼至川北，大舉殲滅，只是川北自廣元至太平，與陝西接壤的一千多里，隨處可通，從明末的流寇到如今的教匪，向來「川攻急則入陝，陝攻急則入川」，川北自額勒登保的部將楊遇春、朱射斗打了好幾個勝仗以後，大股教匪竄入陝西城固、南鄭，先頭部隊且已西竄入甘肅。

於是額勒登保上奏，說四川餘匪未幾，軍事由總督魁倫及參贊德楞泰負責，他自己帶兵入陝甘追剿，但德楞泰已經先帶兵追了下去，不及回軍，因此，額勒登保將部下精銳的朱射斗一軍交給魁倫指揮。

這朱射斗跟劉清同鄉，貴州人，投筆從戎以後，曾從征緬甸、金川，果敢善戰，為阿桂所激賞，從軍三十餘年，凡朝廷用兵於西南時，幾乎無役不與，戰功彪炳，賜號「幹勇巴圖魯」，授騎都尉世職。教匪很怕他，稱之為「朱虎」。

「朱虎」雖然威名遠播，可惜部下只得兩千人，而四川殘匪猶有數萬之眾，其中「藍號」冉天元，狡譎善謀，長於設埋伏重創官兵，眼看額勒登保、德楞泰皆已離川，而魁倫對軍事外行，既不能鼓舞士氣，亦不能謀畫周詳，因而以川東大竹一帶的「老林」為根據地，陸續將各處殘匪集結在一起。魁倫得報，因循坐視，毫無作為，於是冉天元率眾西攻，強渡嘉陵江，等朱射斗趕到達州，已自不及，因而亦急急渡江，在西充地方攻賊後路，乘勝追擊至蓬溪，冉天元踞山下撲，官軍被圍，而魁倫原已相約親自領兵後援，那知竟爽約了。朱射斗的兩千人為數萬賊匪衝成幾段；朱射斗奮勇力戰，手刃數十人之多，不幸馬失前蹄而陣亡，魁倫退屯潼川府的鹽亭縣。

軍報到京，朝廷大震，魁倫降為三品頂戴，詔命嚴守潼江，說是「此爾生死關頭也！」原來自鹽亭往北，有一條江，名為「梓潼水」，一名「潼江」。這條江雖不大，但下接涪江，為川東、川西的分界之處。四川之富，在於西南；川西從未被兵，才能供應川東、川北的軍需民食。如果潼江不守，越江而西，便是一片錦繡平原，倘遭蹂躪，餉無所出，關繫全局不輕。

除此以外，朝廷又採取了兩項措施，一是命德楞泰自陝甘回軍保川西；再就是特起勒保於「詔獄」，給以藍翎侍衛的職銜，馳驛赴川，襄助魁倫。

等勒保趕到，冉天元已經渡過潼江，此江南北約三百里，多屬淺灘，非置重兵防守不可，但魁倫命已升任建昌道的劉清，率領民團守江，劉清力爭，魁倫仍舊將他的兵撤而往西，去保成都。結果冉天元在上游一處名為王家嘴的地方，偷偷渡過潼江，魁倫委罪於劉清，由道員降為知縣，留營效力。

冉天元渡江以後，因為德楞泰自陝西回軍，已屯紮在潼江以西江油縣的馬蹄崗，不敢輕犯，轉而往北，打算竄入陝西，德楞泰首尾不能兼顧，大感躊躇，便找了羅思舉來問計。

「不要緊！想辦法把他逼回來，中大帥的圈套。」

當下定計而行，羅思舉回到自己營中，將自願派到他營裡的彭華找了來，有所徵詢。

「彭老弟，你常說想跟我立一件奇功，如今有個機會，不知道你膽子夠不夠大？」

「夠！」彭華毫不遲疑地答說。

「不入虎穴，焉得虎子。我是要深入冉天元的營盤，你考慮一下看。」

「不必考慮，不過怎麼樣深入冉天元營盤，要請游擊給我詳細講解。」

「那當然。」

羅思舉取出來一幅川北的地圖，詳詳細細指點了一番，又選了兩名健卒相隨，一行四眾，在黃昏時分悄悄出發，馬蹄都用棉絮包裹，萬山叢中，行走無聲，到得四更時分，來到一處山頂，向北遙望，山下微有燈火，羅思舉勒住馬韁，隨行的人也都停了下來。

「你看，」他指著山下說：「他們紮營在這裡。」

彭華游目四顧，估量著說：「大概總有四、五千人。」

「不管他多少人，你先把出路看清楚。」

「是。」彭華又仔細觀察，在微茫的星月之下，看出南面、西面各有一條路，大路是在南面，點頭說：「我看清楚了。」

「好！下去。」羅思舉說：「你記住，一定要天亮，看得清楚了，才能丟包！」

「我明白。」

於是相偕下山，羅思舉下了馬，將馬藏在西路暗處，馬韁用一塊大石頭壓住，隻身闖營；彭華在南路駐馬等候，關照那兩名士兵說：「你們可以往回慢慢走回去，我的馬快，回頭怕你們跟不上。」

等他們一走，彭華也下了馬休息，第一回上戰場，心裡不免七上八下，尤其擔心的是羅思舉深入虎穴，不知能否全身而退。

好不容易守到天色已曙，只見羅思舉從賊寨中飛奔而出，轉向西路而去；這表示將有人追出來了，彭華緊張得打了個寒噤，不斷在心裡對自己說：「穩住，穩住，穩住！」

強自將心情穩住了，解下腰間板帶，挑一處顯豁的路邊丟下，然後蹲下身去，做出拉野屎的姿態，視線當然緊盯著賊寨。轉眼間，只聽「唏嘩嘩」一聲馬嘶，賊寨中衝出來三匹馬，馬上人勒住了韁，左右打量，似乎在思量，該往那條路追下去？

於是，彭華倏地起身，兩隻手抄入行裝下襬，彷彿在繫袴帶似地；同時回頭看了一下，發現對方目光專注，已經看到他了，便極迅速地扭頭飛奔數步，解下馬韁，騰身而上，但還不放心，圈轉馬頭，看到敵騎衝來，才又回身，猛揮一鞭，疾馳脫身。

原來「丟包」的板帶中，有一封德楞泰致額勒登保的書信，說冉天元已往北竄，他已領兵自劍州往北追擊，預料賊匪會由陽平關入陝，請以精兵扼守，以期前後夾擊，一舉殲匪。

及至羅思舉深入敵寨，殺了兩名教匪，打草驚蛇；再由彭華假裝解帶方便，倉卒逃命，遺落板帶，等冉天元看到書信，自然就不敢再往北走，而且也不敢往劍州這條路回竄，這就是羅思舉所說的，將冉天元逼回江油的妙計。

「兵法虛者實之，實者虛之。劍州這一路也不能全然不顧。」羅思舉問道：「你守劍州如何？」

彭華自覺還不能擔負獨當一面的重任，因而辭謝著說：「我還是跟在你身邊的好。」

「也罷，我另外派人守劍州。」羅思舉又指著地圖說：「從廣元到成都，有東西兩路，東路走劍州、梓潼，西路入雁門壩到江油南下，東西兩路在綿陽交會，那就四通八達了。如今判斷冉天元不敢走劍州，那就得在江油一帶收拾他了。」

於是羅思舉一面分兵扼守劍門關；一面與彭華帶領所部兩千餘人，由間道疾行，直趨江油。

「你此計大妙！」德楞泰很高興地說：「哨探報來，冉天元已進了雁門壩，你看這一仗該怎麼打法？」

「雁門壩下來馬角壩，再下來重華堰，這一帶都是森林；冉天元善用伏兵，不能在那裡打。照卑職看，只有在江油之東、重華堰之南，新店子那些比較空曠的地方列陣等他。」

「如果他在那一帶堅守不出呢？」

「他怎麼能堅持？吃甚麼？」羅思舉說：「照形勢看，他也是想引官兵深入中伏，才能打開出路，咱們拿定主意，跟他耗，看是誰耗得過誰？」

「好！就這麼說了。」

當下德楞泰召集麾下大將，統馭吉林兵的都統賽沖阿、領索倫騎兵的副都統溫春，來自黑龍江的「打牲兵」總管色爾滾、武官世家的四川督標副將馬瑜，將他與羅思舉所商定的策略，告訴了大家。同時分析形勢，肅清四川，在此一舉。四川肅清，竄入陝甘的餘匪，就不足為慮了；因此，這一回的成敗，關係全局，如果能打一個大勝仗，朝廷必有重賞，大家務必不可放棄機會，要掙個十足的面子。

其時藍號冉天元及鮮大川，糾合黃號徐萬富、青號汪瀛、綠號陳得俸，以及白號張子聰、雷世旺等，不下四萬之眾，一部分屯紮在重華堰，一部分埋伏在重華堰以東的大片森林之內。

幾萬人的給養，不能靠劫掠來補給，所以部署初定，分四路向新店子進攻，每一路約三、四千人，四分之一是馬隊。

以逸待勞的官兵，亦分四路迎敵，德楞泰在後路督戰，派羅思舉的這支兵馬接應。但他私下對彭華說：「我們的目標是藍號，擒賊擒王；你想立功，就只看住藍旗好了。」

官兵的實力，自以吉林兵及索倫騎兵為最強，賽沖阿及溫春，疾衝而前，火槍齊發，飛矢如雨，白號及綠號無法抵擋，連連後退，但山後埋著伏兵，賽沖阿、溫春被圍，幸而德楞泰親領大隊趕到，鏖戰一日，解了重圍，而且生擒了綠號的頭目陳得俸。

戰至天晚，雙方休息，冉天元領了他的部下退至重華堰；德楞泰為了觀察陣地，在一處名為馬蹄崗的山上紮營。

這一夜，營火相望、馬嘶不斷，德楞泰在微茫的星光之下，瞭望多時，總覺得北面不時風吹草動、情勢可疑，得要有羅思舉在身邊，隨時商量，才能放心；但羅思舉職司接應，不知身在何處，當即出親兵，分道探查急召。

到得拂曉時分，北面果然生變，只見打著藍旗的賊匪蠭湧而來，分成兩股，繞過東西兩面，將馬蹄崗圍住了。

德楞泰倒有三百馬隊在崗上，但天色未明，山路崎嶇，不便衝殺，只好命弓箭手及火槍營，用威力壓制，但效用不大，因為來犯的藍號冉天元、鮮大川都長於計謀，冉天元既然決定要力取德楞泰，造成官兵群龍無首，陷入混亂的局面，而又深知仰攻必先克制官兵的火器弓箭，所以就地取材，砍伐了許多帶枝葉的樹幹，紮成一人多高、寬約一丈的擋牌，視重量由賊匪或兩三人或三五人擎舉前行，箭到牌上，為樹枝所擋，威力頓失；火器雖利，但穿越樹枝，未必能夠傷人。因而藍旗漸漸上逼，形勢頗為不利。

天色大明，馬隊下衝，而仍然不能發威，不是賊匪避開，就是衝到擋牌上，反為所乘；賊匪沒有火器，但從擋牌枝葉的縫隙中，可以施放冷箭，所以在傷了數十馬隊之後，德楞泰不能不下令，停止下衝，保全實力。

不過對弓箭手及火器營來說，視線既明，自然有利，瞄準了持擋牌的賊匪，尤其是兩端，只要有一個人倒下去，擋牌便不易把握得住了。

就這樣相持到午牌時分，只見東面塵頭大起，羅思舉的援兵到了，藍號後路被襲，陣腳動搖，羅思舉一馬當先，殺開一條血路，他所帶的兩千鄉勇，至少有一半衝到了馬蹄崗上；彭華卻落在山下，找到了一處隱蔽的高地，用疑兵之計，不時從密林中放冷槍，讓賊匪摸不透有多少人埋伏著。

馬蹄崗上暫時算是穩住了，但冉天元、鮮大川傾巢來犯，人數太多，德楞泰要脫困，卻非易事；而且補給已斷，如果此圍不解，撐持不了多久的。

「看冉天元的打算，根本就是憑仗人多，想把官兵困得斷糧，賽都統、溫副都統，不知道打到那裡了？大帥，你不能指望他們來救，他們一回頭，賊匪正好在後面追殺，那一來，局面就不可收拾了。」

「說得是！我在他們出擊以前，就交代過，各打一路，彼此能幫則幫，不能幫，顧自己要緊。不過，我們要怎麼才能脫困呢？」

羅思舉向下瞭望，四面八方都看到，然後用極自信的語氣說：「我敢斷定，冉天元是用一個困字，不急著進攻。卑職倒想到了一個破他的方法，只是要些工夫預備。就不知道弟兄們的行糧，可以支持到甚麼時候？」

當下找了隨營管糧的守備來問，他的回答是：「省著點用，也只能支持到明天晚上，後天就要斷炊了。」

「不必省！」羅思舉儼然主帥的口吻：「皇帝不差餓兵，讓弟兄們吃得飽飽的，才有氣力幹活兒。」

羅思舉交派給弟兄的「活兒」，確是很費氣力：採石。石塊遍山皆是，但太小、太大都不管用，以能雙手高舉過頂為最合適，從泥土中挖了出來，還須先堆置在山崗邊緣。另外又撥出一批人，砍伐油松、搜集枯枝乾草，紮成火把，亦是酌量分配在山崗四周備用。

這些工作自入暮開始，天黑不准點燈，亦不准高聲說話，靜悄悄地進行了兩個更次，方始就緒，羅思舉下令休息；五鼓時分，螺角齊鳴，聲振山崗，既是集合的信號，亦有驚賊的作用──原來羅思舉要用石塊、火炬，大破敵陣，希望崗下的藍號，將擋牌都搬出來，一舉盡燬，就不必再費事了。

到得弟兄飽餐以後，羅思舉召集營官，宣布攻打要領：「弟兄們拿石塊使勁往下砸，以砸壞他的擋牌為主，殺賊還在其次；賊匪多的地方，兼用火攻，不過千萬要留心的是，不可燒得遍山都是火，自己困住了自己。下崗的大路，不准扔火把；比較平坦的地方也不准扔，好把馬隊下衝的路留出來。」他停了一下問：「明白我的話沒有？」

「明白。」

「還有甚麼話要問沒有？」

「有。」有個營官叫蘇爾慎，黑龍江馬甲出身，現職是三等侍衛，善於騎射，大聲問道：「火器、弓箭還用不用？」

「當然要用。不過看準了用。」羅思舉又問：「還有話沒有？」停了一會，看無人發問，便即說道：「大家把隊伍帶開，各就各位，聽我信號。」

各營布防時，羅思舉策馬巡視敵情，發現賊匪仍以北東兩面最密，並略作調整，抽調西南兩面各一營去增援，部署既定，下令嗚角，山下賊匪，以為官軍即將開始衝殺突圍，頓形緊張，前面擋牌、遮蔽得極嚴；後面有幾名頭目，往來馳驟督陣。羅思舉看看是時候了，指揮螺角停聲，向空發出數支響箭，射向四方，全崗皆聞。

於是蹲伏著的官兵一起現身，雙手端起堆積的石塊，奮力下擊，立刻就看到賊匪的擋牌東倒西歪、陣腳動搖；由營官控制的火把，亦及時而下，投向賊匪密集之處。官兵復又齊聲吶喊，聲震四野，這股氣勢，打擊了賊匪的士氣，好些人拋棄了著火的擋牌，轉身逃命，前鋒影響後隊，儘管督戰的頭目在馬上手舞單刀驅使向前，但崩潰的情勢已經形成了。

於是親自控制馬隊的德楞泰揮動紅旗，大聲下令：「衝！」只見千蹄齊發，氣勢如雲；馬隊衝入敵陣，盡力揮砍。擋牌已破，步卒亦往下衝，士氣如虹，所向克敵，自晨至午，鏖戰不已，將藍號逼得不斷往東北方向退去。

其時蘇爾慎領著他的一小隊約三十多騎，由東面下衝，往來搜索，經過一處高地，發現有人隱身樹林之中，大石之後，當是賊匪埋伏，勒馬彎弓、正待發動攻擊，只見林中躍出一匹馬來，雙手高舉，大聲喊道：「別放箭，別放箭！」

蘇爾慎定睛一看，才知道是官軍；馬上軍官，年紀極輕，卻未見過，便即問道：「你是誰？」

「我姓彭，是羅游擊營裡的。他昨天突圍上山，留我在這裡埋伏。」彭華亦問：「你這位爺，貴姓？」

「我叫蘇爾慎。閒話少說，你有多少人？」

「三百多。」

「好！咱們有緣，合在一起。回頭我攻，你守，守住埡口，等我把賊匪攆過來，你可不能輕易放過他們。」

正在談著，只聽人馬雜沓，自遠而近；前面兩匹馬一黑、一白，身後緊隨著另外擎舉著藍旗的兩匹馬。及至賊匪再近，將及弓箭的射程之內；蘇爾慎正待下令截擊時，只聽用一具單筒望遠鏡在遙望的彭華，驚喜地喊道：「蘇爺，冉天元來了！」

「在那裡？」

「喏，騎白馬的那個，長了一部大鬍子的就是。」

「來，我看看！」他從彭華手裡取了望遠鏡來，望了一會。

「看清楚了沒有？」彭華問說。

「看清楚了。」蘇爾慎將望遠鏡交了回去，拍一拍彭華的背說：「彭老弟，咱們倆一起來立這場大功，我讓冉天元從馬上摔下來，你帶你的人上前活捉。」

彭華略一考慮，立即作了一個決定，「蘇爺，」他說：「不必這麼費事，乾脆你一箭射死了冉天元，蛇無頭而不行，這一股賊匪雖有七、八百，只要一亂，我三百人就對付得了。咱們各立一場大功，不更好嗎？」

原來彭華這兩天跟羅思舉在一起，即令是短短的辰光，戰陣之事已大見長進，鬥志更是昂揚；猜想跟冉天元並騎的另一頭目，什九便是鮮大川，若能殺了此人，在劉清面前便是件極有面子的事。即此好勝一念的驅使，就不暇細作考慮了。

同樣地，蘇爾慎亦無法跟他再商量，揮一揮手，示意部下攻擊；接著雙腿一挾馬腹，衝了出去，同時抽弓搭箭，放手便射。蘇爾慎有個名號叫「蘇由基」，妙射如神，雖是隨手一箭，還是有目標的，「射人先射馬」，且是射中了白馬的馬頭，只聽一聲狂嘶，白馬亂蹦亂跳了幾下，倒在地上，冉天元當然亦從馬背上摔了下來。

接著是蘇爾慎的馬隊，「乒乒乓乓」放槍，雜以飛矢如雨，賊匪大亂，四處躥逃。隨同冉天元在一起的，果然是鮮大川，策馬往東狂奔，不道橫腰裡又衝出來一支官兵，正就是彭華的那三百人。

鮮大川的馬快，彭華看看追趕不上，便先處理眼前的情況，大聲喊道：「投降者免死！」

已活捉了冉天元的蘇爾慎，便朝天射了一箭，這是暫停攻擊的信號，繁響暫寂，他也高聲招降，賊匪聽清楚了以後，紛紛跪在地上，少數還想逃走的，自然亦為官軍截住。

「跟冉天元在一起的是誰？」彭華拿刀架在俘虜脖子上問。

「鮮大川。」

「果然是他。」彭華向蘇爾慎說：「蘇爺，我要去追鮮大川；你請回馬蹄崗報功，請羅游擊來接應。」

「我分一半人給你。」

「謝謝，謝謝，不必！」

「怎麼？我的兵也很能打的。」

「不是，不是！」聽他語氣不悅，彭華急忙解釋，「蘇爺，你看我的人！」

羅思舉的鄉勇，並無額定的軍裝補給，穿的是草鞋，身上拖一片，掛一片；其時春寒猶勁，鄉勇沒有棉衣，多披狗皮，官兵都笑他們是「教化兵」。蘇爾慎不知他的用意，便問：「看甚麼？」

「我的人是教化兵，一身披掛跟教匪差不多，我現在要用他們的旗號，冒充藍號的潰兵，蘇爺的部下跟我在一起，就冒充不過去了。」

「好小子！」蘇爾慎驀地裡在彭華背上拍了一掌，「真有你的。你快去吧！宰了鮮大川，回來好好喝一頓。」

「好！好！這頓酒一定要喝。」彭華將頭上那頂五品頂戴的大帽子取下來，遞給蘇爾慎說：「勞駕，先替我帶回去。」

原來彭華也要改裝，當然不必也著草鞋、披狗皮；他脫下身上的行裝，撕破了反穿，找根草繩束腰；腳上倒不必費事，那雙薄底快靴，面子早磨破了，而且沾滿了爛泥，是應該早就扔掉的東西。

「旗開得勝，馬到成功！」蘇爾慎在馬上抱一抱拳作別，帶著他的馬隊，一陣風似地往西而去。

將近馬蹄崗時，只見屍橫遍野，官兵正在清理戰場，檢點戰果；崗上卻正有一隊人下來，也是

「教化兵」，由羅思舉親自率領。

「羅游擊、羅游擊！」蘇爾慎將他喚住了說：「我遇見你的部下彭守備，他往東追下去了，你得趕緊去接應。」

「我下崗就是不放心來接應他的。」羅思舉指著雜在隊伍中的，一個左手連腰綁住，只有右手執韁的人問：「他是誰？」

「嘿！真是造化，」蘇爾慎得意地說：「我把冉天元活捉回來了。」

羅思舉定睛打量了一會說：「不錯，一部大鬍子，是冉天元。恭喜、恭喜，趕快給德大帥報功去吧！」

「將軍休下馬，各自奔前程」，羅思舉帶隊東去，沿著馬蹄腳印的路途疾走，到得傍晚時分，發現了自己人。

「彭守備呢？」

「在那座破廟裡。」彭華派出來放哨的人指點著說。

破廟隱在樹林中，兩百多人正挖了土坑烤紅薯，就泡菜作晚餐，一見了羅思舉都站了起來。

「你們管你們吃！」羅思舉問：「彭守備在廟裡？」

「是。」

羅思舉到得露天光的大殿上，只見彭華正跟幾名百姓在說話。「你老怎麼也來了？」他問：「遇見蘇侍衛沒有？」

「遇見了。」羅思舉將他從頭看到底，「你怎麼這副打扮？」

彭華笑笑不作聲，指著那幾個百姓說：「這是路上遇見的難民，我正在查問鮮大川的蹤影。」

「他們怎麼說？」

「說往北往雁門壩走了。」

「喔，」羅思舉仔細看了看那些難民，不經意地：「雁門壩有黑龍江的馬隊在那裡等著，鮮大川不是去送死嗎？」他接著又說：「既然是難民，不可虧待他們，帶他們下去吃飯，吃完了，每人給一兩銀子，送他們走。」

「是。」

等叫人把難民帶了出去，羅思舉低聲說道：「有兩三個傢伙，長的是一雙賊眼，說不定就是鮮大川派來的奸細。你挑幾個得力的人，在各處路口布樁，看他們是往那裡走？如果是走回頭路，那就準是奸細無疑了。」

彭華明白，黑龍江的馬隊根本不在雁門壩，羅思舉是故意這麼說的；倘或真是奸細假扮難民，得到這個消息，自然要趕回去報告，那樣就可以把鮮大川的下落弄清楚了。

「這樣，」彭華說道：「我去挑幾個能幹的人，請游擊親自交代他們。」

彭華一共找來五個人，羅思舉詳細交代了任務，特別指明，難民中一個大麻子、一個「獨眼龍」，形跡最為可疑；趁他們此刻在吃飯時，悄悄去認清面貌，以防錯失。

辦完這件事，羅思舉與彭華，才席地而坐，開始吃飯，一般也是烤紅薯就泡菜，所不同的是，羅思舉帶了一皮壺的瀘州大麯，一人一口交遞著喝。

一面喝，一面談戰況，羅思舉眉飛色舞；彭華卻在興奮之中，不無遺憾，「可惜我沒有趕上馬蹄崗這場熱鬧。」他說：「但願明天能攆上鮮大川。」

「你幹得也不壞。『蘇由基』若非有你幫著他，他也不能立這場大功。」羅思舉說，「我疑心鮮大川是出菁林口了。」

菁林口是個地名，往東便是一片「老林」，易守難攻，尤宜於設伏；彭華憂慮地問道：「真的進了老林，怎麼辦，追是不追？」

「不追。」

「不追怎麼辦？」

「一定有辦法的。」羅思舉沉吟了一會說：「人還不夠，說不得要搬救兵了。」

當下將他的一個親信隨從「外委把總」孫玉成找了來，吩咐他明日一早折回馬蹄崗，請德楞泰增援，要多帶弓箭；再要向「糧台」要松香、桐油，越多越快越好。「如果鮮大川逃入老林，咱們先斷他的水道；老林中沒有得吃，沒有得喝，自然就藏不住了。」

「倘或他有埋伏，就早有預備；真的躲著不露面，如之奈何？」

「你沒有聽我交代孫玉成，跟糧台要松香、桐油——」

「啊，我明白了。」彭華搶著接口，「游擊是打算用火攻？」

「對了！放火燒老林，煙燻火逼；再把弓箭手擺在要路口，來一個射一個。後面再擺上隊伍，有漏網的來一個殺一個。這場仗好打！」

聽他說得如此有把握，彭華信心大增，酒意加上興奮，在火光映照之下，那張臉又紅又亮，羅思舉笑道：「彭老弟，看樣子你要走運了。」

「怎麼？」

「紅光滿面、氣色好極了。」

「託你老的福。」彭華答道：「說真的，我跟你老真的學了不少東西。明天讓我打先鋒，行不行？」

「看情形再說。明天未見得會接仗。」羅思舉說：「你早點睡吧！我去走一走。」

「我陪游擊一起去。」

所謂「走一走」便是巡視警戒的情況，以及有沒有人不守營規？看看一切妥當，兩人回到破廟大殿上，在神龕背後避風之處，半坐半臥地將就了一宵。

到得天明，彭華集合難民問道：「你們打算逃到那裡？」

「自然是西面有官兵的地方。」

有的說要往成都；有的說要去投奔「劉青天」；有的說，原是從陝西逃過來的，如今仍想經棧道回陝西，卻沒有一個人說要往東的。

「我給你們每人一兩銀子，三斤紅薯；路上自己小心。如果發現教匪的蹤影，趕緊回來報信，另外有賞。」

打發了難民，羅彭二人商量行止，由於要等哨探的消息，決定頓兵一日，但鄉勇仍有工作，一隊入山砍伐油松；一隊劈竹砍藤，紮結火把。彭華巡行監工；羅思舉卻只在大樹之下，默坐冥想。

其時十餘里外的一處民寨，得知鄉勇追賊到此，且是威名卓著的羅思舉親自率領，特意前來勞軍。兩口山羊、兩頭豬、十隻雞以外，居然還有一條產於川西高原的犛牛。

於是殺豬、宰羊、椎牛，架起火來烤，千把鄉勇人各一臠，士氣益振。只有那十隻雞，難以料理；有人說，江南有「教化雞」，宰殺後去內臟，抹花椒鹽，外用芭蕉葉或荷葉包裹，繩子紮緊，厚敷泥巴，放入炭火中去煨，其味絕佳。但那裡去找芭蕉葉？更莫說荷葉了！

「留著！」羅思舉心中一動，「或許有極大的用處。」

到得下午，東西兩面派出去的人，都回來了，東面哨探的人所報，果然不出羅思舉所料，大麻子與獨眼龍，經菁林口遁入老林，可以確信鮮大川在那裡潛伏。西面來的人，便是遣去請救兵的「外委把總」孫玉成。「德大帥已經下崗，往梓潼、閬中這面過來了。我跟他報告以後，他說馬上派五百箭手來；松香、桐油隨後運來。」

「喔，」羅思舉問：「他的箭手是騎兵還是步兵？」

「騎兵。」

「你怎麼知道？」

「因為我聽蘇侍衛說，兵貴神速，我帶隊趕了去。德大帥說：你剛立了大功，也許皇上會召見，不能出差錯。我請溫副都統派人好了。」

「那就對了。」羅思舉對彭華說：「溫副都統的部下，都是索倫騎兵。」

「既然是騎兵，腳程快，或許今天晚上就可以到了。」

「不錯，我們得派人去接應。雖然一條大路，不至於迷失，不過旗人很講究禮節，接一接，說兩句客氣話，他們會很高興。彭老弟，這個差使，只怕非你不可了；我這一口四川土話，旗人聽不懂。」

「是。」彭華問說：「接到了怎麼辦？」

「接到了直奔菁林口。我把我的計畫告訴你——。」

羅思舉的計畫是連夜帶人進駐菁林口，布置誘敵之計，只待援軍一到，便即動手，將鮮大川的人騙出來迎頭痛擊。

「誘敵？請問，怎麼誘法？」

羅思舉笑一笑說：「我那個辦法，不知道管用不管用？我把那十隻雞，趕到老林裡去，美食到口，豈肯放過？教匪一定會出來抓雞，人數多寡，埋伏的地方，大致都有數了。接下來便好用火攻了。」

「可是，松香、桐油還沒有到。」

「不要緊，可以用變通的辦法，今天所紮的火把我看過了，大致可用。火勢雖不會大，只要能冒煙就行。」羅思舉往空中看了一下說：「這幾天是東風，我自己帶人繞出老林去放火；濃煙一起，東風吹過來，把教匪逼得往西面逃，不就正好自投羅網？」

「妙得很！」彭華拍掌說道：「我把索倫騎兵帶到菁林口，在要路口守株待兔好了。」

「深入老林，要好一會工夫，等你們人到，我已經動身了，那時候怎麼聯絡？」

「請游擊吩咐。」

「只有放號炮。多放幾個。」

「是了。」

於是彭華飽餐一頓，整理衣冠、帶著從人，往西迎了上去。羅思舉在出發之前，先有一番部署，將幾個得力的部下集合起來，說明情況，指派任務。

羅思舉是從三品游擊，他的副手便是五品守備的彭華，再下來是正六品的千總，姓何；何千總一向替他看守老營，這回仍舊派他留守，留下孫玉成助理，擔負往來聯絡之責。

此外便是「額外外委」了，比「外委把總」低一級，是從九品的起碼武官。其中有一個是羅思舉族中的姪子，名叫羅桂鑫；但羅思舉只喚他的小名「阿桂」。

「阿桂，」他說，「你帶一百多人先走，冒充冉天元的人，潰退下來的。鮮大川一定沿路布了樁，你帶幾條好狗去搜索──」

「慢慢，二叔，」羅桂鑫打斷他的話問：「怎麼搜索法？」

「咦！彭守備不搞了好幾面藍旗嗎？」

「喔，喔，我明白了。」羅桂鑫又問：「搜到了怎麼樣？」

「跟他們打聽鮮大川的隊伍在那裡。問清楚了再下手。」

「知道了。」

「要小心，不能有一個漏網。」羅思舉鄭重叮囑：「暗樁見一個除一個；這樣，他們才不會知道我們後面還有人。」

「我明白。」

「菁林口你到過沒有？」

「到過不止一次。」

「好！你到了菁林口，作為累了，停下來休息，找東西吃；在那裡等我。」

「是了。甚麼時候走？」

「預備好了就走。」

於是羅桂鑫便去挑人挑狗。鄉勇與教匪養狗的很多，當好朋友一樣，形影不離；天冷時相擁而睡，藉以取暖，但有時被困，援絕糧盡，說不得也只好殺「好朋友」了。

挑好人狗，講了此行的任務及要領，然後將藍旗取了來，讓狗聞過；再替狗扣上口罩，免得一犬吠影、眾犬吠聲。

走到半夜裡，約莫已在二十里外，突然發現兩三條狗，箭也似地往前飛躥；顯然地，牠們已經聞見氣味了。

羅桂鑫急忙跟了上去；有狗的人，亦都放鬆了手裡的草繩，跟著向前奔。走不多遠，只見群犬繞著一株大樹打轉，顯然地找到了一個椿子。

「是同號弟兄？」羅桂鑫大聲問說。

樹背後閃出來一個人，怯怯地問說：「你們是那裡的？」

「喏！」羅桂鑫將摺疊的藍旗一抖。

「喔，自己人。」那人問道：「貴姓？」

「羅。你貴姓？」

「小姓何。你們舵把子呢？」

「我們舵把子要穿『大紅袍』了。」

這便表示是已為官軍所擒，可能會凌遲處死的冉天元部下。接著，羅桂鑫便談馬蹄崗慘敗的情況，身經目擊，這個龍門陣自然擺得十分生動。

就這片刻工夫，又找到了兩個相互呼應的樁，聚在一起招呼過了；羅桂鑫便說：「現在要去歸隊，不知道該怎麼走，拜託指點一條明路。」

「由菁林口進老林了，聽說要奔天寨子，你到那裡再打聽吧？」

「謝囉！謝囉！」羅桂鑫問：「這裡就你們三位？」

「不錯。」

打聽清楚，就不必多耗工夫了，羅桂鑫向他的同伴說：「把狗找齊了，趕路吧！」

「把狗找齊」是約定的暗號，即時兩個伺候一個，後面掐脖子，前面當胸一刀，三名藍號吭都吭不得一聲，便已了帳。然後將屍首拖到路中間，為的是讓羅思舉知道，暗樁已經清除。

就這樣在十里路上，殺了十三個人，不覺已到菁林口，羅桂鑫下令休息，解除群犬的口罩，任由牠們狂吠亂叫，同時撿取枯枝，燃起明晃晃的一堆火，將一面藍旗，插在火堆旁邊。

果然引出來十幾個人，查問來歷；都由羅桂鑫一個人應付；說是一天一夜沒有吃飯了，要求接濟糧食。

「有，有！你們進老林來吧。」

言語過於乾脆，羅桂鑫大起戒心，怕的是自己的行藏，不知道那裡出了破綻，已被識破；對方是誘敵之計，一入老林，豈非自投羅網？

因此，他沉著地說：「我們是來投鮮老大，如果他在老林，我們見了他，就算歸隊了。可是前面的弟兄告訴我，說鮮老大打算奔天寨子。這還得往東，往北進老林，路就不對了。」

「鮮老大已經走了，這會兒大概已到了天寨子。」

「這樣說，我們得連夜趕了去。」羅桂鑫指一指他的人說：「我們只有百把人，求你賞一頓飯就行了。」

「好說，好說！派幾位弟兄跟我來。」

「老大哥，」羅桂鑫又說：「最好是乾糧。」

「有，有現成的鍋魁。」

「好極，好極！路遠不遠？」

「不遠。」

羅桂鑫比較放心了，本想親自入林去領鍋魁，順便一探虛實，但怕萬一生變，外面無人指揮；尤其是羅思舉一到，不能沒有接應，因而以徵求的方式，問一句：「有四位就行了，誰去？」

自願應徵的有九個人，羅桂鑫挑了四個，隨地主入林；但仍有一半留在原處，帶著點監視的意味。羅桂鑫心想，現在的情況，仍是混沌不明，也許安然無恙，去的人挑著鍋魁回來；也許那四個人被扣了，正在拷打盤問；而最壞的一種情況是，有大隊藍號從林中殺了出來，那應如何應付？

略略盤算了一下，羅桂鑫示意在他身邊的弟兄，去纏住那六個人，如果入林四人，久候不至，便是有了麻煩，以四換六，帶著對方的六個人，趕緊往回走，會合了羅思舉，再作道理。

好在鮮大川的下落，已經探明，也算大有所獲了。

主意打定，找個聽覺特靈，懂貼地辨聲訣竅的弟兄，名叫金棠的過來，吩咐他說：「你仔細聽一聽，羅游擊是不是近了？」

這貼地辨聲的法子，自古有之，看準方位，以耳貼地，可以聽出三十里外，大隊馬蹄聲；金棠受命以後，遠遠地到馬路上去辨西來的聲音，聚精會神地聽了好久，有把握了。

「羅游擊大概離這裡有七、八里路。後面還有『吵、吵、吵、吵』的聲音，好像有大隊人馬過來了。」

那不就是德楞泰所派的五百箭手嗎？羅桂鑫又驚又喜，便即說道：「你再辛苦一趟，往回去接羅游擊，請他別再往前走了，聽我的信。」

這金棠也是羅思舉得力的部屬，人很能幹，帶著火種、火把，悄悄牽了一匹馬，後跟一條狗，到得大路上，躍身上馬，拿一條繩鞭，在馬股上抽了兩下，向西飛馳而去。

約莫奔了兩里路，他不走了，下馬點起火把，樹在大路中間，然後又撿了好些枯枝，燒起一堆野火，將狗放了出去，坐在路旁靜靜等候。

不久隱隱人馬雜沓之聲，接著看到他的那條大黃狗，一路吠著跑了回來；後面有六七匹馬，領頭的正是羅思舉。

金棠在火堆後面，高舉雙手，一面亂搖、一面高喊：「停、停！」

羅思舉勒馬注視，「啊！是金棠！」他問：「你怎麼在這裡？」

「我是特為來接你老的。都別往前走了；你請下馬，我有話說。」

羅思舉下令，大隊暫停；然後下馬聽金棠細報軍情，連連點頭稱「好」。正在談著，東面塵頭大起。羅思舉急急下令，大隊分兩面散開，以便伏擊。

金棠卻已料到，是羅桂鑫回師，頓一頓足說：「完了，我們的人被扣了。不過，還好，一定帶了六個人回來，不虧本。」

一聽這話，羅思舉精神大振，「行了！」他說：「就從這六個人身上，要把藍號的底都刨出來。」

果然是羅桂鑫，但俘虜卻只得五個，有一個比較機警，及早開溜了。

「我不殺你們，願意回去的回去；願意跟我的跟我。我叫羅思舉。」

「原來是羅二爺，真是有眼不識泰山。能遇見羅二爺，我們還回去幹甚麼？」

五名藍號，都願投誠，「好極！」羅思舉問道：「老林裡面有多少人？」

「人倒不多，不過上千。不過，羅游擊，我勸你不要進去，犯不著！」

「怎麼叫犯不著？」

「裡頭有絆馬索、陷阱。你老人家千金之體，陷在裡面，叫天天不應；叫地地不應，也許活活餓死，一世英名，這樣下場，太窩囊了。」

他的話說得非常透徹，羅思舉看他的相貌，也是善良一路，神情又是如此懇切，不由得起了重用他的心思，便先問道：「你這位小哥尊姓大名？」

「不敢，我叫趙大全。」

羅思舉點點頭，抬頭向東面天空望了一下，叫一聲：「阿桂！」

「甚麼事，二叔！」

「天快亮了，老林不進去了，那就不必急，找個地方大家先歇一歇，把肚子弄飽了，再作道理。」

「是，」羅桂鑫手指北面：「那裡有一處打麥場，人都逃光了，也許還有吃的留下來，我把隊伍帶到那裡去。」

「好！還有件事，我看仍舊要派金棠。」

「是了，我把他找來；甚麼事情二叔當面交代他。」

等找來金棠，羅思舉說：「你騎馬回去告訴何千總，彭守備帶弓箭手到了，請他們在那裡歇馬，以後的事，等我通知。聽清楚了沒有？」

「清楚。」金棠又伏在地上，以耳貼地聽了一回說：「馬蹄聲沒有了，大概正在休息。」

「好，那你趕緊去吧！」

「是。我跟著大隊一起回來。」

等金棠一走，羅思舉說道：「阿桂，帶來的十隻雞都沒有用了，吃掉牠。那裡既有人家，總有鍋灶，把雞宰了剁碎，燒幾鍋雞湯，想喝的來喝，也算有福同享。」

羅桂鑫笑了，「一千多人十隻雞，要燒多少鍋？」他說，「名為雞湯，跟白開水沒有甚麼兩樣，我看饞蟲爬出來，也不會有人來喝。」

「你別管，反正意思到了。」接著羅思舉便招呼趙大全等人在火堆旁邊坐了下來，取根樹枝在地上比畫著問道：「鮮大川真的已經走了？」

「是的。一來就走。」

「往那條路走的？」

「老林裡頭有一條路通天寨子。鮮大川怕官兵也進老林去追他，所以沿途設了埋伏。」

「不錯，如果是我，也是這麼辦。」羅思舉又問：「你能包他一定是到天寨子，不會往別處？」

「我敢包。」

原來天寨子本是一座民寨，地勢雖險，易守難攻，但牛山濯濯，不易開墾耕種，因而廢棄；不道為鮮大川看中了，將擄掠所得的財貨，都藏在此處，豈肯輕棄。

「鮮大川跟冉天元雖都是藍號，面和心不和，早就想拆夥了。鮮大川這回先到天寨子，打算帶了他的不義之財，由天寨子北面下山，過嘉陵江回他的巴州老巢，另起爐灶。」趙大全又說：「這是我聽來的話，真假就不知道了；不過，先到天寨子，那是一定的。」

「好！趙老弟，你的話很有用。」羅思舉用徵詢的語氣說：「有件事，我想託你們，不知道能說不能說？」

「儘管說，有甚麼不能？」

「陷在裡面的那四個弟兄，我想救他們出來，要靠你們幫忙。我的意思，把你們五個人放回去，換他們四個。」羅思舉緊接著說：「這絕不是我不要你們，你們暫時在老林住幾天，隨後開溜來投我，是帶了功勞來的，身分就不同了。不過，我絕不勉強，你們如果不願意，我心裡亦絕不會怪你們的。棄暗投明，機會難得，一個人當然要會自己打算，這一點，我很明白。」

趙大全不作聲，將他同夥的臉色，一個一個看過來方始開口答覆。

「羅游擊，害人之心不可生，防人之心不可無，倘或我們五個倒回去了，你那四個他們不肯放；或者已經殺掉了，這筆買賣豈不大虧其本？」

「說得是。這原是沒辦法的辦法。」

「辦法還是有。」趙大全說：「讓我一個人回去傳話，就說你願意換人，看他們怎麼說？如果肯了，約地方走馬換將；如果不肯，你這方面也不吃虧。」

「好！我贊成。不過，有些情形，我們預先要想透，譬如說，他們疑心這是一計，到換人的時候，怕我趁勢殺了過去。如果他們有這個顧慮，你怎麼說？」

「我說：羅游擊的為人講義氣，你們不是不知道；我亦不是傻到會受他擺布的人。我相信他，所以替他來傳話，你們如果不相信我，就先把我關起來，倘或換不到人，或者吃了甚麼虧，回來先殺我。」

「這話說得很好。可是，這一來，你又陷在裡頭了。」

「不怕！」趙大全拍一拍大腿說：「腳長在我身上，我不會找機會走人？」

「好極，好極！我們再談得細一點。」

於是兩人細細籌畫。估計趙大全一去，不可能再回來覆信，所以將換俘的地點、時間，都要先作約定，事情才能辦得順利。

談到一半，羅桂鑫回來了，手中提一個籃子，打開來一看，烤紅薯以外，一個粗瓦罐中，盛的是油晃晃的辣子雞丁，紅椒加上青蔥，大家一看，肚子裡便是咕嚕嚕一陣響。

「五臟廟造反了。」羅思舉一面將烤紅薯分給大家、一面問道：「雞湯煮了沒有？」

「沒有煮！大家都說，游擊的好意心領了。十隻雞還是帶著，打了勝仗再說。我說：雞可只有九隻，我要宰一隻請我們的藍號朋友。」羅桂鑫笑道：「還好，有家人家供著一盞長明燈，我老實不客氣，偷了菩薩面前的油。」

羅思舉的那一皮壺瀘州大麯，還剩下一半，正好款客，吃飽了趙大全要動身了，卻有個要求，「羅游擊，」他說：「我想跟你要一匹馬。」

「應該，應該。你自己挑。」

「我不大騎馬，也不懂馬，勞大駕替我挑一匹馴順的馬。」

「好，好，你跟我來。」

趙大全開步便走，反倒是羅思舉跟著他了；這是有意的，趙大全是要走遠些，避開他的同夥，私下有話告訴羅思舉。

「我那四個同夥，有一個臉上長了一撮毛的，姓沈，這個人一肚子的壞水，你老可得看著他一點兒。」

「是了，還有甚麼交代？」

「這是這一句話。」

於是羅思舉替他挑了一匹腳程雖不快，卻極馴順的棗騮馬，請他試騎了一程，認為滿意，方始揮手作別。

過午不久，金棠陪著彭華趕到，果如金棠所料，由索倫騎兵中挑出來的五百弓箭手，已先到了聯絡之地，留守的何千總先從附近的民寨中價購了一批食料預備著，埋鍋造飯，請客師飽餐，正待上馬前進，金棠及時將他們攔住了。

由於相距不遠，彭華特地先來見羅思舉請示機宜，「我們的弟兄陷進去四個；可是阿桂也把他們的人弄來了五個。」羅思舉問說：「這些情形想必你已經知道了？」

「是的，金棠在路上已經告訴我了。」

「現在是四對四，兩不吃虧。有一個，我放他回去了。」羅思舉將「走馬換將」的計畫以及趙大全所透露的消息告訴了他以後又說：「我決定不入老林，等明天一早，無論換不換人，真奔天寨子，打它一場硬仗。」

「這跟馬蹄崗的情勢一樣了，不同的是，主客互易；如今是我們仰攻，只怕很吃力。」

「你是說，藍號仰攻馬蹄崗大敗，我們只怕也不會成功？」

「我不是膽怯。」彭華急忙申辯，「我是在想，能不能用得上『困』這個字。」

「不能。」羅思舉搖搖頭，「困不住他。」

「為甚麼？」

「為甚麼？」羅思舉拉開嗓子，用四川口音唱了兩句從旗營將士那裡學來的「亂彈」：「此一番領兵去鎮守，靠山近水把營守。」接著解釋：「馬謖鎮守街亭，不聽諸葛丞相的話，把營紮在孤立無援的山上；王平料知必敗，果然街亭失守。可是，我倒問你，司馬懿怎麼能攻下街亭的呢？」

彭華久居京師，看得戲多，對這齣「亂彈」的「空城計」情節頗為熟悉，毫不遲疑地答說：「只為司馬懿兵多，拿山頭團團圍住，絕了馬謖的糧道水道，自然就守不住了。」

「不錯！可是現在的情形跟當時不同，第一，我們的人不多，包圍他不了；第二，天寨子既是鮮大川的藏寶之地，平時就有人看守，糧食、清水一定早有預備，所以說，困他不住。」

「那麼，你老說怎麼辦呢？」

「只有急攻，擋過他的頭一陣，弓箭手就可以收功了。」羅思舉說：「你現在就回去；明天一早到菁林口會齊，全力猛攻天寨子。」

於是彭華隨又回頭。羅思舉下令，早早休息；半夜起身，拂曉出發，預期黎明時分到達菁林口，若能順利換了人，隨即由西面繞過老林，直撲天寨子正面。

到得傍晚，擔負往來聯絡之責的孫玉成來了，帶來了一批乾糧；還有一封書信，亦就是德楞泰的手令，上面寫的是：「字付羅游擊思舉：爾身當前敵，責任重大；千萬不可親冒鋒鏑，倘有疏失，指揮無人，勢必潰散。前敵一敗，牽動大隊，致漏網之賊，得以反撲，馬蹄崗之成就，付諸東流矣。因爾素肯冒險，奮不顧身，故特鄭重告誡，務必以大局為重。切切。」

下面是德楞泰蒙文的簽署。

「這封信怎麼來的？」

「是帶馬隊的佐領圖理海帶來的。」孫玉成又說：「聽說，本來是溫副都統想親自帶隊來的，德帥不許；他說：前敵都交給羅某人，你的官階比他高，他不便指揮你，才改派了圖佐領。」

聽得這話，羅思舉油然而興感激知遇之心，但同時亦深深覺得肩頭的壓力沉重。考慮了好一會，將他的姪子找了來有話說。

「阿桂，你去問一問，有誰熟悉天寨子的地形，帶了來見我。」

不用多久，帶來了兩個人，一個叫陳二，一個叫賈必良，這兩個人本就是天寨子下來的。

正在吃飯的羅思舉，招呼他們坐了下來說：「孫把總帶了酒來，你們也喝一點兒。」

陳二是個酒鬼，笑嘻嘻地說一聲：「多謝游擊。」說完，便從羅思舉手中接過皮壺，拔開塞子，「咕嘟嘟」往口中直灌。

「你少喝一點！」賈必良不悅地說：「游擊有話要問，你別喝醉了，胡說八道。」他又對羅思舉說：「陳二在天寨子待的日子，比我多得多，那裡周圍的情形，他最熟悉。」

這倒不宜於讓他多喝了！免得他「酒糊塗」記憶不清，所關非淺；因而一把攥住陳二的手說：「這壺酒是你的，回頭慢慢兒喝。」

「是！是！」陳二將皮壺放了下來，塞上塞子，自詡地說：「游擊，不是我吹，天寨子裡裡外外，沒有一處我沒有摸到的，你老有話儘管問。」

「天寨子有幾條路？」羅思舉說：「我只經過一次，記得大路是在西面。」

「是的。西面上去，東面下來，就到蒼溪了。」陳二答說：「小路就多了，有一條是從老林穿過去，最近。」

「那應該是南面；北面呢？」

「天寨子三面都有路，只有北面不通；北面的山頭，像拿刀削掉了一塊。」

原來是斷壁！「來！」席地而坐的羅思舉，將陳二身旁的泥沙抹抹平說：「你們畫出來我看看。」

「這是天寨子，這是老林，」陳二一面畫一面講：「西面的大路偏南；東面的大路偏北。出老林一里多路有條小路，不好走，不過近得多，鮮大川進老林再到天寨子，那就一定是走這條小路。」

「好，我明白了。」羅思舉又問：「天寨子上房子多不多？」

「當初要住兩千多人，房子當然少不了。」

「你們當初是為了甚麼扔掉天寨子的？」

「那裡是一座石山，能耕種的地極少，想開闢梯田，很吃力，只好扔掉。」

「水呢？」

「水倒不愁，有山泉。」

「嗯、嗯！」羅思舉啃著乾牛肉，喝了兩口酒，突然問賈必良：「陳二說的情形，你都明白？」

「是。」

「北面斷壁之下，有沒有空地？」

「極大的一片空地，也是很好的一片田；但四面無險可守，辛辛苦苦種地，有了收成，無非白白便宜了教匪。」

「妙！」羅思舉驀地裡一躍而起，「我有法子了。」然後復又坐下，從從容容地說：「你們兩個，這一回都有一場大功勞。陳二，明天你跟在我身邊當嚮導。你怕不怕？」

「怕！」陳二似乎覺得他問得可笑，「怕也不來當鄉勇了。」

「好！」羅思舉看著賈必良說：「你跟孫把總此刻就趕回去，明天當馬隊的嚮導，你帶隊伍，遠遠繞道天寨子，到北面空地上埋伏。要貼近斷壁，你懂我的意思不懂？」

「不大懂。」

「貼近斷壁，天寨子上就看不見他們的影子；也奈何他們不得了。」

「啊，啊！我懂了。」

「你只要帶他們埋伏好，就是你的功勞。」接著，羅思舉向孫玉成悄悄叮囑了一番；囑咐他帶著賈必良，即刻動身而回。

「我看不必再等了。二叔，我們的人凶多吉少了！」約期不至，顯已生變；但羅思舉還不死心，沉吟了一會說：「反正我們也不在乎吃虧不吃虧，索性把他們的四個人放了回去。」

將那四個人喚來一問，居然沒有一個願意回去；有一個說得好：「眼看鮮大川靠不住了，我們回去幹甚麼？」

「在這裡是要拚命立功的。」羅桂鑫插嘴說道：「你們再想一想！」

「羅老爺以為我們不肯拚命？我們打頭陣好了。」

「不必，不必！」羅思舉搖一搖手，「你們跟著大隊走好了。」

原來羅思舉另有計較，他要選有馬的鄉勇，親自帶領著打頭陣；首先下令砍伐一叢叢葉子繁密的樹枝，用長繩子繫在馬尾上，繞出老林沿西面大路急馳，樹枝掃起漫天塵沙，形成一片黃霧，隔斷視線，讓天寨子上看不清有多少人馬。

這一條疑兵之計，先聲奪人；鮮大川得報不免心驚，但他在教匪中以足智多謀見稱，在高處瞭解了一會，放心了。

原來他以其人之道還治其人，學德楞泰在馬蹄崗的辦法，一到便下令搜集石塊，還預備了滾木，山上樹木不多，他索性下令拆屋，以椽柱充當滾木，此時對他的副手說道：「別看他塵頭大起，其實沒有多少馬；馬在平地上管用，由山上衝下去，也很厲害，如果是仰攻，就使不上勁了，你把滾木推下去，絆他的馬。」

滾木礙馬足，羅思舉差一點從馬上摔下來，但這一來反倒提醒他了，這條疑兵之計有消耗他的「武器」的妙用，便即下令，只在大路上來回奔馳，捲起陣陣黃沙。不過鮮大川一眼就已看清，「不必再下滾木了！」他說，「等他的馬跑累了再說。」

於是他只靜靜地看著，憑藉居高臨下的優勢沉著觀變。

突然，「你看！」他的助手驀地裡驚喊：「遠處。」

遠處又起了塵頭，而且塵頭越來越高，蹄聲又越來越響；「怎麼？」鮮大川錯愕莫名，「是黑龍江的馬隊來了？趕快、趕快再找滾木、石塊也要多預備。」

隨著黃塵蹄聲逐漸接近，鮮大川的一顆心也越提越高，但奇怪地，馬隊並沒有停下來，一直往北而去。

「我說呢！」鮮大川透了口氣，「老林昨天來報告，說只有羅思舉一兩千人；德楞泰怎麼會派馬隊來？那不是自己找死！你們後山去看看，大概是沿嘉陵江奔劍門關去了。」

他的副手探察敵情尚未回來，眼前卻起了變化，塵頭已息、視線漸清，滿地的滾木與樹枝，官兵已衝上山來了，「拿石塊往下砸！」鮮大川暴喝一聲，親自領頭擂石。

仰攻是由羅思舉帶頭，當然都下了馬，借樹木山石掩蔽，忽隱忽現地蛇行而上。

「奇怪！」他的副手走來說道：「官兵無影無蹤了。守後山的人說：只聽見馬嘶，看不見馬的影子。」

鮮大川楞了一下，隨即大叫一聲：「壞了，我們要中計了！趕緊帶東西走人！」

副手亦醒悟了，馬隊是埋伏在北面的崖壁之下。略想一想問說：「是我帶著東西先走？」

鮮大川生性多疑，這副手雖是他的同祖父的堂兄，亦不能完全放心，怕他席捲輜重，遠走高飛，便毫不遲疑地答說：「你先去預備，等我一起走。」

依照預先的計畫，箱籠都已綑紮妥當，搬上調齊待命的二十幾匹馬背，便可動身；但這也需要一段辰光，所以鮮大川不能不留在原地督戰。堆集的石塊還多，而他的目的在拖延時間，所以關照手下，不見人影，不准擂石；於是鄉勇的行動便謹慎了，躲避多時，看準了下一個可隱蔽之處，方始拔步飛奔。

羅思舉的打算是，仰攻利於速戰速決，一下子消耗完了天寨子的滾木擂石，再召馬隊放箭；如今看鮮大川穩紮穩打，不肯上當，就只好改變戰法了。

「放炮！」

是放「信炮」，緊隨在他身旁的羅桂鑫與陳二，找到避風之處，打火點著了艾絨，擱在滿布松香末的「火扇子」上，迎風一晃，發火點燃了信炮，砰然巨響，隨即聽得群馬怒嘶，蹄聲雜沓，沉寂的戰況一下子改變了。

馬蹄雖快，也不能說到便到，羅思舉不自覺地站起身來，望北佇盼。突然間，眼前金星亂爆，頭痛欲裂；伸手往額上一摸一手血，只聽羅桂鑫大聲喝道：「撳住別鬆手，越緊越好。」

同時發覺有隻手重按在他肩上，不由得就蹲了下去。

羅思舉的右掌撳住傷口，連帶右眼無法睜開；用左眼向上望了一下說：「讓陳二替我裹傷，我口袋裡有金創藥；你到山下去迎馬隊，跟彭守備說：掩護我們搶攻。」

「不要緊，我替二叔裹好了傷再去也不遲。」

說著，羅桂鑫取小刀在羅思舉的衣袖靠肩處，割開一個大口子，使勁向下一扯撕下一條又長又寬的布帶，將一包金創藥一半倒在帶子上，命陳二小心捧住；然後將另一半置於掌中，讓羅思舉頭往後仰，把手放開，一翻掌將金創藥敷上傷口，自陳二手中接過帶子，看準了部位包紮傷口。

「二叔，你頭暈不暈？」

「不暈就好。陳二，」羅桂鑫鄭重叮囑：「你務必小心；這個地方很妥當，別挪動了！」

「你放心！交給我好了。」

於是羅桂鑫飛步下山，彭華與賈必良也帶著馬隊到了。

雙方會合，彭華為羅桂鑫引見了帶領馬隊的圖理海，戰場相見，不暇寒暄，逕談戰況，羅桂鑫傳達了羅思舉的話，便是命令，圖理海隨即將隊伍拉開，五百人的排面，將天寨子由西迤南的通路都封住了。

「說鮮大川打算將藏在天寨子的財貨，都運回巴州，」彭華問說：「他會走那條路呢？」

「只有東、南兩條路，由南進老林，仍舊被困，跟巴州的路也不對。」
「照這樣說，只有走東面了。」
「不錯。」
「東面的路怎麼走法？」彭華說道：「咱們何不到東面去堵他？」
「這是個好主意。可是，」羅桂鑫搔著頭皮說：「如果退回菁林口再繞過去，鮮大川一定早就逃走了！」
「找賈必良來問一問，也許另有捷徑。」
將賈必良找來一問，他斬釘截鐵地說：「除非橫穿老林，不然就得由菁林口繞過去；沒有第三條路。」
彭華躊躇了一會，看著羅桂鑫說：「你看怎麼樣？」
「只怕遇伏。」
「不會。老林裡的人，不會想到咱們有此一著。」彭華又說：「我們願意冒這個險。」
羅桂鑫心想，如果彭華陷在老林之中，當然要去救他；菁深林密，情況不明，說不定會越陷越深，因而力主慎重，但亦不便顯然阻擋彭華立功的機會，所以這樣答說：「我看得問一問我二叔；我二叔受傷了。」
「受傷了？」彭華大吃一驚，「重不重？」
「還好，頭上挨了一下，傷口包紮好了。」
「我去看看他。」
「不必！你老在這裡指揮。我去問了他，馬上來給你老回音。」
其時圖理海已經部署完成，一聲令下，飛矢如雨，射上天寨子；靠邊站的藍號，不能不往後縮，擂石也停止了；只見羅思舉現身出來揚手張口，聽不見他喊的甚麼？但想像得到，是發令進攻。

果然，鄉勇們都從潛隱之處，往上前進；滿山吶喊之聲，圖理海與彭華督陣，一面往前移動，一面放箭，敵人整個被壓制住了。

但將到寨口時，攻勢受阻，因為對方往後一縮，山下看不見人影，不能無的放矢，掩護助攻的作用便失去了；鮮大川便又督隊迫近寨門，將石塊扔了出來，鄉勇不能不仰臉防備從空而降的飛石，腳下就慢了。

因為如此，羅桂鑫才能趕上羅思舉，氣喘吁吁，斷斷續續地說明了彭華的意向，還來不及說他主張慎重時，羅思舉已經發話了。

「我亦正在想，應該從東面去攔截。既然彭守備自告奮勇，再好不過；你傳我的話給他，跟賈必良弄清楚，路好走不好走？老林之中，不宜騎馬；讓他帶我們自己的人走。」

「帶多少？」羅桂鑫說：「這裡也不能少人。」

「帶兩三百人好了，會放箭的最好。」羅思舉又說：「你關照彭守備，不可貪功，凡事小心。」

羅桂鑫下山傳令；彭華已經派好他所帶的四百鄉勇，都是躍躍欲試的神情。見此光景，羅桂鑫覺得不必多說甚麼了，免得重新挑選善射的人，又要向馬隊勻取弓箭，在在費時，只說一句：「我二叔交代，請彭守備不可貪功，凡事小心。」

「是了。我把賈必良帶走，這裡請你幫圖理海料理。」

於是在賈必良嚮導之下，彭華帶著他的四百鄉勇，穿林疾走。也不知走了多久，發現林中有一條自南而北泥路，蹄跡凌亂，顯然就是上天寨子的捷徑。

「再過去兩三里路，就是天寨子東面的路口。」賈必良說：「要小心了！」

就在此時，發現北面有人影，估量是從天寨子下來的，彭華趕緊張開雙手，做一個攔阻該隊的姿態，然後輕聲向左右的人說：「躲起來。」

一個接一個遞傳口令，四百人都伏身在地，不敢出聲；賈必良自告奮勇：「我去看一看！」他的腳程很快，一下去走得無影無蹤，但又迅即回轉；彭華迎上前去問道：「有多少人？」

「只有十來個。」

「後面呢？」

「後面不像還有人。」賈必良又說：「這十來個人當中，有掛了彩的，想來是天寨子上逃下來的。」眾寡懸殊，這十來個人無一漏網，據說鄉勇已攻上天寨子，鮮大川已從東面下山，人數很多，總有兩千。

這一下，彭華要考慮了，兩千對四百，必有一場激戰，是慎重呢，還是冒險？一時委絕不下，只有跟賈必良商量。

「我看不必到東面去了，就趕到了也多半會撲空。」賈必良又說：「既有人從這裡逃回來，後面一定也還有人，倒不如埋伏在這裡，撿個便宜。」

彭華覺得這個打算很不錯，是立於不敗之地，雖未能大勝，但全師而回，帶回若干俘虜，也是很有面子的事。

不過「撿便宜」亦應得深具要領，想了一下，召集帶隊的六名勇目，下達命令：「第一、不准出聲，免得打草驚蛇，後面的人四處潰散；第二、招降為主，不准亂殺；第三、窮寇莫追，隨他逃走好了。」

於是六名勇目，各帶自己的弟兄，找地方埋伏。果然，賈必良所料不差，天寨子上陸陸續續還有人逃下來，十來個、三四十個，亦有三五成群的，一發現鄉勇，有的拔腳就奔，有的困獸猶鬥，而更多的是跪下來求饒，一個多時辰之中，俘虜了一百二十多人。

雖未能擒斬鮮大川，但攻克天寨子的戰果，仍然是輝煌的。陣斬藍號四百多人，俘虜上千；鮮大川帶不走財貨，照例捷足先得、不必呈報，但對長官應該有所孝敬，羅思舉不要錢，都分了給部下，彭華分到四百兩銀子；另外有十兩一個的金元寶十六個，總計一百六十兩金子，帶在身上預備呈獻給德楞泰。

羅思舉清理戰場以後，留下彭華及羅桂鑫守天寨子；十天以後到江油去謁見德楞泰，滿以為必獲一番獎許，誰知不然。

「我讓圖理海帶去的信，你收到了沒有？」德楞泰臉色鐵青，聲音更是冷得像冰一樣。

「是。收到了。」

「既然收到了，怎麼帶傷來見我？莫非我的話就跟放屁一樣，不能作數。」

一聽這話，羅思舉惶恐莫名，俯首無辭。於是德楞泰聲色俱厲地呵責羅思舉只逞匹夫之勇，輕舉妄動，不顧大局，越罵越起勁，幾乎要以違令的軍法從事了。

「下次還敢不敢？」

「下次再也不敢了。」羅思舉只好告饒。

「下去吧！」

等出了大營，只見德楞泰的貼身隨從「小余兒」捧著一頂簇新的官帽，後面拖著一條花翎，舉向羅思舉說：「羅游擊，你謝恩吧！」

這是「便宜行事」，代皇帝賞戴花翎；羅思舉有些手足無措，不知如何謝恩。小余兒便教他：將官帽放在北面，花翎朝上，然後向北下跪行三跪九叩的大禮，「望闕謝恩」。

行完禮，戴上新官帽，他才想起有件事在見德楞泰時，嚇得忘掉了，便是奉獻那十個金元寶；此時正好託小余兒轉呈。

「請等一等，大帥交代過的，凡有這種事，先要跟他請示。」

很快地，小余兒將原物帶回，德楞泰拒而不納，說這是羅思舉拿性命換來的，他不忍收受。

這雖是好意，但反使得羅思舉為難了，因為德楞泰不要錢，他的左右並不跟他一樣，黃金耀眼，必有人既妒且羨，那就會生出許多是非；如果分潤大家呢，卻又怕厚薄不均，仍會在不知不覺中得罪了人。

考慮了一會，他將金元寶分為兩份，「小余，還得麻煩你，再替我跟大帥去回，這十個元寶等於大帥賞我的，我只收一半，另外一半請大帥分給他身邊的人，也算我一點心意。」說完將五個金元寶還給小余兒。

「你不會自己去做人情？」

「不，送多送少，總有人會說閒話，倒不如請大帥做主來得好。」

「我懂了。」小余兒點點頭，便待回身，卻又讓羅思舉喚住了。

「聽說你快回家娶親了，」他從自己那五個元寶中取了一個，塞到小余兒手裡，「我給新嫂子添妝。」

「謝謝，謝謝！」小余兒欣然笑納。

馬蹄崗之捷，為德楞泰晉陞了一個爵位——由二等男晉為二等子。魁倫革職拿問；勒保由藍翎侍衛授為四川提督，兼署總督，交接竣事，他由成都進駐達州，第一個召見的，便是劉清。

「我知道你的委屈，包在我身上，仍舊還你一個建昌道。不過，總得有個緣由，奏摺上才好措詞。」勒保問道：「你以前在鮮大川身上下過工夫，不知道接頭的兩條線，斷了沒有？」

「斷是斷了，不過要接上也不難。」

「鮮大川盤踞在巴州，總是隱患，你不妨再接接頭看。」

「是。」

「羅天鵬，」勒保又問：「你熟吧？」

「是熟人。」

「交情如何？」

「不薄。」

「好，我想託你跟他說一說——」

原來勒保想調羅思舉來守嘉陵江。德楞泰不肯放人，但礙於面子，未便明拒，只說「要問他自己」，而羅思舉感於德楞泰的知遇，不願改隸。勒保要託劉清的，便是為他去做說客。

「我是受人之託、忠人之事，不過，我也不肯勉強。天鵬，請你自己斟酌。」

「這件事，我跟彭華談過，他說我是川軍的游擊；勒帥是四川提督，正管著我，如果動公事向德帥要求歸還建制，變成敬酒不吃吃罰酒，反而不好。再說，又怕勒帥跟德帥因為我生了意見，似乎也不大合適。」

「那麼？你是肯了？」

「我還是不想去，光守嘉陵江，等於投閒置散，沒有意思。」

「不！絕不是投閒置散。勒帥要我去招降鮮大川，有你做我的後盾，我就容易著手了。還有一層，鄉勇改編為官軍，有額定的糧餉裝備，你就不用當『教化兵』的頭頭了。」

「如果勒帥能改編我的弟兄，化鄉勇為官兵，事情又當別論；德帥亦一定不會怪我。不過，劉大哥，這靠得住嗎？」

「我馬上回達州去見勒帥，跟他講好了，給你回話，一定如你的願。」劉清又說：「這回我要跟勒帥好好談一談，不但是你，老涵亦一樣。」

劉清口中的「老涵」，姓桂單名涵。此人與羅思舉有「四同」，同為鄉人，同時應募為鄉勇，同以多謀善戰知名，再有一同便是早年都為亡命之徒，如今隸屬於原任四川提督，受讒獲罪，革職而以提督銜留營差遣，外號「傻將」的正黃旗人七十五部下，轉戰川北，疲於奔命，但往往勞而無功，境遇不如羅思舉。

到達州見了勒保，關於羅思舉的要求，勒保一口應承，於是劉清又談桂涵的事。

「這個人我聽說過，似乎不如羅思舉。如今餉項也很困難，不能說都是鄉勇就一樣看待，要看他們戰績而定。」

「桂涵的才具，絕不在羅思舉之下。倘蒙大帥獎勵，改編為官軍，卑職包他一定大有作為。否則同為鄉勇，待遇不一，相形之下桂涵如何帶兵？人材可惜，請大帥格外成全。」

勒保沉吟了一會問說：「他有多少人？」

「跟羅思舉差不多，不足三千，總也有兩千五六。」

「都能打嗎？」

「鄉勇不能都像傅重庵的『飛隊』，總不免有老弱。即便是傅重庵的『飛隊』，也是多年汰弱留強，五、六千人之中，才練成一千人。」

傅重庵單名鼐，原籍浙江紹興；先世從清初就是兵部的書辦，所以占籍順天府宛平縣。傅鼐生有大志，世襲的書辦，衣食無憂，遇到大征伐，一場軍費報銷辦下來，便足以發財，但他不屑於此，乾隆末年，捐了個府經歷，分發雲南，以勞績擢升為知縣，是雲南官場中有名的能員。

乾隆末年福康安當雲貴總督，很賞識傅鼐；不久貴州、湖南苗亂，福康安受命專征，特地將傅鼐調到湖南大營，專司糧餉運補，積功升為同知，並賜花翎。嘉慶元年實授湘西鳳凰廳同知，地當苗疆，繁劇難治，而傅鼐應付裕如。及至川楚教匪作亂，平苗的大軍移征湖北；投降的苗子，乘機提出

「苗地歸苗」的要求。湖南大吏採取安撫的態度，打算奏請朝廷，准如所請；但傅鼐堅持不可，他的理由是：「習知苗性，愈撫愈驕，後患無窮。」

然則不撫又如何呢？傅鼐的策略是周旋到底，招集流亡、組織鄉團，擇要害之地構築碉堡，有哨台、有炮台，邊牆相接一百餘里，儼然當年防胡的長城。每當哨台有警，婦女牲畜，盡皆歸堡，鄉團在炮台掩護之下，在牆堡外力戰，如是三年，可以改守為攻了，以擒獲苗酋吳陳受之功，升為知府，仍留原任。

傅鼐治苗專用「鵰剿法」，所謂「鵰剿」，如鷹隼之在空中盤旋觀察，看準了目標，突然下擊。因為苗子良莠不齊，鋤莠安良，非用此法，不能避免玉石俱焚之失。不過「鵰剿」的前提是要練「鵰」；他師苗子善走山路、從暗擊明之所長，來訓練士卒，每經一戰，嚴加淘汰，由數千人中選拔出一千人，也就是一千頭「鵰」，所以號稱「飛隊」，能夠人自為戰，亦能「合千為一」，行軍時雖大風雨不亂行列；遇到任何觸目而能令人動心的情況，譬如美女、金銀，絕不會去看第二眼。

「我當然不會希望四川的鄉勇，能像傅重庵的飛隊，不過不能打仗，留之無益。」勒保做了個決定：「羅思舉與桂涵各立一營，人數不能超過兩千；請你做改編委員，汰弱留強，由你負全責。」

「是。」

「羅思舉跟桂涵不在一處，我看我把桂涵調回來，集中在一起，改編比較方便。你看如何？」

「那再好不過。」劉清答說：「羅思舉、桂涵是小同鄉，他們的部下有的跟羅思舉熟，有的跟桂涵的關係深，趁此機會調換，各得其所，是件極好的事。」

於是劉清復回羅思舉的防區，傳達了命令，「汰弱留強，我早有此意。」羅思舉說：「不過淘汰下來的鄉勇，如何好好安置，能讓他們各安生計，不能不有個妥當的籌畫。劉大哥，這一層你想過沒有？」

「我想過，還沒有想好，要跟你商量。資遣回鄉，有限的幾個錢，花光了怎麼辦？」

「是啊！我擔心的就是這一層。花光了流為匪類，那不等於官逼民反？」羅思舉沉吟了一下說：「資遣的銀子，最好不要發給他們，能集中起來辦一樣甚麼事業，讓大家都有飯吃才好。」

「好主意。」劉清突然想到，「明朝秦良玉的部下，在京城裡設廠紡棉花，糧餉得以自給自足。咱們也不妨在這上頭，打打主意。」

「他們紡出來的棉花，賣給甚麼人？」

「賣給兵部製棉衣，發給京營士兵。」

「對！」羅思舉立即有了計較，「咱們也挑一樣生意，做出來的東西，能賣給糧台的，不就有了可靠的主顧了嗎？」

「說得是。不過也不一定靠糧台，局勢慢慢安定下來，運銷到外省也行。等我找幾位做大生意的朋友，總能籌畫出一個好辦法。」

「好！我們就此說定了，汰弱留強，歸我來辦，一定符合勒大帥的要求；如何善後，劉大哥，就是你的事了。」

「一言為定。」劉清突然問道：「彭守備呢？咱們找他來談談。」

「算了，別掃他的興了。」

原來羅思舉的防區與德楞泰所轄的一支旗營接壤，都在嘉陵江邊；彭華與旗營武官都來自京師，氣味相投，結成好友。這一回馬蹄崗大捷，獎賞一個月恩餉，加上自賊營中的所得，無不腰纏纍纍，妓船聞風而至，生涯鼎盛，入夜笙歌嗷嘈、猜拳賭酒；燈火通明，直至破曉，江上明月，黯然失色。彭華亦幾乎每天晚上，都應邀在此作樂；起初不過逢場作戲，頗能自制，午夜之前，一定騎馬歸營，但自從結識了魏祿官，漸改常度，由流連忘返以至於停眠整宿了。

這魏祿官來自成都府金堂縣，據說是乾隆末年名震京師的秦腔名伶魏長生的姪孫女，今年十七歲，生得十分娟秀；最難得的是身上找不出一點風塵氣息，頗有落落寡合的味道。武夫好喧囂，不能欣賞魏祿官的文靜，但卻對了彭華的勁；魏祿官亦是情有獨鍾，稠人廣眾之中，只要彭華偶爾回顧，一定會發現那雙剪水雙瞳，脈脈含情地注視著他。

因此，他們每每在旗營武官呼么喝六，聚賭鬧酒之際，悄悄離座到靜處；甚至另找一條小船，泊在柳蔭之下，喁喁細語；有時只是靜靜地偎依，不發一聲，而內心都有無限甜美充實之感。

有一天，終於談得深了，「彭二爺，」魏祿官問說：「你想不想彭二奶奶？」

「那裡有甚麼彭二奶奶？」

「怎麼？彭二爺還沒有成家？」

「沒有。」

「聘定了那一家的閨秀沒有？」

這話讓彭華難以作答了，說「沒有」，不但欺騙了魏祿官，也對不起聘妻，考慮了一會決定說實話。

「聘是聘定了，不過不知道那一年才能迎娶。」

「怎麼呢？」

「說來話長。總之，我現在是立業第一，成家其次。」

「立了業再成家；彭二奶奶好福氣，一進了門就當『掌印夫人』。」

這天的月色很好，斜斜地照在魏祿官臉上，讓彭華清清楚楚地看到了她的羨慕的神色，不免有些好笑；渺渺茫茫的事，她居然一下子想得那麼遠，而且那麼認真！

但多想一想她此時的心境，彭華不再覺得好笑，而是感動，同時也深自警惕，一縷情絲已沾上身，恐怕擺脫不掉了。

「你怎麼不問問我的事？」

「你不是告訴過我了嗎？」彭華答說：「金堂縣人，你的『三爺爺』是魏長生。」

「你覺得知道了這些就夠了，是不是？」

話中有怨懟之意，彷彿指他對她漠不關心；彭華不免歉然，分辯著說：「我不敢多問，有些人是不願意人家打聽她的家世的。」

「不錯，多問多麻煩，所以不敢多問。」

這樣咄咄逼人的語氣，使彭華感到冤屈，「你冤枉我！」他摸著她的光滑得像煮熟了的雞蛋樣的臉說：「我絕不是怕惹麻煩才不敢問你。」

「對不起！對不起！」她很快地將他的手往下移，火熱的櫻唇，緊緊吻著他的手心。

「想來你不怕我打聽你的家世，」彭華說道：「我也很想知道，你何不自己談談。」

「我是我叔叔帶大的，就是我三爺爺的兒子。我想學秦腔，我叔叔說：『女孩子不要學，一學把人都學壞了！』所以……」

「這是怎麼說？」彭華插嘴問道：「何以學秦腔會把人都學壞了呢？」

魏祿官略想一想，反問一句：「你聽過我三爺爺的戲沒有？」

「沒有。你三爺爺大紅大紫的時候，我還小。」

「總聽人說過吧？」

「那，聽得多了。」

「那末你去想好了。」

彭華恍然大悟。原來魏長生是個美男子，有「伶中子都」之號；他在乾隆四十年入京，隸屬秦腔

「雙慶部」，其時京師梨園流行由「弋陽腔」改良的「京腔」，有六大名班，輪流在九門各茶園上演，共有十三名伶，號稱「十三絕」；而清朝官箴，不准狎妓，所以士大夫多與戲班的旦角談同性戀，狎客名為「老斗」，而被狎者名為「相公」。有名的相公如方俊官、李桂官的「老斗」莊本淳、畢秋帆，後來都中了狀元，所以他們都被戲稱為「狀元夫人」。

尤其是李桂官，在畢秋帆當軍機章京時，因為迷上李桂官，浪擲纏頭，負債累累，多虧得李桂官為他料理清楚，而且替他管家，照料生活，畢秋帆才得勤奮供職。由於一篇平回亂以後議「西北屯墾」的策論，為高宗激賞，拔置為狀元，因此，袁子才賦詩，有「若教內助論勛閥，合使夫人讓誥封」之句，成為一段流傳四海的佳話。

在六大名班的威脅之下，「雙慶部」幾乎沒有立足的餘地，而魏長生口發大言：「我入班兩個月以後，如果雙慶部的名聲還不響亮，甘願受罰。」

果然，他以《滾樓》這齣戲一炮而紅。原因是他改變了扮相，上「梳水頭，貼片子」，腳下「踩蹺」，在台上完全是個柔媚婀娜的美婦人，演風情戲，煙視媚行，冶豔入骨，所以能轟動九城，賣座超過六大名班。

可惜好景不長，乾隆四十七年，魏長生以戲太淫冶，有傷風化，被逐回川；後來甚至累及秦腔，不准演出，秦腔戲班一律解散，伶人改歸崑腔、弋陽腔兩班，不願改行，聽其自謀生理。這就是說「女孩子學秦腔，會把人學壞」的道理。

「你想明白了沒有？」

「想明白了。」彭華答說，「其實這也要看各人的資質；本性好就不會學壞，譬如像你『出淤泥而不染』，很難得。」

「你講的這句話，我聽不懂。」

等彭華將這句成語為她講解以後，魏祿官緊握著他的手說：「你把我說得太好了。不過『出淤泥而不染』，也是因為掉在泥塘裡不深，又沒有人去作踐的緣故，我在想——」說了三個字不說了，見得她所想的，自己也未必覺得對，但彭華還是追問一句：「你想了些甚麼？」

「我怕陷得太深，染不染由不得我自己。」

意思很明顯了，她是希望有人從泥淖中提拔她；而這個人無疑地就在她眼前。

這是件需要考慮的事，彭華明知她會失望，也只好裝作不解，只問：「你怎麼會流落的呢？你三爺爺的境況不錯；當年照應過許多在京的同鄉。」

「是。我三爺爺賺過大錢；錢來得容易就看得輕，隨手亂花，臨老受苦，五十多歲了還得跑江湖。」

「你叔叔呢？」

「我叔叔是個很本分的人；偏偏做錯了一件事。唉！」魏祿官嘆口氣：「冤孽！」

「做錯了一件甚麼事？」

「他有個好朋友，是『白號』，從川北逃到成都，來投奔我叔叔；送他幾文盤纏，打發他走路，也就沒事了，那知他留人家在家，三天不走，五天又不走，天天喝酒，喝到第六天出事了。彭二爺你倒想，『窩藏教匪』是多大的罪名？家破人亡，想起來像做了一場噩夢！」

「那麼，你現在還有甚麼人呢？」

「我叔叔照他們的說法是『披紅上天』；嬸兒是續弦，年紀還輕，走得不知去向，留下我一個十歲的堂弟弟，是我前面的那個嬸兒生的。家是早就抄光了，我叔叔連口棺木都沒有，只好跟人借了一筆債，葬我叔叔，帶著堂弟弟過活，還得五年才能超生。這五年下來，還能不『染』嗎？」

這就是說，她是將自己押在娼寮中，還得五年，才能脫籍。事情似乎並不難辦；彭華問道：「你那筆債，數目多少？」

「四百兩銀子。」

「還了這四百兩，你就自由了。」

「是啊！」

「我來想辦法，四百兩銀子，總可以湊得起來；我替你贖了身，好好找個人去從良吧。」

聽他剛開口時，魏祿官笑容滿面，喜不自勝，一雙眼睛，更加發亮；待聽到最後兩句，笑容頓斂。

「我不要。」她說：「你的錢來得不容易。」

「我的錢雖來得不容易，只靠餉項，不過，我的朋友之中，盡有錢來得容易的；像這種好事，他們也一定很樂意幹。難得我在這裡，替你出面告個幫，事情很快就可以辦成，你錯過這個機會，就太可惜了。」

「不錯，機會錯過可惜。可是這個機會，我抓不住。」

「你這話我就不懂了。」彭華答說：「機會已經抓到你手裡了；只在你一念之間，你想跳出火坑，決心從良，我不出三日，就可以如你的願。我已經答應你了，絕不會說話不算話。」

魏祿官用似蹙非蹙的眼色，盡瞅著彭華：月色已移，蕩漾扁舟亦轉了方向，因此彭華的臉色，完全顯現在月光之下；此明彼暗，他雖看不見她的神色，但不自覺地感到了似乎無可逃避的窘迫。

「彭二爺，你答應了我甚麼？」

「我答應替你籌贖身的銀子，好讓妳從良。」

「從良？」魏祿官的聲音像冰一樣，「我倒請問，我從誰？」

這句話將彭華問住了，正在尋思她這話有何言外之意，驀地裡感到背脊上來了一陣「亂拳」。「你說，你說，我從誰？看你是個有擔當的人，那知道到緊要關頭上，是個『銀樣鑞槍頭』！」真情流露於嬌嗔之中，在彭華真是「別有一番滋味在心頭」，回轉身來將她連雙手一把抱住，吻著她的鬢腳說道：「我跟你真刀真槍幹一場，好不好？」

魏祿官不作聲，微閉著眼，任令彭華恣意輕薄；好久，她坐直身子，一面整理鬢髮，一面問道：「你要不要談正事了？」

「怎麼不談？」彭華停了一下說：「你有沒有甚麼看得中的客人？」

「哼！」魏祿官冷笑，「我就知道你不想談正事；裝聾作啞，把我看成傻瓜。」

「裝聾作啞」四字，確是誅心之論。但彭華內心也有一番苦衷，卻不便明白相告，沉默了好一會說：「你自己說吧，你有甚麼打算？」

「我的打算是，你把我救出來，我替你當丫頭；在達州或重慶，或是成都，賃一處房子，我帶著我弟弟，替你看家。」

「將來呢？」彭華答說：「我在四川待不長的。」

「我知道。彭二奶奶還等著你吶！」

「不必提旁人，只說你自己好了。」

「那時候，」魏祿官很吃力地說：「看你自己的良心了。你不要我，我絕不會死乞白賴地纏著你。」

「這麼說，到那時候你還得擇人而事；何不現在就物色起來。」

「擇人而事，擇人而事，」魏祿官口中唸了兩遍，想通了這句成語的意思，隨即說道：「你是現在就決定了，將來絕不會帶我走？」

「不錯。」彭華坦然承認，接下來又做解釋：「並不是我不喜歡你，我是為你設想；因為你所說的那位『彭二奶奶』，人很厲害，她未見得能容你；就勉強答應了，你在她手裡也不會有好日子過。」

一聽這話，魏祿官容顏慘淡，是那種無可奈何的絕望；然後又轉為無可奈何的豁達，「既然如此，一時不必談甚麼贖身不贖身了。」她淡淡地說：「等我物色好了，再跟你商量。」

場面頓時冷了下來，就像快要不歡而散了。彭華懊悔話說得太直；也恨自己太不聰明，何苦在此刻就傷了她的心！

「你我都想得太遠了。世界上的事，誰也料不到，譬如一年以前，我做夢都想不到會入川，更想不到會認識你。」

彭華是盡力想挽回原先那種兩情款洽的氣氛；但魏祿官的反應卻很冷淡，霜濃露重，曙色將露，終於還是不歡而散了。

回到營裡，才知道劉清來了；睡醒起來，第一件事便是去訪這位遠客。時已過午劉清跟羅思舉還在把杯深談。添副杯筷，請彭華入座以後，劉清接續中斷的話題。

「這茅台村，在遵義以西，鄰近赤水河；那一帶就是所謂『夜郎自大』的夜郎國，從前沒有人知道的地方，如今因為出好酒而出名了。茅台酒是由陝西鳳翔請司務來做的。」

「不錯，」羅思舉插嘴，「鳳翔的酒，是三寶之一。」

彭華默默地聽了好半天，方始聽出端倪，他們是在計議為編餘的鄉勇，籌謀生計，打算設窖釀酒。事不關己，並無興趣，只是怔怔地回想著昨夜的情事。

「怎麼啦，看你心不在焉，有甚麼心事？」

羅思舉突然發問，彭華才省悟到自己失態了，「喔、喔！」他支吾著，「沒有甚麼！」

「老弟台，」羅思舉神情顯得很認真，「我們這裡有個規矩，相交以誠，不作興在肚子裡做工夫，有甚麼心事瞞我，是人家不對；告訴了我，漠不相關，不替人想辦法，是我不對。要這樣，我們的隊伍才打不散。」

彭華頗為惶恐，「是、是！」他說，「確是有點心事，也是我自尋煩惱。」他將跟魏祿官交往的情形，扼要直陳。

「看樣子，她是要跟定你了？」

「是有這樣的意思。」

「這件事很好辦，」羅思舉說：「你不必提未來的嫂夫人容得下她、容不下她的事，就照她自己所說的，替她贖了身，置個家，讓她伺候你。喔，我順便告訴你，我們這裡還有個規矩——」

羅思舉帶鄉勇的規矩，出征在外，可以狎妓，不准另外置家；所以彭華只能將魏祿官安置在東鄉——他的鄉勇大都是東鄉同鄉，羅思舉派有專人照料這些鄉勇的眷屬。

「是，如果我要置家，當然按規矩辦事。我就怕將來進退兩難，彼此痛苦。」

「既然如此，那就趁早分手。大丈夫提得起、放得下。」

「你這話說得太容易了。」劉清插嘴：「彭老弟就是放不下，才成了心事。還得另想辦法。」

「不！」彭華決定聽羅思舉的勸，接口說道，「我不是放不下的人。」

羅思舉與劉清對看了一眼，沒有再說甚麼。彭華倒也說得到，做得到，從這天起，就不再去訪魏祿官；專心幫羅思舉從事改編鄉勇。不過，閒下來，總不免流露出鬱鬱寡歡的神色。

看在羅思舉眼中，少不得要追問，可是捨不下魏祿官？彭華斷然否認；羅思舉只好笑笑不問了。

不久，桂涵的隊伍自川北開到，淘汰調換的工作正式開始；編餘的鄉勇共有七百多人，每人發資遣銀十二兩。羅思舉與桂涵、劉清商定了兩項辦法：確實原有一技之長，可以自行謀生，而不致流為教匪的，除了本人應得的十二兩以外，加發八兩，湊成二十兩整數，資遣回籍。加發的八兩，由納入編制的弟兄，在餉銀中按月分攤補助，以盡袍澤之情。願意在一起創業的，扣下六兩銀子作為本金，其餘一半，攜帶回鄉，省吃儉用，等劉清規劃的事業有了眉目，再來報到。

統計下來，願意共同創業的約五百人，三分之二是東鄉人，其中單身的一百出頭，羅思舉認為這一百多人，必須有所約束。

「單身漢遊手好閒，如果不管，勢必為害地方；老涵跟我一定會挨罵。劉大哥，我想在東鄉設一座收容所，管吃管住，把他們集中起來，仍舊照營規來管理。你看如何？」

「好！我贊你的成。不過，」劉清問道：「是白吃白住？」

「當然。」羅思舉又說：「這批弟兄雖是短期收容；我打算收容所一直維持著，將來弟兄淘汰，有個退步；或者受傷生病，要休養的也可以送到那裡。」

「這就更好了。可是我請問，這個收容所一個月起碼要二、三百兩銀子的開銷，從那裡來？」

「這就要跟劉大哥商量了。只要劉大哥肯擔待，事情很容易辦。」

「怎麼擔待？」

「我想虛報一百名額，這筆開銷就有了。」

「那要你自己擔待。」劉清說道：「那個營都在吃空缺，瞞上不瞞下，與我何干？」

「話不是這麼說。現在朝廷對核餉這件事很認真。廣副憲更是不講情面的人；萬一查到了，就要請劉大哥擔待了。」

「廣副憲」便是副都御史廣興，奉旨到四川掌理軍需，裁節虛糜的軍餉，每月達三十萬兩銀子之多。劉清本來奉命襄助廣興，後來雖以軍務遣派，未成事實，但對廣興的近況，卻很清楚。

「有人參了廣副憲一本，說他騷擾驛遞，影響軍務，快要奉召回京了。」

「萬一未回京以前來查呢？」

「如果你扛不下來，我替你扛。」

「責任當然是我自己先扛。」羅思舉說：「只是有劉大哥替我撐腰，事情就好辦得多。」

「你放心，有事我絕不會坐視，你放心去辦吧！」

「實不相瞞，我早就派舍姪著手在辦了。」羅思舉看著彭華說：「這一百多人，我想請你帶到東鄉。」

彭華頗感意外，「貴處我從未到過，人生地不熟，這個差使，只怕幹不好。」他又解釋：「不是我故意推諉，實在是人地不宜。」

「彭老弟，我包你人地相宜。」羅思舉拉劉清來幫腔：「劉大哥，你說我的話是不是？」

劉清笑了一下說：「彭老弟，這不是甚麼難辦的差使，你就何妨走一趟？東鄉人傑地靈，去看一看也是好的。」

彭華原是因為羅思舉派他這麼一個陌生人帶隊，透著事有蹊蹺，所以不敢貿然應承；及至聽劉清說到「不是甚麼難辦的差使」，疑慮頓釋，便即欣然應承了。

「甚麼時候動身？」

「要等阿桂回來，看收容所可以收容了再動身。」羅思舉又問劉清：「你那一天到梁山？」

「明天就走。辦酒窖的事越快越好，我得趕緊去找邵仲琛。還有，」劉清左右察看了一下，別無不可共機密的人，方始接下去說：「鮮大川的事，我也想早早辦個起落出來，好向勒帥有個交代。」

一旁靜聽的彭華，心中尋思，既然羅桂鑫要回來，這一百多人何不叫他帶到東鄉？倘然如此，自己倒不妨跟劉清到梁山去一趟，順便與趙士奇盤桓數日。但轉念又想，既已做了承諾，忽又別生異議，倒像真的不願接受這個差使似地；如果羅思舉起了誤會就不好了。因而話到口邊，復又嚥住。

渡過嘉陵江往東，經達州到東鄉，迢迢四百里，渡溪越嶺，路途本就艱苦；彭華為了表示與士卒同甘苦，也是穿著草鞋長行，更是苦上加苦，幸而有羅桂鑫一路照料。事實上他才是帶隊官；彭華真無法想像，如果沒有羅桂鑫，他能不能將這一百多人帶到東鄉？

走了十一天，終於到了東鄉。收容所是租了人家一處穀倉改建的，四列通鋪，連著一個敞間，雨天便是飯廳；另外新建了一道雨廊，連接著廚房。晒穀場很大，場上有石擔石鎖，還設著一座箭垛，是練武的所在。

一切安置都由羅桂鑫主持，彭華只是坐著擺個樣子；等部署已定，羅桂鑫說道：「彭守備，我陪你到你住的地方去。」

「怎麼？我不住這裡？」

「這裡不方便。」

何以謂之不方便？彭華納悶在心，只跟著羅桂鑫出了收容所，往人煙稠密之處走去，大街小巷也不知轉了幾個彎，羅桂鑫站住了腳。

「到了！」他指著坐南朝北的一幢房子說：「就是這裡。」

彭華由竹籬笆中望進去，是一座三開間的半新瓦房；院落不大，但收拾得很乾淨，西面一條長石凳，凳上居然擺著好幾個盆景。

「到家囉！」羅桂鑫推開籬笆門，扯開嗓子，大喊一聲。

堂屋的門打開來，出來一個下繫淡清竹布裙；上穿紫花布襖的女子。彭華是守著京中大戶人家的規矩，不便正面平視人家的女眷，一直半低著頭，看到人家腰際，就不再往上看了。

「彭二爺！」

好熟的聲音，等會過意來，抬頭一看，疑心身在夢中，「是你！」他說：「你怎麼會在這裡？」

魏祿官微笑不答，只回身喊道：「小龍，來見彭二爺！」

堂屋門口站著一個十歲上下的男孩，圓圓的臉，大眼濃眉，長得十分憨厚；怯怯地喊一聲：「彭二爺！」

「這就是你的堂弟弟？」

「是。」

「好了！」羅桂鑫插嘴說道：「我可把彭守備交給你了。」

「羅大爺，」魏祿官說：「請裡面坐。」

「不囉！我還有事，你好好招呼彭守備，有話明天再說。」

「慢點！桂鑫，」彭華一把抓住了正待舉步的羅桂鑫，「到底怎麼回事，你得先跟我說清楚。」

「你先問她！有不明白的地方，明天再來問我。」說完，揚長而去。

魏祿官去關好了籬門，回頭看到彭華舉步時面有痛楚之色，便即問道：「彭二爺，你怎麼了？」

「從來沒有穿過草鞋，也從來沒有用兩條腿走幾百里路。腳上盡是水泡；水泡變成繭子，今天一口氣趕路，又磨出兩個水泡。」

「那，」魏祿官躊躇了著一下說：「我先扶你進去坐了再說。」

「不用扶！」

「小龍，」魏祿官一面往東面的廚房走，一面交代：「你把腳盆端到堂屋裡去。」

預備好了腳盆熱水，魏祿官端一張小板凳，坐在彭華面前，一面替他洗腳，一面談她自己。

「有半個月了，那天羅大爺來找我，問我：彭守備是不是你的恩客？我先想不起來——」

「那位彭守備？」

「喏，一口京片子，人長得很漂亮。」

「喔，」魏祿官明白了，「你是說彭二爺？」

「對了！你們不是很好嗎？」羅桂鑫問：「他怎麼不來了呢？」

「這，羅大爺，你要去問彭二爺自己。」

「我就是不便問他，所以才來問你。」

魏祿官不知羅桂鑫的來意，同時也想不出彭華絕跡不至的原因，覺得話很難說，沉吟好一會，才說了句：「想來總是我言語中得罪了他。」

「我知道你們在鬧彆扭，只不知道緣故，你把你們分手那晚上的情形說一說。」羅桂鑫怕她不肯透露心事，特為補充：「你要跟我說實話，對你有好處。」

魏祿官想了一會，要言不煩地說：「彭二爺要拔我出火坑，我自然感激不盡；不過，他的想法跟我不一樣。」

「怎麼不一樣？」

「羅大爺不瞞你說，我是想跟彭二爺；他呢，只願意做好事，不願意要我，這就談不攏了。」

「不對！」羅桂鑫問道：「你先是怎麼跟他說的？」

魏祿官料知他已經知道了，只好照實說道：「我說彭二爺替我贖了身，不拘在成都，或是達州，賃一所房子住下來，我當丫頭伺候你。將來你回北京，帶不帶我一起走，看你自己的良心；你不要我，我絕不會死乞白賴纏著你。」

「你這話，現在還算不算數呢？」

「算。」

「好！我二叔讓我出面來替你們料理這件事。你把鴇兒找來！」

「是。」魏祿官怯怯地問道：「叔太爺是那一位？」

「羅游擊。」

「啊！」魏祿官又驚又喜地，「原來是羅老爺！這麼說，彭二爺也在羅老爺那裡？」

「不錯。你快把鴇兒找來；說妥當了，我馬上兌銀子。」

羅思舉在川東一帶的名氣極其響亮，也深得愛戴，所以跟鴇兒交涉辦得非常順利；鴇兒原想拿魏祿官當搖錢樹，「梳櫳」就得一百兩銀子，贖身，更要獅子大開口，此刻聽從羅桂鑫的條件，三百兩紋銀，一刀兩斷。

第二天，羅桂鑫捧來六個大元寶——四川藩司衙門回爐改鑄的元寶，照例五十兩一個，又稱「官寶」；鴇兒將當初魏祿官畫押蓋了手印的四百兩借據退回，贖身大事，就這樣乾淨俐落地了結了。

「房子不能賃在達州，或者成都；要住在東鄉。」羅桂鑫又說：「彭守備一時還不能跟你見面，先把你安頓好了再說。」

聽完這一段經過，彭華恍然大悟，怪不得羅思舉說「包你人地相宜」！原來暗中有了安排，用心如此體貼，設想如此周到，他死心塌地，願做羅思舉的一個忠誠部屬。

此時魏祿官已為彭華洗完腳，敷上治水泡的藥，再用一塊繭綢包了起來；彭華覺得非常舒服，連日來的道路艱辛，消失得乾乾淨淨，「有個家真不錯。」他不由得這樣在心裡想。

「你先到床上躺一會。我馬上做飯，你能不能吃辣？」

「能！」

「好，我炒個辣子雞丁你吃。」

臥室設在西間，床帳衾褥，皆屬新置；壁上懸著一副灑金梅紅箋的隸書對聯：「西蜀何年成樂土；東鄉此日是家園」。上款「彭華棣台新居補壁」；下款赫然「劉清書贈」，原來劉清也是參預這樁喜事的。

彭華坐在臨窗的靠椅上，凝視著那副對聯，細細體味，西蜀要成樂土，自然要靠大家努力，不用「他年」而用「何年」，便有期勉之意；不可陷溺在溫柔鄉中，忘掉殺賊之志。這樣想著，彭華的襟懷一寬，自悟將來對魏祿官不會放不下的。

但是當天晚上，他的想法便改變了，他真沒有想到淪落風塵的魏祿官竟會是守禮謹嚴的處子！如果將來一走了之，她固然有羅桂鑫作證人，不會也不敢苦苦糾纏；但自己在良心上過得去嗎？

這一夜輾轉反側，聽得雞鳴，方能入夢，一直到魏祿官來喚他才醒。

「羅大爺來了！」

彭華坐起身子，又上心事，怔怔地看著一臉春色的魏祿官，好久說不出話。

「怎麼啦？發什麼獃？」

「唉！」彭華嘆口氣：「錯了！」

「甚麼錯了？」

彭華是在心裡怨羅思舉叔姪，撮合這件好事，實嫌魯莽，不過這是說不出的苦，只好搖搖頭不作聲。

「別發愣了！羅大爺在等著呢。」

「喔。」彭華趿著鞋，抓起夾袍披在身上，往外就走。

「你沒有洗臉呢！」

「在軍隊裡，沒那麼多講究。」

「如今可是在家。」

彭華語塞，「可是，」他說：「讓羅大爺久等，多不好意思？」

「不要緊！」在堂屋中的羅桂鑫已經聽見了，高聲說道：「我有的是工夫，多等一會怕甚麼？」

就這樣，隔屋相談，彭華問道：「弟兄們都安頓好了？」

「安頓好了。他們還在商量，要湊分子給你賀一賀吶。」

「千萬不可！他們都得省吃儉用才行。」

「再商量吧！」羅桂鑫又說：「我二叔有封信給你，其中還附著京裡寄來給你一封信。」

「你二叔信上怎麼說？」

「說請你安心在東鄉住個十天半個月。勒大人打算調你到他大營，不過並不堅持，看我二叔的意思；我二叔呢，又要看你的意思。」

「我不想去。」

這時魏祿官已打來一盆水，伺候他漱口洗臉，還要替他打辮子；彭華搖搖手，搶步出了臥室。

「恭喜，恭喜！」羅桂鑫兜頭一揖，詭祕地笑著：「昨晚上大概折騰了一宵，睡得這麼晚才起來。」

彭華心裡感到冤屈，卻不便說甚麼；將手一伸，從羅桂鑫那裡接過信來，只看羅思舉寫給他一張八行；另外京裡寄來的信，一看是張四官的筆跡，他暫時就不拆封了。

「羅大爺餓了吧？」魏祿官來問說。

「不餓，不餓。」

「不餓就稍微等一等，煮的雞、蒸的牛肉都還沒有爛。」

「你別費事，我有甚麼吃甚麼。倒是酒不可少，喜酒嘛！」

「有、有！」魏祿官羞笑著走了。

「怎麼樣？」羅桂鑫朝她的背影努一努嘴，低聲問道：「很不錯吧？」

彭華赧然一笑，旋即正色說道：「不是我狗咬呂洞賓，令叔的這番好意，只怕要害我了。」

羅桂鑫愕然相問：「害了甚麼？」

「只怕要害我做王魁了。」

《王魁負桂英》是很流行的一齣川戲；羅桂鑫想了一下說道：「你不會不做王魁嗎？」

「能不做王魁，我也不說這話了。」

「其實，你既不是王魁；她也不是桂英。一切都說妥當的；到時候你拍拍屁股走路，她要拉住你，有我。」

「唉！就是不能這麼辦！」

「為甚麼呢？」

彭華不肯說，但羅桂鑫一向是打破砂鍋問到底的脾氣，彭華只好吐露實話了。

「我告訴你吧，她還黃花閨女！」

「真的？」羅桂鑫的一雙眼睜得好大。

「有證據在那裡。」

羅桂鑫一臉的困惑，好一會突然濃眉一掀，「彭守備，你別傻了！」他說：「老鴇子教她做了手腳。」

「你這樣子說，咱們就談不下去了。你不想想，我又不是『點大蠟燭』，老鴇何用教她做手腳？」

「是，是！」羅桂鑫急忙認錯，「我沒有想通。都只為我活到三十歲，還是第一回聽見這樣的新聞之故；真正難能可貴。」

「唯其難能，所以難捨；可又不能不捨，豈非成了王魁？」

羅桂鑫亦為他很傷腦筋，對著門外天空凝視了好一會，轉身說道：「你老叔可以不做王魁。這件事將來沒有甚麼不可以跟彭二奶奶談的，且不說納妾常事，就以現在的境況來說，身邊也不能沒有一個人照料。若說彭二奶奶容不下她，我想也不會，她如果明理就會想到姨奶奶對她有功無過，第一、照料你的起居飲食，原該是她的事，姨奶奶代勞了；第二、老叔立功升官，掙一副誥封給她，她得想想，姨奶奶跟著你在前方，千辛萬苦，擔驚受怕，莫非就沒有功勞？再說魏祿官的性情，絕不是難以相處的人。所以老叔，你儘管放心，將來帶著她走。」

這番話說得入情入理，相當透徹；彭華心頭，頓時輕鬆了，一眼看到張四官的信，不由得興起一個念頭，「這是我一個好朋友的來信，他完全知道我的事。」彭華指著信問道：「我回他的信，要不要談祿官的事？」

「有何不可！」羅桂鑫接下來說：「不過要編一段情節。」

羅桂鑫代編的情節是，彭華因為飲食不慎，生了一場傷寒，虧得祿官衣不解帶，悉心看護，方能痊癒。朋友都說他不能沒有一個人在身邊，強自作主，為他布置金屋，納祿官為妾，情勢所逼，身不由主。

「生病是假，朋友強出頭，生米煮成熟飯，這可一點不假；我就是見證。」

「好！我照你的話寫。」彭華又問：「祿官的出身呢，怎麼說？」

「就說她是小家碧玉好了。」

「好，好！」彭華笑道：「桂鑫，想不到你還是個小諸葛！」

羅桂鑫笑一笑，正要答話，只見魏祿官帶著小龍來擺桌子開飯；肴饌頗為豐盛，原是魏祿官有心謝媒，羅桂鑫的食量、酒量皆過人一等，兼以主客心情都好，所以吃得杯盤狼藉，直到日色偏西方罷。

「真成了酒囊飯袋！」羅桂鑫摩著肚子說：「吃得太飽了。」

「我去熬一壺普洱茶，」在收拾殘局的魏祿官說：「替羅大爺消食。」

「喔，桂鑫，」彭華突然想起，「咱們談點正事，令叔一共替我墊了多少錢？」

「三百兩正項以外，布置這裡，總共花了六十兩銀子。劉青天送了四十兩賀禮；我二叔也是這個數，算是替你墊了兩百八十兩銀子。我二叔交代，帳先掛在那裡，慢慢兒再算。」

「不！這筆錢得盡快歸墊，否則大家會說閒話。」彭華又說：「我手裡現款不多，不過不要緊，我從京裡帶了點東西來，可以想法子變現。」

「帶了點甚麼東西？」羅桂鑫問：「有上好的鼻煙壺沒有？」

「怎麼，有人要？」

「還不是那班『旗下大爺』！」

「那好，我就託你了。不過東西不在這裡，我有口箱子，寄放在梁山我把兄趙士奇那裡。」

「現在既然安了家，應該把箱子拿回來。」

「說得是。」彭華從褲帶上解下一個荷包來，「我身上帶著一個，你看看！」

羅桂鑫看那鼻煙壺，是個寸許長的小瓶，上加一個碧玉小塞；瓶上一面畫著蒼松、翠竹、紅梅；另一面寫著「歲寒三友」四字，又有「古月軒」的字樣，想來是個別號。

「這是玻璃吹出來的？」

「不錯，不過大家都叫它『燒料』。鼻煙不能漏氣，漏了氣，不但香味會走，而且也太乾燥。所以燒料最好。」

「這『古月軒』是誰的別號？姓胡的？」

「古月胡，你倒會猜，可是錯了；這是乾隆皇帝製鼻煙壺專用的一個款。」

「原來是宮裡的東西。」羅桂鑫把玩了好一會忽有發現，「這畫跟字，好像在裡面，是怎麼回事？」

「不錯，你看出來，其名謂之『內畫』；削一根竹絲，蘸著顏料，由瓶口伸進去在裡面下工夫。這些師父都出在山東博山縣。」

「真了不起，不知道這手工夫，他們是怎麼想出來，怎麼練出來的？」羅桂鑫又問：「平時沒有看你聞過鼻煙。」

「我是備而不用，怕山裡遇見甚麼瘴氣，聞一聞，開了竅就不礙了。你倒試一試！」說著，彭華打開翡翠塞子，取出一把象牙所製，比瓜子粒還小的煙匙，舀了幾匙棕黃色的粉狀鼻煙，置在左手手背上，然後用右手食指沾起一撮，往鼻孔上一抹一吸，顯得很舒暢的模樣。

「我也來試試！」

這一試可壞了，羅桂鑫只覺一陣又酸又辣的氣味，直衝頭頂，即時大打噴嚏，「哈啾、哈啾」，沒完沒了，好不容易停了下來，只覺得渾身輕鬆，過飽的肚子，也不似先前那樣發脹了。

「好厲害！不過也是好東西。」

彭華將塞子塞緊，連荷包一起塞到羅桂鑫手裡說道：「你留著用。」

「不、不，君子不奪人之所好——」

「我還有。各式各樣的有好幾個，等我梁山的箱子拿回來就都有了。我可以把鼻煙分一點兒給你。」

「那就多謝了。」羅桂鑫問道：「鼻煙壺也有用別樣材料製的嗎？」

「怎麼沒有，翡翠、瑪瑙、珊瑚、水晶、細瓷都行。我有一個羊脂玉的，是用金剛砂一點兒、一點兒磨，薄得像紙一樣，入水不沉，名為『水上飄』，不過總不如燒料的來得實用；尤其是所謂『老皮』更為名貴。」

「甚麼叫『老皮』？」

「這你可把我考住了。我只知道用老皮盛鼻煙，日子再久也不會乾。」

一直談到傍晚，羅桂鑫方始告辭。彭華這時才來看張四官的信；信很長，說吳卿憐已經移居蘇州以南的吳江，是買了人家的一所廢園，重新加以修葺，題名「望湖小築」，因為瀕臨太湖東岸，風景極佳。又為彩霞構築了一座小樓，更是在全園絕勝之處；吳卿憐希望彭華早早成功，衣錦歸娶，那座小樓，便是洞房。

「誰的信？」掌了燈來的魏祿官問說。

「是我的一個好朋友；大概一定也認識你的三爺爺。」

「怎麼呢？」

「他有個戲班子在手裡，跟你三爺爺也算是同行。」彭華忽然很興奮地說：「祿官，今天我跟羅大爺談得很痛快，化解了我的一樁心事。」

「甚麼心事？」

「還不是為你。將來我離川，一定可以帶你走。」彭華問說：「江蘇有個太湖，你知道不知道？」

「知道。我聽我叔叔談過；他說太湖這一帶，真是洞天福地，地方富庶，沒有水旱災荒，而且風景好得很。」

「將來我們就住在這洞天福地中做神仙；你說如何？」

「當然好！」魏祿官欣喜之情，現於詞色，但多少帶著點將信將疑的神氣，「你怎麼一下子會想得那麼多？」

「不是我想，」彭華指著信說：「人家已經在那裡替我們預備好房子了？」

「誰？是你這位姓張的朋友？」

「不是。另有其人。」

「那是誰呢？」問出這一句以後，魏祿官急忙又用惶恐致歉的語氣說：「我是不是問得太多了？」

「不、不！不過，我一時很難跟你說得清楚。」彭華想了一下又說：「大致是這樣，我的岳母在太湖邊上置了一座園子，特為替我蓋了一座小樓。」

「喔，我明白了，將來你是入贅？」

「也可以這麼說。將來你們倆一個住樓上，一個住樓下。」

「自然是讓二奶奶住樓上。」魏祿官有些擔憂：「只怕二奶奶不容易伺候。」

「她也是很明理的人，念在你在四川一直照應我，不會難為你的。」

看他說得如此有把握，魏祿官面無憂色了，「開飯吧？」她問。

「中飯吃得太多了，吃不下。你們去吃吧！」

「那末，我替你熬一鍋粥在那裡，餓了再吃。」

「也好！」彭華問說：「有筆墨信紙沒有？」

「信紙可沒有。」魏祿官看一看天色說：「紙店只怕也關門了。」

「那，有沒有別的可以寫字的紙？」

「只有從我記家用帳的本兒上撕幾張給你。」

「也好。」彭華自語似地說：「現在不比從前，又在前方，一切都不能講究了。」

這封信寫得很長，談他自己的戰績，當然也要談魏祿官，但只說他生了一場重病，虧得「所雇女傭魏姓者，悉心照料，方得痊癒」，以為將來納之為妾，作一個伏筆。

由東鄉回防區，達州為必經之路；羅桂鑫進東門後逕投義隆客棧，掌櫃是他的族兄羅三順，一見面就告訴他，羅思舉與劉清到達州來了，住在西跨院。

「喔，真巧！他們甚麼時候來的？」

「昨天。聽說是勒大人特為叫他們來的。昨天一到就進大營；今天一早又去了，到此刻還沒有回來，想來談的公事不少。」

「喔，」羅桂鑫問：「西跨院還有屋子沒有？」

「有一間，不過不大好，靠近茅屋。」羅三順答說：「我看不必另住了；六叔那間屋子很大，我另外替你安張床好了。」

等安頓妥當，羅桂鑫正在喝茶休息時，羅思舉與劉清回來了；兩人都是神態安詳，可以想見，公事談得很順利。

「彭守備說，願意跟著二叔，不想到勒大人那裡當差。」

「我已經回絕勒大人了。」羅思舉答說：「剛替他在東鄉安了家，如果將來跟勒大人到了成都，來去也不方便，所以我想一想，不如就替他作了主。」

「彭守備很感激二叔，還有件事，說起來教人不能相信，那魏祿官居然還沒有破身！」

「有這樣的事，」劉清接口，「倒真難得。」

「因為難得，所以彭守備聽我的勸，改了主意。」羅桂鑫將彭華不作負心王魁的經過，細細說了一遍。

「這件事聽來很痛快。」羅思舉笑道：「今天我要開戒了。」

他正在戒酒，說要開戒，便是復又舉杯；當下叫羅三順備菜沽酒，開懷暢飲。

「我們要挪地方了，全營開拔到榮家鋪。」

「那不在巴州西南嗎？是不是要跟鮮大川開火？」

「能不開火最好。」劉清問道：「桂鑫，巴州你熟不熟？」

「熟。」

「那，」劉清看著羅思舉說：「我看就讓桂鑫辛苦一趟吧？」

「鮮大川很鬼，如果識破了，會壞事。」羅思舉說：「我看得派個從未去過巴州的人，比較妥當。」

「不，」劉清搖搖頭，「第一，從未去過巴州的人，人生路不熟到處問路，反而不妙；第二，從未去過巴州，還要見過鮮文炳的，一下子不容易找；第三，這件事要極靠得住的人去辦，我看只有桂鑫合適。」

「這件事歸你作主，你說桂鑫合適，我也不反對。」說著，羅思舉看著房門呶一呶嘴。房門是關著的，羅桂鑫明白他的意思，起身去將房門打開，內外視線毫無阻隔；這樣，看有人過來，便可及時住口，免得洩漏機密。

「是這樣的，」劉清壓低了聲音說：「你去見鮮文炳，就說我已跟勒大人談過，答應他的條件，請他跟楊似山商量，如何勸鮮大川來投降？」

「要告訴他的就這麼兩句話？」

「還有，」劉清從容指示：「你把我們全營進駐榮家鋪的話告訴他，如果鮮大川肯投降，就讓鮮文炳陪了他到榮家鋪來；倘或不肯聽勸，鮮文炳預備怎麼辦？讓他跟你說了，你趕緊回來報告。」

「是了。」羅桂鑫說，「我明天一早就走。」

第二天，羅桂鑫化裝成一個布販，揹著一大綑藍布，戴一頂氈帽，壓得低低地，星夜趕路，順順利利地進了巴州，找店住下；到天黑以後，方始悄悄來訪鮮文炳。

他們是舊識，鮮文炳一見驚問：「你怎麼到巴州來了？」

「我奉劉青天之命，特為來見你傳話。」

「剛到？」

「不！白天到的，住在南門三義客棧。」

「那裡不妥當。你搬到我這裡來；我叫人替你去搬行李。」

「沒有甚麼行李，一綑布，丟了也不要緊；不必去搬了。」

「也好。」鮮文炳將羅桂鑫安置好了又說：「你現在不必告訴我，我去約兩個人一起談。」

約來的兩個人，便是他的姪子鮮路保，以及鮮大川的副手楊似山，深夜在燈下，圍坐密談。

等羅桂鑫將劉清的話，據實轉告以後，楊似山問道：「你們的人馬是不是已經開拔了？」

「還沒有。」

「那，這件事一時還不能辦。為甚麼呢？」楊似山自問自答：「鮮大川從馬蹄崗、天寨子兩仗以後，傷了銳氣，對令叔尤其忌憚三分。如果說令叔已經到了榮家鋪，預備攻巴州，文炳去勸他，話就比較好說了。」

「我想，」鮮文炳接口：「也不必一定要等到羅游擊到了榮家鋪，只要消息到了大川耳朵裡，我就有話好說。」

「這話也不錯。」楊似山點點頭，「我來想法子透消息給他。」

「如果，」羅桂鑫問：「鮮大川不肯投降，怎麼辦？」

「那就只有對他不客氣了！」

「你們動他的手？」

「那要看情形。」楊似山說：「再有一個辦法，就是請羅游擊進攻，我們做內應。」

「好！我知道了。」

「還有一層，想請教羅大爺，」楊似山問：「如果我們得手了，原來的弟兄歸誰統帶？」

「那是要你們自己商量的。」羅桂鑫說：「我保證家叔一定會照你們自己的決定，歸誰就歸誰。不過，勒大人是不是另有意見，我就不敢說了。」

「有你羅大爺這句話就行了。」楊似山站起來說：「時候不早，請安置吧！」

楊似山與鮮文炳叔姪一走，羅桂鑫亦即上床；酣睡之中，發覺有人在推他，睜眼一看，是楊似山站在他床前，雙眼紅紅地，疲態畢露，似乎一夜未睡。

「羅大爺，我們都商量好了，這件大事，今天就要辦個結果出來，我現在送你出城，安置在妥當地方聽消息。」

羅桂鑫頗為訝異，「何以這麼匆促？」他很關切地，「這件事總以妥當為第一，忙中會出錯。」

「是這樣的，鮮大川昨天半夜裡派人到我家來通知，說在達州的坐探來報，羅游擊的『舉字營』預備開拔到榮家鋪；『涵字營』繞道到通江；德楞泰由川北南下，三路攻巴州，找我去商量如何應付？鮮文炳叔姪正好趁此機會去勸他，說不定就有好消息讓你帶回去。」

羅桂鑫想了一下問道：「你是說，不管是好是壞，今天一定有消息？」

「是。」

「好！我馬上跟你走。」

於是羅桂鑫盥洗進食，心裡卻不斷在思量，評估成敗，想停當了，還有一番話問。

「如果一切順利，鮮大川肯投降，那就是好消息，應該下午就有了？」

「是的。」楊似山深深點頭。

「如果不是太順利，但也不壞，譬如要談投降的條件，那末下午也應該有消息了？」

「可能要到晚上，因為我們內部要談談開甚麼條件。」

「我明白。」羅桂鑫又問：「如果到明天中午還沒有消息，我該怎麼辦？」

「一定會有。不管是好是壞，我一定會送消息給你。」

「是了。」羅桂鑫心想，如到明日中午尚無消息，就可能有不測之禍，那時必須見機，趁早溜走。當然，這心事他是絕不會告訴楊似山的；但由於有開溜的打算，必須得先有所準備，因而要了一大包「鍋魁」，繫在腰帶上。

巴州在唐朝是佛地，河山環峙，崖壁皆刻佛像，共有東西南北四龕，每龕佛像多則兩千餘尊，少亦一百有餘。其中以南龕最負盛名，在城南里許的化成山上。

化成山在唐宋是騷人墨客宴遊的勝地，崖壁上刻有杜甫的詩句，但經明末大亂，景觀已不如往日；教匪一起，鮮大川盤踞巴州，手段毒辣，行旅皆有戒心，誰還有閒心情來尋幽探勝？

所以山上的一座化成寺，只有一個髮眉皆白的老和尚，帶著五個小沙彌耕種度日，巴州原以土田沃衍，民物繁阜著稱，但頻年動亂，農田水利失修，化成山上水源斷絕，沃田亦成瘠土，所以這一老五小的日子過得很苦。

楊似山派人將羅桂鑫送到化成寺中，交代給老和尚，只說了句：「老和尚喜歡擺龍門陣，你們好好扯吧！」隨即走了。

於是羅桂鑫向老和尚請教法號，「我叫圓淨。這位居士尊姓？」圓淨問說：「好像不是本地人？」

「我姓羅。從成都來，聽說化成山風景好，特地來逛一逛。今晚上怕要打擾了。」羅桂鑫說：「可有緣簿，我來寫一筆。」

「沒有遊客，緣簿不知道丟到甚麼地方去了，羅居士不必客氣。」

「不，不，應該的。」羅桂鑫摸出一塊碎銀子來，估計二兩有餘、三兩不足，便交了過去說：「菩薩面前的香油錢。」

「羅居士一定要布施，我也只好老實了。」圓淨接了銀子，去到殿前招一招手，問道：「心融呢？」

有個十五、六歲的沙彌奔了來說：「心融在後山挖筍，師父甚麼事？」

「你趕緊到城裡去一趟，買點香菌、木耳；再買幾升黃豆，回來做豆花。再要帶一瓶酒。」

小沙彌接了銀子轉身就走；羅桂鑫驀地裡省悟，這一採辦，或許有人會問：「做甚麼？你們寺裡辦素齋請施主？」那一來豈非洩露了行藏？

因此，他急急趕過去，搖著手喊：「別走！別走！」然後又對圓淨說道：「老和尚大概是要請我，萬萬不敢當。」

「貴客光降，理當款待，何況又是借花獻佛。」

「唯其如此，越發不行，把我一片敬佛的誠心都折了。」羅桂鑫又說：「剛才不是說，小師父到後山挖筍去了嗎？這就行，我最愛吃筍；我還帶著鍋魁，一切現成，千萬不要進城去買甚麼。」

看他說得懇切，老和尚喚回小沙彌，將銀子收回，羅桂鑫看他納入袖中，方始放心。

「恭敬不如從命，不過，過於簡慢，於心不安。」

「好說，好說！」羅桂鑫說：「請老和尚領我逛一逛。」

山前山後，一圈逛下來，羅桂鑫將出入途徑都看清楚了；心裡在想，如果要進攻巴州，這化成山倒是很好的一個屯兵的所在，不妨先跟老和尚套套交情，拉拉關係，將來也許用得著。這化成寺雖已荒涼冷落，但原來的規模不小，有禪房、有客房；老和尚也還保持著「方丈」，圓淨邀羅桂鑫同住，他顧慮到楊似山派人來送消息時，談話不便，所以託辭鼾聲甚重，怕擾及老和尚打坐，挑了一間客房住下。

中午吃飯，管伙食的心融，在香積廚中拼拼湊湊，居然也弄了四樣素齋出來。遺憾的是沒有酒，羅桂鑫只好強忍一忍了。

「化成寺很大，」他問：「何以現在只剩下你們老的老，小的小，一共只有六個人了？」

「化成寺原來有三十多個和尚，連掛單的經常有五十上下。這幾年有的耐不住清苦，下山出走了；有的——」圓淨突然頓住。

「有的呢？」

「有的，拉伕拉走了。」

「官兵拉伕？」

「不！官兵要拉伕，有的是民伕，何必拉和尚？」

「那麼，」羅桂鑫追問：「是誰拉的伕呢？」

圓淨四面看了一下，壓低了聲音，將手往北面城中一指：「藍號的鮮大川。」

羅桂鑫心裡高興，看樣子可以引起老和尚的同仇敵愾之心；但表面上聲色不露，「聽說鮮大川人很厲害，官兵一直拿他沒辦法。」他試探著問：「人是不是很厲害？」

「太厲害了，所以他手下開小差，或者改投別處的很多，不然怎麼拉伕拉到化成寺來呢？」

圓淨又說：「這幾個十五、六歲的小把戲也在擔心，恐怕遲早會讓他拉走。」

「看來不大得人心！不知道他怎麼能站得住腳？官兵一直拿他沒辦法。」

「這有四個緣故，巴州四面都是山。」圓淨指點著說：「北面王望山；東北大小巴山，綿延九十里，比劍閣還險；西面是平梁城山；東面是浪樓溪隘口，此外還有米倉關、黃城關，都是一夫當關、萬夫莫敵的要塞。官兵如果不明就裡，冒冒失失闖了進來，就不用想有一個活著出去。」

「這樣說，比較南面還好些。」

「可是黃城關這一關難過。」

「嗯，嗯，」羅桂鑫說：「請問第二個緣故呢？」

「第二個，鮮家是巴州大族，鮮大川的耳目眾多，有陌生人很難逃得過他們的眼睛，所以官兵想來打探軍情，往往有去無還。」

這一下羅桂鑫才明白，何以楊似山要將他安置在化成寺的道理？心中一動，想透露身分爭取圓淨的支持，但想了一會，總覺得慎重為妙，也就不再多說多問了。

飯罷各散，老和尚有老和尚的功課；羅桂鑫只在禪房閒坐，空山寂寂，暮鴉投林，眼看黃昏已近，楊似山卻並沒有派人來，好消息是落空了；但還期待著他跟鮮大川談好了投降的條件，晚上還有好消息。

這份焦灼愁悶的心情，只有借酒來澆；這樣轉著念頭，覺得酒蟲爬近咽喉，癢得無法忍受，毫不遲疑地找到香積廚中的心融，取出兩把重的一塊碎銀子，向他說道：「小師父，拜託你件事，能不能弄點酒來？」

「那得進城。」

羅桂鑫橫了心，進城就進城！「是你去？」他問。

「我走不開。叫我師弟去。」

仍是找到午前圓淨要派的那個小沙彌，羅桂鑫交代：「買一瓶酒，再買點花生之類的東西下酒。多下的送你做腳步錢。還有一層，如果有人問你買酒是不是款待施主，你千萬不可說真話。」

「沒有人問，如果有人問，我說自己犯了酒癮。」

「好！」羅桂鑫一高興，又摸了塊碎銀子給小沙彌，隨口問道：「你的法名叫甚麼？」

「我叫心貫；我們師兄弟四個，『心』字排行，『融會貫通』，不算正式法名。」

「這我就不懂了，甚麼叫不算正式？」

「說來話長，等我買了酒回來跟你細談。」

說完，飛奔下山，背影雖已消失，那「融會貫通」四字，卻彷彿還響在耳際；不錯！羅桂鑫心裡在想，融會之後，才能貫通，融會要費工夫，楊似山、鮮大川此刻還在融會，一旦貫通，自然會有消息，說不定要到明天上午，不必心急。

「要受了戒，才有法名；我們四個都還沒有受戒，所以不算正式法名。」

這時羅桂鑫才發現心貫雖已落髮，並無受戒的香疤，便即問說：「要到甚麼時候才受戒？」

「照規矩，過了十三歲就要受戒了；七歲到十三歲稱為沙彌，要受了戒，才算正式出家的和尚。」心貫又說：「本來去年就應該受戒的，這是出家人的第一件大事，沒有施主來觀禮，冷冷清清不像樣，所以師父說，替他們先起個法名，等時世平靜了再說。」

「那要等到甚麼時候？」

「起碼也要——，」心貫往城內一指，「藍號不鬧事，這裡才會有香火。」

「快了！」話一出口，羅桂鑫立即自我警惕，嘴太快了，出言宜慎。

那知心貫異常機警，追問著說：「羅施主，你說『快了』，是不是指藍號快要在巴州站不住腳了？」

「我不知道。」

「羅施主，你是從成都來？」

「是啊！」

「那末，你的行李呢？」

這一問，羅桂鑫心頭生疑，看了看心貫，反問一句：「你說呢？我的行李在那裡？」

「在楊二當家那裡。」

「那個楊二當家？」

「怎麼？」心貫又問：「你跟楊二當家不認識？」

言語更為閃爍可疑了，羅桂鑫通前徹後想了一遍，神色嚴重地詰問：「你在城裡多嘴了？」

「我跟誰去多嘴？絕沒有的事。不過，我倒是遇見一件怪事，藍號的弟兄拿著刀在查店，問掌櫃說：這個販布的客人到那裡去了？掌櫃說：不知道。不過他有貨有行李在這裡，總會回來的。」

「以後呢？」

「以後就不知道了。事不干己，我管我走了。」

「你這話是真？」

「當然真。我為甚麼要騙羅施主？」心貫又說：「何況你是楊二當家的朋友？」

羅桂鑫察言觀色琢磨好一會，斷定這心貫並無惡意，而且機警過人，說不定還有些用處，因此決定跟他再談下去。

「小師父，你的意思是，我就是那個販布的客人？」

「我只是這麼疑心，好幾件不常見的事湊在一起，自然而然會起疑心。不過，羅施主，我可沒有把你當作壞人。」

「多謝你看得起我。不過，我倒要請教你是那幾件不常見的事呢？」羅桂鑫又加了一句：「也好讓我學個乖。」

「這麼說，羅施主是承認了？」

「不錯！我就是那個販布的。你先跟我說了那些是不常見的事；說清楚了，我也許有話告訴你。」

羅桂鑫問道：「你很好奇是不是？心裡一直在猜想，我是怎麼個人，來幹甚麼，是不是？」

心貫點點頭，然後扳著手指說：「送你來的人，是專替楊二當家跑腿的，不就表示你是楊二當家的朋友？楊二當家住的房子好大，為甚麼不留你住在他家，要送你到這裡來？」

「不錯，這是有點說不過去，你的心思很細，還有呢？」

「還有，羅施主你怕有人知道你在這裡，你關照我不可說買酒是款待施主；由此可見，上午不讓我進城，也是有用意的。這不是第二件不平常的事嗎？」心貫停了一下又說：「第三，我們這裡有人沒有行李；店裡有行李沒有人，兩下一湊，不是人跟行李都有了嗎？」

「好你個小和尚！」羅桂鑫在他光腦杓上拍了一巴掌，「我服了你了！你倒再猜一猜，我到巴州來幹甚麼？」

「我猜不著，反正跟藍號有關，那是錯不了的。」

羅桂鑫既不承認，也不否認，只問：「你覺得鮮大川這個人怎麼樣？」

「那些人都是差不多的，先說官逼民反，官不逼了，他亦沒有反回來。」

「怎麼叫沒有反回來？」

「那就是說，不造反，安分守己做良民了。當然凡事有例外，也有反回來的，可是藍號的大當家絕不會。」

這所謂「大當家」，自是指鮮大川；聽到這裡，羅桂鑫更感興趣了，急急問說：「為甚麼呢？」

「有人說他跟三國的魏延一樣，腦後有反骨，這話不過說說而已；不過，他不能不反，倒是真的。羅施主你想，他要養三個小婆子；還抽大煙，而且不抽本地的『川土』，要抽『雲土』，他不造反、不搶人家的，怎麼過活？」

鮮大川有三妾，要抽此時剛在流行的鴉片，在羅桂鑫還是第一回聽說。這樣一個人，就算肯投降，也養他不起。

轉念到此，羅桂鑫感到事情不妙；急於想知道楊似山勸降的成敗，或者「不順利也不壞」，還在談條件？正在盤算著，心貫又開口了。

「羅施主，該你告訴我了，你老來到巴州幹甚麼？」

羅桂鑫想了一下，先問一句：「你看楊二當家這個人怎麼樣？」

「不壞。」

「他們的大當家可不是甚麼好人；這個不壞的人，怎麼會跟他搞在一起？而且相處得好像還挺不錯似地。」

「這我就不知道了，我想，大概因為楊二當家夠義氣、脾氣又好的緣故吧！」

「說得不錯。我也是一見了楊二當家心裡就在想，這是個靠得住、可以深交的朋友。」羅桂鑫急轉直下地說：「我這回來，就是要請楊二當家勸他的大當家投降——」

「喔。」心貫插嘴說道：「羅施主是來辦招撫的？」

「對了，也可以這麼說——」

「羅施主，」心貫又搶他的話了，「你能不能帶我走？」

羅桂鑫愕然，「帶你到那裡？」他問，「為甚麼要我帶你走？」

「我還沒有受戒，想還俗從軍。」

「好，好！其志可嘉，我一定帶你走。」羅桂鑫問道：「你師父會不會有意見？」

「不會。」

「那好。現在我要跟你商量——」

羅桂鑫將來到巴州一直至上山為止的經過，跟心貫細細談了，要他研判此刻楊似山與鮮大川之間，是怎麼一個情況？

「我想還是在談。」心貫突然說道：「楊二當家我也認識，要不要我此刻進城去打聽打聽？」

「你這一身衣服，怎麼行？你有便衣嗎？」

「不要緊。我跟羅施主的身材差不多，把你身上的衣服借我穿一穿，不就行了嗎？」

羅桂鑫考慮了一會，搖搖頭說：「算了！多一事不如少一事，明天總該有消息了。」

「此刻還早，也許今晚上就有消息了。」心貫又說：「如果今天晚上沒有消息，明天一早我進城化緣，順便打聽。」

「對，就這麼說了。」

睡夢中被推醒了，羅桂鑫怔怔地定一定神，才看出是心貫持著小半截殘燭站在他床前。

「城裡不知出了甚麼事？起火了！」

一句話將羅桂鑫殘餘的睡意，一掃而空，一面起身，一面問道：「火勢大不大？」

「似乎不小。」

寺廟都是坐北朝南，所以一出大殿，便能望見巴州城池；但相隔究竟一里有餘，只憑居高臨下的地勢，望見火光，卻無從判斷方位。但一里多外猶能望見，可見是場大火；但因何而起，完全不明。

「是不是幹起來了？」心貫問說。

「你說誰跟誰幹起來了？」

「自然是鮮大川跟楊似山。」心貫答說：「唱了一齣火併王倫。」

羅桂鑫覺得他這個推測是合理的，「如果幹起來，楊似山當然不是對手。」他說，「看樣子，我要趕緊溜了。」

心貫凝神靜思了一會，做了一番剖析，「今天查店的絕不會是楊似山所派的人，因為他知道你的行李跟貨在那裡，查甚麼？這麼說，當然是鮮大川派出來的，查店這種事不常有，可見得他已經疑心到有人來跟楊似山聯絡。」心貫停了一下又說：「由此亦可以見得談判沒有成功，不然就用不著這麼疑神疑鬼。羅施主你說呢？」

「你見得很透徹。」羅桂鑫答說：「鮮大川生性多疑，談判不成，疑心楊似山會對他不利，當然就要先下手為強了。」

「現在，羅施主，不知道楊似山會不會透露你的行蹤？我想是不會。可是也許他手下會說出來，那時——」

心貫嚥了口唾沫沒有說下去，但羅桂鑫卻完全能夠意會，「那時，一定會派人來抓我！」他說。

「那個那時，也許就是現在。」

聽這一說，羅桂鑫不由自主地打了個寒噤；急忙睜大了眼，先看巴州出南城的大道，再逐漸收攏目光，注視眼前的山路，但夜色沉沉，甚麼都看不到。

「也許，」心貫忽然說道：「是民居失火。」

「這也說不定。」羅桂鑫忽然嘆口氣，頓一頓足，「我鋪蓋捲裡有個單筒望遠鏡，把它帶了來就好了。」

話剛完，聽得身後有腳步聲，老和尚與心貫的三個師兄弟，亦都發現城中有變，趕來探察動靜。

「火勢好大！」圓淨一面張望，一面說道：「不知是那個紳糧家遭災。心會，你是城裡人，你倒來仔細看看。」

心貫的師兄心會，細看了好半晌說：「好像是鮮家大院。」

聽這一說，羅桂鑫與心貫的心都是往下一沉，因為他們都知道，鮮大川另有極講究的公館，並不住在聚族而居的鮮家大院，所以說這個大院失火，像是鮮大川先發制人，殺了楊似山，又去殺鮮文炳叔姪的明證。

「火勢小下去了！」心融打個呵欠說：「我要起早，可得先去睡了。」

火勢確是小下去了，老和尚與心會、心通亦都各歸禪房；羅桂鑫與心貫，剛才不敢談城內「火併王綸」的事，因為若說鮮大川會派人到山上來逮捕羅桂鑫，便意味著化成寺將受牽連，豈不嚇著了老和尚？到此刻，談論便無顧忌了。

「小師父，」羅桂鑫說：「後山的路，白天我已經看好了；我看我還是早點走吧！」

「不，不，不必忙。」心貫說道：「既然我要跟著羅施主走，我不能讓你一個人下山，你人生路不熟，出了事沒有人知道，我太不放心了。」他停了一下說：「如果真的派人來了，再走也不遲。」

「我們怎麼知道他派人來了呢？天色這麼暗，到人家到了我們面前才發覺，那可就晚了。」

「我有法子。」說完，心貫管自己入內。

不到一盞茶的工夫，他回來了，右手提著一條驅除蚊蚋所用的艾繩，極長，已經點燃；左手一揚，是數枚爆竹。

「羅施主，我在山路半腰等著，如果遇見可疑的情形，我會把艾繩掄起來耍兩下；若是看準了是來抓你的人，我就放爆仗，那時候你就趕快開溜，可也別走遠了，最好找個地方躲一下，看看情形再說。」

「你這一放『信炮』，來的人饒得你嗎？」

「我路熟，隨便往那裡一溜，他們再也逮我不著。」

「好了，辛苦你了。」羅桂鑫將掛著胸前辟邪護身的一尊小小玉佛，解了下來，遞給心貫：「等脫險了，你打聽羅游擊到了榮家鋪，就來找我。我會告訴他們，只看見這個小玉佛，不論我在那裡，都會把你送了來見面。」

「是。」

心貫接過小玉佛，納入大袖，瀟瀟灑灑地下山。夜深露重，身冷眼倦的羅桂鑫，只想尋夢；但此時又何能闔眼，強打精神，練了一套拳，身子微微見汗，精神倒是好得多，但肚子咕嚕、咕嚕地響；考慮了一會，毫不遲疑往客房奔了去，將一袋鍋魁，及剩下的酒食，一古腦兒帶了來，先飽了肚子再說。

吃喝到一半，羅桂鑫眼前一亮，定睛看時，一個小火球在空中打圈圈，越來越亮；當然啦，心貫將燃著的艾繩，掄圓了在飛舞，舞出風勢，越舞自然越旺。

舞了幾圈停下來了，羅桂鑫緊張地注視著，只等聽得爆竹聲響，便待開溜。那知久久並無動靜，心裡七上八下，一會兒想，只怕是心貫看走了眼，庸人自擾；一會兒又想，或許來人手段俐落，一刀殺了心貫，來不及放爆竹，於是漸趨平穩的一顆心，陡地又提了起來。

但他終於透了一口氣，因為仔細辨認，發現艾繩仍舊燃著火，可知艾繩亦仍舊在心貫手中。

「羅施主，羅施主，」是心貫在喊，「有好消息來了。」

一聽這話，羅桂鑫毫不遲疑地迎了下去；走不多遠，兩下會合，心貫後面跟著一個人，一眼便能辨識，是鮮路保，他是個頭上一根毛都沒有的禿子，腦袋在下弦月色之下，閃閃發光。

「羅大爺！」鮮路保只招呼得一聲，便氣喘得無法開口了。

「來，來，你先歇一歇！」山路上，正好有塊平整的大青石；羅桂鑫扶著他坐了下來，「你慢慢兒談。」

「羅大爺，成功了，鮮大川，他，他已經死了。」鮮路保斷斷續續地說：「是楊二當家，把大川殺掉了。」

「啊，」羅桂鑫驚喜莫名，「是真的嗎？」

「羅大爺，你，你聽我從頭講給你聽——」

這天上午，楊似山送走了羅桂鑫，隨即奉召到鮮大川那座陳設很講究的公館中去議事；鮮大川的神情顯得很焦灼，不住在屋子裡繞圈子，及至聽得楊似山一聲咳嗽，方始駐足轉身。

「官兵三路進巴川，你說該怎麼辦？」

「我也沒有甚麼好主意。大事都要靠當家的拿主意，你說該怎麼辦，我盡力去幹好就是。」

「這回，我真是去留兩難；想來想去，只有三十六計中唯一的一計了。」

楊似山想問：是走為上計嗎？話未出口，只聽外面高聲在報：「四太爺來了。」

四太爺便是鮮文炳，他一進屋，楊似山便要迴避；鮮文炳將手一擺，攔住他說：「楊二當家，你別走！我有話勸大川，請你聽聽，我說得對不對？」

由於鮮大川狡詐多疑，所以楊似山言行非常謹慎，在鮮大川面前，一向是唯命是從的態度，此時便眼望著他，等候發落。

「你就坐下來，聽聽四太爺說些甚麼？」

「大川，我聽說羅思舉要開到榮家鋪來了？」鮮文炳說，「另外還有兩路官兵。」

「不錯。」

「那麼你打算怎麼辦呢？」

「四太爺。」鮮大川反問：「照你看呢？」

「照我看識時務者為俊傑。現在不比從前和珅當道的年代了，旗將有功，加官晉爵；仗打得不好，革職、充軍、殺頭都有份。大川啊，馬蹄崗、天寨子，你都領教過了，不如投降官軍為妙。」

「投降也要有路子。」鮮大川說：「冒冒失失去投降，不是自己送死？」

「這你不用擔心，自有路子。」

「在那裡？」

「劉青天！」鮮文炳信心十足地：「不是明擺著的路子？」

一直在蹀躞著的鮮大川，坐了下來，彷彿預備認真談事的神氣，「你跟劉青天接過頭了？」他問。

「沒有。」鮮文炳防到他有此一問，所以心裡早有準備，回答得斬釘截鐵。

「沒有接過頭？」

「沒有。」

「那，八字不見一撇，只怕緩不濟急。」

「怎麼叫緩不濟急？」

「劉青天那裡還沒有接上頭，羅思舉則已經到了榮家鋪了。」

「那不要緊。」鮮文炳說：「我們可以派人跟他去說，正在接頭招安，請他先不要動手。」

鮮大川沉著地點點頭，「四太爺，你先請回去！」他說，「我跟似山商量商量，給你回話。」

「要快！」鮮文炳站起身來，又加了一句：「凡事當斷不斷，一定糟糕。」

等鮮文炳一走，鮮大川望著窗外，沉吟了好一回，口中咕噥著：「量小非君子，無毒不丈夫。」

楊似山心裡一跳，但仍舊不作聲，靜等下文。

「似山，你看怎麼樣？」

楊似山與鮮文炳是約定好了的，一個不變的宗旨是，楊似山的態度必須有所保留，如今看鮮大川並未爽爽快快同意，心裡便有戒心；再一聽他「無毒不丈夫」的自語，越發不敢大意，為了套出鮮大川的真話，他更要扮演反面角色。

「當家的話不錯，緩不濟急。」他從容答說：「羅思舉有名的心狠手辣、不講交情，如果派人跟他去說，暫不動手，他將計就計，打我們個措手不及，那個虧就吃大了。」

「對，對，對！」鮮大川一迭連聲地說：「我還是三十六計，走為上計。走，要朝東面走，北面德楞泰、西南羅思舉，不能自投羅網。只有東面，桂涵要繞道，走得慢，我們可以走在前面。你覺得我的話是不是？」

「是。不過要走得快。」

「當然，越快越好，可是後患不能不防。這個，」他作了個屈起拇指，四指箕張的手勢，「我料他跟劉青天早就有勾搭了；還有路保，也容他不得，斬草除根，我們走得才能安心。」

「當家的意思是——？」楊似山含語不吐，等鮮大川自己出口。

「大院裡的人，心思都是活動的，只為捨不得那個窩！」鮮大川突然面露獰色，「似山，你今天晚上，把大院放一把火燒了它，斬草除根以外，其他鮮家的人，願意跟我們走的，你把他們安頓一下。」

「不願意跟我們走的呢？」

「既然不願意，還管他們幹甚麼？」

「是了，我明白了。」楊似山又說：「四太爺那裡呢？要不要先穩住他？」

「要！」鮮大川問道：「官軍三路進兵，他怎麼會知道？」

楊似山當然不會說，是他告訴鮮文炳的；面無表情地答說：「我不知道他是那裡來的消息？」

「可見得官軍已經派了人來跟他接頭了，鮮家大院耳目眾多，他還不敢窩藏奸細，我要派人到客店裡，仔細查一查。」

「對！應該。」楊似山又問：「對四太爺要怎麼說？」

「你說，我決定就撫。其餘的話，要多少餉；要當個甚麼官，你隨便講就是了。」

「好，我明白了。」

這給了楊似山一個非常好的機會，盡可以跟鮮文炳公然聚晤、悄然密議；楊似山的計畫是趁放火燒鮮家大院、全城紛亂之際，帶領十來個得力的手下，活捉鮮大川；只要挾持了他，不怕他的死黨不俯首聽命。

「能不能不放火？」鮮文炳說：「這座大院十四戶人家，大小六、七十口，不能不顧。」

「非放不可！不放我半夜裡見不到他；而且整個策畫都會落空，你我的性命亦就難保了。」

「為甚麼呢？」鮮文炳說：「照你的話看，放火是個關鍵，這道理，我就想不通了。」

「莫說你想不通，我亦是剛才在路上才想通。今天跟他見面的情形，大致沒有出我的盤算以外，只有一點，你幾乎露了馬腳；如今只好將計就計了。」

「你說我那一點露了馬腳？」

「官軍打算三路攻巴州，這消息你是打那裡來的？」楊似山彷彿心有餘悸，「虧得他當時沒有問，如果當時問到，你當然不能說是我告訴你的。那麼是誰呢？只怕你無從回答，神色之間，稍微異樣，恐怕他馬上翻臉不認人了。」

「啊！」鮮文炳如夢方醒，「這一點，我倒沒有想到。現在呢？」

「現在，」楊似山說：「他問我，我說我不知道你是那裡得來的消息，他說：這一定是官軍派了人來跟你接頭了。現在正派人在查店；羅桂鑫一夜沒有回去，貨跟行李都在店裡，形跡自然可疑，是不是呢？」

「是。換了我亦非要找出這個不知去向的人來不可。」鮮文炳說：「你倒判斷一下看，他會怎麼辦？」

「他一定要找我，那就正好將計就計了。」

兩人附耳密語，商量完了，楊似山回家；到得黃昏時分，鮮大川派人來請了。

「果然有奸細！」鮮大川說：「南門義興客棧，昨天來了個布販子，放下行李，跟一綑藍布，匆匆忙忙走了，到現在不曾回店。若說是逛私窩子去了，亦不過一夜不回去，何至於到現在不見人影，我看一定是躲在鮮家大院了。」

「一定是。」

「那，你看怎麼辦？要不現在派人去搜？」

「不，打草驚蛇，不妙。反正晚上火一起，奸細還能藏得住嗎？」楊似山說：「貴本家我大概都見過，遇到陌生臉，我一律扣押，問清楚了，抓到真正的奸細，我馬上送了來，請你審問。」

為了避嫌疑，也為了穩住鮮大川，好讓鮮文炳祕密通知鮮家大院的族人，悄悄移走財物，楊似山就陪著鮮大川，商量往東遁走的計畫，到得起更時分，站起身來說：「是時候了，當家的聽我的好消息。」

等他一走，鮮大川上了「望樓」，耐心守候，終於望見了鮮家大院起火了，密布的濃煙之中閃爍著橘紅色的火光，片刻之間，烈燄沖天，人聲雜沓，然後有人來報：「楊二當家來了。」

鮮大川下樓走到大廳上，只見天井中站滿了人，其中有兩個人，繩索纏身，倒剪雙手，仔細辨認，一個是鮮文炳，另一個卻從未見過。

正待發話，楊似山從人叢中閃了出來，疾步上前低聲說道：「奸細抓住了，審問要留活口，所以我把四太爺也帶來了。」

「路保呢？」

「宰了！」楊似山問：「是不是把他們押上來？」

「押上來。」

「好！你先請坐。」楊似山挪過一張椅子，然後作個手勢，便有四個持刀的弟兄，押著被綁的兩人進入大廳。

「哼！」鮮大川鐵青著臉，連連冷笑，指著不相識的那人問鮮文炳：「這是誰？」

「哼！」鮮文炳報以同樣的冷笑，揚著臉不作聲。

「你說話呀！」

「你在跟誰說話？」鮮文炳發怒了，「你把我當囚犯一樣上綁，目無尊長，混蛋到家了！還有你，」他移轉目標，對楊似山咆哮，「平時四太爺、四太爺叫得好恭敬，一旦翻臉不認人，敢這樣子對我！我告訴你們，如果不馬上替我鬆綁，我到死也不會跟你們說一句真話。」

「四太爺、四太爺，」滿臉委屈的楊似山低聲下氣地說：「我也是當家差遣，身不由己。」

接著便問鮮大川：「是不是替四太爺鬆了綁，坐下來好好兒談？」

「嗯！」鮮大川在鼻子裡哼了一下，算是允許了。

於是楊似山親手替鮮文炳鬆了綁，將繩子往肩上一搭，又去移過一張椅子來，請他坐下。

「說吧！」鮮大川斜睨著說：「是奸細不是？」

「在你看是奸細，在我看是福星。大川，我跟你實說了吧，他是羅思舉的姪子，名叫羅桂鑫。羅思舉說，看你也是一條漢子，不忍叫你『穿大紅袍上天』，所以派他姪子來傳話，只要你肯洗手，甚麼話都好說。大川，你不要執迷不悟了。」

這是最後的一次勸告，但也只是盡其在我而已，果然，鮮大川悍然答說：「執迷不悟！哼！鮮文炳，我告訴你，我執迷不悟到底了，你又拿我怎麼樣？」

「拿你這個樣！」楊似山在一旁接口；手比口快，扯下肩上的繩子一拋，將鮮大川連人帶椅子圍住；鮮文炳跳起來，將繩子一端抓住，楊似山便很快地繞著椅子走了幾轉，繩子也就繞了好幾匝，扯一扯緊，打上死結，將鮮大川綑得扎扎實實。

這個出其不意的動作，如迅雷不及掩耳；等鮮大川的貼身衛士會過意來想動手時，楊似山已將鋼刀架在鮮大川的脖子上了。

「你們誰敢動！」

當然都不敢動；不過鮮大川的嘴還能動，「四太爺，」他用服輸的口氣說：「我投降官軍就是。」

「慢一點，你不顧族誼，放火燒大院，我要查一查有沒有人燒死，再作道理。」

說完，他向鮮文炳使了個眼色，照約定的計畫行事，將鮮大川連人帶椅子抬到西側的廂房，派親信看守，然後摒人密議。

「如果他真的肯投降，應該留他一條命。」鮮文炳說：「這倒不是因為他姓鮮，我衛護自己人，實在是古人說的『殺降不祥』。」

「他並沒有投降的意思。縛虎容易縱虎難！四太爺，你別忘記他要殺你，要放火燒鮮家大院！」

鮮文炳沉吟了好一會說：「你們手下的幾個頭目呢？萬一不服你，還可以用他來挾制。」

「不必！一定會服我。」

「你如果有把握，我也不反對。」鮮文炳又說：「如今應該趕緊通知羅桂鑫。」

派的不是先前領羅桂鑫上化成山的那個人，他是「小腳色」，根本不知道甚麼；唯一可派的人，便是故意說已被殺的鮮路保。

聽完鮮路保的報告，羅桂鑫精神抖擻地說：「現在可有好些事要做了。路保，你說鮮大川已讓你們二當家殺掉了？」

「我是聽我叔叔說的，沒有看到。」

「你叔叔怎麼說？」

「我問我叔叔，見了羅大爺，他如果問到大川，我怎說？他說：楊二當家要殺他。」

「原來只是想殺他，並不是已經殺掉了。」羅桂鑫鬆了一口氣：因為他一直覺得整個事件中，唯一欠妥的，就是殺鮮大川；略想一想說道：「路保，你趕緊回城，跟你叔叔，或者二當家說，鮮大川留他活口，等我進了城再商量。」

「羅大爺甚麼時候進城？」

「我跟老和尚見個面，馬上就來。」

其時曙色甫露，心融已經起身入廚，心貫興奮莫名，上了鐘樓，舉杵大撞。化成寺的晨鐘暮鼓，已停歇了兩年，忽又作響，不但圓淨師徒大為詫異，連附近少數農家亦被驚動了。

「老和尚，化成寺的香火又要興旺了。」羅桂鑫說：「藍號鮮大川已經垮台——」

「羅施主！」圓淨的雙眼睜得好大，「你怎麼說？」

「師父，」心貫來作解釋：「這位羅施主是羅游擊的姪子，特為到巴州來策反的；楊二當家昨晚上將鮮大川抓了起來，巴州算是光復了。」

「善哉，善哉！」圓淨雙手合十連連點頭，「羅施主，你做了一場大功德。」

「那要做起來看。我馬上要進城，現在就跟老和尚告辭；多謝老和尚照應。」

「好說，好說。」

「還有件事，求老和尚，這心貫有意還俗從軍，請老和尚慈悲，讓他跟了我去。」

老和尚還未有表示，心通在一旁高聲說道：「羅施主我也要跟了你去！」

這一下心貫有些著急了，「師弟，」他嗔怪地，「你別攪和！你才十五歲，個子又小，到軍隊裡能幹甚麼？再說，軍隊裡的苦，也不是你能吃得下的。」

「心貫的話不錯，」老和尚慈愛地撫著心通的青頭皮，「你過兩年再說。至於心貫，你跟羅施主也是一段緣，好在你還沒有受戒，我成全了你。」

「多謝師父。」心貫合掌低頭、虔敬地說。

「不過，貪嗔愛癡，佛門所戒；你雖還了俗，善根不昧，尤其是從了軍，絕不可妄殺，亦不可壞婦女的名節，你到菩薩面前磕頭，守這兩戒，我才能放心讓你走。」

「是！遵師父的吩咐。」

不但在佛前磕頭默禱，誓守殺、淫兩戒，心貫也向師父、師兄磕了頭，又撫慰了師弟一番，方始跟著羅桂鑫下山。

為了鮮大川的生死，一直談到半夜，尚無定論。楊似山以為鮮大川手下的幾個頭目，都會服他，事實上不是這回事；亦可以說，他是「二當家」的身分，大家服他，但一旦取鮮大川而代之，情形就不同了。其中的一個關鍵人物是鮮大川的第二個妾，大家都叫她「鮮二姨」的鍾梅春。

這鍾梅春，原是紳糧人家的婢女，自從成為鮮二姨以後，寵擅專房，鮮大川擄掠所得的不義之財，都在她手裡，不但掌握著貯藏細軟的庫房的鑰匙；而且傳說她還派了極可靠的人，在成都、重慶等等大地方，置下好些田地市房。為人機警能幹，寬厚識大體；鮮家族人如有困難，找得她必有所獲，因此鮮大川雖不得人心，但提起鮮二姨，無不誇讚。

當鮮大川被拘禁時，鮮二姨就把鮮文炳請到後面，保證說服鮮大川投降；鮮文炳表示，時機已經錯過，今日之下，再說投降，官軍豈能輕信？

「那末，四太爺，你來當家！」

「不行，我幹不來這個。」鮮文炳又說：「而且這又不是我一個人的事。」

「我知道，還有楊二當家。」鮮二姨說：「他要當家也可以，可不能殺老當家。」

楊似山不受商量，還是那句話，「縛虎容易縱虎難」。鮮二姨又提出條件，願意交出全部財產，換取鮮大川的性命，楊似山表示這不是他們私相授受可了之事，對官軍要有一個交代。

兩番談判不成，鮮二姨出了狠著，召集幾個頭目——一半姓鮮，說楊似山居心叵測，以外人奪權，與鮮家作對；她的宗旨是鮮大川可以不當家，但當家的一定要姓鮮，同時暗示，誰能「幹掉」楊似山誰就是當家，她傾資財之半相助。

這些情形，楊似山並不知道，羅桂鑫當然更談不上了，一到城裡見了楊似山，聽他細說經過，雖覺得事情有些棘手，但亦不是全無解救之法，考慮了好一會，暗中盤算出一計，卻不便說破。

「你也不必怕『縛虎容易縱虎難』，根本不縱！」他說了這一句，暫時頓住，好容楊似山去體味他的「根本不縱」所含的深意。

楊似山卻全然不能理會，反倒問道：「官軍能不追究嗎？」

「你先別管官軍，總有敷衍的辦法。鮮二姨不是表示，不反對你當家，只要不殺鮮大川就可以了。你先把權接過來，一朝權在手，便把令來行，那時情形就不一樣了。」

楊似山想了一會，明白了一半，「你是說，雖不殺他，但也不能放他，把他看管起來。」他問：「是這個意思嗎？」

「大致是這個意思。」

「怎麼叫『大致』？」

這就逼得羅桂鑫非明說不可了，為恐隔牆有耳，他招招手，示意楊似山附耳上來，低聲說道：「你把權接過來，鮮大川暫時看管，隨後找個機會，把他殺了，不就永絕後患了嗎？」

楊似山恍然大悟，連連點頭，「原來我沒有想透，所以你說『大致』是這個意思。」他想了一下說道：「我原說『對官軍要有一個交代』，你羅大爺就是官軍，只有由你來轉圜。」

「當然，當然，我們把步驟商量好。」

剛剛商量停當，鮮文炳聞訊而至，楊似山將最後要殺鮮大川的話隱起不言，只說：「羅大爺的意思，只要鮮大川不反覆，凡事都可商量。」

「我的意思是，仍舊算鮮大川投降，這樣人可以不死，家產亦能保住；但必得管住他，不能自由行動，免得他又出事，大家受累。當然，權也要交出來，交給似山，將來受撫改編，或者遣散，官軍只跟似山打交道。」羅桂鑫問鮮文炳：「這些話是由你轉知鮮二姨，還是我當面跟她說？」

「請羅大爺當面跟她說比較好；因為羅大爺的話就是命令，她不能討價還價。」

於是先派人通知鮮二姨，隨後由鮮文炳、楊似山陪著到了鮮大川家，鮮二姨已經大開正門，門裡門外各鋪一條紅毡條，門外跪的是她十歲的兒子小川，門裡跪的是她本人。

接到二廳，桌上已擺了八個果盤，沏好了蓋碗茶；鮮二姨帶著兒子，重新磕頭，口稱：「民婦鮮鍾氏拜見羅老爺。」

羅桂鑫幾曾遇到過這樣隆重的禮節？倒有些手足無措了，避在一旁，連連說道：「鮮二姨請坐，請坐。」

「不敢！」鮮二姨站了起來，挽手站著。

「請坐，坐下來才好說話。」

「鮮二姨，」鮮文炳也說：「羅大爺讓你坐，你就坐吧！」

「是。」鮮二姨這才在最後的一張椅子上坐了下來，寒暄著問：「羅老爺是那一天來的？」

「我是前天來的。」羅桂鑫說：「劉青天跟家叔羅游擊，都說鮮大川是一條漢子，何不改邪歸正？所以派我來傳話，如今事情雖有些波折，在我看仍舊是圓滿的，大川說過願意投降，我們就照投降的規矩來辦。」

「多謝羅老爺，將我家當家的一條命保住了。」說著，鮮二姨又起身磕了一個頭。

「好說，好說。不過，鮮二姨，你是裡外玲瓏的明白人，我要打開天窗說亮話，大川是不是真心投降？我想你跟他一個枕頭的人，亦未必知道。你說這話是不是？」

鮮二姨當然知道，鮮大川十之八九不是真心投降；人家已經表明打開天窗說亮話，如果自己仍是作違心之論，顯得不上道，就會讓人家看不起，交涉反而難辦了。

因此，她閃避著不作回答，只說：「請羅老爺說下去，是怎麼按著規矩辦？」

「好，我長話短說吧，第一，要把權交出來，當著他的手下說清楚，以後由楊似山指揮；第二，鮮大川從此在家納福，不能出門。」

「羅老爺的意思是，鮮大川是在家坐監牢？」

「鮮二姨，這話言重了。」羅桂鑫說：「一個人要闖禍，常常是由旁人攛掇出來的。大川在家納福，有你替他擔當一切，不生禍事，豈不甚妙！」

「多謝羅老爺成全。不過，我要請教羅老爺，鮮大川會不會要解到成都去見制台大人，甚至解到京裡去過堂。」

「那恐怕是免不了的。到京或者不會，跑一趟成都亦不過幾天的工夫。」

「幾天幾個月都不要緊，就怕制台大人變卦。劉青天、羅游擊，還有你羅老爺，我們都是相信得過的，可是當朝一品的大人們，頭上戴的頂子是老百姓的血染紅了的。尤其是現在的制台勒大人，當年要劉青天去招撫白號王三槐，一到轅門，就扣押起來，連夜解到京裡，夾棍、老虎凳、活罪受足、死罪難逃。不過大家都不怪劉青天，知道他並沒有害王三槐的心——」

羅桂鑫聽她數落勒保，有如芒刺在背，揮揮手打斷她的話說：「鮮二姨，這你不必怕，我擔保不會有這樣的事。」

「羅老爺，當初劉青天也是跟王三槐拍過胸脯的，有甚麼用？大家不怪劉青天，也就是想到，劉青天莫非能跟勒大人去吵？就算去吵了，也吵不出一個名堂來！」

「那末，依你說呢？」

「除非鮮大川不必到成都。」鮮二姨緊接著說：「我也不要羅老爺、羅游擊、劉青天擔保；因為勒大人官大，各位老爺做不了他的主，一朝出事，徒然為難，大可不必。」

「你的意思是要——」

「是要有勒大人奏報到京，皇上下聖旨，赦免鮮大川。那時候，不但照羅老爺所說的兩個條件，而且家產亦可以交出來，報效軍需。」

聽得這個條件，羅桂鑫倒抽一口冷氣，與鮮文炳、楊似山面面相覷，好久說不出話來。

終於是鮮文炳打破了沉默，「鮮二姨，」他說：「就像你剛才所說的，各位老爺們做不了勒大人的主，此刻也沒有法子答應你；我們再商量。」

「入媽喲！這個婆娘好厲害！真正山東老鄉的話：一塊豆腐掉在灰堆裡，吹又吹不得、彈又彈不得。怎麼辦？」羅桂鑫又罵粗話了：「吵他的『先人板板』，那裡去給她弄那一道皇恩大赦的聖旨來？」

「唉！」鮮文炳長嘆一聲，久久無語，臉上是焦急、悔恨、無奈堆砌在一起的神色。

「嘆氣也無用。」楊似山倒還平靜，「四太爺有主意，說出來商量。」

「我沒有主意。」鮮文炳搖搖頭，「我是懊悔，當時不該攔你；一刀送他去見了閻王，反倒一了百了。」

語聲剛畢，只聽守在出入要道上的人，高聲喊一個字：「報！」

「進來。」楊似山迎出去問道：「甚麼事？」

「有個化成寺的和尚，要見羅老爺。」

「喔，喔，對！」羅桂鑫急忙應聲：「讓他進來好了。」

進來的正是心貫，鮮、楊二人只覺得面善，卻叫不出名字，心貫是認識他們的，「四太爺、楊二當家，」他說：「我還俗了，如今是羅大爺的跟班。」

「那，那就是一家人了。」楊似山說：「請坐！」

「楊二當家別客氣，我有機密軍報來報，得找一個隱密地方說話。」

「這裡就很隱密。」楊似山對守衛說道：「你好生留意，莫讓人闖進來。」

等守衛走遠了，心貫用低沉的聲音說道：「楊二當家，你可得小心，只怕有人要動你老人家的手。」

此言一出，舉座皆驚，但亦不免懷疑，「心貫，」羅桂鑫問道：「你這消息那裡來的？」

「我細細跟羅大爺說——」

原來心貫領羅桂鑫進了城，說要到估衣鋪去買一身便衣來換；路上遇見藍號的小頭目周二毛，是極熟的人，拉住他問：「你進城來幹甚麼？」

心貫本當據實相告，話到口邊，忽然省悟；若說為了還俗改裝，來買便衣，對方勢必動問緣由，說到後來，會洩漏羅桂鑫的來歷、行蹤，事在混沌之際，這一洩漏，可能便有不測之禍，所以臨時改口。

「楊二當家說要做佛事，我師父找到幾個人，夠拜一場『梁皇懺』了，來跟楊二當家要日子。」

「楊二當家今天那有工夫見你？」周二毛突然神色詭祕地問：「昨晚上，你們在山上看到了甚麼？」

「對了！」心貫突然省悟，「我正要問你，昨晚上城裡好大的火，我跟我師父看了好半天，像是鮮家大院遭災了，是嗎？」

「可不是？」

「怎麼會起火的呢？」

「那話，說來就長了。」周二毛好意地說：「心貫，我勸你趕快回去，巴州城裡出了大事，是個是非之地，躲開為妙。」

「出了甚麼大事？來、來，」心貫一把拉住他；也是賴上他了，「喝碗茶，好好兒告訴我。」

前面就是極大的一個茶棚，兩人找到一個座頭，只見迎面柱子上，貼一張簇新的紅紙，上面墨瀋淋漓地寫著八個大字：「多吃少擺、莫談新聞。」「擺」是「擺龍門陣」。但越提越醒，偏偏都要擺昨晚上發生的新聞；周二毛所知不多，只說鮮大川被軟禁了，「聽說是楊二當家跟鮮四太爺聯手，逼大當家投降；大當家不幹，才翻的臉。」又說：「如今亂糟糟的，還不知道怎麼樣呢？說不定會關城門，你還是早早去吧！」

進了最後的忠告，周二毛管自己離座，心貫卻捨不得走，閉上眼看似打盹，其實是豎起耳朵在靜聽。

「這一下，自然是二當家變大當家了？」隔座有人在說。

「不見得。」另一個人答說：「你道鮮大川的那個小婆子是好惹的嗎？『粉面羅剎』嘛！」

「對！」又是一個聲音：「到現在沒有動靜，就是事情沒有擺平。」

心貫在想，原來鮮大川還有一個外號叫「粉面羅剎」的妾；可不知道「羅剎」如何難惹；「粉面」如何標致？轉念到此，心中一蕩，便管不住自己的思路了。

「心貫！」

正當他心猿意馬、神遊太虛之際，突然有人出聲一喊，倒把他嚇一跳，急忙定睛看時，又是一個熟人；急忙站起來招呼：「吳三爺，一向好！」

「不好，不好！幾時要到你那裡求支籤，看看甚麼時候轉運？」

「化成寺的籤紙不全了。」心貫問道：「吳三爺最近不如意？」

「是啊！倒楣的事多著呢？」吳三也問：「你怎麼進城來了？還優優閒閒地在這裡吃茶。」

心貫依舊用楊似山要做佛事，他特意進城來討日子這套話回答；但又加了一句：「真不巧，聽說楊二當家跟他們大當家鬧翻了？」

「是啊！我也是為這件事在煩。」

「怎麼呢？」

吳三正要回答，忽又揚臉招手，高聲喊道：「測字，測字！」

但見有個雙眸炯炯，滿臉精明的中年漢子，應聲而至，他右手擎一面布招上面寫的是：「邛崍子測字觀機」；左手攜著一具「考籃」，內有一盒字捲、一塊白油水牌。等坐定下來，吳三倒了一杯茶擺在他面前。

「多謝！客人是口報，還是抽字？」

「我抽吧！」

吳三剛伸出手去，卻有人搶在他前面，「對不起，對不起！」那人向吳三致歉，「我老子病重讓我先測一個字。」

吳三縮手，那人抽出一個字捲；打開來一看，吳三不由得失聲說道：「真巧，是個『一』字。」

「是。」

邛崍子抽出水筆，在水牌上將「一」字寫了下來問：「你是問你老人家的病？」

「恐怕很難了。一是生字的末一筆，死字的頭一筆，快了。」邛崍子又問：「你老人家多大年紀？」

「今天六十一。」

「花甲重周，干支同今年一樣，乙丑、肖牛。」邛崍子說道：「恭喜，恭喜！你老人家不會死。」說著提筆寫了個牛字，下加一畫，成了生字。

那人大喜，將手裡提著的一吊錢，放入考籃，說聲：「多謝！」匆匆而去。

「該我了。」吳三抽一個字捲交了過去，邛崍子打開看過，在水牌上寫了一個「少」字。

「官人問甚麼？」

「問局勢。」

「喔，你是問巴州城裡的大新聞？」

「不錯。」

「動口還好，動手就壞。動口不過『吵』架；動手就要『抄』家了。」邛崍子一面說，一面將少字上加一個口，成「吵」；抹掉口字加挑手，便成「抄」字。

「要怎麼樣才不會動手？」

「君子動口，小人動手，就怕有人橫插一腿，你看！」邛崍子將「少」字那一撇，再加一捺，看去便是「小人」二字。

聽到這裡，有人暗地裡驚心；心貫在想，這「小人」莫非就應在羅桂鑫身上？吉凶如何？但還來不及琢磨，思路便讓吳三打斷了。

「不錯，就因為有小人橫插一腿，只怕免不了要動手。」吳三略停一下又說：「邛崍子先生，我倒請問，這方面有小人，那方面有女人，你看那方面會占上風？」

邛崍子不答，只提筆在少字旁邊，添上一個女字，然後才答一聲：「『妙』！」

「高明，高明！」吳三摸出一塊碎銀子作謝禮，接著便站起身來，對心貫說道：「少陪，少陪！我要辦正事去了。」

邛崍子亦待收拾考籃離座，卻讓心貫一把拉住了，「慢走！我請你吃點心。」他招招手，將「吆師」喚了來，拿錢給他去買葷素包子。

「小師父，」邛崍子問道：「你是化成寺的？」

「是。」心貫點點頭，「你先生測的兩個字，實在玄妙。不過是真的『測字觀機』，還是先知道了甚麼，湊合著開講？」

「你看呢？」邛崍子微笑著，神色跟他測的字，同樣玄妙。

「測那個一字是觀機；測少字是已經知道了甚麼。邛崍子先生，我說得對不？」

「何以見得？」

「你一定知道，吳三爺所說的女人，是指『粉面羅剎』。」

「咦，」邛崍子掩不住詫異之色，「你一個出家人，怎麼也會知道粉面羅剎？」

「我不但知道粉面羅剎，還知道你所說的『小人』是誰？」

「誰？」

心貫微微一笑，然後狡黠地說：「你先談了我再說。」

「你要我談甚麼？」

「粉面羅剎啊！都說她不好惹，怎麼不好惹？」

邛崍子定睛看了他一會，「我真不明白，」他說：「你一個出家人，幹麼關心這個？」

「我怎麼能不關心？我是站在『小人』這面的。」心貫又說：「照我看，少加女為妙、其實不妙！」

聽這一說，邛崍子頗為動容，沉吟了好一會壓低了聲音說：「小師父，江湖方外一家人，我們好好談一談好不好！」

「好！」心貫知道大有文章，便又說道：「談得好，你會大有好處。」

「我知道。我送你一個消息當見面禮，粉面羅剎懸了賞格，誰能幹掉楊二當家，誰就是大當家，如今已有人在部署了，這吳三爺就是其中之一。這份見面禮如何？」

「承情之至。」心貫起身問道：「我要找你怎麼找？」

「這裡！」邛崍子答說：「我一天要來晃個兩三回。」

「好！我的見面禮補送。」說完，心貫晃盪著大袖子，揚長而去。

聽完心貫的一席話，楊似山拱拱手說：「小師父，多謝，多謝！」接著又問：「邛崍子那份『見面禮』怎麼送？請你吩咐下來，我替你辦。」

「這不忙，事成再說。」

「是。小師父還沒有吃飯吧？我叫人替備素齋。」

「齋不齋，無所謂，反正我要還俗了。」

「那，」楊似山喊一聲：「來個人。」來人將心貫領了去後，他向鮮文炳說：「連吳三都投過去了，這情形不妙。四太爺，你看怎麼辦？」

「只有請羅大爺出面，再跟鮮二姨去談。」

「行！」羅桂鑫說：「事不宜遲，現在就走。」

「慢慢！」楊似山做事，主張謀定後動，所以重新商量、議定了步驟，按部就班著手。

第一步便是召集五大頭目議事，結果只來了三個，未來的一個是吳三；一個是粉面羅剎的親信，也是鮮家的族人名叫鮮成義。輩分甚低，傳說是鮮二姨的入幕之賓，但也僅止於私下傳說，並無證據，但奉召不至，事情就很明白了。

「若說重賞之下，必有勇夫，此人就是了！」羅桂鑫說：「第二步就是監視鮮成義。這回不能再姑息了，倘或他有甚麼動作，要先下手為強。」

楊似山點點頭，召集他親手訓練的一小隊衛士，密密囑咐了一番，都派了出去，打算活捉鮮成義。

第三步便是羅桂鑫接見那三名頭目，先由楊似山作介紹：「這位羅老爺，是羅游擊的胞姪，奉了劉青天的命令，特為來辦招撫的。現在，請羅大爺親自跟各位說。」

「官軍分三路取巴州，各位在馬蹄崗、或者天寨子，都已見識過官軍的厲害；鮮大川目前也在我的手裡，想反也反不起來。本來很好的一件事，只為鮮大川的那個山婆子瞎攪和，弄得局面發生危險了。沒有辦法，我只好斷然處置，你們願意就撫，就是官軍，恩餉、月餉，按名發放；不願意當官軍，想回家幹老本行，發盤纏遣散，如果兩樣都不願意，仍舊想造反，我告訴你們，」羅桂鑫停了一下，聲色俱厲地提出警告：「你們就是教匪，大軍一到，格殺不論！」

那三個頭目，面面相覷，好一會，有個膽大的說：「請問羅老爺，我們投誠了，我們大當家怎麼辦？」

「我的心願是，不殺一個人，能夠把這件大事辦成，這也是劉青天的意思。不過鮮大川的山婆子，說甚麼要有皇上赦免鮮大川的聖旨，她才肯將權柄交出來；說這種話，簡直忘了自己的時辰八字。她是甚麼東西，憑甚麼說這種話？」

「粉面羅刹說甚麼，我們不管。我們只想請羅老爺說一句：不會殺鮮大川。不然——」

「不然怎麼樣？」羅桂鑫大聲質問。

「你不會說話就別說，」另一個看羅桂鑫面含怒意，趕緊出來打圓場，用譴責的語氣說：「甚麼不然，或者的，好像跟羅老爺討價還價似地，合適嗎？咱們只求羅老爺成全，不殺鮮大川好了。」

「我早說過，我不想殺甚麼人。可是，投誠也有投誠的規矩，鮮大川到省裡過一過堂是免不了的；那個粉面羅刹，連這一點都說辦不到，也太豈有此理了。」

「羅老爺，你別生氣！」另一個始終未曾發言的頭目，這時開口了，「你讓我們跟二當家講幾句私話，行不行？」

「行！」羅桂鑫站起來要走。

「你老仍舊請坐。」楊似山按著他坐下，「我帶他們到另外地方去談。」

這一談談了好久，羅桂鑫與鮮文炳等得都快不耐煩了，方見楊似山回來，「唉！」他嘆口氣，「勒大人那回整王三槐，實在做得太絕，我好不容易才說通。」

「說通了甚麼？」

「讓鮮大川到省裡過堂。不過能不去，最好。」

「喔，」羅桂鑫有些詫異，「這三個人，這麼向著鮮大川？」

「不是向著鮮大川，都是看在鮮二姨的分上。」楊似山又說：「一則是平時的情分；二則是這回得了鮮二姨的好處。」

「得人錢財，與人消災。」羅桂鑫問道：「你怎麼知道他們得了好處？」

「是他們自己說的。」

「這倒也老實。」羅桂鑫想了一下說：「這三個人算是擺平了，吳三跟鮮成義呢？」

「吳三他們會去勸他，不會有事。」楊似山看著鮮文炳說：「至於鮮成義，我派人找他去了，能找了來，請四太爺作主，家法嘛！」

「現在是公事，」鮮文炳說：「談不上家法。」

「我會處置。」羅桂鑫接口說道：「照現在這樣子看，咱們算是把局面扭過來了！是這樣不是？」

「是。」

「如果鮮成義要跟你幹，你能對付得了嗎？」

「對付得了。」

「把握何在？」

「我問了他們了，鮮二姨是不是有這話：誰要把我推倒了，誰就是當家；他們說有。鮮成義是不是有這個意思，他們不知道。不過，他們也斬釘截鐵地說了，鮮成義如果真要幹，他們站在我這面；吳三也會這樣。」

「四對一，好極了。既然如此，我不必遷就那個臭婆娘了，請你們兩位替我傳話，鮮大川如果想活命，兩個條件，第一，由他召集你們的五個小頭頭，親口宣布，由你當家；第二，如果一定要過堂，鮮大川非去不可。至於鮮成義如果覺得他靠不住，該怎麼處置，請你自己決定。」

「是。」楊似山答說：「等鮮成義有了下落，我馬上陪著四太爺去傳你的話。」

不久，有消息來了，鮮成義從昨晚上就沒有回家，據說是躲在鮮二姨那裡。

「只怕是躲在粉面羅剎的紅羅帳裡吧！」羅桂鑫笑道：「想不到咱們逮了鮮大川，倒成就了他們的『好事』！」

楊似山與鮮文炳也都笑了，「走吧！」楊似山說：「我倆盡快來回報。」

說是盡快，也去了一個時辰；兩人的神色都很凝重，顯見得事情並不順利。

「鮮二姨說甚麼也不肯。」楊似山搖搖頭，「事情還真麻煩。」

羅桂鑫非常生氣，一半是氣鮮二姨頑強；一半也是氣楊似山無用，「你們這麼怕那個臭婆娘！」他也大搖其頭，「我實在不明白，是為了甚麼？」

「她說，如果一定要讓鮮大川過堂，她先拿刀抹脖子。鮮二姨向來說得到，做得到，真要出了人命；羅大爺，這件事就美中不足了。你說呢？」

羅桂鑫嘆口氣：「我早說過了，一塊豆腐掉在灰堆裡，吹又吹不得，彈又彈不得。」他沉吟了一會問：「現在局面能穩住不能？」

「能。」

「只要你能穩得住，我有兩個辦法。一個是，如果那婆娘一定不肯讓鮮大川過堂，我殺她的奸夫鮮成義；再有一個辦法，就是派專人去問我二叔，該怎麼辦？」

「第二個辦法好。」楊似山說，「羅游擊的點子，又多又好，請示他最好。」

於是即時議定，派鮮路保專程去送信；信是羅桂鑫出面，但由鮮文炳代筆，寫得簡明扼要，再加上鮮路保的口述，整個報告就很完備了。

到得第五天上，羅思舉由鮮路保陪著，專門到巴州來處理此事；一到即召集會議，鉅細靡遺地瞭解整個事件的始末，隨即提出了他的看法與辦法。

「咱們把整個情形，理出一個頭緒，抓住了關鍵，才能對症下藥。」他說：「那方面是怕鮮大川做了第二個王三槐；咱們這方面，只要公事能交代，也不一定要為難鮮大川，是不是這樣？」

「是。」楊似山、鮮文炳同聲回答。

「不過，這是眼前的話，將來呢？粉面羅剎要保住鮮大川的命，說不定另有所圖；咱們這方面，也就是怕他另有所圖。是不是這樣？」

「是。」楊似山說：「照大家都受鮮二姨的籠絡這一點來看，將來的情形，實在很難說。」

「嗯、嗯！」羅思舉說：「只要有一個能保住鮮大川的命，可又能保險他不致再有不安分的舉動的辦法，粉面羅剎會同意嗎？」

「會。」楊似山答說：「如果這樣子再不同意，那就是存心反抗官軍，請羅游擊不必再客氣了。」

「我也是這意思。」羅思舉說：「把鮮大川弄成殘廢，不能再興風作浪，不就行了嗎？」

「此計大妙！」一直不曾開口的羅桂鑫，得意地看著楊似山說：「是不是，我說要請我二叔來吧！」

「確是高明。」楊似山當著高人，不肯隨便表示意見，只用期待的眼光，看著羅思舉。

「殘廢有各式各樣的殘廢，斷一條腿，掉一條胳膊，沒有大關係，要幹壞事，一樣可以幹，所以，這個殘廢，是要把他真正搞成個廢人，他多的是錢，在家納福好了，若說還想造反，那就得等來世了。」

「二叔，那，你說該怎麼廢他？」

「你倒想想看。」

「我想，只有讓他一雙眼睛瞎掉。」

「我也是這麼想。」羅思舉又說：「要這麼廢他，我敢說，粉面羅剎絕不會討價還價。」

這下提醒了羅桂鑫，拍手拍腳地大笑，楊似山與鮮文炳相顧愕然，不明白他何以如此樂不可支？

「羅大爺，」鮮文炳問：「你甚麼事好笑？」

「讓鮮大川當個瞎王八，那婆娘有個不願意的嗎？只是便宜了鮮成義那個小兔崽子。」

「怪不得！」楊似山由衷傾服，「游擊老爺真正是個賽諸葛。」

「似山，」羅思舉正色說道：「我是替你留了一張牌，你以後要讓粉面羅剎聽你的，你就在鮮成義身上下工夫好了，你明白嗎？」

「是，是！」楊似山心領神會地說：「明白，明白。」

於是仍由楊似山陪著鮮文炳去看鮮二姨，開門見山地傳宣羅思舉的要求，實在是不容討價還價的命令。

「當家的命，一定可以保住；只是想不過堂，得有一個可以在奏報朝廷時，說得過去的理由。」

楊似山很恭敬地說：「鮮二姨你說是不是呢？」

「這是情理上的話。」鮮二姨問道：「要個甚麼理由呢？」

「殘廢。」楊似山答說：「殘廢得過堂跟不過堂都一樣，自然就不必過堂了。」

「喔，」鮮二姨想了一下說：「楊二當家，請你說下去。」

「游擊老爺交代，除非大當家一雙眼睛不管用了。斷一條腿，掉一條胳膊都不算。」

「這，」鮮二姨答說：「我得問問當家的自己。」

「鮮二姨，慢一點。」鮮文炳又將楊似山拉到僻處，低聲說道：「我一路上不斷在想，這件事由鮮二姨跟大川去說，十之八九不會成功。」

「為甚麼呢？」

「你想，大川一定會想到，把我眼睛弄瞎了，成義更可以明目張膽地跟她往來了！他怎麼肯？」

「四太爺，你過慮了！大川根本不知道鮮二姨跟成義的事。不然，成義早就沒命了。」

「真的嗎？」鮮文炳問道：「人人都知道，他怎麼倒蒙在鼓裡。」

「天底下一個規矩，老婆偷人，最後知道的必是丈夫。大川將來會不會知道，是另一回事；眼前確是不知道，因為沒有人敢告訴他。再說，如果鮮二姨沒有把握，怎麼敢跟大川直說？她不怕大川疑心她？」

這話說得再透徹不過，但鮮文炳仍舊不大放心，特地透露了一個非要使鮮大川失明不可的理由。

「鮮二姨，我老實告訴你吧，羅游擊說，他對大川的為人，再清楚不過，怕他沒事了，又不安了；除非眼睛瞎了，只能在家裡納福，不能放心。而且亦非這樣子，不能豁免過堂。鮮二姨，你務必把這些意思說清楚，他要知道，現在一條命捏在人家手裡，不容他討價還價。」

這話實際上也是在警告鮮二姨；她當然肚子裡雪亮，而且這也是她意外的一樁機緣，自然樂從，但表面卻絲毫不露，點點頭說：「四太爺也是為他好，我一定好好開導他。」

於是叫人備酒款待；她自己轉往幽禁鮮大川之處，看守的人奉有楊似山的指示，不禁鮮二姨出入。鮮文炳、楊似山原以為很快就會有結果，不道久未見回音，不免嘀咕了。

「看樣子，談不下來。萬一不成，」鮮文炳問道：「該怎麼辦？」

「那就只有公事公辦了。」

「請示羅游擊？」

「當然。」

但很快證明了他們是過慮，而且還有想不到的結果，鮮二姨不但說服了鮮大川願意成為盲人，並還即時動手，用石灰燒壞了一雙眼珠，這就是久久未見她回轉的緣故。

「兩位請過去驗一驗。」

「不，不！」楊似山毫不考慮地答說：「鮮二姨的話還會假嗎？而且這也是假不來的事。」

「那末，兩位請回去覆命吧！請代為上覆游擊老爺，說我們已經照他的吩咐辦到了。」

「請放心！游擊老爺說讓當家的在家納福，這也是說話算話的。」

「但願如此。不過『當家的』這個稱呼，從此用不上了；以後只叫他大川好了。」

聽完了楊似山的報告，羅思舉頗有感觸，「這個婆娘是個厲害角色，不愧叫做粉面羅剎。」他說，「我倒真有點替鮮大川擔心！」

「二叔！」羅桂鑫問道：「你說她會謀殺親夫？」

「很難說。」羅思舉話題一轉，「清官難斷家務事，不去管她了。如今談公事，阿桂，你陪文炳去見劉青天，把整個情形告訴他，請他趕緊呈報勒大人，要說鮮大川自願就撫，為示誠明志已自殘雙目，驗明屬實，請免予提省過堂，這一層請他務必敘得十分切實。」

「是。」羅桂鑫問：「還有甚麼要說的？」

「請勒大人派縣官。至於就撫的事，」羅思舉對鮮文炳說：「當初你們怎麼談的，我並未接頭，請你自己跟劉青天說。」

「是。」

「你們吃了飯，馬上就走！」

「二叔，」羅桂鑫說：「我想把心貫帶了走。」

「是你的人，隨便你。」

「不過要請二叔替他補個名字，糧台上才肯發他的餉銀盤費，還有敘獎。」

「對了，」羅思舉被提醒了，「你跟劉青天說，敘獎的事，我當面跟他談；現在只在公事上提一筆；所有出力人員，俟確切的查明，再行呈報請獎。」

羅桂鑫一一謹記在心，找到已換了俗裝的心貫，陪著鮮文炳，南下達州；劉清一見，如獲至寶，「只聽說巴州的藍號內訌，不知其詳。來！來！」他迫不及待地，「趕緊將經過情形細細說給我聽。」

經過情形非常複雜，一時不知從何說起，想了一下，他先作了一個提示：「劉大人，我跟你談的是一回事；你跟勒大人面稟，以及對外人談的，又是一回事。鮮大川是被制伏了，可是不能殺他，而且要算他是誠心投降的；其中不能不委曲求全的原因是，鮮大川有個小婆子，外號『粉面羅剎』，真正厲害腳色，我們差一點栽在她手裡，直到我二叔去了，事情才能擺平。」

「好，我明白了，你從頭說起吧！」

從頭說起，話就長了，一直談到半夜才結束；接著是鮮文炳跟劉清談安撫藍號，以及改編為官軍的細節，等諸事都有了結論，已是曙色初透了。

「你們都去睡吧！回頭勒大人也許會召見。今天逢八，行轅衙參之期，我得早點兒去。」

劉清換上官服，又動手寫了個節略，然後騎馬到行轅，遞上手本，對職司傳呼通報的文巡捕，特別有一番話交代。

「請你面回勒大人，有喜信報告，巴州光復了。」

官廳上等候衙參的同官，一聽這話，都圍上來打聽消息；正當劉清應接不暇，窮於應付時，文巡捕出來了。

「奉勒大人諭，」他高聲說道：「除劉大人以外，概不見客。各位都請回吧！」稍停一下又說：「劉大人請跟我來。」

原來勒保要聽取巴州光復的報告，特免衙參一次，他自己亦換了便衣，在百花廳單獨延見劉清。

「恭喜大人，巴州鮮大川已經投誠了；羅游擊現在巴州坐鎮。這回兵不血刃，亦未傷一個百姓，事情辦得頗為圓滿，請大人亦要從寬處理，以示與民更始。」

這是為求鮮大川免於過堂作伏筆，接著要言不煩地報告了鮮大川「自願投誠」的經過，對他的自殘雙目，亦作了解釋。

「鮮大川的副手，跟卑職早有聯絡，這回勸鮮大川投誠，頗為得力。鮮大川幡然悔悟，將他的部下交由楊似山指揮；而且為了表示決心不再問事，做個安分良民，自己用石灰將一雙眼睛弄瞎了，業經驗明屬實。既然如此，似乎過堂亦無必要；卑職已斗膽許了鮮大川不必進省，擅專之罪，自請處分。」

勒保久綰兵將，肚子裡雪亮，免於過堂，根本就是鮮大川投誠的一個條件，當下並不說破，只連聲口稱：「言重、言重，老兄處置得宜，談不到擅專，更無處分之可言。」

「是。多謝大人！」劉清站起來請了個安。

「楊似山部下，只能先改編為鄉勇，以後看情形再改編為官軍。」勒保又說：「不過土匪終究是土匪，這支鄉勇交羅游擊指揮，請你傳我的話，要他嚴加約束。喔，我順便告訴你，羅游擊升都司了，公事昨天剛到。」

「是，我轉告他。」劉清接著又說：「巴州目前沒有地方官，請大人指派。」

「巴州是縣，還是州？」

「是縣。」

「你有人嗎？」

「沒有。」

勒保沉吟了好一會，突然問道：「那彭華怎麼樣了？」

「他現在襄佐羅思舉，天寨子一役，頗著勞績。」劉清又說：「彭華雖然初歷戎行，居然毫不畏怯，而且有為有守，是個可造之材。」

「他是和相的書僮，年少有志，想在軍功上討個出身。和相生前當面託過我，我也許了和相，只要他有出息，我一定提拔他。現在聽了你的話，我很高興。」勒保問道：「他此刻人在何處？」

「羅思舉替他置了家。此刻人在羅思舉的家鄉。」

「是東鄉？」

「是。」

「你通知他，馬上來見我，如果真的可用，我讓他到巴州去署理。」

這個通知彭華的差使，自然落在羅桂鑫身上；他將心貫留了給劉清差遣，隻身上路，一到東鄉，直接就來看彭華。

「恭喜，恭喜！」彭華一見面便滿面含笑地抱著拳說：「這裡是前天得到的消息，說巴州光復，是你建的大功。」

「那裡，那裡。倒是我應該給你道喜——」

一語未畢，魏祿官出現了；不過一個月不見，容貌又大不相同了，眼波流轉，肌膚晶瑩，雙頰像芙蓉映日，春意溶溶，少婦的風韻，著實令人心醉。

魏祿官將茶碗放下，福一福叫聲：「羅大爺，你好！」

「託福！託福！」羅桂鑫舉手還揖，「恭喜姨奶奶，你要署理掌印夫人了。」

此言一出，彭華與魏祿官相顧愕然，不知他這話從何而來？

「是這樣的，劉青天到達州見了勒大人，說巴州還沒有縣官，請即指派；勒大人就提到你老叔，說他當年答應過和中堂要提拔你，問劉青天意下如何？劉青天自然大敲邊鼓，勒大人便交代，要你即刻去見他，說是如果真的可用，派你署理巴州。老叔，棄武就文，真正是難得的機會，你得好好把握住了。」

這真是意外之喜，但彭華卻頗有憂懼不勝之感，「我做夢也沒有想到過會當縣官。那要坐堂問案，」他毫無信心地問：「我行嗎？」

「沒有甚麼不行，有劉青天在，你跟他好好請教請教；再請他推薦兩個老成可靠的師爺給你，縣官就做起來了。不過，」羅桂鑫拿手指在唇上抹了兩下，「老叔，你得把鬍子留起來。」

「幹嗎？」

「顯得老成些。不留鬍子不能問風化案子。」

「啊，啊，我明白了。」彭華又問：「見了勒大人應該說些甚麼？」

「看他怎麼問，怎麼答。縣官職司民牧，無非農田水利之類。請教請教劉青天就行了。」

羅桂鑫又說：「老叔派到巴州，還有一項占便宜的地方；大凡縣官一定要敷衍紳士，巴州鮮家大族，有鮮文炳在，一切都好商量。」

「是，是！為政不得罪巨室。」

「那末，老叔預備那天走呢？」

「隨時可以走。」

彭華在心中盤算，見了勒保，應該有孝敬；也因此，想起有件很緊要的事，需要交代。

「喔，桂鑫，令叔替我墊的款子，我可以歸還了。」

原來彭華在半個多月前，到梁山去取他寄放在趙士奇那裡的一口箱子，趙士奇在梁山交遊很廣，認識的紳士中，殷實的也不少，為他處理了幾件珍飾與名家的冊頁手卷，很容易地就籌了四、五百兩銀子，歸還羅思舉所墊的二百八十兩以外，手頭還有三、四百兩銀子，安家及赴達州謁見總督的開銷，大致都夠了。

「不忙，」羅桂鑫為他著想，「到達州，盤費倒在其次，總督衙門的門包、各方面的應酬，開銷不輕，你先留著用。」

「門包不能少，我有預備；應酬可簡可繁，而且也不宜多，免得讓人說我招搖。」

「勒大人那裡呢？你不能不送一份禮吧？」

「是。」彭華想了想說：「我想送兩樣東西，一樣是一個『水上飄』——。」

「喔，」羅桂鑫插嘴問說：「就是那個用金剛砂把羊脂白玉磨得像紙片兒那樣薄的鼻煙壺？」

「對了。」彭華點點頭，「還有一樣是，一個奇南香的手串。」

「奇南香，我聽說過，可沒見識過。」

「你不妨看看。」

彭華回入臥室，取來一個腰圓形的錫盒，另外是一個土黃色的瓷瓶，瓶上貼一張紅紙標籤。寫著「極品酸味洋煙」六字，是曾許了送羅桂鑫的鼻煙。

錫盒中是洋棉花裹著的奇南香手串，一揭盒蓋，異香馥郁，那奇南香珠每個如蓮子般大，色呈黝黑，潤滑如酥，十八粒奇南香，配上一粒碧綠的翠珠，用紅絲繩貫穿，價值千金。

「好傢伙，我總算開了眼了。」

到開飯時，把杯快談，又是另一話題，羅桂鑫逸興遄飛地大談克復巴州的經過，尤其是跟粉面羅剎鬥法那一段，連在一旁照料膳桌的魏祿官都聽得出神了。

但彭華聽歸聽，想的又是另一件事，他始終對這意外得來的「百里侯」惴惴不安，深恐不能勝任。到羅桂鑫的話告一段落，便又談他的心事。

「我總覺得要有個人在身邊才妥當。」他說：「新科進士『榜下即用』，坐堂問案，或者下鄉出巡，鬧的笑話我也聽過不少。遇到『破靴黨』的秀才，有意跟縣官為難，更不容易對付。劉青天肚子裡的學問，一時也請教不盡，遇到難題，總得有個幹練得力的人在身邊，才有個商量。」

羅桂鑫點點頭，思索了一會，突然很興奮地說：「我替你想到一個很好的主意，你何不把你的把兄趙士奇找了去幫忙？」

「啊！」彭華很高興地說：「不錯，你這主意好。不過我不知道，怎麼才能跟了我去？」

「這容易，你跟勒大人當面求好了。」羅桂鑫問：「趙士奇現在是甚麼職位？」

「驛丞。」

「驛丞未入流，官太小了；而且要管驛站，也不能經常在你身邊。你出錢替他捐個主簿，再在藩司衙門花幾兩銀子，分發到巴州，不就行了嗎？」

「是，是！」彭華欣然受教。

「老叔打算甚麼時候動身？」羅桂鑫建議，「以早去為宜。」

「明天就走，如何？」

「那倒也不必如此匆促。」羅桂鑫想了一下說：「如今巴州沒有地方官，上頭一定交代，盡快赴任；一時不能回東鄉，行李就得多帶，總需要兩三天料理。還有，姨奶奶最好一起走。」

彭華覺得這話也不錯，正在盤算之際，魏祿官開口了，「羅大爺，」她說：「我有兩句話，不知道該說不該說？」

「怎麼問我？」羅桂鑫笑了。

該說不該說，應該由彭華來決定；他明白羅桂鑫的意思，點點頭說：「你說，不妨。」

「我想，勒大人只通知你去見他，並沒有說要派你當縣官，你把我帶了去，倒像是要攜眷上任了。旁人看著，會笑你的！」

「著！」羅桂鑫猛一拍桌沿說：「姨奶奶的見識真高！」

彭華也想到了，官場中鉤心鬥角的事，他聽得多了；若有人妒嫉他平步青雲，或者想競逐巴州縣令一職，極可能就拿未奉明令，便已打算上任這一點作題目，在勒保面前大做文章，說不定煮熟的鴨子就會飛了。

「那，還是明天去吧！」

「這樣，後天吧！」羅桂鑫說：「我回家看一看，料理幾件事，後天我陪你上達州。」

「那就更感激不盡了。」

於是吃完了飯，羅桂鑫告辭回家。魏祿官姊弟收拾餐桌，留下彭華一個人在燈下沉思，回顧往事，恍然如夢，一時思潮起伏，好久都定不下心來。

忽然，他發覺有隻手按在他肩上，那自然是魏祿官，他沒有回頭，只伸手將她的左手拉了過來，一面聞，一面說：「我沒有想到，你的手這麼快就會抓印把子。」

「不敢當。」魏祿官掙脫了手，在一旁坐下來：「我剛才一面洗碗，一面在想，你到達州以後，總會派人來接我，按道理說，我應該去服侍你；不過想想，還是留在東鄉的好。」

「為甚麼？」

「只怕於你官聲有礙。」魏祿官說：「沒有太太，帶個姨娘；姨娘還有個弟弟，旁人看起來，好像怪怪地，不大好。」

「那有甚麼關係？你太過慮了。」

魏祿官沉默了一會說：「我自己也有點害怕。」

「害怕？」彭華愕然，「怕甚麼？」

「境況太順利了。我怕福薄災生。」

「那有這話，你不要瞎疑心。」

魏祿官本還有好些話要說，但怕彭華心煩，沒有再說下去；只提醒他說：「你要請趙大爺幫忙，該早點寫信給他。」

「說得是，我今天有好些信要寫。」

彭華寫了一夜的信，除了趙士奇以外，還分別向吳江、北京報了喜訊。

一到達州，由劉清陪著去謁見勒保，兩樣重禮先託小余兒代呈；另外有個四十兩銀子的門包，亦託小余兒代為俵分。

「彭守備，」勒保一見先問：「你有號沒有？」

「沒有。」

「我替你起一個。」勒保略想一想又問：「你行幾？」

「行二。」

「春華秋實，就叫仲實吧！」

「多謝大人賜號。」彭華離座請了個安。

「聽說你打仗很勇敢；你見過幾次仗？」

彭華便歷敘他所見過的戰役，不矜不伐，簡明扼要，極力推崇羅思舉智勇雙全，自認受他的教益極深。勒保頻頻頷首，見許之意，溢於顏色。

「四川肅清有望了。」勒保問道：「照你看如何才能永絕後患？」

「百姓能夠安居樂業，不必附匪，自然就能永絕後患。」

「那末百姓怎麼才能安居樂業呢？」

「照卑職愚見，最要緊的，莫過於不擾民。不過軍興之時，擾民在所不免，只要遇事補救，民怨不致太深，即無大患。」

「你這『遇事補救』四個字，說得很好。」勒保問說：「你讀過會典沒有？」

「稍稍看過，沒有下過工夫。」

「會典是居官必讀之書，你應該好好下一番工夫。」

「是。」

「你行軍到過巴州沒有？」

「未曾到過。」

勒保點點頭，隨後便端一端茶碗，這是結束談話的表示，站在廊下的戈什哈便高唱一聲：「送客。」

「天一，」勒保對劉清說：「你先別走。」

於是只有彭華告辭。州縣辭督撫，照例一揖，督撫起身立受，不答揖，亦不送。彭華出了行轅，逕回驛館，不久，劉清亦回來了。

「勒大人跟我談，說你年紀太輕，又沒有到過巴州，怕你頂不下來；不過，他很想提拔你，給你一個容易治理的州縣，讓你去歷練、歷練。商量下來，要等我到任以後，大概有個把月要等。」

原來劉清已經升任建昌道，部文不日可到。建昌道下轄寧遠、雅州、嘉定三府，及邛州、眉州兩個直隸州，轄區自川西至川南，地方貧瘠富庶不一；政事亦因漢回苗夷是否雜處而大有繁簡之別。

「我的意思，將來不是讓你到嘉定，就是到眉州，那裡沒有遭過甚麼兵災，也沒有苗子擺夷，地方富庶、百姓安分，是你歷練政事的好去處。尤其是眉州，蘇東坡的家鄉，文風很盛，你一定會喜歡。」

「是，是！」彭華很高興地說：「是那樣的好地方，又有你這樣的好長官，我真是走運了。」

「勒大人還交代，你要多讀書，要讀有用之書。」

「是。不過有用之書很多，除了勒大人交代的會典以外，還有甚麼好書，要請你指教。」彭華又說：「實不相瞞，我實在不知道怎麼做州縣官？」

「州縣官是所謂風塵俗吏，但要做好了，確是不容易。康熙朝最重州縣，好些名臣，像陸隴其、郭琇，都是州縣出身。」劉清沉吟了一會，很高興地說：「我想起來了，我有一部對你很有用的書，可以送你。」

這部書名為《福惠全書》，作者名叫黃六鴻，江西新昌縣人，舉人出身；順治年間任山東郯城知縣，此地與江蘇接壤，為南北通衢必經的要道，黃六鴻政績斐然，調任直隸東光知縣，內調為「行人司行人」，以召試一等，擢升為禮科給事中。康熙三十二年，辭官歸里，作了這部《福惠全書》。

這部書專講如何做州縣官，共分為十四部，計三十二卷，自吏部謁選、領文憑赴任開始，到升遷離任該辦些甚麼手續，鉅細靡遺，無不詳敘。當然，主要的內容，是在講如何做一個好州縣官。

「我很得這部書之益。」劉清說道：「黃六鴻說：『有司以錢穀、刑名為重，而刑名較錢穀尤重，夫錢穀不清，弊止在於累民輸納；刑名失理，害即至於陷人性命。故是集於刑名一條，更為加意，如命、盜、逃、姦等獄，審鞫不厭煩瑣，務期必得真情。』你不是最擔心坐堂問案，所以在這方面，要格外下工夫，有不明瞭的，來問我。」

彭華衷心受教，每天杜門不出，細讀《福惠全書》，其中刑名部共占十卷，幾為全書的三分之一，看得更為仔細。

劉清非常熱心，晚間無事，常常帶了酒到彭華屋子裡，小酌之間，查問他的「功課」，所以彭華的進步甚快；有一天談論姦情，劉清出了個題目考他。

「依大清律，和姦杖八十。歷來杖責的規矩，姦婦去衣行刑；但如娼妓犯了罪，該杖責的反而不去衣，試問，這是甚麼道理？」

彭華考慮了好久說：「我想，或者是姦婦不知廉恥，因而去衣行杖來羞辱她；至於娼妓本不知廉恥為何物，又何必再加以羞辱？」

「說得是，顯見你肯用心，審姦情案子要格外謹慎，姦有和姦、刁姦、強姦之別，只有強姦可判絞刑；失出失入，關係極大，一時無心之失，負咎終身。」

「甚麼叫刁姦？」

「刁姦就是乘人之危。譬如說，有人撞見姦情，以此為挾制而強姦，雖用暴力，不能論強。」

「捉姦呢？」彭華又問：「是不是非本夫不得捉姦？」

「那要看情況，如果本夫遠出，翁姑、叔伯、兄弟都可以捉。不過晚輩不能捉，因為捉而不受，必至於殺，姦夫姦婦於姦所被殺者，不論，但晚輩殺長輩，不論任何情形，都以故殺論罪，所以晚輩不准捉姦，其實亦是保全晚輩。至於公公捉兒媳婦的姦，不受而殺者，亦須看情形而定。」

「原來這就是『勿陷人於不義』的道理！」

「對了！」劉清欣然讚許，「你明白這個道理，就一定會是一個賢明的地方官。國法不外乎人情，律例法條是死的，從中細細推求人情物理，才會無枉無縱。我講一件我平反過的案子給你聽——。」

劉清初升任南充知縣，到任後照例要清理積案，其中有一件命案，歷經兩任縣官，遷延未決；往返駁復的案卷，疊起來有一尺多高，劉清花了兩個晚上，一字不遺地看完，確信這是冤獄。

案情是有個賣筆的小販名叫范仲山，娶妻賀氏，號稱絕色；有一天晚上突然被殺，床前遺落一把摺扇，扇上題了一首詩，上款是「哲卿先生兩正」；下款署名「王晟」，詩中用了「延陵」的典故，可知這「哲卿」姓吳。王晟不知何許人，而吳哲卿是南充的一個大地主，平時喜歡拈花惹草。因而被認作凶手。及至范仲山自外縣負販回南充，傳案一問，說吳哲卿曾調戲過他的妻子，罪證更加確鑿，縣官據以定案，申詳上官。

結果案子被駁了回來，因為吳哲卿雖經拷問，始終不承認殺了賀氏，亦不承認他曾有過這樣一把扇子；而王晟更不知為何許人？

於是再次提審，「三木之下，何求不得？」吳哲卿屈打成招，說王晟是他住在重慶的一個朋友，但行文到重慶查問，根本沒有這樣一個人。案子無法定讞，可是吳哲卿的嫌疑，亦未能洗刷，繫獄已經六年。吳哲卿信佛，認為是前生冤孽，關照妻子，變賣田產，大行善事，修修來生，凡能在他家門口，念「南無阿彌陀佛」一千遍者，送布衣一套；念一萬遍者，送棉衣一套，於是乞兒雲集，高唱佛號，聲聞十里。

「命案發生在四月初，既是晚上，又是陰雨，天氣很涼，不是用扇子的時候；而且，偷女人不是拜客，帶那麼一把累贅的扇子幹甚麼？我就是從這不合情理這一點上，看出吳哲卿不是凶手。至於這把扇子，當然是有心遺落的，目的在嫁禍於人。仲實，」劉清喚著勒保為彭華所起的別號問：「這件案子，照你看，應該怎麼辦？」

「先查一查，吳哲卿有沒有仇家？」彭華毫不遲疑地回答。

「不錯，這是正辦。可是毫無所得。吳哲卿雖好漁色，但為人慷慨厚道，並無仇家。」

「那就只好查訪王晟了。」

「前面說過，王晟根本無其人。」

「那麼，是誰冒充王晟呢？」

「對了，我就是要把冒充王晟的人找出來！」

「大海撈針，怎麼找？」

「喏，這要談到職司民牧者，另一項要務，就是振興文教，童生入學，第一場由縣官考試，然後府試，最後學台取中，才能入學，成為秀才——。」

「啊！」彭華插嘴問道：「縣官主考，要看文章，我可不夠格。」

「不要緊，請人代看好了。」劉清接下來說：「如果縣官是正途出身，或者性好詩文，就經常可以舉行文課，捐廉作為獎金，或借書院、或借明倫堂，通常都是秀才、童生而有文名者，亦可參加。我就是用這個辦法，找到了那個子虛烏有的王晟。」

南充沒有書院，劉清請「學老師」在明倫堂代為召集，南充縣一共只有十一名秀才，另外又邀了三名老童生，一早集會，劉清出了一道四書題；一道試帖詩題，然後備了豐盛的早飯，吃得一飽，開始文場鏖戰。

一文一詩，快手不過一個時辰，便已竣事；慢的亦不過兩個時辰。交卷已齊，開始入席；晚飯備得有酒，開懷暢飲，盡歡而散。

劉清攜著十四份卷子回衙門，挑燈細看；作為命案罪證的那把扇子，已由刑房書辦從庫房中調了出來，與卷子上的筆跡，相互對照，有兩個人頗為可疑，一個姓周，一個姓張。

第二天上午，劉清派人持著他的名片，將周、張二人請了來，在花廳單獨相晤，先請姓周的來，稱讚他的卷子頗為出色，接著便說：「昨天晚上，燈下閱卷，偶爾得了一句詩，覺得可以做成一副對聯；無奈文思忽然窒塞，苦思不得，想請老兄屬對。」接著便念了一句詩，是詩扇上那首七律的第三句。

當這樁命案發生後，大家只知道吳哲卿之被捕，是因為有一把王晟送給他的扇子失落而成為鐵證；扇子上寫的甚麼，誰也沒有見過，因此，姓周的以為劉清真的出了這麼一個上聯，很用心地對好了，正楷寫呈，劉清自然大大地誇獎了一番，而且當面將他前一天文課的卷子，取中為第一名。

接著將那姓張的請了來，如法炮製，那知姓張的一聽那句詩，神色大變，囁嚅著說：「容晚生回家對就後呈教。」

劉清肚子裡雪亮，答一聲：「好，好，請便。」

姓張的回家不久，刑房書辦接踵而至，「張秀才，」他說：「大老爺關照，對子不必對了，只請你將這把扇子上的詩抄一遍。」

姓張的知道行藏敗露，想行賄求免，刑房書辦又何敢受賄，逮捕到案，一堂就審明了案情。

原來這姓張的名叫張一清，垂涎賀氏的顏色，這天打聽到范仲山遠赴省城販筆，身上帶了五兩銀子，準備去求歡。他心裡在想，婦女愛好虛榮的多，冒充富翁吳哲卿，好事易諧；但冒充得有佐證，因而寫了那把扇子。及至深夜爬牆闖入賀氏臥室，驚醒了賀氏，大聲問道：「誰？」

「我是吳哲卿，久慕娘子——。」

一語未畢，賀氏大喝一聲：「滾，你那裡是吳哲卿！」她一巴掌打在張一清頭上，「快滾！」

「我真的是吳哲卿——」張一清將扇子亮出來作證。

他亮扇子，賀氏亮的是刀；原來她因為范仲山常不在家，特意備了一把雪亮的匕首，作自衛之計。張一清如果知趣，趕緊避走，也就沒事；偏偏欺負賀氏力弱，更存下一個歹惡念頭，想趁機奪刀，脅迫成姦，因而伸手一托，由下而上抓住了賀氏的手腕，另一隻手奮力去奪她的匕首。

「強盜——」

「盜」字不曾出口，刀已為張一清所奪，掩住她的口，獰聲說道：「你再喊，我宰了你！」

賀氏性如烈火，掙扎不休，看樣子即便放手，她亦會大喊大叫，非驚動人不可。張一清心一橫，扔掉匕首，雙手緊掐賀氏咽喉，直到氣絕，方始鬆手；丟下那把詩扇，悄悄溜走。

這現身說法的一課，在彭華比死讀《福惠全書》，更為得益，信心一增，躍躍欲試，但看劉清的意思，等他接掌建昌道後，打算派彭華為直隸州的州同，這個缺是從六品，比知縣猶高一階，但不是正印官，只管糧務、水利、管河、徵稅等事務，並不能坐堂問案，自不免有怏怏之感。

不道又有意外機緣，新任署理巴州縣令，赴任途中，突然中風，無法接事；而暫時管理民政的羅思舉奉德楞泰檄調，急於離開巴州，一時無人可調，勒保便又想到了彭華，找劉清商量，劉清力保彭華，必可勝任，事情便算定局了。

第二天，勒保召見彭華，宣示用他為縣令的目的是，看他年輕上進，勇於任事；接任以後，親民為先，不可有絲毫官僚習氣，接著便問：「你成了家沒有？」

「卑職已有聘妻，尚未成禮。」

「那末，是單身一個人在四川？」

「是。」

勒保點點頭；停了一下說：「州縣派缺，照例由藩司衙門『掛牌』，我跟朱方伯有約，川東、川北方在用兵，州縣由我直接派；不過，禮不可廢，你到成都去見一見朱方伯，速去速回。」

「是，卑職明天就動身。」

藩司稱為「方伯」；朱方伯便是四川藩司朱宏文，坐鎮省城。彭華打聽到此人性善書畫，特意帶了十二開惲南田的花卉冊頁，作為見面禮。

朱宏文頗為客氣，說巴州淪陷已久，屬官星散，此去形同開辦，有甚麼困難，儘管申詳陳情，一定幫忙。又很坦率地說：「足下雖是制軍面前的紅人，可也是兄弟的屬員，同官一省，甘苦相共，千萬勿存彼此之見。」

「是，是，卑職謹遵吩咐。」

此行可稱圓滿，彭華興匆匆地趕回達州，不道遇到一個極大的難題，而在劉清看來，卻是一樁喜事。

「恭喜！恭喜！」劉清半開玩笑地說：「老弟，『官帶桃花』，喜上加喜。」

據劉清說，勒保帶在任上的一個得寵的姨太太，聽說彭華單身在川，認為親民之官，十分辛苦，不能沒有人照料起居；地方官不能娶部民之女為妾，所以願意將她的一個二十歲的丫頭大青，贈與彭華。

「那怎麼行。教我對人家怎麼交代？」

「怪你自己不好！」劉清若無其事地說：「當時勒大人問你，是不是單身在這裡？你如果說已經在東鄉安了家，不就沒事了嗎？」

「唉！那想得到會有這麼一件事。劉大人，你看這件事，能不能挽回？」

「我看很難。據小余兒說：大青亦很看中你的一表人材，勒大人的姨太太一說，她就千肯萬肯了。」

「這不是一廂情願的事。」

「那為甚麼不兩相情願呢？」劉清慫恿著說：「這個人你也見過的，照我看很不錯。」

彭華想起來了，一次隨劉清去見勒保，在花廳中有個丫頭伺候，長身天足，梳一條大辮子，眼波流轉，行走如風，一望而知是個剛強能幹的人。

轉念到此，又添了一重愁緒，以魏祿官的纖弱，必受欺侮，那時自己夾在中間，左右為難，豈非自討苦吃？

「劉大人，務必請你替我想個法子，回斷了這番好意。不然，定無寧日，我怎麼能把公事巴結好？」

「何云定無寧日？」

「你倒想，『先進門為大』，我當然要讓祿官居先；而那個大青，看她的樣子，絕不是肯甘落人後的人，要爭起來，一定是祿官吃虧，我怎麼對得起她？」

「這倒也是實話，但這在勒大人看，不成理由；三妻四妾是常事，做家長的遇事持平，自然不生爭端。他要這樣說了，你還能說甚麼？」

正在談著，有人來報，小余兒來了。彭華急忙說道：「我不便見他，到裡面躲一躲；問到我，請劉大人替我瞞一瞞。」

等他剛避入裡間，小余兒已經進門，向劉清請過安說：「我們大人很惦念彭老爺，讓我來問：回來了沒有？」

「我不知道。」劉清答說：「你何不到驛站去打聽？」

隔壁靜聽的彭華，微感詫異，劉清竟是不願為他隱瞞的語氣；其故安在，一時不暇深思，仍舊聚精會神地聽小余兒往下說。

「姨太太已經挑定了好日子了，不過，喜事怎麼辦，要看彭老爺的意思——」

據說勒家姨太太打算熱鬧一下，讓彭華在達州賃屋作新房；但勒保不贊成，怕招搖生事，說不定消息傳到京中，「都老爺」會參上一本。無奈勒姨太太堅持己見，爭來爭去，爭出了一個折衷的辦法，聽憑彭華來決定。

「那末勒大人是怎麼個意思呢？」劉清問道：「是悄悄兒把那個大青姑娘送了來，由彭老爺隨帶上任。」

「不！我們大人還怕大家會起鬨，風聲鬧得很大；打算等彭老爺上了任，再送到巴州。」

「喔！」劉清問道：「那個大青姑娘為人怎麼樣？」

「劉大人是問那方面？」

「脾氣如何？」

「脾氣總是有的。」小余兒又說：「漂亮、能幹又得寵，能沒有脾氣嗎？」

「脾氣也有各種各樣的脾氣，有講理的脾氣，有蠻不講理的脾氣，她是那一種？」

「講理的脾氣，不惹毛了她，不會亂發脾氣；不過發起來可是牛脾氣。」

接下來說了些閒話，小余兒告辭以後，彭華方始出現；劉清不等他開口，便即說道：「你的行蹤瞞不住了，而且避不見面也不是一回事，我勸你明天一早去見勒制軍，一來覆命；二來謝他贈妾。至於在達州圓房，還是送到巴州，你自己斟酌好了。」

彭華還想辭謝這樁好事，但未曾開口，劉清已看到他心裡，臉上頓時有不悅的神色。

「老弟，」他正色開了教訓，「我沒有想到，你的性情如此滯而不化！你不聽小余兒說了嗎？大青不會亂發脾氣，只要你不惹她發毛，那裡談得到甚麼『永無寧日』？兩婦之間，尚且無法調停駕馭，又何能擔當一縣父母官的重任？」

彭華只有唯唯稱是，不敢再談他的私事；但公事不能不請教劉清，第一是幕友，至少刑、錢各一席，劉清聽說因中風未能到任的那縣官，聘得有人，名聲不壞，勸彭華挽留，不必費事另外物色。

「是。」彭華接著談第二件：「我初入官場，兩眼漆黑，得有個內行在身邊，隨時可以請教。劉大人，我想把我的把兄趙士奇請調到巴州，你看這件事，能不能當面跟勒大人請求？」

「我勸你不必。」劉清搖搖頭說：「做州縣，最忌帶『官親』，趙士奇本人的人品，你相信得過，我也相信得過。可是胥吏衙役，聽說你有這樣一位把兄，就會在他身上下工夫，不但害他為難，亦恐陷他於不義。」

「『官親』這兩個字，我倒是聽說過；究竟是怎麼回事，還不大明白。」

「『官親』是指縣官的至親，叔叔、老丈人、舅舅、大舅子、小舅子，或住衙內，或住衙外；只是不管住在那裡，必受劣紳跟不肖胥吏的包圍，利用他們跟縣官的關係，作奸犯科；其中『岳老太爺』、『舅老爺』，更為吃香，因為他們是『裙帶親』，可以走內線。」

「喔，作奸犯科是那些名堂呢？」

「名堂很多，最常見的是包攬訟事，包漕包稅。」劉清又說：「這還算是安分的；不安分的，招搖撞騙，無惡不作。從來有『滅門縣令』這句成語，良善百姓，因為官親作惡，家破人亡的例子太多了。」

「這當然也要看縣官。」彭華說道：「縣官清正，官親亦未必敢作惡。」

「話是不錯，不過你要知道，清正為官，根本就不會帶官親到任上。」

這話說得再透徹不過了；但是至親的情分，不能抹殺不顧，「劉大人，」彭華問道：「若有至親來投奔，怎麼辦？」

「送他盤纏，打發他回去。」劉清答說：「我從前有貴州來的鄉親，就是用這個辦法。盤纏多少，量力而為；最要緊的是，要辦得乾淨俐落，絕不能讓他逗留。」

「可是，情分關係特深，不但要容他逗留，而且還不能不替他安插，那又怎麼辦呢？」

「那就看你能不能破除情面了。」劉清想了一下說：「我講個故事你聽，康熙年間江蘇巡撫湯文正公——」

「是湯斌嗎？」彭華插嘴問說。

「不錯，就是他。他的外號叫『豆腐湯』，因為儉樸過人，才能清廉。有一回他在河南老家讀書的大兒子到蘇州省親，在衙門裡住不到一個月，湯文正不准他再住了，勒令回鄉，即日動身。」

「為甚麼？」

「為了一隻雞。」劉清答說：「湯文正常要看家用帳，有一天看到買了一隻雞，將廚子找了來問；廚子答說：『是大少爺吩咐買的。』湯文正大怒，找大兒子來問，確有其事，當即沉下臉來說：

『你想吃雞，回老家自己養了來吃。』隨即派人雇了車子，當天送他回河南。」

「這，真是聞所未聞。」

「防微杜漸，不得不然。」劉清問道：「譬如你找了趙士奇來，他為人情所包圍，跟你要求一件事，你能不能像湯文正那樣，斷然處置？」

「不能。」

「那就趁早別找他。」劉清又說：「你或許會說：我至多拒絕他好了，何必請他走路？可是，你要知道，那一來，趙士奇心中不免會有芥蒂，你自己總也會有對不起朋友的感覺，這樣下去，朋友的交情就會越來越疏淡，犯得著嗎？」

「劉大人，」彭華深深一揖，「你老所論，鞭辟入裡，真是世事洞明皆學問，佩服之至。還有件事要請教，明天去看勒大人，要不要請見他的姨太太？」

「官場無此規矩。你只請勒大人代你致謝就可以了。」劉清又說：「甚至也不必先提大青的事。」

彭華如言受教，第二天到行轅遞手本謁見，只陳述了他到成都去見藩司的經過，不及其他。

「好，我馬上派人送委札給你，你盡快料理料理，到巴州去上任。」

「是。卑職打算三日之內動身。」

「你幕友請好了回來。」

「卑職請教建昌道劉大人，他說前任所聘幕友，人很不錯，不妨延攬，無須另行物色，卑職打算今明天就下『關書』。」

「你還是應該先跟幕友談一談，合意了再下關書。地方官下起州縣，上至督撫，延請幕友一事，必須慎重。從前世宗對督撫所請幕友要密奏記名；我如今仿照世宗的遺規，你請定了幕友，寄個履歷來，不必用正式公事，私函就可以了。」

「是。」

勒保沒有再說話，可也沒有端茶送客；顯然的，這是在等彭華開口。但彭華記著劉清的話，不提大青的事，局面便顯得很尷尬了。彭華渾身不自在，心想不如告辭吧，否則勒保「端茶送客」，形同被逐，豈非辱由自取？

那知勒保卻又說話了，喊一聲：「小余兒！」

「喳！」在廊下的小余兒答應著，掀簾而入。

「姨太太交代你的事，」勒保沉著臉問：「你是怎麼辦的？」

彭華頓時醒悟，而且亦頗為不安，因為勒保是在責備小余兒，急忙起身說道：「回大人的話，卑職回完了公事，尚有私事稟陳。多蒙姨太太成全，感激之至，本想求見面謝，只恐冒昧，不敢出口——」

下面本還有一句：「求大人代為道謝」；不想勒保未容他出口，先就說道：「也不算冒昧。小妾也想見見你，有些話要問你。」

這一下，彭華只好答一聲：「是。」隨著小余兒由花廳旁邊的甬道，直到上房——上房有一道中門，小余兒將他交給管家嬤嬤，管自己走了。

管家嬤嬤將彭華引上台階，掀簾入內；不久聽得人聲，簾子掀開，一個旗裝中年麗人，出現在堂屋中，彭華已打算了，對上官的側室，只作揖，不磕頭，所以在門外深深打了一躬，口中說道：「彭華給姨太太問安。」

「喔，彭大老爺別客氣，請坐。」

「不敢！」彭華不肯進屋，「我站著回話好了。」

「沒有這個道理。你請坐了好說話。」勒姨太太又說：「我要問你的事很多。」

彭華只好低頭進了堂屋，在西面最後一張椅子上，斜簽著坐，亦不敢平視；等丫頭端了茶來，微微抬眼窺視，並非大青，不免失望；但接著倒反覺得輕鬆了。

「你是甚麼時候離開和家的？」

「和中堂蒙皇上恩典不久，就離開了。」

「你原來是伺候和中堂的書房？」

「喔，」勒姨太太問：「不進上房？」

「不進上房，不能到中堂的小書房。」

「喔，我沒有去過你們府裡，不知道裡頭的情形。」勒姨太太接著又問：「那，你跟和中堂的兩位姨太太，是天天見面的？」

「也不是天天見面，總常見就是了。」

「我倒問你，聽說——，」勒姨太太遲疑了一會，方往下說：「聽說吳姨太沒有死。」

彭華大吃一驚，隨即自我警惕，這件事關係重大，說話必須小心，當下先做一個驚訝的表情，然後答道：「這我倒還是頭一回聽說。」

「你會是頭一回聽說？京裡可是傳得很厲害呢！」

是疑心他不說實話的語氣，但已無法轉圜，只能硬著頭皮不承認，「我們中堂一升天，我就出京回老家了。」他從容答說：「京裡的傳聞，我不知道。」

「長二姑呢？你總知道她的下落？」

這有點故意考驗他誠實與否的意味，彭華不敢再作游移之詞，「知道。」他用爽脆的語氣說：「長二姑是陝西人，回家鄉了。」

「她住在西安，上個月我把她接了來住了半個月。」勒姨太太問道：「她的境況，你聽說過沒有？」

「沒有。」彭華問道：「姨太太能不能告訴我一點兒？」

勒姨太太臉上突然顯出詫異好笑的神色，「她的事由兒多著呢！你問小余兒好了。」她停了一會，臉色亦漸變為嚴肅，「彭大老爺，我原以為你總知道吳姨太是不是真的死了，有件事從你這裡可以有個結果，不想你也不知道。不過，既然已經談到了，我這件事也不妨跟你說一說，在京裡的時候，我雖沒有到你們府裡去過，吳姨太倒是隔個個把月，總會來看我，因為我有個老媽子會做常州的『爛麵餅』，她最愛吃；那玩意非要剛出鍋才好吃，所以只有她來，我不能做好了給她送去。」

「我也聽說過，吳姨太常到那位大人府上去吃點心；不想就是姨太太這裡。」

「現在談我的這件事。」勒姨太太略略放低了聲音說。「那時候我有兩萬銀子的私房，我家大人是不知道的，有一回我跟吳姨太說，能不能找個地方寄放？如果能生點利息最好，沒有也不妨。她說『行』；我就把取款的憑證交給她了。後來和中堂出事，我人在成都，到正月底、二月初才得信息，那裡去拿回那筆錢？這年冬天，我家大人遭了牢獄之災；回到京裡，只聽說吳姨太人沒有死，可不知道下落。看起來我那筆錢是沒指望的了。」

彭華靜靜聽完，覺得這件事倒可以幫她一個忙，便即問道：「姨太太手裡可有憑證。」

「有個摺子。」勒姨太太答說：「每個月都有人送利息來，亦不用打收條，不過我自己是在摺子上記了數的。」

「這件事，我可以替姨太太問一問。」

話剛完，勒姨太太便驚喜交集地問：「你問誰？是問吳姨太？」

「怎麼會是吳姨太？」彭華心想差點露馬腳，定一定神答說：「據我所知，有個人曾經手替吳姨太放過帳；這個人如果仍舊在京，大概可以問得出一點眉目。」

「好極了。我就拜託彭大老爺了。」

「言重，言重！」彭華問道：「摺子上的名戶，請姨太太告訴我。」
「我娘家姓楊，摺子上寫的就是『四知堂』。」
「是了。」彭華又問：「有了消息呢？怎麼回覆姨太太？」
「告訴小余兒好了。」
「是。這件事，大人知道不知道。」
「以前瞞著他的，後來他也知道了。」勒姨太太緊接著又說：「還有大青的事，我也要問問你的意思。」
「多謝姨太太成全。不過，」彭華又說：「我實在也不知道該怎麼辦？」
「我明白，我明白，你一個大男人，又是縣太老爺，那裡會辦這些事？我派小余兒，帶一個老媽子到巴州給你去『鋪房』。」勒姨太太又做個手勢：「你等一等！」說完，管自己進去了。
彭華不知道她要幹甚麼，心裡只在琢磨她的兩萬兩銀子的私房錢，想來張四官必知底細，不妨寫信問他；信可以由總督衙門專遞軍報的驛差帶去，更為快捷。
正在盤算著，勒姨太太回來了，「我本來想讓大青來跟你見見面，她害臊不肯，那就算了。」她說：「彭大老爺，大青從小就跟我，人很厚道；不過稍微有點脾氣，看在我的分，請你讓她一點兒。」
「言重、言重！」彭華緊接著說：「姨太太的那筆款子，我馬上寫信到京裡去問，如果回音想快的話，頂好由跑車報的驛差帶去，回信也由他帶來；那樣，差不多一個月就有結果了。不過軍報驛差帶私信，有干禁例，要請姨太太跟大人先說一說。」
「不必，你交給小余兒辦好了。」
小余兒當天下午就來看彭華，他說勒姨太太交代他帶老媽子到巴州，為他跟大青「鋪房」的事，他已經知道了，不過他無法分身，所以變通辦理，大營糧台派了一個姓朱的候補縣丞，專駐巴州接應聯絡，人很能幹，已說好了，由他去料理，彭華一到巴州，他就會來「伺候」。

「再有件事，就是帶信，照規矩五天一發軍報，後天就有人走；信寫好了，我明天來拿。」

「好，好，多謝費心。」彭華問道：「你能不能多坐一會，我有點事事想跟你打聽打聽。」

「是，是，彭大老爺你說吧！」

「我想跟你打聽打聽長二姑的事。」

「是——和中堂家的長二姑嗎？」

「不錯。」

「嘿，她的事兒可多了去啦！怎麼說呢！」小余兒想了一下說：「就好比唱了一齣玉堂春——」

據說，長二姑回到西安後，決意擇人而事，風聲一傳，媒婆雲集，她都是自己出面來談：第一，要做正室；第二，年紀不能過三十，而她本人已經三十七歲了。年輕未婚的，不會娶一個已近中年且為相府下堂之妾來作正室；有覬覦她身擁鉅資，而且徐娘雖老，風韻著實可人，願結絲蘿，但不是年紀不對，便是人品庸俗，長二姑看不上眼。

如此高不成、低不就，約有半年之久，終於找到一個中意的人了，此人名叫李維清，二十七歲，家住漢中府鳳翔縣，是個寒士，但生得風神俊朗、言語溫文，長二姑一見傾心；而且別有一番雄心，要將這個寒士造就得出人頭地。當下在媒婆撮合之下，她出資替李維清在鳳翔買了兩百畝田；又給了一千五百兩銀子，叫他買一所住宅，備辦妝奩，風風光光地嫁到鳳翔，做了李家的少奶奶。

嫁過去半個月，才知道李維清已有髮妻；長二姑細細盤問，才知道是媒婆設計的一個騙局。

長二姑責問他何以不早說？李維清答得妙：「你沒有問我啊！」

長二姑氣得說不出話，但事實如此，只能設法補救，「兩個辦法，你挑一個。」她說：「一個是，你把你那個老婆休掉，要多少錢，我給——」

「那，我實在為難。」李維清打斷她的話說：「她是童養媳，替我孝順過父母，只怕她不肯，我也說不出口。」

「那就只有第二個辦法了，她要搬回來住。」

「這行。」

「你別忙，我還有話，她回來要叫我『太太』。」

這便是由髮妻降為妾侍的身分，李維清面有難色；「『寵妾滅妻』，不但有違名教，而且，」他囁嚅著說：「律有處罰明文。」

話未說完，長二姑一掌摑在他臉上，大喝一聲：「甚麼『寵妾滅妻』，你說的妾指誰？」

李維清捂著臉不敢作聲，其實他自己很清楚。「妻妾失序」的律條是「有妻更娶妻者，杖九十，離異」，打到官司，自己先犯了罪，會落個人財兩空的下場。

「你說！」長二姑戟指警告：「你如果辦不到這一點，我到鳳翔縣去請縣官作主，看他不辦你個騙婚的罪名。」她越說越氣，破口大罵，「你不撒泡尿，照照你自己！你甚麼東西？憑我，給你作妾？」

李維清無奈，只能回老家跟髮妻去商量；長二姑亦知道這件事有些強人所難，所以還在籌畫下一步，心想，得先設法將那兩百畝田的契據，拿到手中，再作計較。

不想事出意外，李維清的髮妻，居然委曲求全，搬進新宅，進門給長二姑磕頭叫「太太」。長二姑倒有些過意不去，「賞」了那個名叫「荷姑」的「妾」好幾樣首飾。荷姑也克盡妾侍的本分，對長二姑十分恭順，一家三口，日子過得很和睦，李維清的朋友無不豔羨他的齊人之福。

不道好景不長，第二年春天，新任學政到省，循例「觀風」，借各地書院出題考試童生、秀才，以觀文風。發了妻財的李維清，花錢捐了個監生，為求上進，亦赴書院應考，預計來去五日，不想第三天就回鳳翔了，據說是因為學政突染重病，觀風之舉延期了。

這天長二姑在包餃子。她因為在和珅府中，講究慣了，嫌陝西的飲食粗糙，常常自己做些精緻的麵食享用，這天是包三鮮餃子，餡子是她一手調理；荷姑只是和麵作下手而已。

由於李維清一進門便嚷「餓壞了」，所以先就包好的餃子下了一碗給他吃；吃下去不到半個時辰，吐瀉交作，痛不可忍，急急延醫，而醫生尚未到門，已經七竅迸血而死。

變生不測，長二姑嚇得手足無措，虧得從京裡帶出來、一直跟在身邊的老家人胡成，經得事多，便由他當「抱告」——婦女遇刑訟不便出面，可遣親屬家丁，代為申告，謂之「抱告」，到鳳翔縣衙門報案，說李維清不知為何人所害，請求緝凶查辦。

遇到命案，第一步當然是驗屍，先驗正面，後驗背面，仵作「喝報」，刑房書辦填「屍格」，驗得「七竅流血，遍身發青黑色小泡，眼睛糞門脹綻。舌吐，上生小刺泡，口唇破裂，肚腹膨脹，指甲口唇俱黑，外腎脹大，委係中砒毒而死。」

驗完屍，就在李家設公堂審問，先傳長二姑，供述了案發經過；那縣官是兩榜出身，名叫唐錫謙，開口說道：「既然是吃了餃子中的毒，砒霜一定是在餃子裡面，不過砒霜是下在皮子裡呢，還是餡子裡，不可不明。」

當下取來剩餘的麵團、切成小塊餵雞，毫無異樣；及至取餡子餵狗，狗像發狂似地、四處亂竄，不一會倒在地上，抽搐了幾下，便不動了。

見此光景，長二姑嚇得魂飛天外；不過問心無愧，卻還能勉強保持鎮靜，等唐錫謙問起是誰製的餡子，她磕個頭答道：「餡子是小婦人親手拌的，不過不知道怎麼會有砒霜在裡面？小婦人含冤莫白，青天大老爺明鑒萬里，求大老爺替小婦人作主。」

「這件案子，離奇得很。不過眼前你的嫌疑最重，逆倫大案，本縣錯不得一步，不能不照規矩辦理。來啊，收監！」

犯的嫌疑是謀殺親夫，收監便得打入關死囚的監牢；長二姑富名在外，三班六房都認作是肥豬拱門，胡成上下打點，一下子便花了三千兩銀子。

「胡二爺，」受了好處的刑房書辦，對胡成說：「這件案子太大了，逆倫重案，地方官不能破案，要擔極大的處分，所以我們大老爺也很擔心，急於了案。如今我們想法子拖一拖，但期限也不能太長，聽說你們太太是和中堂府裡出來的，你何不到上面去想一想法子？」

「是。」胡成答說，「不過陝甘總督長大人，從前跟和中堂面和心不和，只怕未見得肯幫忙。」

「陝西巡撫陸大人呢？」

「不認識。」

「鄰近省分的大官呢？」

「喔，」胡成想起來了，「四川總督勒大人，每回到京，一定要來見和中堂的。」

「那好，你趕緊到成都去一趟，求一封勒大人的『八行』來，不管是給長大人，還是陸大人，一定會交代下來，我們當好想法子把這件案子弄成一件懸案了。」

於是胡成星夜趕到成都，在總督衙門西轅門外的一家茶館中，花二十兩銀子找到關係，為他傳遞了一張「和中堂府舊僕胡成，為主母身陷逆倫冤案，求見勒大人俾期昭雪」的稟帖，居然蒙勒保延見。

勒保不認識他，但他見過勒保，而且不止一次，細數往事，並為佐證。勒保得知長二姑的遭遇，頗為同情，當下寫了兩封信，分致陝甘總督覺羅長麟、陝西巡撫陸有仁；當然，信中不是為長二姑求情，只說四川盛傳有此冤獄，倘或處置不善，激起民怨，於剿匪軍務，大有妨礙，「川陝如唇齒之依」，不能不表示關切。

逆倫重案，關乎封疆大吏的考成，且有勒保這麼一封信，更不得不格外重視；長麟跟陸有仁商量下來，決定將全案人犯提到省城，指派商南知縣王萬鍾主審。

這王萬鍾是舉人出身，他的叔叔是有名的刑幕，所以王萬鍾熟於案例，善斷疑獄，號稱陝西能吏第一。奉到委札後，取道商州北上；入西安府的第一站便是藍田。

藍田在西安東南九十里處，縣城周圍只有五里，在缺分上是個「簡縣」，但縣雖小卻不是無名之地，因為縣內的藍田山出美玉；及至韓愈因諫佛骨而遭貶逐，由長安取道藍田南下，途次有一首「雲橫秦嶺家何在，雪擁藍關馬不前」的詩，「秦嶺」、「藍關」亦都在藍田境內，名氣就更大了。

藍田縣內近數十年興起一座香火極盛的華嚴寺，仕宦行商，經過這裡都要去求一支籤，以卜休咎。華嚴寺的籤靈，有一段傳奇，雍正年間，西安有一家人家，一共三口人，母、子、媳；做母親的十六歲就守寡了，將遺腹子撫養成人，中了秀才，年紀也還不到四十歲，那知難耐孤幃，私通了一個屠夫，幽會的蹤跡極其縝密，她那在外遊學的遺腹，固被蒙在鼓裡，左右鄰居亦毫無覺察，但不幸地，有一天半夜裡，為她的兒媳撞破了。

像這樣姦情敗露而要防止醜聞外洩，自古以來便有個不二法門：拖人下水。寡母跟屠夫商議，屠夫不想有此一箭雙鵰的豔福，自然滿口應承。

但兒媳也想到了，除了在枕下置一把利剪防身以外，在門窗上置了好些鈴鐺；一夜屠夫來撬窗戶，突然鈴聲大作，幾乎驚動了四鄰，屠夫嚇得抱頭鼠竄，從此幽會漸稀；做婆婆的，當然亦就沒有好嘴臉給兒媳看了。

不久，遊學的兒子回來了，寡母當然關心，隔房偷聽，不聞小夫妻有燕好的聲息，只聽得咕咕噥噥的枕上細語，到曙色將露方罷。及到天色大明，兒子已不知去向，到晚未回，婆媳倆都感到事情不妙；寡母內心尤為驚恐，她怕兒子羞憤之下，一時想不開尋了短見；及至屍首發現，必得追究死因，這一來她跟屠夫的孽緣，就像紙裡包不住火那樣了。

想來想去，只有下毒手先發制人，跟屠夫商量以後，請代書遞了一張狀子，說她的兒媳不守婦道，有了外遇；兒子回來，得知隱情，羞憤出走，至今生死不明，請縣官徹查真相。

西安府附郭兩縣，西面長安，東面咸寧，這張狀子是告到咸寧縣，縣官秦守訓是個極忠厚明理的長者，先傳兒媳在花廳訊問，州縣官的心法是，問案之前，先要「看相」，戲中常有「抬起頭來」這句轍兒，目的就是為犯人看相，尤其是辨識婦女貞淫，這個法子極靈。秦守訓看這小婦人絕不似曾犯淫行的模樣；及至問到她可有外遇，她既不承認，亦不否認，只是哀哀痛哭不已，明明是有隱情難言。

於是再傳婆婆來問：「你說你兒媳婦有外遇，要指出人來！婦女的名節最要緊，就算你是婆婆，也不能隨便誣賴兒媳；不然，我要掌你的嘴！」

「小婦人不敢瞎說。」說出一個人來，便是那屠夫。

這原是串通好了的，傳屠夫到案，自承「和姦」；秦守訓忽有靈感，先傳婆媳兩人到堂，分跪左右，然後對屠夫說道：「是否和姦，還要再查，不過你自己先承認了，依律：和姦杖八十。我先發落了你！」說著扔下一把「火籤」，大聲喝道：「替我重打八十大板；著實打！」

於是值堂衙役將屠夫拖翻在地，剝下褲子，兒媳羞看男子下體，將頭扭了過去；及至行刑時，衙役遵從秦守訓所下的暗號——暗號便是「著實打」三字，要虛張聲勢，板子高高舉起，做出用力之狀，其實著臀已輕，而板子又必須全面平鋪，才能打得皮開肉綻，聲音極響，其實傷皮傷肉不傷骨，但見者已觸目驚心了。

秦守訓是早已在注視做婆婆的臉上了，看她隨著屠夫的哀呼而有不忍之色，心中便大致有數了。

屠夫已照和姦之律，處置完畢。原告飭回；被告並未收監，只傳她的娘家人來領了回去，隨傳隨到，這是秦守訓的仁人用心，因為兒媳仍住夫家，可想而知的，必受婆婆虐待。

但案子不能結，因為照婆婆的指控，很可能已出了命案，只是未曾發覺；而一旦發覺，又可能涉及謀殺親夫，這樣的案情，便無法宕成懸案，否則便是「草菅人命」，只要有人說話，秦守訓的前程都會不保。

因此當務之急，便是首先要確定當事人的生死。生要有人，死要有屍，案子才能辦得下去。

秦守訓徬徨無計，去求了一支籤；籤文是唐朝大詩人李商隱的一句詩：「藍田日暖玉生煙。」猜詳了半天，不知其意，不過整體來看，不像是已經死了的語氣。而且此詩上句為「滄海月明珠有淚」，關合著合浦還珠的典句，只不知身藏何處而已？

因此秦守訓便發了一道「海捕文書」，遣一名幹練的差役，出外尋訪；這不會像大海撈針、茫無涯際，有一套例行的程序，先到當地縣衙門投文，請求協力，捕頭便會找地保查問，可曾見有如何如何模樣的陌生人？有了線索，再行追查；否則轉到下一縣，重複這一套程序。

這名差役的運氣很好；一半也是他肯實力奉公！經過之處，在茶坊酒肆先就探訪了，出西安府到得藍田縣，天色已晚，不便投文，找一家客店歇下。夜來無事，找旅客喝酒聊閒天，談到那件疑案，那差役揭露了自己的身分與任務，問大家可曾見過這麼一個遊學的書生？

「在華嚴寺替和尚抄經的那位相公，不知道是不是？」

據此人所述的相貌，頗為相似。尤其令人可疑的是，那位「抄經相公」臉上從無笑容；平時沉默寡言。不抄經時，便坐在大殿台階上仰望空中，彷彿有無窮心事似地。

差役喜不可言，還怕一夕之隔，事起變化；問明了華嚴寺的地址，當夜趕了去，叩山門求見方丈，道明來意。方丈說了這位「抄經相公」登門自荐的日期，約略相符；請了那位「抄經相公」來見，差役只說了句：「你老婆為你受盡冤枉吃盡苦，你知道不知道？」那人頓時雙淚交流，真相大白了。

華嚴寺自此聲名大噪，方丈頗有生意眼，設了籤筒，大肆宣傳，都說華嚴寺的籤靈，香火興旺。

王萬鍾未能免俗，也去求了一支籤，籤是「上上」，但籤文玄而又玄，共是四言四句：「無情無理，有情有理，有理無情，有情無理。」

王萬鍾沉吟了好久，驀地裡省悟，國法不外人情，聽訟讞獄，不外乎從情理二字上去細心推求，真相自出。

第二天進了西安城，王萬鍾行裝甫卸，便去看長安知縣孫復；長安是「首縣」——州縣官進省，第一件事便是拜訪首縣，因為他是州縣官中的龍頭老大，凡事需要他指點，才不致出甚麼差錯。

孫復下鄉驗屍去了，不過已留下了話：「王大老爺公差到省，少說也有個把月耽擱，要替他找公館。」公館找在西城的三清觀；接待的縣丞派人將王萬鍾的行李，由客店搬到三清觀，安頓既定，王萬鍾看辰光甚早，決定去謁見首府。

首府便是西安知府，名叫瑞福，是個旗人，年紀只有三十多歲，繙譯進士出身；手本一遞進去，立刻接見，那瑞知府脾氣很好，毫無架子，口口聲聲「王大哥」，叫得極其親熱。

「王大哥，這件案子來頭不小，還驚動了四川勒制台；本省陸中丞特地趕到蘭州，跟長制台商量，發交西安府提審，而且檄調王大哥來主辦，一切要仰仗了。」

「不敢，不敢！卑職奉命陪審，自然追隨大人之後，力效棉薄。」

「不，不，我跟首縣孫大老爺，都是擺樣子的。王大哥，你對這件案子，有甚麼看法？」

「卑職只是聽人傳聞而已，未閱全案，不敢有成見橫亙腦中。」

「王大哥虛衷以聽，佩服之至。不過採訪民情，於辦案亦不無裨益。」

「是，」王萬鍾欠身問道：「不知民間是何觀感？」

「大家都說，這件案子像『玉堂春』，我們三個人要唱一齣『三堂會審』。」說到這裡，瑞福不知掣動了那根筋，戲癮突發，「嗒，嗒，嗆」，嘴裡起了個「快板頭」，隨即唱道：「在洪洞住了一年整，皮氏賤人起毒心，一碗藥麵付奴手，奴回手付與那沈官人，官人不解其中意，他吃了一口哼一聲，昏昏沉沉倒在地，七孔流血他就命歸陰。」

王萬鍾錯愕莫名，心想瑞知府莫非有些痰疾？再看伺候的聽差，面無表情，恍若未聞，大概是司空見慣，所以並不覺得好笑了。

王萬鍾是不敢笑，敷衍了一會，告辭而回。守在玉清觀的另一名跟班，告訴他說：「長安縣來通知，鳳翔縣已先將全案卷宗解到；人犯亦已在路上了。孫大老爺已經回城，晚上送菜來陪老爺吃飯，當作洗塵。」

不久，長安縣派人挑了食擔來，還有個手持菜杓的廚子。接著，孫復來回拜，互道仰慕，彼此換了便服，喝茶閒談。

當然，王萬鍾首先提到，便是謁見瑞知府的經過，孫復笑道：「旗下紈袴，行事不中繩墨，不過人是忠厚一路，不難相處。」

「首府全省觀瞻所繫，我真不明白朝廷怎麼會派一個紈袴來幹這個缺。」

「他是陸中丞特保的，這也有個緣故，軍興以來，旗下達官，途經西安，轉道他往，無日無之。瑞知府是內務府包衣，先世數代顯宦，跟勳臣貴戚都有交情，陸中丞保他，就是用他來應付那班旗下達官。」

「瑞知府不過出個面，一切供應還不是要靠你孫老大哥？」王萬鍾又說：「西安有巡撫、布、按兩司，還有學政、將軍；綠營還有提督，正一品的大員，似乎也不能不敷衍，真夠受的。」

「唉，『前生作惡，知縣附郭；惡貫滿盈，附郭省城。』這也是命中注定。」

縣官號稱「百里侯」，皆有自己的城郭，惟有首縣附於府城；附於省城如孫復這樣，更是首縣之首縣，他人望之若神仙，而局中人卻以為是「惡貫滿盈」之報，王萬鍾不由得想起最近聽人所唸的一首詠首縣的「十字令」。

「十字令」亦就是「寶塔詩」，從一字疊累至十字：「紅、圓融、路路通、識得骨董、不怕大虧空、圍棋馬吊中中、梨園子弟殷勤奉、衣服整齊言語從容、主恩憲德滿口常稱頌、座上客常滿樽中酒不空。」將首縣的地位、性情、作風描摹得淋漓盡致。但其中有兩句，在王萬鍾覺得費解。

「孫大哥，做首縣一定得識骨董嗎？」

「喔，你說的是那首十字令。」孫復答說：「首縣常派出去監交，前任有虧空，甚麼可以報銷，由後任接辦；甚麼不能報銷，前任要賠，沒有現銀拿骨董作抵，折價多少由首縣核算，不識骨董，總有一方不服，搞得不巧，首縣自己會吃大虧。」

「怎麼呢？」

「我談我的親身經歷給你聽。」孫復想了一下說：「湖北安陸府一共四縣，我是鍾祥首縣；遇到天門、京山對調，由我監交，核算下來，京山知縣虧空三千多兩銀子要彌補，拿出一幅王煙客山水長卷，說是價值千金，『四王』的精品，也確有這個價錢，我勸天門知縣接了下來；他說他買不起，事情成了僵局。京山知縣跟我商量，能不能由我買了下來，他自願減讓三百銀子，我想這是公私兼顧的好事，答應下來，兌了七百銀子給他。後來才知道這幅畫是『西貝』貨，而天門知縣原是鑑賞名家，他已看出畫是假的，不肯說破，說買不起原是託詞。」

「這天門知縣也太不夠意思了。」

「是啊，我心裡也有點不大舒服。隔了兩個月，制軍的老太太八十大壽，我到武昌去拜壽，跟他不期而遇，我說：原來你老兄是鑑賞大名家，真是失敬了！他不等我說完，就搶過話去，他說：我料到你老大哥一定會怪我，不過你是錯怪了。」

王萬鍾插嘴問道：「怎麼是錯怪了他呢？」

「我也是這麼問；他說：我跟京山縣雖沒有交情，到底同省為官，何況又是公事，如果畫是真的，即便他多要我一兩百銀子，我能跟他計較嗎？老大哥從這一點上去想，就知道我說買不起是託辭；退一步言，果然真的買不起，我也不妨收下來，將來辦移交，照此作價，既有前案可稽，後任亦不能不認帳，但明明是假的，當作真畫再去害別人，良心上就說不過去了。」

王萬鍾連連點頭，「此公原來是胸有丘壑的。」他問：「後來呢？」

「接下來他又說：至於京山縣跟你當面鑼，對面鼓商量，我怎麼能揭穿？請問換了你老大哥，能做這種荒唐事嗎？我讓他說得啞口無言，只怨自己不識字畫骨董，又覺得世途險巇，讓人耍了，心裡更不舒服。不過，他後來又說了一番話，我心裡倒是舒服了。」

「他怎麼說？」

「他說：據我所知，他亦不是存心騙你；那張畫他是當真跡買回來，始終不知道是假貨。平心而論，畫雖假，造假造得很高明，除非像我這樣，『四王』剽跡，過眼雲煙看得多了，才斷得定；差不多的人，是看不出來的。我替你找個買主。至少原價，說不定還可以多弄一兩百銀子。」

「那末，你呢？」

「我說：多謝，不必！你老兄不肯以假作真害別人，難道我就肯了？你老兄當我的良心不如你？他趕緊改容相謝，連聲說道：我失言了，我失言了。」

聽完這個故事，王萬鍾才知道孫復是個君子，傾心之餘，不由得想到，經手的這件案子，應該好好跟他商量；尤其是「不中繩墨」的瑞知府，可能會橫生枝節，辦事更見棘手，不可不防。

「老爺，」孫復帶來的聽差，走到他身邊低聲說道：「酒燙好了，一面喝、一面談吧！」

「好，好，王兄請！」

孫復盡地主之誼，接待無甚交情的州縣官，不是送個一品鍋，便是兩樣菜兩樣點心；這天款待王萬鍾，菜肴格外豐盛，而且還有「南酒」——紹興花雕，在喝慣白酒的西北，頗為珍貴。王萬鍾又想到孫復替他預備的「公館」，周全舒適，感激之心，油然而興。

「孫大哥，承你的盛情，如此厚待，我實在受之有愧。」

「王兄，你別這麼說，如今從陸中丞到府道，都要仰仗大才，巴望疑獄一讞而定；在我更是受惠不淺，倘或部裡駁了下來，少不得另外派員提審，層次越來越高，我的差使也越來越難辦。那時候變了我局外人大受『訟累』，這一點略表敬意的小小供張，算得了甚麼？」

聽他這話，王萬鍾越覺得仔肩甚重，不免有力不能勝之懼，「孫大哥，」他舉杯相敬，「我一定盡心盡力，希望一讞而定，但怕瑞知府有意見。」

「他有甚麼意見。」

「我怕他有成見，認定長二姑就是玉堂春戲裡的『皮氏大娘』。照我看，絕不是！」

「你別理他！如果說，這是三堂會審，你就是『藍袍』！瑞知府掣肘，有我這個『紅袍』替你擋。你儘管細心推求，其他不必管。」

職司民牧的州縣官，境內大小事務，無所不管，不能一天到晚都坐堂審案；同時百姓各安生理，亦不能每天為打官司費時廢業，所以除了命案、盜案，以及有涉風化名教的大案，隨到隨辦以外，凡是「戶婚」小事，譬如分家爭產、悔約賴婚，以及毆鬥糾紛，都要到規定的日子，方始受理，名為「放告」。這個規定，天下一律，每月六天，大致都是逢三、逢八。

但戶婚小事，往往有不便高坐堂皇，公然審理的，或者是當事人為在籍的紳士，要顧到他的體面；或者男女私情，別有隱微，這就都要在花廳中處理，所以孫復特別聲明，放告之期除外。

「那就承情不盡了。還有件事，」王萬鍾遲疑了一下說：「是個不情之請。」

「不要緊，儘管說。」

「我想，此案內中必有隱情，對嫌犯大概要私下開導，才能探得真相。三清觀人來人往，雖然我這裡一門關緊，自成一區，總難免有好奇窺探的人，諸多不便。我的不情之請，就是想請孫大哥想個法子，能把這個難題解消。」

「為公事，理當如此，不算不情之請。」孫復沉吟了一會說：「這樣吧，三清觀只作為你的下榻之處，我把我衙門裡的花廳撥給你用，除了『放告』之期以外，你整天都不妨在那裡，問案、閱卷，都很方便。」

當下孫復又交代聽差，派人在花廳中另外隔出一個房間，安置桌椅床帳，權作王萬鍾的「簽押房」——辦公室。如此曲盡綢繆，王萬鍾少不得又殷殷致謝。

「王兄，」孫復問道：「你剛才說，長二姑絕不是『皮氏大娘』之比，總有所見吧！」

「是。不過我不是存了成見，是從情理來推斷，李維清是她自己選中了，攛產下嫁的，她有甚麼理由置之於死地？」

「照此說來，荷姑就有嫌疑了。說不定是她在餡子裡下了毒。」

「也不會。」王萬鍾說：「荷姑原是李維清的結髮夫妻，也是有情分的；如果她在餡子裡下了毒，怎麼肯煮了有毒的餃子來給李維清吃？」

「然則下毒的是第三者？」

「應該這麼說。」

「下毒的緣故何在呢？」孫復問說：「是想害死長二姑跟荷姑？」

「那就不敢說了，非緝獲元凶，不能明其真相。」

孫復點點頭，默默地喝了好一會的酒，突然抬起頭來說：「路子走對了！大凡辦命案，最忌一上來就有成見，認定凶手必是某人；三木之下，何求不得？及至申詳上台，駁了下來，依舊膠執不化，千方百計，羅織偽證，愈辦愈錯，到後來把自己的紗帽、甚至性命都賭在上面，為求自保，使盡傷天害理的手段。王兄，我浮沉下僚三十年之久，這些看得多了，身敗名裂的，不一而足；就算倖免，子孫亦絕不會有好下場，所以州縣刑幕有『救生不救死』的心訣，就是寧願失出，不願失入，怕冥冥中又多了一條冤魂，傷了陰騭！」

「說得好！『救生不救死』的精義，我算是明白了。」

「至於這件案子，妻妾皆無謀害親夫的嫌疑，如果這一點能洗刷清楚，那就是一件尋常命案，與逆倫無關，本省大吏都可以鬆一口氣了。」孫復舉杯說道：「原案發回鳳翔，自己去查緝這個想害長二姑跟荷姑的凶手，老兄可以覆命；我亦不必再受『訟累』了。」說罷引杯就口，意興欣然。

「多承見教，我決定從情理二字上去推求，務求情真理當。」王萬鍾停了一下又說：「這回，我路過藍田，在華嚴寺求了一支籤，很有意思——」

聽王萬鍾唸了那四句籤語，孫復說道：「上兩句可解；下兩句費解。我看玄機大概就藏在這『有理無情，有情無理』八個字之中，你要好好推求。」

「且等閱完全案再說。」

當夜盡歡而散。王萬鍾一宵酣睡，盡掃旅途辛勞，近午起身，帶著聽差王忠上街，打算找地方吃了午飯，雇輛車去觀光漢唐以來的名勝古蹟，那知一大碗牛肉泡饃，飽腹撐胸，非慢慢步行，無法消化，因此整個下午，只不過看了曲江一處。

回到三清觀時，孫復的聽差已經等了好久了，是特為來送殺夫疑案的全卷，附帶報告，為王萬鍾預備的「簽押房」，已告就緒，請他白天在那裡盤桓，飲食供應，一切方便。

「多謝貴上，我想在開審以前，我仍舊在這裡閱卷好了。至於飲食供應，我們一共主僕二人，十分簡單，就不勞貴上費心了。」說罷，開了賞錢，將來人打發走了。

由於午飯吃得太飽，王萬鍾只關照王忠預備消夜的點心，免除了晚餐，便即剔亮油燈，開始閱卷。案卷不多，但王萬鍾看得極其仔細，先是地保的稟帖，次是驗屍的屍格，接下來便是最要緊的「供狀」，他逐句推敲，每一個字都不放過，因此到看完全卷，已是午夜時分，一面喝酒吃消夜，一面思索案情，但不敢想得太深；亦不能想得太深，不敢是怕鑽入牛角尖，有了成見，不能是好些疑義，尚未審究，無從判斷，只能把該當留意的地方記下來備忘而已。

第二天上午，孫復派人送了一封信來，說：「今日應酬稍簡，向晚當攜酒奉訪。」話雖如此，孫復也一直到起更時分才來，因為有兩處縉紳人家的喜慶筵宴，非到不可。

「對不起，對不起，有勞久等，只怕餓壞了吧！」

派來的廚子，早就預備好了，先就冷碟喝酒，這天王萬鍾重又閱卷，溫故知新，頗有心得，急於告知孫復，所以一端上酒杯就說：「孫大哥，你說那支籤的上兩句可解，真是卓見，我已經解出來了。」

「喔，好啊！」孫復欣然舉杯，「快說來聽聽。」

「長二姑對荷姑，是『無情無理』；對李維清是『有情有理』。」

「嗯，嗯，請說下去。」

「這個理，當理性之理來講。先說『無情無理』，長二姑跟荷姑素昧平生，及至一室兩婦，又處在敵對地位，毫無感情之可言，所以才會做出強令荷菇以妻為妾這種沒有理性的事來。」

「不錯。」孫復問說：「『有情有理』呢？」

「那就更容易明白了，長二姑自己選中了李維清，乃是情有獨鍾；既然如此，何能做出謀害李維清這種喪失理性的事？」

「這印證了我們前天所談的話，必有第三者乘隙下毒，但不知這第三者是『有情無理』呢？還是

『有理無情』？」

人犯尚未解到，王萬鍾已遇到了一個難題，長二姑同父異母的胞兄，名叫朱得安，具呈申請保釋長二姑。照定例，婦人非犯死罪不得收女監，謀殺親夫當然是死罪，但案情不明，長二姑只是有嫌疑，似乎不合收監之例；朱得安以長二姑患病必須醫治為由，願以全家八口力保，隨傳隨到，絕無他虞。

呈文送到長安縣衙門，當然也花了好些錢打點，刑房書辦在孫復面前為朱得安說好話；但孫復跟他的刑幕商量以後，認為此案已歸王萬鍾主辦，是否准予取保，應該由他來裁決。

王萬鍾認為朱得安所持理由正當，本想照准；但顧慮到長二姑富名在外，怕人疑心他受賄，所以躊躇難決。最後作了個折衷的決定，雖不收監，但亦不准取保，發交官媒嚴密看管。這對長二姑已是很大的恩惠了，她只要肯花錢，就不會受苦。

到得人犯解到，先要過堂發落，王萬鍾不便升長安縣的大堂，是在花廳中點名，訊明年齡籍貫，確是正身不誤，然後逐一處置，除長二姑發交官媒以外，涉案的荷姑，及作為證人的長二姑的丫頭小翠，都准取保，保人是朱得安。最後傳上來的是一名醫生，王萬鍾問道：「你怎麼會牽涉在案子裡面？」

「回大老爺話，小人是讓李家請了去急診，到那裡一看，李維清早已沒法兒救了，小的說：這是中了砒毒，人都死了，你們來請我幹甚麼？你們該找棺材鋪才是。有個差役就說：你說他中了砒毒，你跟我們到衙門裡去回話。我說：這與我何干？另一個上來做好做歹，要我出五兩銀子，就可以無事。小的不肯，那差役就把我算做眼見的證人，把我一起解了到省裡來。小的很懊悔，應該花錢消災的。」

「你說的是真話。」

「句句真言。」

「李維清中的是砒毒？」

「是。驗屍的時候，小的也隨同到案，聽仵作也是這樣子『喝報』。」

「好！你具一個切結；就沒有你的事了，回去好了。」

「多謝青天大老爺！」醫生磕了個頭，起身要走，卻讓王萬鍾攔住了。

「你到那裡去？」

「小的去找刑房具切結。」

「不必，那一來你又得花好幾兩銀子。」王萬鍾說：「你就在這裡寫，只要具結聲明，供的是實情；倘有不實，甘願領罪就行了。」

於是給了紙筆，醫生伏地寫好切結，呈堂看過，當堂釋放。醫生出了長安縣，隨行的家人，大為驚異。問他是怎麼回事？他說：「先到茶館裡歇歇腳再說。」

縣衙門後街照例有極大的茶館，茶客什九與打官司有關；長二姑的老家人胡成也在，趕緊迎上來，細問究竟，醫生談了經過，最後有一段議論。

「我們鳳翔縣的唐大老爺，官聲也算是很不錯的，可是比起這位王大老爺來，還差一大截。如果我在鳳翔縣衙門，遇到的是王大老爺，根本就不必受這一趟冤枉罪。」

由於這一番議論，長安縣的「王大老爺」，是個清明的好官，因此到得開審那天，堂下擠得水泄不通。

「大堂」上是另外布置過了，「暖閣」之中容不下三張桌子，所以將公案移到「暖閣」之外，並列三案，中間是知府瑞福，他的左首是長安縣孫復，右首便是王萬鍾。

首先提長二姑上堂，瑞福照例問了姓名，接下來便說：「你把你丈夫怎麼吃了一碗餃子，就會毒發身死的經過說一說。」

等長二姑扼要陳述以後，瑞福向王萬鍾使個眼色，他便叫一聲：「李朱氏！」

「小婦人在。」

夫家姓李，娘家姓朱的長二姑，膝移半步，朝王萬鍾斜跪著，而就在這移動之際，王萬鍾已看清了她的面貌，是個精明婦人，但臉上只有悲戚之容，並無畏懼之色。

「餃子餡兒是你親手拌的。」

「是」。

「甚麼餡兒？」

「是豬肉、蝦米、口蘑三樣。」

「肉是誰剁的？」

「是小婦人自己。」

「蝦米跟口蘑呢？」

「也是小婦人自己先拿熱水泡過，細切成丁。」

「從剁肉到餡兒拌好，都是你一個人？」

「是。」

「這中間你離開過沒有？」

「那總免不了的。」

「有就是有，沒有就是沒有，不可囫圇吞棗說話。」王萬鍾加重了語氣說：「你仔細想一想再供。」

長二姑想了好一會說：「想起來了，小婦人一共離開過兩回，第一回是到廚房裡看煮的一鍋牛肉爛了沒有；第二回是，是上茅房，然後又回自己屋裡。」

候？」

「回屋幹甚麼？」

「洗手。」長二姑略停一下又說：「上了茅房，不該洗手嗎？」

堂下有好些人笑出聲來；王萬鍾將驚堂木拍了兩下，止住笑聲，接著又問：「每一回去了多少時候？」

「記不得了。第二回時候比較長。」

「你離開的時候，有誰在？」

「沒有人。」

「兩回都是嗎？」

「是。」

「你回去的時候呢？」王萬鍾問：「我是說，你回去的時候，看見有誰在？」

「也沒有人。」

「怎麼會沒有人？荷姑不是在幫你包餃子嗎？」

「那時候，餡兒剛拌好，還沒有開始包。」

「喔，」王萬鍾想了一下問：「在你離開的時候，你知道不知道有甚麼人到包餃子的地方去過？」

「不知道。」

王萬鍾點點頭，轉臉向瑞福問道：「大人有甚麼話要問？」

瑞福已經由孫復打過招呼，簡單地答了兩個字：「沒有。」

於是王萬鍾高聲吩咐：「帶小翠。」

小翠只有十四、五歲，上得堂來，不斷發抖；衙役指點她下跪磕頭，叫「大老爺」，小翠的聲音也在發抖，王萬鍾便安慰她說：「你別怕，有甚麼說甚麼，說錯了也不要緊。」停了一下才問：「你家主母拌餡兒，包餃子的時候，你有沒有去幫忙。」
「沒有。」
「為甚麼？」
「我家大娘嫌我手不乾淨。」
「那末，那時候你在幹甚麼？」
「一直在廚房裡燒火。」
「你知道不知道，那時候有甚麼不相干的人，到你家來過？」
「我——」
剛說了一個字，便有衙役在一旁喝斷：「咄！自己要稱『小女子』。」
小翠受了驚嚇，手足無措，似乎將要回答的話忘掉了，王萬鍾便溫言說道：「小翠，我是問你，那時候有甚麼不相干的人到你家來過？」
「喔！」小翠定定神答說：「小女子不知道，這得問胡大叔。」
「誰是你的胡大叔。」
「李朱氏的老家人胡成。」伺候在王萬鍾身旁的刑房書辦代為回答。
「在不在這裡？」
「應該來聽審的。」
「把他找來！」
果然，胡成是擠在大堂簷前聽審，毫不費事便找到了，他是見過世面的，上堂向正中跪倒，從容不迫地口稱：「小人胡成，給知府大人，兩位大老爺，磕頭。」
磕完了頭，再跪向王萬鍾，等候問案；王萬鍾問道：「你在李家的職司是甚麼？」

「小人看門兼打雜。」

「出事那天，有甚麼不相干的人到你家去過？」

「一個都沒有。」胡成答說：「那天，小人一步都沒有離開過門房。」

「你不是兼打雜，怎麼能在門房寸步不離呢？」

「是。平時也有離開過門房的時候，那天正好鄰家的孩子在小人屋子裡，有些事小人就支使他去幹了。小人清清楚楚記得，那天——」

那天是長二姑發覺蘸餃子吃的醋沒有了，讓小翠告訴胡成去買醋；胡成支使鄰家的孩子代勞，將醋買了回來，是他親自送了進去的，走到堂屋門口，遇見荷姑，他將醋交代了，復回門房。

「喔，」王萬鍾問道：「包餃子是在堂屋裡？」

「是。」

「你是在堂屋門外看到你家二娘？」

「是。」

「她是從堂屋裡出來？還是從別地方來，要進堂屋，正好遇到你？」

「是從堂屋裡出來。」

「你沒有記錯？」

「小人剛才跟大老爺回稟過，小人是清清楚楚記得的。」

「那時堂屋的門是開著，還是關著？」

「開著。」

「那末，堂屋裡的情形，你也看到很清楚囉？」

「是。」

「你看到的是甚麼？」

「甚麼也沒有。」

「你是說，堂屋裡沒有人？」

「是。」

「胡成，」王萬鍾的聲音顯得格外鄭重：「我知道你是你家大娘的老人，護主心切，也是有的，不過不能胡說；你剛才的話，一個字都不假？」

「是。」

「我再提醒你，你如果記錯，或者說錯了，趁現在沒有畫供落案之前，還來得及改。」

「小人不會改口。」

「如果所言不屬呢？」

「任憑大老爺治罪；那怕是死罪，也是小人自取之咎。」

「好！」王萬鍾向錄供的刑房書辦說：「你把他的供狀，慢慢兒唸給他聽。」

「是。」

刑房書辦自己先將錄下的口供檢點了一下，然後起身走到胡成旁邊，將供狀很清楚地唸了一遍，唸完問道：「有錯沒有？」

「沒有。」

刑書將手中的筆遞給胡成：「那就畫供。」他說：「看你一定會寫字，寫自己的名字好了。」

鄉愚多屬文盲，畫供只寫一個「十」字；胡成當然會寫字，如言寫下自己的姓名。

等將供狀呈堂，王萬鍾看了一下，轉臉問瑞福說道：「大人，卑職覺得今天就問到這裡好了。」

「還有個很要緊的人，不問了嗎？」

那是指荷姑，王萬鍾答說：「留到以後再問。」

瑞福便轉臉問孫復：「貴縣以為如何？」

「暫時不問為宜。」孫復毫不遲疑地回答。

於是瑞福宣示：「退堂，改日再審。」

就這一聲，惹起了宛如春暖花開時，游蜂採蜜似地一片「嗡嗡」之聲；堂下都在竊竊私議，為何不提荷姑上堂？

同樣的疑問，也存在瑞福腦際。王萬鍾當然要解釋，「案情可說已露端倪。」他說：「包餃子的地方，既然查問明白，確無第三者闖入，則餃子餡裡的砒霜，非楊即墨，不是長二姑自己，就是荷姑所下。」

「好個『非楊即墨』。」瑞知府問道：「現在要問的是，究竟是楊還是墨？」

王萬鍾不作回答，轉臉問道：「孫大哥看呢？」

「如說是長二姑下的毒，變成自己毒死自己，安有是理？」

「那末是荷姑？」

「很難說。」孫復看著王萬鍾說：「這也許就是今天暫時不問荷姑的原因吧？」

「是。」王萬鍾說：「我想要把最大的一點疑問，弄清楚了再問；否則或許會變成打草驚蛇。」

「何以謂之打草驚蛇？」瑞福問說，「你怕問得不對，她會起戒心，預先防備？」

「是。我疑心她後面有指使的人。砒霜是從那裡來的？她不見得買得到，是別人給她的。」

「那末，她下毒是要毒死誰呢？」

「對了！大人問到要害上頭來了。不過，她不是想害李維清，因為她並不知道李維清會提前在那一天回家。」

「你說她沒有害李維清的心，可是，她明明知道餃子裡有毒，怎麼還會去下了來給李維清吃呢？」

「大人駁得不錯，這也是我要推敲的疑義之一。」

「其實這並沒有甚麼好推敲的。」孫復說道：「情勢所迫，身不由己。荷姑當時既不能說破，又無法不去下餃子，只好硬著頭皮幹了。」

「那末，荷姑的目的，是要謀殺大婦？」

「只能說是嫌疑。」

「目的何在？」

「要查的也正是這一點。」王萬鍾說：「可能是長二姑以嫡為妾，做得太絕，她心懷不忿；但也可能是謀財害命。」

「對！」孫復驀地裡一拍掌，「看來後面確有人指使，目的就是看中了長二姑死後留下來的一大筆家財。」

王萬鍾默不作聲，他心裡別有意會，默默地在思量盤算，對於孫復與瑞福的談話，聽而不聞，直到廊上高喝：「送瑞福大人！」方始驚覺。

將瑞福送走以後，王萬鍾邀孫復到花廳中去密談，「孫大哥，我對那支籤上後面的兩句，琢磨出一點意思來了。」他說：「上兩句中的理字，當理性之理來講；下兩句的理，要看成法理之理。長二姑縱然對丈夫有情，絕不會做出謀殺親夫這種絕無理性之事，但餃子餡是她一手料理，證據確鑿，她在法理上是站不住腳的，這就變成『有情無理』了。」

「好！這個說法很圓滿。」孫復深深點頭，「古往今來，多少冤獄，豈能件件昭雪？命該如此，即是所謂『情屈命不屈』了。」

「至於『有理無情』自然是指荷姑。就法而言，她自然無辜，不過現在已經查問明白，確無第三者闖入，而胡成又親眼看到她從堂屋中出來，那就不能不疑心她在餃子餡裡動了手腳——」

「慢點！」孫復搖搖手，打斷他的話說，「那應該是在長二姑上茅房的時候？」

「是。」

「可是，她就不怕長二姑突然回來撞見了？」

「說得是。」王萬鍾說，「我想，我得到李家親自勘察一下。長二姑不是說了，上了茅房回自己屋裡去洗手，如果茅房連著她的臥室，在堂屋裡的荷姑，不知動靜，要顧慮到長二姑突然回來撞見；倘或由茅房回臥室，要經過堂屋左右，荷姑就有掩飾隱藏的餘地了。」

「不錯，不錯。不過你也不必親自跋涉，叫人到李家去畫張圖來，一看便知。喔！」孫復突然想起，「剛才瑞知府跟我說，他覺得你說的荷姑後面或許有人指使，頗以為然；打算讓我派個能幹的捕快去訪一訪。我看你沒有答腔，我也就支吾過去了。」

「啊，對不起，對不起！」王萬鍾急忙道歉：「我當時在琢磨『有情無理，有理無情』這兩句話，心不在焉，竟沒有聽見你跟瑞知府在談些甚麼。」

「現在可是知道了。尊意如何呢？」

「這是正辦，我完全贊成。」

「既然你贊成，我來安排。」孫復略一沉吟後說：「我先找捕頭來問問他的看法。」

長安縣的捕頭叫蔡德山，鬚眉皆白，而精神矍鑠，一望而知是個老到幹練、可資信賴的人，孫復頗假以詞色，等他打千請安以後，特為給了他一張小凳，命他坐著回話。

「李朱氏謀害親夫那件疑案，經過情形，你都清楚吧？」

「清楚。」

「你看李朱氏的嫌疑重不重。」

「表面看很重，其實一點都不重。」蔡德山說：「王大老爺問的都在節骨眼上，誰有嫌疑，腦筋清楚的人都看得很明白。」

「那末，你說是誰呢？」

「自然是今天不提堂的那個人。」

孫復與王萬鍾相視微笑，以鼓勵的眼色，示意蔡德山再說下去；但蔡德山卻矜持著，不肯多說一句。

「德山，」孫復問道：「我跟王大老爺，還有瑞知府都疑心荷姑後面有個指使的人，你看呢？」

蔡德山略想一想說，「差人十四歲『應卯』，今年六十七歲，當了五十三年的差，像這種案子，遇見過好幾件，照差人的經驗，躲在後面的人不外乎兩種，一種是姦夫；一種是同族謀產。她後面是那一種人，必得查過了才知道。」

「查當然要查，找你來就是為此。不過，」孫復說道：「你講的兩種情形，想跟姦夫白頭到老，固然要親夫死了才辦得到；就是族人謀產，無非爭著立嗣，亦是李維清身後的事，現在妻妾二人都沒有謀殺家主的打算，豈非這兩種情形都不大對頭？」

「是！」

蔡德山不再多說，但王萬鍾卻看出來他有不以為然的神色，只是不便跟長官爭辯而已。因此，他鼓勵著說：「蔡頭，你有話儘管講。」

孫復也省悟了，「原是推敲案情，」他說：「你意見不同，何妨直說。」

「差人沒有甚麼知識，那敢在兩位大老爺前面，亂發議論，不過見的案子不少，跟壞人打的交道也多，比較能夠揣摩他們的心理。」蔡德山停了一下說：「謀殺親夫不是件容易的事，要等機會；如果荷姑心裡有這個意思，有一天機會來了，不正好借刀殺人？這是差人心裡這麼在想，真情到底如何，不敢說。」

孫、王二人頻頻頷首。蔡德山的想法，正好解釋荷姑明知餃子有毒，卻仍舊去下了來供李維清食用的緣故。兩人都覺得破案更有把握了。

於是相互交換了一個眼色，取得默契以後，由孫復下令：「德山，那你就辛苦一趟，到鳳翔去查一查：我會交代刑房辦公事，讓你帶去。至於盤費，用多少，報多少，購眼線的錢，不必擔心我會不准。」

「是。」

看他面有難色，王萬鍾少不得又要開口了，「蔡頭，」他問：「你有難處？」

「難處是怕一時交不了差，案子不能結，上頭會催，這種事就是讓本地的班房去辦，也要慢慢去摸，捏不準辰光。」蔡德山沉吟了一會，突然說道：「差人倒有一個辦法，就不知道兩位大老爺辦起來有沒有為難的地方？」

「你說。」

「差人在想，不如用一條引蛇出洞之計，或許很快可以把她背後的人找出來。」

「何謂引蛇出洞？」

「把荷姑放掉，讓她回鳳翔——」

王萬鍾與孫復聽取了蔡德山的計畫，認為可行，祕密商定了細節，責成蔡德山暗中去部署。

到得第三天，通知原保朱得安將荷姑帶來，在花廳中審問。

這一審是所謂「過堂」，問的都是些無關緊要的門面話；問完了傳朱得安上堂，王萬鍾說：「這一案情形很清楚了，只有李朱氏涉嫌，本縣現在打算先從查砒霜的來源下手，這不是十天半個月可以有結果的，除了李朱氏以外，其餘涉案各人，一概開釋，不過婦女必須交付親屬，你願意不願意具一張結把她領了回去？」

「小的願意。」

於是朱得安為荷姑及小翠具了結，將荷姑領了回去。荷姑沒有想到這麼輕易就脫然無累了，正在跟朱得安商量，是先回鳳翔，還是仍舊住在朱家靜候官司結果時，胡成來了，說跟班房講通了，准荷姑去見長二姑，有話交代。

「這位王大老爺，是有名的通情達理的好官，把你先放出去，再好不過。相公死得慘，一定要好好超度；從他嚥氣到現在快『斷七』了，沒有做過一場佛事，我自己的官司不擔心，總有水落石出的一天，倒是為相公，夜裡想起來就睡不著，你回去馬上請和尚來擺懺，放焰口，不要怕花錢。」長二姑叫一聲：「小翠，把鑰匙拿來，交代給二娘！」

一串鑰匙有七八個，有兩三個是荷姑能識別的，其餘的就不知道了。正待發問時，長二姑又開口了。

「最小的那個是開首飾箱的。我讓胡成送你回去，你開箱拿一對金鐲子交結胡成帶回來，我有用處。鑰匙也交結他好了。」

「開首飾箱的鑰匙？」

「還有這個開銀櫃的鑰匙。」長二姑指點明白後又說：「你在銀櫃裡拿二百兩銀子用。」

「是。大娘還有什麼吩咐？」

「還有件很要緊的事，相公要立神主，可能沒有孝子的名字；李家的族人我不大熟悉，你看那家輩分相合的孩子當中，誰比較有出息，看中了告訴胡成，我們再商量。」

「是。」荷姑說道：「胡成送我回去以後，我想有許多事要辦，只怕一時不能回長安。」

「不！」長二姑搖搖手，「我這裡的官司，要靠他料理，最多待個兩三天，你就放他回來。」

「大娘的官司是要緊的。不過要替相公繼承一個兒子，也是件大事，得要慢慢兒挑；如果胡成只能待兩三天，只怕還沒有結果。」

長二姑沉吟了一會說：「你的話不錯，慢慢兒挑。讓胡成先回來，我不急著等回音。」

這些都是蔡德山的設計，透過胡成跟長二姑說好了的。等胡成送荷姑回到鳳翔時，蔡德山已經先一步跟鳳翔縣的捕頭鄭四談過公事，在李家附近，布下暗樁，荷姑的一舉一動，以及有些甚麼人進出，都在監視之下。

蔡德山的設計中，最厲害的一著是，投下一個餌，就是那兩把開首飾箱及銀櫃的鑰匙。他預料荷姑如有謀產的企圖，有胡成在，不便公然偷盜，唯一的辦法便是照樣先配兩把鑰匙，等胡成回長安後，從容動手，所以特意畫好鑰匙的圖樣，請鄭四通知鳳翔縣所有的銅匠，倘有人來配這兩把鑰匙，立即到班房報告領賞。

到得荷姑請和尚做過佛事的第二天，胡成依照預先的約定，到蔡德山所說的旅店來看他，說是快要啟程回長安了。

「首飾箱開過沒有？」

「沒有。」胡成答說：「銀櫃開過了。」

「你眼見的？」

「沒有看見。光是拿了兩個大元寶叫我去兌成十兩、五兩的銀錁子，所以我知道她開過了。」

「嗯！」蔡德山問說：「你甚麼時時候走？」

「後天。車已經雇好了。」

蔡德山頗為困惑，等胡成辭去以後，一個人默默盤算，莫非荷姑不吞他下的「餌」。果然如此，一切部署皆歸於無用；如何「引蛇出洞」，還得另傷腦筋。

下一天是他最後希望之所寄，因為這一天荷姑一定得開首飾箱，取金鐲子交付胡成，同時交出鑰匙，那就不可能再拿原鑰另配，也就確定了荷姑不曾吞「餌」，一切心血，皆付流水。

這樣坐立不安地到了近午時分，鄭四匆匆來訪，一見面就說：「有消息了，今天一早有人去配了那兩把鑰匙。不過，德山哥，你別高興，你知道配鑰匙的是誰？」

「誰？」

「是鳳翔縣有名的刀筆，外號『赤練蛇』的余子中。據說是余子中派了他的書僮去配的。」

「呃！」蔡德山問：「派在李家的暗樁，認識不認識余子中？」

「怎麼不認識？」

「那，請四哥問一問他，這幾天，余子中有沒有到李家去過。還有，今天余子中一定會派人，或許就是那書僮，拿原鑰送了回去，可曾發現這麼一個形跡可疑的人？如果沒有，下午一定要格外留意。」

鄭四答應著走了，到了下午有了回話，李家做佛事那天，去行禮致唁的人很多，記得余子中也曾去過。至於形跡可疑的人，尚未發現。

「只要余子中跟荷姑有勾結，那就在余子中身上下工夫，破案不難。」

「不然，一定要有靠得住的證據。」鄭四說：「這條『赤練蛇』毒得很，打蛇不能打在七寸上，讓他反咬一口，不得了。鳳翔縣前兩任的縣官，桂大爺革了他的代書，後來搞得好慘。」

原來前兩任的鳳翔知縣桂慰慈，到任不久，有一次照例「放告」，收到一張狀子，事由是「傷天害理，活殺母子」，桂慰慈大吃一驚，再看狀子內容是有人偷了鄰家一條有孕的母豬，私宰出售。如此而已。桂慰慈認為這樣子危言聳聽，足見是個訟棍；再看寫狀的代書，名叫余子中，當即批了個「刁訟之風不可長，該代書余子中著即革退，戳記收繳。」

為人寫狀的代書，照例須經考試，考上以後，發給戳記，鈐於狀尾；若無此戳記，名為「白稟」，例不受理。代書有定額，一般多是六名；憑此戳記，一個月為人寫個兩三張狀子，就足夠開銷了。收繳余子中的戳記，等於斷了他的生路；因而將桂慰慈恨之入骨，但表面聲色不動，暗中在查訪桂慰慈的劣跡，打算一舉將他扳倒。

無奈桂慰慈是個清官，並無貪贓枉法的把柄，可以讓他抓到。但皇天不負苦心人，在桂慰慈的家鄉，卻找到了他的一個批漏，而且牽連到桂老太太。

桂慰慈的父親是綠營武官，作戰陣亡，他的妻子第二年生下一個遺腹子，就是桂慰慈。及至桂慰慈中了進士，同鄉因為他的寡母撫孤守節二十餘年，教子成名，特地聯名為她呈請旌表，建立一座牌坊。哪知桂慰慈的年歲上出了麻煩。

桂慰慈是十六歲中的秀才；向例童生報考時，未成年的「幼童」及白髮蒼蒼的「老童」，常能獲得學政的矜憐，易於取中，所以桂慰慈當時少報了兩歲，變成十四歲的「幼童」。以後中舉人、成進士，因為有檔冊在案，一直比實際年齡少了兩歲。

於是余子中寫了好幾封匿名信，分投桂慰慈家鄉曾為請旌的紳士，指出照桂慰慈的年齡計算，出生在他父親陣亡後兩年，不但不是遺腹子，而且亦不姓桂；你們不察事實，揑詞請旌，不知其心何居？倘此事不作補救，他要「京控」，告那些紳士欺罔之罪。另外給當年在桂慰慈家鄉當巡撫及學政，現已分別升任為大學士及禮部尚書的兩名朝貴，施以同樣的威脅，因為地方紳士具呈請旌表節婦，照例須由督撫及學政，會同查察題奏，所以欺罔之罪，亦脫不得干係。

這一下掀起了軒然大波，糟糕的是，不知道這封匿名信是誰所寫，無從疏通；更糟糕的是被迎養在縣衙門的桂老太太得知此事，氣出一場大病，藥石無靈，一瞑不視，桂慰慈丁憂罷官，而麻煩未了，兩名朝貴都行文到桂慰慈家鄉的地方官，飭查真相，桂慰慈只好自行檢舉，當年少報年齡的原因。吏部原有「定檢舉之法，以寬過失，凡事已行得更正者，則准其檢舉」的明文規定，只是考功清吏司的查辦，有意刁難，要他提出確有少報年歲的證明，須當年為他接生的穩婆出具切結。穩婆早已身故多年，切結從何而來？少不得還須在考功司花了錢，才准了他的檢舉。

檢舉雖准而事要「更正」，這一來花費更大了，因為本縣、本府、學校衙門、禮部都有他赴考的檔冊；新中進士以後，先是授職內閣中書，後來升任兵部主事、調任刑部、升工部員外，因為過失處分，降調為鳳翔知縣，六部之中除了戶部，亦都有他的檔冊，年歲一一更正，到處都打點，幾乎傾家蕩產。

「那末，這位倒楣的桂大老爺，知道不知道他是讓『赤練蛇』咬了一口呢？」蔡德山問。

「先不知道，後來知道了。」

「怎麼知道的？是余子中自己說破的？」

「不是。」鄭四答說，「不過桂大老爺有點疑心，派家人來，要我查訪。我說，這容易，你把他寫給你們那裡紳士的匿名信拿兩封來。等他拿來以後，我請刑房的弟兄，把余子中代書的狀子調出來，一對筆跡，果不其然！」

「照此看來，荷姑背後的人，十之八九就是余子中；不知道他們有沒有姦情？」

「就算有姦情，本夫已死，家裡又吃了官司，沒有人能干預。」鄭四又說：「而且余子中心計極深，做事一定格外小心，不會讓人看出來的。」

鄭四看錯了！照暗樁的報告，余子中不但白天公然登門，甚至停眠整宿，毫無忌憚。蔡德山心想，「引蛇出洞」倒是做到了；可是這條「赤練蛇」出了洞又如何呢？算了半天，有了計較，將鄭四請了來商議。

「四哥，我在想，余子中跟荷姑睡在一床，枕頭上一定有許多私話講，如果能聽到他們講些甚麼，辦案就會順利得多。」

「是啊！」鄭四笑道：「倘或聽他人在講砒霜的來源，那就好比中了『白鴿票』了。」

「那末，四哥你看該怎麼下手呢？」

「老法子。而且我手裡正有一個人。」

捕快辦案，為了刺探隱私、搜集證據；或者做壞事栽贓，每每利用慣竊，鄭四所說的「老法子」，就是指此而言。他「手裡的一個人」，外號「一溜煙」，剛剛出獄，是慣竊中的高手；鄭四是指使得動的。

那知事情並不順利，一溜煙明白了他的任務以後，面有難色，「鄭頭，」他說：「你老的交派，我本來不敢多放一句屁；不過，我霉運剛剛走完，第一回出手，就鑽到人家床底下，聽姦夫淫婦鬼打架，你老想想，我那裡還有再走運的日子？這樣，這回你老放我一馬，下回我再效勞。」

鄭四想想，這也在情理上，只好另外找人，無奈有的表示「技藝」不高，沒有把握；有的聽說是算計「赤練蛇」嚇得連連搖手，以致物色了三天，仍無結果。

到第四天，蔡德山來催問了，鄭四如實相告；蔡德山略一沉吟，便即說道：「四哥！你能不能把他找來，我有話說動他。」

「好！我馬上就派人去找。」

這一溜煙生得十分短小，但精悍之氣，溢於詞色，手腳更是俐落非凡；而且耳朵極靈，目光極利，一進門就注視土匠下面的一個小洞，指顧之間，一隻老鼠沿壁而過，他早就發現了。

「這是長安縣來的蔡頭。」鄭四引見著說：「是我們這一行的老大哥。」

「蔡頭，你好！」一溜煙抱拳作了個揖。

「少禮！少禮！老弟你是先吃菜，後吃酒；還是馬上就吃酒？」

「我不會吃酒，菜也不必費事。」一溜煙看著鄭四說：「蔡頭有話，就請說好了。」

「是這樣的，兄弟，我要請你做一件積大陰功的事，只要你肯發慈悲，李朱氏謀殺親夫的嫌疑就可以洗刷了。你看怎麼樣？」

一溜煙愕然不知所對，看著鄭四問道：「鄭頭，我不明白是怎麼回事？」

「呃，我忘了告訴你了。」

其實不是忘記，是故意不告訴他，以防洩漏，此刻蔡德山自己提到，便不妨實說；一溜煙聽他講完，臉上就不是先前那種漠然的神色，顯得有點興趣了。

「兄弟，皇帝不差餓兵，我有十兩銀子送你。錢不是我的，是我們長安縣孫大老爺的賞格。」蔡德山又說：「兄弟，我們要勸勸你，走一條正路；十兩銀子可以做個小生意。如果不願意呢，還有一個辦法，你跟我到省城裡，我請孫大老爺把你補一個名字，跟我在一起。」

一溜煙心想，俗話說的「捕快賊出身」，做賊做得當了捕快，那是修成正果了。當即欣然答道：「蔡頭提拔我，我不能不識抬舉，今天晚上我先去探探路。」

「好！馬到成功！」蔡德山取出來十兩銀子，「這個，你先收了。」

「不，不！」一溜煙搖搖手說：「等事情辦成功了，再來領賞。」

一溜煙告辭而去，卻一直沒有消息，鄭四派人去找，亦遍尋無著；正在氣惱頭上，一溜煙笑嘻嘻地來了。

「你小子到那裡去了？」鄭四破口大罵，「我就知道你靠不住，所以當初不肯把案情告訴你；如今人家蔡頭把一件大事託付給你，你竟人影都不見了，你想想對不對得起人家，連我的面子都讓你掃光了！」

一溜煙靜靜地聽他罵完，從身上掏出一個紙包，「鄭頭，我給你看東西。」說著去把窗戶關上，

「今天風很大，要小心，吹飛了不得了。」

他小心翼翼地打開紙包，鄭四一看驚喜，「這，這是砒霜，」他急急問說：「你那裡弄來的？」

「偷來的。」一溜煙答說：「鄭頭，我正因為蔡頭格外看得起我，再要給你老做面子，所以心裡起了個主意，不過當時沒有把握，所以不敢說破。」

原來一溜煙的想法是，命案最要緊的證據是兇器，就看證實了余子中供給的砒霜，他如果抵死不認，就不能定讞治罪，所以釜底抽薪之計，是去把砒霜找出來——他相信余子中手裡一定還有，只是收藏之處，必然非常隱祕，能知道藏在何處，就易於下手了。

慣竊都是有聯絡的，他找到一個曾在余子中家行竊過的同道，細問余家的情形，問來問去問出一點因頭來了。

「有一回我半夜裡到他那裡去，燈還亮著，我到窗子底下，找到破洞，朝裡一望，看他跟客人不知在談甚麼。後來那客人從身上摸出來一張像田地房契那樣的紙頭，交了給他；他湊到燈光下面看了半天說：這張單據是要緊的，等我來改動一兩個字，你的官司就準贏不輸了。隨後拿來一個福建漆的皮枕箱，打開了鎖，把那樣紙頭塞了進去，拿枕箱送回床上。」

「喔！」一溜煙想了一下問道：「那天是甚麼天氣？冬天還是夏天？」

「冬至前後。」

一溜煙心裡在說：「有路了！」枕箱又稱漆枕，牛皮所製，外用黑漆褪光；枕頭一端有個可以啟閉的小門，可貯不足為外人見的隱私之物，如祕戲圖、春藥之類。但漆枕通常為夏天所用，取其涼爽光滑，冬天而用漆枕，可見所重者不在表面的涼爽光滑，而是內貯之物，極關重要，只有枕在項下，方能放心。

「李家我也去過幾趟，前兩天赤練蛇沒有去，有一回赤練蛇去了，說了句：『今天晚上我不住在這裡；我要趕夜工。』隨後兩個人上床『辦事』，事完走路。直到昨天晚上，我看赤練蛇先是喝酒調情；上了床帳子晃了半天不晃了，我不敢耽擱，趕到余家把枕箱拿了出來，打開來伸手一摸，摸到了這包東西，一看不錯，隨即又把枕箱鎖好，送回原處。鄭頭。」一溜煙得意地說：「我沒有把你老的面子掃光吧？」

「好小子，真有你的！」鄭四在他背上拍了一巴掌：「走！」

兩人到了蔡德山下處，閉門密談；蔡德山又驚又喜，將一溜煙大大地誇獎了一番，然後商量下一個步驟。

「兄弟，」蔡德山說：「我看你還得辛苦一趟。」

「喔！」一溜煙答應著，等候他的下文。

「還得將東西送回去。」

「這——？」一溜煙不知道怎麼說下去了。

鄭四卻明白蔡德山的用意，「這是真贓實據。」他為一溜煙解釋，「你把它掏走了，將來去搜查，沒有東西，怎麼能辦他。」

「呃，我懂了！」一溜煙想了想說：「不過，倘使赤練蛇發現東西沒有了，過兩天看一看，東西又有了，那就一定會想到出了花樣，而且一定會把東西拿走，那一來搜查也沒有用。」

「這話有理。」蔡德山連連點頭，沉吟了一會說：「四哥，我看這樣，東西暫時留在你這裡；我連夜趕回西安去請了示，再作道理，你看如何？」

「這是正辦。」鄭四問道：「你甚麼時候回來？」

「此去西安是兩天的路程，來回四天，我趕一趕，準定三天回鳳翔。」

「好！」鄭四又問：「德山，有件事，我要跟你商量，案子一定可以破了！這是件逆倫重案，破不了，有處分；能破，是極大的勞績，我想要告訴本縣的大老爺，你看行不行？」
「行、行！是你的功勞，也就是鳳翔縣唐大老爺的功勞，而且以後還要靠唐大老爺幫忙，當然應該告訴他。」
「那就是了。將軍休下馬，各自奔前前程，你趕緊動身，我去見唐大老爺。」
「說得是。」蔡德山對一溜煙說：「兄弟，這回你不必客氣了。」說完，照前許之數加倍，取了二十兩銀子給他。
「多謝、多謝！」一溜煙又問：「現在還有甚麼事交代我？」
蔡德山想了一下說：「你不妨再去探探赤練蛇的動靜，如果一切照常，自然是沒有發覺他的東西不見了；不然不是坐立不安，就是神情恍惚。你想是不是？」
「是！我明白這個道理。」
「四哥，」蔡德山說：「拜託你給我找一匹好馬，行不行？」
「驛站的馬不能跑長途，你要的馬，又要快，又要有耐力。」鄭四應了一下問道：「德山，你馬上的工夫怎麼樣？」
「過得去。」
「那就行了。唐大少爺有一匹『菊花青』，樣樣都好就是脾氣不好，你只要不怕摔，我替你去借了來。」
這匹菊花青確是好馬，蔡德山如他自己所預期的，只花了一天半工夫，便從鳳翔經岐山、扶風、武功、興平、咸陽，進了西安的西門，一下馬便求見孫復，說有緊要公事回稟。
於是孫復約了王萬鍾一起在簽押房接見。「兩位大老爺，」蔡德山說：「案子指日可破——」
聽他細細說了經過，孫、王二人額手相慶；孫復問道：「鳳翔縣的唐大老爺，當然也知道了？」

「那是一定的，鄭四當然要跟唐大老爺回稟。」

「嗯、嗯！」孫復問道：「你吃了飯沒有？」

「還沒有。」

「叫小廚房替你備飯。吃完了再來，我跟王大老爺商量好了，告訴你怎麼辦。」

「是。」

等蔡德山退了下去，孫復問王萬鍾：「你看，應該怎麼辦，是你到鳳翔去一趟，還是請唐錫謙料理？」

「似以請唐錫謙料理為宜。」

「我也是這麼想。請他逮捕人犯歸案好了。」

「是。不過我有點擔心，既然逮捕，當然要審，問得不在要害上，案子會有轇轕；尤其這佘子中，是當地出了名的刀筆，口供之中留下後手，翻起案來，不是開玩笑的事。」

「那容易。你看該怎麼辦，交代了蔡德山，轉告鄭四，由他去跟他們堂官回好了。」

因此，蔡德山在第一次享受了出於「小廚房」的精美午餐後，奉命到花廳來見王萬鍾；一樣也受到了分外的禮遇，王萬鍾以款客的禮節相待，隔著一張茶几，低聲密語。

問清了若干還欠明白之處，王萬鍾說：「蔡頭，你這回的差使，實在辦得漂亮；後半截如果搞糟了，辜負你的一片苦心。」

「王大老爺言重了。你老明鏡高懸，怎麼辦得到『搞糟』的話。」

「我是怕唐大老爺問的不得法，節外生枝，多費手腳。」王萬鍾一面想，一面說：「這一案關鍵雖在砒霜，可是起因在姦情，我的意思是要順著辦，不可以倒著辦。」

「你老的話，差人不大懂。」

「由姦情追究到砒霜，按部就班，順理成章，是順著辦；由砒霜，追到姦情，是倒著辦，步步跡都有關礙，吃力得很。」王萬鍾緊接著說：「我先試問，你是怎麼能請唐大老爺出『火籤』去搜查余子中？」

「這，據眼線密報，也是常有的事。」

「好！搜查到了，余子中不承認有甚麼姦情，說砒霜是他用來毒耗子的，怎麼辦？只有用刑；他如果『熬刑』，你又怎麼辦？再問砒霜來源，當然不會說是在本地買的。砒霜出在江西信州，他若是說信州的朋友送他的，那還得請撫台行文到江西去查，案子就懸起來了。」

蔡德山不即答話，思索了好久，方始開口：「王大老爺的意思，差人懂了。不過照例不准『指姦』，不好問荷姑，某某人是不是你的姦夫？她跟余子中混在一起，這些要緊關子，想來也懂，如果咬緊牙關不鬆口，拿她沒辦法，所以只有以話套話，套出她的真話來。不過，這要看機會。」

「要怎麼樣的機會？」

「要余子中枕箱裡的東西，已經沒有了，他本人還蒙在鼓裡；如果已經知道了，差人有一套把戲就耍不成了。」

當下他把如何耍那套把戲，說了個大概；王萬鍾不斷點頭稱是：「你的法子妙極！」他說，「機會要及早把握，你多辛苦，早點趕回去，立刻動手，我跟孫大老爺專等好音。」

連夜返回鳳翔，蔡德山找了鄭四來，問知余子中並無異樣，先放了一半心，兩人談了半夜，將細節商量妥當，各任一事，鄭四跟唐錫謙去面報；蔡德山找了一溜煙來，交代任務。

這個任務便是去竊聽余子中跟荷姑的談話，能找到一個「進身之階」；五天之中去了三回，頭兩回一無所獲，第三回終於找到了一個極好的藉口，可以冒充余子中的傭工，去看荷姑。

冒充的人，一客不煩二主，仍舊由一溜煙扮演。

「李姨太，」一溜煙說：「我是余二爺派我來送東西的，他說，李姨太要四瓶頂好的鳳酒到西安送人；余二爺先以為好鳳酒很難覓，怕要三、四天才有回音，不想很巧，一下就找到了，特意要我送來。」

「喔，你姓甚麼？我怎麼以前沒有見過？」

「我姓秦，本來在城外替余二爺管田租，不大進城，難怪李姨太沒有見過。」說著，將所攜四瓶鳳酒擺在桌上，接著又說：「余二爺還有句話，要我問李姨太，他說他有一個小紙包，不知道是否掉在這裡了？」

「小紙包裡頭包的甚麼？」

「不知道。」一溜煙又裝作不經意地說：「我只聽余二爺自己在嘀咕；那是要緊東西，掉在外面可不得了。」

荷姑一聽頓時色變，「你請余二爺馬上來一趟。」她說，「你說我有要緊的話跟他說。」

「是了。」

「辛苦你了！」荷姑取出五百文錢作賞錢，「你請余二爺馬上就來。」

「只怕要下半天。余二爺看朋友去了。」

「那就下半天，請你跟他說，一定要來！」

到了下午，余子中未見露面，卻有差人上門，說是長安縣有公事來，關於李維清中毒疑案，還有一些需要說明之處，請鳳翔縣代為傳詢：只請她到縣衙門把長安縣要問的話說清楚了，便可回家。

事起突兀，荷姑心裡七上八下，六神無主；不過她也不是純然鄉愚無知的「沒腳蟹」，定一定神說：「兩位差爺請坐，先歇歇腳吃碗茶。」接著便喊她新買的一個丫頭，端茶奉客，自己一閃進了內室。

這兩個差人中，有一個便是鄭四本人，知道荷姑要耍花樣，很沉著地坐在堂屋裡靜觀其變；不一會只見她捧著兩錠銀子，走到鄭四面前，將銀子放在茶几上，退後一步，方始開口。

「兩位差爺辛苦，這是『草鞋錢』，莫嫌少。」

公差上門，不論何事，都要開銷，其名謂之「草鞋錢」，官所不禁，只是不准勒索。鄭四心想，如果不收，她心裡更會懷疑，當即拈起一個五兩的銀錠笑道：「太多了！做事不能不上路，我們收一半，還一半，多謝、多謝。」隨即將手中銀錠交了給副手。

「兩位差爺，我還有點事，要請通融方便；我最近身子虛弱，常有病痛，今天請了個大夫來把脈，大概快到了，我想讓我看完了病再走。」

鄭四心想：你不是在等大夫，是在等余子中，那就是癡心妄想了。當時並不說破，只說：「稍等一會不要緊，我們不誤期限就行了。」

「不會誤、不會誤。」

「那你請便吧！」

「多謝。」荷姑復又轉身入內。

閒坐的鄭四忽然想起一件事，蔡德山曾經提到，李家的房屋，最好畫個圖樣；此時正好勘查，因而站起身來，到堂屋門前打量，屋前天井，東西一條走廊，前面有一道小門，隱隱看到小小的一個茅篷，那自然是茅房了。長二姑上了茅房，必入小門，才能到她的臥室，行跡在堂屋中看得很清楚，所以荷姑如果在餃子裡動甚麼手腳，一到發現長二姑，還來得及隱藏掩飾。

「這就是了！」他在心裡說，「案子破定了。」

就在這時候，突然眼前一亮，同時心中一驚，只見余子中手中提著四瓶酒，正要進門；他的心思很快，立即明白了是怎麼回事？必是余子中為巴結荷姑，特地去覓了四瓶鳳酒，親自送來；如果他跟荷姑見了面，一切花樣，都會拆穿，這台戲就很難順順利利唱下去了。

因此，鄭四不假思索地急步上前，余子中發現迎面而來的人，臉上亦是驚愕的表情，但旋即恢復常態，含笑招呼：「鄭頭，多時不見了。怎麼，又是為荷姑的官司？」

「是啊！長安縣有公事來，請本縣大老爺傳荷姑去問幾句話就放回來了。」

「那，怎麼還不帶走？」

「她說，約了大夫來看病，要等一會。」鄭四將事態沖淡，「等就等，又不是甚麼大不了的事。」

「喔，不知道要問甚麼？」

「那就不知道了。」鄭四問道：「余先生是來看荷姑？」

「是啊！我們從小是鄰居，今天順路經過來看看她，想問問她的官司，有沒有要我幫忙的地方？」

「余先生，」鄭四裝出極誠懇的態度，「像她這種官司，真是一堆臭狗屎，沾都沾不得；你們從小鄰居，當然關心，不過，我勸余先生，最好不要管。」

「是，是，多謝鄭頭關照。」

「你請吧！你送她的這四瓶酒我替你轉交。」

「不，不！」余子中連聲否認，「朋友知道我貪杯，特為送我的。這酒是真正老窖，怎麼捨得送她。喔，鄭頭，你分兩瓶去。」

「不囉，不囉！君子不奪人所好。」鄭四作了個推人出門的手勢，「余先生，你請回家喝酒吧！」

「好，好！」

余子中笑著揚長而去；鄭四心裡在想，余子中一定會打聽荷姑的下落，而打聽的地方不外兩處，一處是找班房裡的熟人；一處是重新回來問荷姑的丫頭。班房在自己控制之下，打聽不到甚麼；來問荷姑的丫頭，有人冒充他的傭僕的事就瞞不住他了。

當時便定了個主意，趁那丫頭來續茶水時，叫住她問：「你叫甚麼名字？」

「我叫春寶。」

「春寶，你跟你二娘去說，辰光不早了，大夫不能再等了，請她收拾收拾好動身。」

「我去說。」

到她剛要轉身，鄭四又叫住說：「你服侍你二娘一起到衙門裡去。」

春寶是個鄉下孩子，一聽要進衙門，頓時面現懼色，「老爺，」她怯怯地說：「我看家好了。」

「去去就回來，用不著看甚麼家。」

「喔，去去就回來！」

也就因為這句話，荷姑也比較放心了；鄭四喚助手替她在港口雇了一頂小轎，到得長安縣，將她們主僕倆安置在班房，鄭四去看刑房查辦，細說經過，回明唐錫謙，即時在花廳提審。

照例問過姓名年籍，唐錫謙問道：「有個余子中，你認識不認識？」

一提到余子中，荷姑頓時色變，囁嚅了一會，終於不敢不說實話：「認識。」

「今天上午，他是不是派了人到你那裡去了？」

「小婦人，小婦人記不得他派人來過。」

「混帳！」唐錫謙拍著匠几喝道：「是今天上午的事你會記不得？」

「喔，喔，」荷姑急忙改口，「小婦人記起來了，是派人來過。」

「來幹甚麼？」

「小婦人託他買幾瓶好酒，他特為派人送了來。」

「別的還有甚麼事？」

「沒有別的事。」

「你再想一想。」

荷姑假意思索了一會，斬釘截鐵地答一聲：「沒有。」

「哼，」唐錫謙冷笑一聲：「我看不動刑你不會說實話！」接著喊一聲：「來啊！」

「喳！」在走廊上待命的幾名差役，齊聲答應，隨即掀簾而入。

「你說實話吧！」鄭四在一旁低聲勸她，「何必自討苦吃？」

「快說！」唐錫謙催促著：「不說就掌嘴！」

「青天大老爺別動氣，讓小婦人想一想，」她支支吾吾地說：「余子中叫人來問，說失落一個小紙包，是不是掉在小婦人這裡了。」

「余子中到你家來過？」

「是。」

「甚麼時候？」

「昨天。」

「昨天甚麼時候？」

「下午。」

「余子中到你家來幹甚麼？」

「不幹甚麼。」

「想你也是寡婦的身分，隨便讓男子到你家來，不怕鄰居笑話你？」唐錫謙問：「你跟余子中是怎麼認識的？」

「是——，」荷姑遲疑了一下說：「我們是親戚。」

「甚麼親戚？」

「表親。」

「喔，表親！」唐錫謙笑一笑，「一表三千里，我也不來追究你是怎麼個表法了；我只問你，余子中失落的小紙包，是不是掉在你家裡了？」

「不是。」

「那麼，你對余子中派來的人，是怎麼回覆的呢？」

「小婦人說：沒有掉在這裡，你請余二爺到別地方找一找看。」

「是這樣說的嗎？」

「是這樣說的。小婦人不會記錯。」

「記是不曾記錯，不過有意不說真話。」唐錫謙吩咐：「你把頭抬起來。」

「是。」

荷姑一抬起臉來，只見她臉上青不青，灰不灰，氣色難看極了，而且額上豆大的汗珠，不斷在滲；到此地步唐錫謙知道是逼她說真話的時候了。

「我告訴你，你這個婦人狡猾萬分，一連串的假話，第一，余子中到你家是在昨天晚上，不是下午；第二，余子中跟你不是甚麼表親；第三，余子中派人來問小紙包，你只說，請余二爺馬上來一趟，有要緊話跟他說。」唐錫謙大喝一聲：「說！是甚麼要緊話要跟余子中說？」

話猶未終，荷姑身子搖晃了兩下，隨即倒在地上，是急得昏厥了。這種情形，差役見得多了，蔡德山立即蹲下身去，左手扶起她的身子，右手使勁掐住鼻下唇上的「人中」；另一個差役去端來一碗涼水，蔡德山啣了一大口，「㖃」地一聲，一片細霧，噀向荷姑臉上，如是數次，不見甦醒，要另想別法了。

「回大老爺，」蔡德山仰臉說道：「犯婦受驚嚇太重，一時回不過來，要抬到班房裡去急救；就醒了，只怕今天也不能問了。」

「能救得過來嗎？」

「一定有法子。」

「好！快動手去吧！今天不問不妨，反正案子是一定可以破了。」

於是蔡德山指揮手下將荷姑抬到班房去急救；唐錫謙亦起身將由角門退歸上房，蔡德山一眼瞥見，急急喊道：「大老爺請留步！」

「怎麼？」唐錫謙站定問道：「還有事。」

「是。」蔡德山回頭看他的手下都走了，方始低聲說道：「余子中耳目很多，只怕風聲走漏，他會潛逃；這個要犯逃走了，大人在公事上不好交代，請大老爺現在就發火籤，提拿余子中到案。」

「不錯，不錯！這是要緊的，你跟我到簽押房來！」

到了簽押房，唐錫謙硃判火籤；蔡德山接到手中，立即傳齊快班，趕到余家；果不其然，余子中已經由平時結交好了的，班房中小角色的口中，得知荷姑受審昏厥的情形，估量她已經供出實情，事態嚴重，速走為上，已打好了一個小包裹，準備出亡，幸而蔡德山棋高一著，只好乖乖兒束手受擒。

「請問鄭頭，」余子中問道：「我犯了甚麼法？」

「余先生，你自己心裡有數。」

余子中不問案情了，只說：「要不要帶鋪蓋？」

這是在問：會不會被監禁？蔡德山想了想說：「帶著也好。」

「看樣子一時不能回家了。蔡頭，真人面前不說假話，你知道的，我的代書戳記是收繳了，親朋好友要打官司，還是會來找我出出主意，我現在手裡有三件案子，得要告訴內人，對人家怎麼交代。」

「好！我等你。」

於是，余子中跟他妻子低聲交談了片刻，等鋪蓋綑紮好了，跟著鄭四到了班房，隨即被安置在很隱僻的一間空屋中；鄭四好酒好菜款待，就是不談他緣何被捕，而且也沒有提堂審問。

到得第四天，唐錫謙在二堂提審余子中，問過姓名年籍，唐錫謙交代：「拿李夏氏的供狀給他看。」李夏氏便是荷姑。

這一下，唐錫謙犯了個大錯！讓余子中抓住了破綻，得有狡賴的餘地；原來荷姑甦醒以後，第二天提審，仍舊不肯說實話，唐錫謙一怒之下，施以「拶指」，這是對女囚的重刑，用三寸長的棗木小棍六條，以繩索串連，將犯人的五指夾在中間，收緊繩索，痛澈心肺，作用猶如夾棍，荷姑不等「三收三放」，便都招認了。

據荷姑自己說，她是當長二姑迫她以嫡為庶時，經人指點，找到余子中幫她告狀。那知余子中竟勸她不要告，因為說要告只能告丈夫，不能告長二姑；告丈夫未必會准，就算有理，無奈衙門八字開，有理無錢莫進來，俗語說得好，「天大的官司，地大的銀子」，怎麼敵得過長二姑？不如忍一時之氣，徐圖報復。

這時的余子中，已經不存好心，蓄意勾引荷姑成姦，利用她來謀財害命，第一步是遠至江西信州，收買砒霜；第二步是靜候時機，終於等到了李維清遠行，而長二姑自己動手包餃子這麼一個可以乘隙下毒而不蒙嫌疑的機會，那知李維清中道折回，方惹出這麼一場意外災禍。

在唐錫謙看，事證確鑿，鐵案如山；余子中既是懂律例的代書，只一看荷姑的供狀，自然俯首認罪，但他疏忽了一點，不該將荷姑兩次受審的供詞，全部洩漏給余子中。

「青天大老爺，冤枉啊冤枉！李夏氏血口噴人，小人恨不得一頭撞死；小人跟她從小鄰居，平時偶爾往來是有的，那裡來的姦情，更莫說指使她謀害大婦。小人天大的冤枉，求青天大老爺昭雪，小人供大老爺的長生祿位，公侯萬代。」說罷，余子中磕頭如搗蒜，磕得青磚地上「崩、崩」地響。

「好會做作！」唐錫謙問道：「李夏氏為甚麼不咬別人，單單咬你！你跟李夏氏如果沒有姦情，為甚麼晚上去找她？」

「小人從沒有在晚上去看過李夏氏。」

「還說沒有！李夏氏供得很清楚，那天晚上你在她家吃飯，她要你買四瓶鳳酒，說要送人；第二天你派姓葉的傭人送了去，問到一個失落的小紙包，她怕你把砒霜掉在外面，讓人撿到了會出事，所以才急著要跟你見面，問問究竟。這樣有頭有尾的情形，也是血口噴人，能瞎編得出來的嗎？」

「回大老爺的話，其中情形有真有假，真的小人承認，假的李夏氏要有證據，血口噴人，打死小的也不敢承認。」

「那麼，那些是真的呢？」

「李夏氏託小人買鳳酒，確有其事；不過不是前一天晚上，是下午。第二天小人把酒買到了，親自替她送去，還遇見捕頭鄭四爺；請大老爺問一問鄭捕頭，是不是看見小人提了四瓶鳳酒到李家？」

這便是佘子中厲害的地方，他故意不先說從未派一個姓葉的傭人給荷姑去送酒，要讓唐錫謙自己去領會其中的矛盾。果然唐錫謙暗叫一聲：「不好！出了漏洞了！」因為既已派人將酒送到李家，他自己就不必再送了。只要提出鄭四替他證明了這一點，即可反證他先前並未派人到過李家，荷姑的口供，也就變得不可信了。

案子問到棘手之處，只有暫時擱置；唐錫謙又問：「你再說，還有那些是真情？」

「真情是，小人家只有一個老媽子、一個丫頭，看門的是小人的堂房叔叔，只有一條腿，年紀快七十了。小人從未用過男工，不知道這姓葉的是那裡來的？」

「你說的是真話？」

「句句皆真。」佘子中說：「小人可以請四鄰具結，從未用過男工。」

「好！你找四鄰具結呈堂。」唐錫謙趁此機會退堂，掩飾問案問不下去的窘態。回到簽押房的唐錫謙，連衣服都不得換，便將鄭四找了來問計，他懊喪地自責，只以為如此大案，輕易破獲，得意之餘，不免忘形，以致行事輕率，竟將荷姑的前後口供，完全向佘子中公開，讓他抓住了漏洞，得有狡賴的憑藉，自己都覺得不可原諒。

鄭四原有一肚子的怨氣，看堂官是這樣的態度，自然不便再說甚麼？反倒安慰他說：「大老爺也不必著急，幸而大老爺見機，沒有再問下去，留了退步，事情還可以想辦法補救。」

「怎麼補救？」

「差人一時還想不出來。」鄭四停了一下說：「差人想跟長安縣來的蔡捕頭商量了，再來回稟。」

「好，你趕快去。」

等鄭四見到蔡德山，還不曾開口，蔡德山先就嘆口氣說：「唉！我實在不能不佩服王大老爺王萬鍾，他早就擔心，案子在你們大老爺手上會辦糟，果不其然！」

「怎麼？老蔡，你都知道了？」

「我雜在老百姓裡堆聽審怎麼不知道。」蔡德山說：「你們唐大老爺是個書獃子，不過，四哥，不是我埋怨你，你做事也太大意了，當初我們商量好的，一等荷姑說了實話，第一步先拿佘子中調開；第二步叫一溜煙，把砒霜送回原處；第三步才是押了佘子中去搜查，當他的面把砒霜抖出來，那才叫做鐵案。現在，」他雙手一攤，「一切都落空了。」

「不見得！」鄭四重燃希望。「就今天晚上再叫一溜煙去辦，也還來得及。」

「決沒有用，佘子中一定叫他家裡的人，把枕頭拿走了。不信，你試試看。」

鄭四不作聲，好久方始開口：「這一案，我真不甘心！老蔡，你看，怎麼辦？」

「怎麼，四哥，」蔡德山定睛看著他的臉，「你似乎已經想到辦法了？」

「不錯，」鄭四答說：「不管砒霜在甚麼地方，東西總是他的。搜出來叫荷姑來認，與當初交給她的砒霜一樣，案子就定了。」

這不等於「栽贓」嗎？蔡德山在心裡說，不以為王萬鍾能同意這個辦法，便很含蓄地說：「這是最後一步，能不走，最好不走。」

「那末，老蔡，你說，該怎麼走？」

蔡德山沉吟了一會說：「如果我是唐大老爺，有個法子脫這件『濕布衫』，他備個公事呈報到省裡，說案子已破，不過既然指定『委員』王某某承審，不如請他到鳳翔來就地審辦。這一來唐大老爺不就有功無過了嗎？」

「好，好！這個法子好！」

第二天一早，蔡德山尚未起身，鄭四便來相訪了，據他說，唐錫謙對蔡德山的獻議，高興非凡，已經連夜辦妥公事，派人進省呈遞；另外寫了一封私函給王萬鍾，具道仰慕之意外，另附呈報臬司公文的抄本一通，請他「呈明憲台，早日命駕」。

「這封信，我們唐大老爺的意思，託你帶了去。唐大老爺對你感激得很，特為送你二十兩銀子的盤纏，還說，請你不要嫌少。」

「盤纏忒多了──」

「你客氣甚麼？老實說，你出這個主意，讓他免耽處分，將來破案議敘的保案，一定也有他的名字，就算送你二百兩，亦不為多。」

「那末，我們對分。」

「笑話，笑話！」鄭四連連搖手，「老蔡，你不要罵人了。」

於是，蔡德山仍舊借了唐大老爺的那匹菊花青，即日上路，到了西安，依然是先見本官，再見王萬鍾，細陳經過以後，王萬鍾雙眉深鎖，好久都不作聲。

「王大老爺，你亦不必煩惱，大不了還有個絕招。」蔡德山將鄭四打算「栽贓」辦法，說了出來。

「那是下下策。」王萬鍾連連搖頭，「一之為甚，豈可再乎？我現在擔心的是，余子中取具四鄰切結，證明他從未用過男工，那一來『姓葉的』從何而來，就必得追究了。案外生案，遷延不決，猶在其次；我怕余子中以『揑造偽證，故入人罪』，派他的親人『京控』。都察院遇到這種案子，一定據實上奏；當今皇上，最重紀綱刑名，特派欽差大臣到陝西來查辦，那就連撫臺都『吃不了，兜著走』了。」

一聽如此嚴重，蔡德山也楞住了，好半晌嘆口氣說：「唐大老爺，這個書獃子，真正害人不淺！」

「書生僨事，類皆如此，如今也不必去埋怨他了。」王萬鍾凝神靜思了一會說：「這一案仍舊要從追究姦情上著手，才是正本清源之計。余子中撒謊這部分，要找到證據，問得他無話可說，案子才能扳回來。」

「是！」

「辛苦你明天就趕回去，你要鄭四查兩件事，第一，荷姑跟余子中認識，是起於當初有人指點她去找余子中告狀，指點的人是誰？第二，長二姑的銀櫃已經開過了，首飾箱有沒有開過？如果荷姑偷了東西託余子中去銷售，買的人是誰？最好也能查出來。」

「如果余子中真有東西出手，查是不難的。但就算查到了，余子中說是家傳的首飾，並非荷姑託他賣的，那也枉然。」

「你的話不錯，不過不要緊，我會把長二姑放出去，她到家一查，開明失單，告荷姑『監守自盜』，不就可以把余子中扯出來嗎？」

「能這樣，當然最好。可是，」蔡德山發出疑問：「長二姑能開釋嗎？」

「能！」王萬鍾極有把握地答說：「其實，我現在就可以放長二姑；不過，我雖有權，道理上應該先回明臬司，徵求同意，比較妥當。」

「是！」蔡德山問：「王大老爺打算甚麼時候放她？」

「當然越快越好，快則明天，晚則後天。」

「既然這樣，差人打算等她放出來以後，好好兒跟她談一談再回鳳翔。」

王萬鍾略為考慮了一下說：「好！你送長二姑回鳳翔。等我明天見了臬司，事情就可以定局了。」

那知王萬鍾尚未去見臬司，臬司趙伯文已遣人來送請柬，當天晚上約他小酌；請柬以外，另有一份「知單」，列明賓客名銜，一共四位：「西安府瑞大人；長安縣孫大老爺；委員王大老爺；本衙門周師大人。」這「周師大人」便是臬司衙門的首席刑幕周瑯；清朝的幕賓，雖由本官私人延聘，與朝廷無關，但賓主的地位平等，稱謂視本官而定，只多加一個「師」字，臬司稱大人，所以周瑯亦被尊稱為師大人，但在口頭上，無論尊卑，皆稱之為「老夫子」。

「趙大人請的客都在這單子上面了？」王萬鍾問。

「是。」

「應該先知會西安府瑞大人。」

「上頭交代，王大老爺是主客，要先來知會。」

王萬鍾知道了，此會是談「謀殺親夫」案；便提筆在自己的名銜下，寫上「敬陪」二字，開發了一兩銀子的賞錢。

「喔，」來人突然想起，「上頭交代，請王大老爺穿便衣好了。」

於是王萬鍾只在長袍上套一件「臥龍袋」，準時赴約，席面設在趙伯文的簽押房外屋，酒過兩巡，由閒談轉入正題，「鳳翔縣唐大全來文，李家的那樁疑案，已經破了。」他說，「破案經過，想來諸公已有所聞？」

「是啊！」瑞福接口，「恭喜大人！此案一破，大人高升，指日可待。」

「不，不！」趙伯文連連搖手：「我不敢居功。不過這一來，本省大吏都可以鬆一口氣了。」接著，他又蹙起了眉說：「不過，能不能善始善終，猶在未定之天。」

「怎麼？」瑞福愕然相問：「大人此話怎講？」

「老夫子，」趙伯文看著周瑯說：「請你談一談，如今的難處何在？」

周瑯對全案十分清楚，因為全省刑幕，上下聯絡，聲氣相通，臬司首席刑幕，地位最高，州縣刑幕即令不是親自教出來的學生，亦每每執弟子之禮，凡有重大刑案，必有私函詳細報告；或者事先請示處理方針，這樣，由縣而府、而道、而省，毫無扞格，可說在初審即已定讞，名之為「一條鞭」。

周瑯亦是由鳳翔縣刑幕的信中，獲知詳情；從容說道：「唐大人前半段辦得很漂亮；後半段失之於輕率，他忘記了涉嫌要犯是有名的刀筆，更不該忘記了破案不免使詐，如今有了難言之隱，竟問不下去了——」

接著，便細細談了如何指使一溜煙「盜枕」，以及冒充余子中的傭工，套問荷姑的經過。他的口才很好，娓娓言來，引人入勝；瑞福與孫復都聽得出神了。

「酒涼了，換一換！」等換了熱酒來，趙伯文舉杯敬王萬鍾：「王大哥，這後半齣戲，要看你了。」

「不敢，不敢！」王萬鍾喝乾了酒說：「我得聽大人的意思，是不是派卑職去。」

「當然，請你負全責。」趙伯文說：「你打算如何辦法，有甚麼地方要協力，儘管請講；此案關係重大，非辦得漂漂亮亮，不會讓部裡駁下來不可。」

「是。」王萬鍾看著周瑯說：「老夫子，我想請教，如今能不能先拿李朱氏交保釋放？」

「能！怎麼不能？」周瑯答說：「《大清律》卷三十七，明定條例：『婦女除實犯死罪，應收禁者，另設女監羈禁外，其非實犯死罪者，承審官拘提錄供，即交親屬保領，聽候發落，不得一概羈禁。』如今李夏氏經已親口供認下毒，李朱氏即『非實犯死罪』，自然應該交保釋放。」

「那就是了。」王萬鍾說道：「我打算先撇開余子中，由李朱氏那裡開始，重起爐灶，自查贓入手，要教余子中無法遁形卸責；然後再追姦情，只要姦情屬實，不怕余子中不招。老夫子看如何？」

「原該如此。」

「兩位呢？」趙伯文問瑞福跟孫復：「意下如何？」

「老夫子都認為原該如此，還有甚麼話說？」

「王兄，」孫復接著瑞福的話說：「我只拜託你一件事，千萬安撫余子中，不能讓他京控；否則朝廷派欽差來查辦，我就慘了。」

「對、對！」作為首府的瑞福急忙附和，「千萬壓住那條『赤練蛇』！」

當晚定議，第二天一早收到臬司的「劄子」，飭令王萬鍾移駐鳳翔縣承審全案。於是王萬鍾找了蔡德山來，讓他跟胡成去接頭，辦妥保結，將長二姑放了出去，同時當堂指定蔡德山押解長二姑回鳳翔，交付鳳翔縣衙門，請加管束。

「那末，」蔡德山問說：「王大老爺那天起駕呢？」

「早去沒有用。我要等你跟鳳翔縣把兩件案子辦得有個結果再動身。」

這兩件案子，便是荷姑曾否「監守自盜」，以及她跟余子中到底是何關係？而兩案中有一案查明了，他才有著手處。

「差人明白了，一到鳳翔，會同鄭四加緊去辦，有了結果，連夜來通知。」

「好！我靜候好音。不過，」王萬鍾用很鄭重的語氣囑咐：「一定朝正途去辦，千萬不能再做說不出口的事了。」

「是，我會格外交代鄭四。」蔡德山這樣回答，表示他並沒有錯。

當然，他對鄭四的交代，語氣不會這樣率直，只要求鄭四凡有措置，一定事先要跟他商量，鄭四滿口答應。

回鳳翔以後，長二姑第一件事，便是派胡成從荷姑那裡，將鑰匙要了回來；順便領回春寶——荷姑從招認下毒以後，便已收入女監，春寶無隨同入監之理，又沒有親屬可以責付，只好跟著官媒住，呼來喝去，打罵俱全；春寶被作踐得不成人形，一見長二姑，跪倒在地，嗚咽不止。

「別哭，別哭！」長二姑問：「我是甚麼人，你知道不知道？」

春寶是荷姑從西安回鳳翔以後，才買的一個丫頭，彼此都未見過，不過，胡成已經告訴她了，所以春寶答說：「是大娘。」

「不錯。」長二姑問：「你今年幾歲？」

「十六。」

「那比小翠大，以後你們就是姊妹，和和氣氣，不准吵架。你雖不是由我手裡進來的，不過，我也不會虧待你。小翠，你帶她去洗洗臉，換一換衣服，換下來的衣服燒掉，去去晦氣。」

由於長二姑的撫慰，以及稚氣未脫的小翠「姊姊，姊姊」喊得極親熱，所以春寶便將荷姑收監之時，悄悄囑咐她，「出去以後，別談我的事」的話，都拋在腦後了。

「二娘在衙門裡，有沒有吃苦頭？」長二姑問。

「怎麼沒有？十根指頭都併不攏了。」春寶又說：「二娘吃刑罰的時候，昏了過去，抬到班房裡，花了好大的工夫，才救醒過來；本來當天晚上就要送女監的，一個白頭髮的老差人說：這一送進去，要不了兩三天就會送命；這樣子要緊的犯人，死在監牢裡，連唐大老爺都吃罪不起，應該養個幾天，養好了再送進去。就這樣，又在班房裡住了三天。」

「這三天，你都跟她在一起？」

「是啊！日日夜夜都是我看顧她。」

「那麼，」長二姑問到藏之心中已久的一個疑團：「她明知道一吃餃子就會送命，怎麼忍心去煮了來給相公吃？」

春寶一時無從作答，因為她對荷姑與李維清、長二姑之間的恩怨，不甚了解，思索了一會答說：「是第二天晚上，她精神好得多了；手上的腫也消了，又正好官媒婆回家陪漢子去了，多說說話，沒有人管了，二娘告訴我好多事——」

這好多事中，就有一件是長二姑所急於知道的，據荷姑說，她那時在廚房裡的心情，就像煮餃子那樣，「三起三落」，浮沉不定，先是想說破真情，自我檢舉，但沒有那個膽量；再是想悄悄溜走，去找余子中問計，卻又怕抖露出姦情，只連累了人家，而於事無補；最後想到她自己也吃有毒的餃子，陪李維清一起死，七上八下，想了好久，終以貪生一念，下不了決心，就在這種蹉跎因循的一段辰光中，鑄成了大錯。

「二娘說：事情是我的錯，不過，我最多只能占六分，還有四分是大娘跟相公的錯，大娘不該仗她有錢，硬要把我壓下去，她既無理，怨不得我無情；至於相公，他不該不念結髮夫妻的情分，不過他也很老實說了：如今是沒有辦法，在人簷下過，不敢不低頭，等他將來得意做了官，他自有辦法，還我的名分，另外掙一副誥封給我，這種事從前有過，戲文裡也唱過的。」

原來他是想唱一齣「雙官誥」！怪不得荷姑肯服低做小；可是，她莫非不曾想過，這是哄她的話？長二姑這樣想著，便又問道：「你二娘可曾說過，砒霜是那裡來的？」

「余二爺給她的。」

「我不是問這個，我是問，姓余的是那裡弄來的砒霜，你二娘可曾告訴過你？」

「沒有。」

「你二娘有沒有談過，她跟姓余的，是怎麼認識的？」

「也沒有。」

再問她一些甚麼呢？長二姑突然想到，荷姑跟余子中的姦情，春寶近在咫尺，必有所見所聞；但所見所聞未必有所知。她將春寶打量了一會，看不出她是婦人還是閨女，不過春寶是童養媳，她是聽胡成說過的；當下問道：「你跟你漢子圓過房沒有？」

春寶紅著臉點點頭；停了一下又說：「那個畜牲像條蠻牛一樣，不管有人沒人，想起來就要，我不肯，他就打我；我婆婆看不過，跟我說：你爹娘都死了，我就放你一條生路，你也沒有娘家可以回去，我打算把你賣掉，不過一定替你找一份好好的人家；賣多少錢我不在乎。那時正好二娘要買人，我婆婆看二娘人不錯，家裡事也不多，就寫了契紙，賣了二十兩銀子，我婆婆還給了我一半做私房。」

「你婆婆倒是個好人，以後帶來讓我看看。」長二姑略停了一下轉入正題：「那姓余的常常來？」

「大概三、四天來一趟。」

「每趟來，都住在這裡？」

「不一定。」

「來了以後怎麼樣呢？」

「關在屋子裡談心。」春寶緊接著說：「每到這種時候，二娘就說，你看好大門，一步別離開，如果有人來找我，你說我出去了。」

「你倒沒有到窗子外面偷偷兒望一下？他們到底在幹甚麼？」

「沒有。」

「為甚麼？」

「二姑叫我看緊大門，一步別離開，就是不叫我去偷看。再說，也用不著，他們在幹甚麼，不看也知道。」

能說這一番話，見得春寶不是個愚蠢無知的鄉下女子；心裡便想：用她比用小翠得力。因而開銀櫃、開首飾箱都不避她。

「蔡頭，」胡成將一張失單交了給蔡德山，「少的首飾不多，只有五件，我家主母的意思，只報失竊，不談監守自盜的話，你看行不行？」

「行。鑰匙交給誰，從誰身上去追究，監守自盜自然就現出來了。」

「是，是。」胡成放低了聲音問：「我家主母又說，這回承蔡頭、鄭頭費心費力，冤枉得能洗刷，簡直是救命之恩，一定要好好兒送一筆謝禮；這五件首飾在京裡置辦，總得三、五千銀子，如果能追出原贓，請蔡頭作主，跟鄭頭那面分一分。」

「我倒無所謂，鄭頭那面確是花了好大的氣力；靠山吃山，靠水吃水，得點謝禮，也是應該的。這件事再說吧！」

「一切請鄭頭費心。」胡成又掏出一張紙來，「這裡還有一篇節略，是我家主母親自動的筆，想請蔡頭送給王大老爺，看看有用沒用？」

「節略上寫的甚麼？」

「荷姑跟她的丫頭春寶說的私話；有些情形都是外人不知道的。」

「那自然有用。」蔡德山沉吟了一會說：「王大老爺一再交代，凡事都要有憑有據，錯不得一步；春寶說的話，要王大老爺親自聽了才算數。不知道春寶膽子夠不夠大？」

「蔡頭，我不懂你問這話的意思。」

「很容易明白，膽子夠大，不怕官，在堂上有甚麼說甚麼，那才好——」

「呃，我明白了。」胡成急忙說道：「這春寶是鄉下女子，本來膽子很小，但從在班房裡住了幾天，見了世面，長了見識，就不像從前了。」

「那好！」蔡德山又說：「照規矩，報失竊要向鳳翔縣報，到『放告』那天，你另外進一張狀子，我會關照鄭頭；以後有甚麼事，也找鄭頭好了。你家的這件案子，暗中是兩面合辦，不過鳳翔縣到底是主，我們是客，要尊重主人家。你明白我的意思？」

「明白。」

「好！你回去跟你家主母也說明白；這件案子現在辦到要緊關頭上，再錯不得一步，請你告訴你家主母，對不相干的人，少談這件案子。」

「是了。」

王萬鍾來得很風光，以委員的身分，是坐了西安府知府瑞福的藍呢大轎來的。唐錫謙替他備了公館，親自出城迎接，禮數殷勤；這也不光是為了尊重省派委員，也是由於他的前程要靠王萬鍾幫忙。

公館設在東湖的「蘇公祠」；蘇東坡當過鳳翔府判官，在任時疏濬東湖，成了名勝之區；後人感念他的遺愛，設祠以祭。唐錫謙將王萬鍾迎入公館，當晚設了一桌極豐盛的筵席款待，席間，當然要談談案中人物。

談到余子中，唐錫謙特具戒心，提醒王萬鍾說：「此人千萬要小心對付。蘇東坡〈鳳翔八觀〉詩中，有兩句話：『吾聞古秦俗，面詐背不汗』，余子中就是這麼一種人。」

「多承指點。」王萬鍾笑道：「蘇東坡治州郡，一向瀟瀟灑灑，談笑間便料理了公事；如今來到蘇公舊治之地，又住在他的祠堂裡，不免有見賢思齊之想。」

聽得這話，唐錫謙覺得有些格格不入，「王老大哥，」他直言忠告：「切莫掉以輕心！」

王萬鍾也發覺自己跡近失言，急忙答說：「酒後戲言，老兄莫認真。其實這一案，可說已經在你老兄手裡破了；余子中雖是『面詐背不汗』的巨猾，但也並非無法可治，老兄請放心好了，此案關乎省中大吏的考成，我豈敢掉以輕心。」

這一說，唐錫謙方始釋然，「請教王老大哥，」他問，「打算如何來治余子中？」

「這要細看全卷，再要跟治下的捕頭談過，才能決定辦法。不過，我想在荷姑口中，還可以問出好些事來。」

「是。這荷姑頗有悔禍之心，不過，凌遲之罪，只怕是無可逃了。」

王萬鍾不以為然，但不願跟唐錫謙發生爭論，只說：「既有悔禍之心，或者能邀朝廷矜全，亦未可知。」

「怎末？你不打算判她凌遲？」

「不，不！這不是我做得了主的。」王萬鍾又問：「如果能不判凌遲，老兄有甚麼意見？」

「我沒有意見，是我的子民，我亦應該矜全。」

「藹然仁者之言！」王萬鍾見他不表示反對，頗感欣慰，亦就不吝恭維恭維他了。

也就因為這番對話，賓主盡歡而散。等第二天一早起身，聽差來報：「蔡德山天剛亮就來伺候了。」

「喔！」王萬鍾說：「你去問他，吃了早飯沒有，只怕還沒有，你叫廚子多預備點，我跟他一起吃。」

這是在王萬鍾格外假以詞色，蔡德山也就格外起勁了，將胡成送來的「節略」交王萬鍾看過以後，建議先傳春寶來細問。

「這倒不必。」王萬鍾答說：「唐大老爺說，荷姑很有悔意，甚麼話她都會老實說；請你先通知鄭四，明天上午我提荷姑來問。」

「在那裡問？」

「就在這裡設公案。」王萬鍾說：「我不想占用人家鳳翔縣的正堂。」

「可是，百姓都已經傳開了，只怕聽審的人不少，蘇公祠地方太小，不便彈壓。」

「那就改在明天晚上好了。」王萬鍾又加了一句：「千萬別聲張。」

「是。」

「明天晚上我只問細節。如今追贓成了細節，頂要緊的是問出荷姑跟余子中第一次見面，引見的人，到底是誰，這是個極要緊的證人。」

第二天傍晚，一乘小轎悄悄抬到蘇公祠，內中坐的是上了手銬的荷姑。公堂是早已布置好了的，在蘇公祠的享堂上，將神龕用一道布幔遮一遮，幔前擺設公案，有四名鳳翔縣派來的值堂衙役伺候，另有一張小桌，是為錄供的刑房書辦預備的。鄭四及蔡德山，則在廊上待命，順便防止閒人隨意闖了進來。

荷姑一到便被帶到堂上，王萬鍾亦隨即升座。天色將暮，但擺在門口的兩盞官銜大燈籠，並未點燃，只有公案上的一盞明角風燈照明；這是王萬鍾特意關照的，怕的是燈火通明，會招引晚歸的東湖遊客來看熱鬧。

「把李夏氏的手銬開掉。」

這個恤囚的溫諭，讓荷姑的心情，稍微放鬆了些；趁開手銬的衙役遮擋在前之際，將王萬鍾好好打量了一番，看他是極和善的面貌，不由得浮起了一線希望。

「李夏氏，在你移入女監以前，在班房養傷的時候，跟你的丫頭春寶，談過好些心腹話，你自己還記得嗎？」

「談得很多，一時記不周全了。」

「有人替你記下來了。」王萬鍾關照刑書：「你把存案的『節略』念給她聽；先告訴她節略的來歷。」

「這個節略，是你的丫頭春寶，把你跟她講的話，告訴了你家大娘的筆錄。你仔細聽好了。」刑書念得很清楚，荷姑全神貫注地聽著，有一兩處地方要插嘴，讓刑書用手勢攔住了；念完，王萬鍾問道：「你是這樣跟你的丫頭說的嗎？」

「也差不多。不過有一句話，她沒有告訴大娘。」

「一句甚麼話？」

「小婦人說，早知會有這天，我應該把砒霜留一點下來自己用，免得『穿大紅袍』。」

這正就是荷姑時刻在念的一樁心事。這幾年拿獲教匪首惡，凌遲處死「穿大紅袍升天」的事例，不一而足；謀殺親夫、凌遲之罪，闔闠皆知，荷姑一想起聽人所說，凌遲名為「魚鱗剮」，渾身用漁網綑緊，將凸出的肌肉，用牛耳尖刀，一片片像魚鱗似地割下來，成了一個血人時，頓覺靈魂出竅，整夜不能闔眼。而她因王萬鍾面目和善而浮起的一線希望，也就是冀望能不穿這件「大紅袍」。

「此外還有甚麼話？」

「總還有些話，想不起了。」

「想不起來，自然是沒有大關係的話。如果春寶的話沒有說錯，等於是你的口供，這一點，你要明白。」

「是。小婦人明白。」

「我再問你，是誰給你出主意，說打官司可以找余子中。」

「是個搖串鈴賣野藥的老王。」

「給你引見余子中的也是他嗎？」

「不是。」荷姑答說：「小婦人當時央求他帶了去看余子中；他說他沒有空，叫小婦人自己去。後來請小婦人的叔叔陪了去的。」

「見了余子中，他怎麼說？」

「他勸小婦人不要打官司，說你敵不過你家大娘，不如忍一口氣，『君子報仇，三年不晚。』你回家好好想一想。」荷姑接著又說：「小婦人回到家，正好我家相公來跟小婦人說好話，許了小婦人將來仍有夫妻的名分，小婦人想起余子中的話，忍了這一口氣。」

「那末你是怎麼起意想謀害你家大娘的呢？」

「是——」荷姑支支吾吾地，不肯再往下說。

王萬鍾察言觀色，心裡明白，是出於余子中的教唆，而她還意存迴護，不願實供，其情可憫而實在是愚不可及。

於是王萬鍾先將她心裡不肯說的那句話說了出來：「是余子中起的意？」

荷姑點一點頭，輕聲答了一個字：「是。」

「他是怎麼說的呢？」

「他說，戲文是戲文，大清朝那有『雙官誥』這回事？你只有滅掉人家才能出頭；那時名分有了，錢也有了，人家無理，怨不得你無情。至於如何下手，要慢慢兒，總有辦法的，現在只要你下了決心，別的事都有我。小婦人當時沒有作聲，他就以為小婦人下了決心了。」

「這是你自己這麼猜測呢；還是他告訴你的？」

「他自己告訴小婦人的。大概兩個月以後，有一回他約了小婦人去——」

「慢！」王萬鍾攔住她的話問：「去到那裡？」

「是——」

「是那裡？」王萬鍾緊釘著問。

荷姑遲疑了一下，磕個頭說：「求青天大老爺別問了。總歸是小婦人自己造孽，一切罪過，小婦人一個人擔當，何必再連累佛門弟子，增添小婦人的罪孽。」

原來幽會之地是在方外！王萬鍾考慮下來，決定接受她的請求：「好，你說下去。」

「當時他跟小婦人說：法子已經想好了，東西也到手了，你只要挑一個你家大娘親自動手做飯的時候，把東西下了去，事情就成功了。小婦人心裡害怕，說這種害人性命的事，我下不了手。他臉色馬上就變了，說你為啥不早說，那時你不開口，我以為你已經有決心了，辛辛苦苦把東西弄了來，你又變卦了，你想想對得起我，還是對不起我？接下來又說了好些話哄小婦人，又說，只要手腳做得乾淨，沒有人會疑心到你頭上；衙門裡有我打招呼，只要肯花錢，一定可以把它弄成一件無頭命案。也是小婦人一時糊塗——」說到這裡，荷姑一聲長嚎之後，哽噎著泣不成聲了。

於是王萬鍾傳護送來的官媒上堂，命她將荷姑扶了下去，好言安慰；然後將鄭四找來問道：「有個搖串鈴賣野藥的老王，你知不知道？」

「能。」

「賣野藥的走方郎中很多；王又是大姓，要查訪起來看。」

「那就辛苦你了。」王萬鍾問：「明天能查出來不能？」

「查到了你把他帶來，要說兩句好話，別難為人家。」

「差人明白。」

「還有個李夏氏的叔叔，叫甚麼名字，你問明李夏氏，即刻把他帶來。」

鄭四答應著退了下去，不一會上堂來回稟，陪荷姑去看佘子中的叔叔，已經病故。重要證人不能到堂，只有訪查到了「老王」再作道理；當即宣示退堂，將荷姑送了回去，指示明日仍是傍晚開審。

第二天中午，唐錫謙派人送來一道咨文，一份請王萬鍾「午間小酌」的請柬。咨文上說：「據民婦李朱氏遺報胡成為失竊首飾，請予查緝一事，訊據胡成供稱，李朱氏之首飾箱鑰匙，原交其夫之妾李夏氏保管。經提李夏氏審問，坦承監守自盜不諱，並據供稱，內除金鑲紅玉押髮一件，係贈余子中嫁女添妝之賀禮外，其他四件係據余子中稱，現有省中某官員進京謀幹差事，須購上好飾物作餽贈之用，故託其攜往議價等語，查余子中因牽涉李維清命案，尚在羈押之中，李夏氏監守自盜，既出於余子中之教唆，則衡情度理，與李維清命案，必有關連。該案已奉憲命，責成貴委員提審辦理，特檢附李夏氏供狀，及原呈失單，咨請貴委員併案審辦。」

「唐錫謙開竅了！」王萬鍾在心裡想，不提在押的余子中來問，是很聰明的做法，否則打草驚蛇，余子中必有一番狡辯之詞。

王萬鍾已經打定主意，折服余子中，不以力勝，要以智取，既然鬥智，宜乎敵明我暗，一切情況，余子中知道得越少越好。

「老兄，萬事齊備，只欠東風，等把搖串鈴的老王找到，就可以提審余子中了。」王萬鍾很有把握地說：「我打算一堂就結案。」

「王老大哥，大才磐磐，」唐錫謙答說：「不勝佩服。不過，還是那句話，余子中不是容易就範的人。」

「是，是！」王萬鍾舉起杯來，自我解嘲地笑道：「滿杯好飲，滿話難說，我又失態了。」

「那裡，那裡！」

兩人對飲了一杯，王萬鍾反客為主，一面提壺為主人斟酒，一面說道：「老兄，有件事，你是父母官，似乎不能不管；荷姑跟余子中幽會之處，是在『佛門』中，我想不是姑子庵，因為余子中不便去，這『佛門』一定是曲徑通幽的僧寮禪房。」

「喔！」唐錫謙一臉錯愕的表情，及至聽王萬鍾細談了荷姑的供詞，他不安地說：「我職司民牧，向重教化，不意竟容佛寺作淫媒，真是有愧職守，非馬上嚴辦不可。」

「不！不！老兄，不能馬上辦；不然又節外生枝，影響結案。」

「是，是！」唐錫謙也省悟了，「等這件大案結了以後，我再來好好整飭。」

正在談著，鄭四來求見，報告訪尋老王的經過，走方郎中，行蹤靡定，連他家人都不知道他在甚麼地方，只說出門已經半年了。

半年工夫，走得很遠了，茫茫天涯，何處尋覓，王萬鍾心想，此案的關鍵，在於余子中與荷姑因偶識而成姦；因姦情而密謀，才犯了有悖情理的大罪，如說荷姑因為要打官司才認識余子中，這話必遭刑部駁問：代書甚多，荷姑何以要余子中，而況余子中是不能出面寫狀，已遭斥革的代書？這一來，老王這個證人就變得非常重要了，不能到案，即不能定讞，關係太重了。

看他憂形於色的表情，鄭四趕緊說道：「王大老爺請放心，跑江湖的『金皮彩掛』消息都靈通的，差人已經託人去打聽了，三五天之內，一定有回音。」

「金皮彩掛」是稱江湖上四種人的「切口」，走方郎中、跑馬賣解、變戲法，以及算命看相等等，行當雖異，但同在江湖，彼此照應，聲氣相通，行蹤一定可以輾轉打聽得到，尤其是鄭四的身分，只要放句話出去，必是很快就有回應。

果然，未到三天，便已得知，老王人在寶雞，相去甚近，「聽說這個人的脾氣很倔，醫道不錯，就有個毛病，喜歡罵病人，所以請教他的人不多。」鄭四又說：「對付這種人不能來硬的，如今抓了他來，倘或他不說實話，仍舊沒有用，差人的意思，要騙了他來，再跟他說軟話，不過，這一來，只怕要費點工夫。」

「說得不錯。只要人找到了就行了，多等幾天也不要緊。」

「王大老爺是這麼交代，可是，能不能騙了來，差人也還沒有把握。」

「怎麼呢？」

「因為差人從旁人嘴裡打聽到，據說這個搖串鈴的，對人說過一句話；我一時不會回鳳翔，會有大麻煩。似乎已經防到這件案子會牽連到他。」

「那就跟他說明白，絕不會連累他。」

「有王大老爺這句話，事情就比較好辦了，差人跟蔡德山去商量。」

原來鄭四說要跟蔡德山商量，其實是請蔡德山勸王萬鍾打消要老王到案作證的計畫，因為他有許多話，不便跟王萬鍾面陳，老王與佘子中頗有交情，以他們的性情，兩個人是根本談不到一起的，為了老王與人結怨興訟，佘子中幫他的忙，打贏了官司，以老王恩怨分明的脾氣，即令到案，也不會作不利於佘子中的證詞。

「何況，」鄭四又說，「也未見得能到案。老王在寶雞有靠山；那裡的巡檢姓周，極能幹，是他們縣大老爺面前的紅人，周巡檢的老太太得了鼓脹病，人都快死了，老王一帖藥下去，扳了轉來；周巡檢當然會幫他的忙，老王已經說過，不回鳳翔；如果跟他商量通了最好，倘或心理有顧忌，表面上『好，好，明天跟你走，』到晚上跟周巡檢一說，躲了起來，甚至溜之大吉，我的差使，怎麼交代？」

「那也不要緊，王大老爺是極肯體諒人的。」

「嗐！」鄭四大不以為然，「蔡大老哥，你怎麼這樣子說？明知道事情一定要砸鍋，何必讓我去丟個醜？如果說，能把老王弄了來，對案子有益處，丟醜就丟醜，值得試一試；如今事情擺明了的，他不會說實話，那怕叫荷姑跟他對質，他不承認，王大老爺還能動刑逼他嗎？」

「這話倒也不錯。好！我跟他去說。」

「甚麼時候聽回音？」鄭四問道：「今天晚上行不行？」

「不必！你在這裡喝喝茶等我；幾句話的事，說明白了，王大老爺一定會聽。」

在茶館中的鄭四，將一壺釅茶喝得成了白開水，方見蔡德山派了他的小夥計來說：「王大老爺跟蔡頭還沒有商量好；蔡頭說，明天上午到班房裡來跟你接頭。」

「我明天一早要下鄉。」鄭四想了一下說：「請你跟蔡頭說：明天中午，仍舊在這裡會面，不見不散。」

第二天中午，鄭四從南鄉趕到約會的茶館，蔡德山已經在等了；面前一隻空麵碗，是剛吃了飯，正優閒地在剔牙。

「怎麼樣？」鄭四一坐下來就問。

「先吃飯！東面攤子上的牛肉泡饃真夠味。」蔡德山喚了跑堂來，自作主張地替他要了酒菜。看樣子，結果圓滿，鄭四也放心了，拿了布撣子到門外撣去黃土，又要了一盆熱水，好好洗了臉，才回座位喝酒吃飯。

「四哥，我陪了你去，我來跟老王談；差使辦砸了是我丟醜。不過，你請放心，差使砸不了。」蔡德山從身上掏出一個藍布包，遞給他說：「這裡頭有兩件公事，擺在你身上比較好。」

接著，蔡德山細談了王萬鍾的指示，以及這天上午由王萬鍾帶著去跟唐錫謙接頭的經過；鄭四連連點頭，等酒足飯飽，方始說了句：「王大老爺，真是有兩下子！他跟我們大老爺說：要一堂結案，看來不像是吹的。」

「我們甚麼時候動身？」

「馬上就走。趕到寶雞，明天一大早拿老王從床上弄起來，順利的話，當天就可以趕回來。」

到寶雞進北門，逕投老王所住的義方客棧；破曉起身，但只有蔡德山一個人，鄭四仍舊躺在土匠上。

「夥計，」蔡德山找來店小二說道：「我這個朋友，得了急病，拜託你請位大夫來看一看，要快！」

「有，有！西跨院就有一位走方郎中王先生——。」

「走方郎中？」蔡德山插了一句嘴。

「別看他走方郎中，醫道可是一等。我們這裡巡檢老爺的老太太，鼓脹帶黃膽病，後事都預備好了，經王先生一治，現在能起床了。」店小二又說：「不過這王先生架子很大，最好自己上門求他去看。」

「你看，」蔡德山指著土匠說：「他這樣子能起得來嗎？」

鄭四一聽這話，便即哀呼：「哎唷！疼死我了！」一面呻吟，一面在炕上打滾。

店小二不再作聲，扭頭就走；不一會回來說道：「王先生還沒有起來，得待一會兒。」

「好，好！請你再催一催。」

「不用催，他說來一定會來；洗臉喝茶，總得要點工夫，催也沒有用。」

既然「說來一定會來」，蔡德山放心了，使一個眼色，讓鄭四起身，躲在隱僻的角落。不一會，只見店小二引著一個酒糟鼻子，鬚眉如戟的老頭子，施施然而來；蔡德山便起身到房門口相迎著問道：「是王先生不是？」

老王不答，只問：「病人呢？」

「王先生，」坐在暗處的鄭四站起身來，「我在這裡。」

老王顏色一變，但旋即恢復正常，「原來是鄭頭！」他問：「沒有甚麼病吧？」

「吃壞了肚子，去一趟茅房就沒事了。呃，王先生，我來引見，」鄭四指蔡德山說：「這位是長安縣的蔡頭，今天專程來拜訪的。」

「不敢當。」老王冷冷地說道：「其實何必勞動兩位的大駕，有甚麼事，派個小弟兄來招呼一聲，到那裡，就那裡，我敢不到。」

話是軟中帶硬，蔡德山知道不是好相與的角色，先殷勤地招呼著：「請坐，請坐。小二，沏壺好茶來。」

店小二發現是兩名捕頭來辦案，嚇得早已躲開了。「不必客氣，」老王坐了下來，揚著臉說：「兩位有甚麼事？請說吧！」

鄭四不作聲；原先講定了的，由蔡德山出面，他想了一下看著鄭四說：「四哥，你把那兩件公事拿出來，先請王先生過目。」

於是，鄭四解開布包，取出兩件公文，一件一件遞給老王，同時作了聲明：「這一件是我們鳳翔縣唐大老爺的咨文；這一件也是咨文，不過是委員王大老爺跟唐大老爺會銜的。」

老王面現訝異，似乎不解，何以有兩道咨文？便先看會銜的那道，大意是說：鳳翔縣李維清被害身死一案，現已審明，係其妾李夏氏下毒誤殺；已革代書佘子中，不無教唆之嫌。查李夏氏之結識佘子中，為走方郎中王某所引見，其間是否有相互勾結，謀財害命之處，亟待傳喚王某到案，以憑研審。該王某現在貴縣轄境行醫，請即拘管，移交原差蔡某、鄭某，押送來縣。

再看唐錫謙單銜的咨文，那就非常簡單了，只說因案須傳喚在貴縣行醫的王某前來作證，請惠予協助云云。老王很快地就看完了。

「王先生，」蔡德山說：「我們是昨天晚上到的，一直不曾出門，回頭要到縣衙門去投文；兩道咨文，只投一件，王先生，你看投那一件？」

「蔡頭，」老王答說：「我不明白你的意思。」

「是這樣的，王委員王大老爺交代，這老王是案外人，他只要到案說實話，是李夏氏要打官司，他舉薦佘子中幫她的忙，原是出於好意，我不難為他，問明具結以後，立刻放他。如果他不肯到案，也不說實話，譬如不承認有這回事，那就很可疑了，案外人變成涉案，我不能不公事公辦了。」蔡德山加了一句：「王先生，『公事公辦』，你明白吧？」

這「公事公辦」四字，將老王說得楞在那裡半天開不得口；於是鄭四開口了。

「王先生，我們都知道你是講義氣的人，余子中幫過你的忙，你要迴護他。不過救人要量量力，看看情形，人家落水了，你不識水性，想跳到河裡去救他，那不是白白陪上一條性命？」

鄭四又說：「王先生，你聽我們勸，跟我們回西安，只要過一堂，說了實話，馬上送你回來；如果你不肯走，就變成敬酒不吃吃罰酒。你要曉得，這件案子又是人命、又是逆倫；王大老爺是奉了憲命的，他要的人，那個敢包庇？你以為這裡的巡檢會當你的靠山，你就大錯特錯了。」

「我沒有說不回西安，我家小在那裡，為甚麼不回去。不過……。」

「不願意說實話是不是？」

「如果你不願意說實話，」蔡德山接著鄭四的話說，「王大老爺不必怎麼樣的難為你，只把你關在那裡，說等結案以後再發落；那一來，你耽誤了巡檢老太太的黃膽病，送了她的性命，良心上過得去過不去。」

這一說打動了老王的心，矍然而起，「我去！」他問：「甚麼時候動身？」

「今天就走。」

於是商量了一下，鄭四到寶雞縣衙門去拜訪捕頭打招呼，順便投了唐錫謙單銜的咨文；老王到周巡檢家，探親周老太太的病情，以便留下調補的藥；蔡德山則留守義方客棧，料理車馬，結算店帳。

到了午間，鄭四與老王都回到了客棧，飽餐一頓，上車直奔鳳翔，九十里路，當晚即到，都住在蔡德山的客棧中，第二天到蘇公祠報到，即時過堂。

「你叫甚麼名堂？」

「小的名字，跟大老爺的差一個字，叫王萬祥。」

「作何生理？」

「搖串鈴，給人看病。」

「喔，」王萬鍾停了一下說：「聽說你醫道很好，為人正直，今天傳你到案，希望你說實話。」

「是。」

「你認識李夏氏？」

「是，小的替她看過病。」

「她跟你談過打官司的事沒有？」

「談過的。」老王答說：「李夏氏經水不調，小的替她開了個方子，服了很見效；後來毛病又犯了，小的說：照你的脈來看，是有氣惱，鬱怒傷肝，以致血不歸經。李夏氏就跟小的說，她原是李維清的髮妻，現在反而要教她做小，嚥不下這口氣，想去打官司，問小的有誰可以給她幫忙？小的心想，打官司等於替她開方子治病，所以小的舉荐了余子中。」

「你的意思是，余子中一定可以幫她把官司打贏，她的氣出了，病也就會好了？」

「正是。」

「那麼，你是憑甚麼相信余子中一定能幫她把官司打贏？」

「因為小的曾遭人陷害，是余子中幫小的打贏了官司，所以小的相信他。」

「這也罷了！」王萬鍾點點頭又問：「李夏氏是你帶了見余子中的？」

「不是。李夏氏央求小的帶了去看他，小的因為有事分不開身，沒有答應。小的跟她說：你見了余子中，只說是我叫你去的，他一定會盡心盡力。」

「看樣子你跟余子中的交情不淺！」

老王頓住了不作聲，原來他起了警覺，怕說話不小心，弄成個「同謀」，關係不淺；想了一下答說：「大老爺明鑒，人心都是肉做的，他幫過小的大忙，所以能替他拉上一筆買賣，一定會說他的好話，至於平日，是不大往來的。」

「為甚麼？」

「因為他很忙，小的搖串鈴走四方，見面不容易。」

「還有呢？」

「還有，脾氣也不大相投，小的貪杯，他——」

「怎麼樣？」

「他，他好色。」

「喔！」王萬鍾問：「你還有甚麼話？」

「小的該說的都說了，句句實話。求大老爺放小的回寶雞，有個病人要治。」

「你要具保，隨喚隨到。」

「是。」

於是具結交保，老王安然無事地重回寶雞。王萬鍾也很滿意，細閱全案，認為還有一件事要辦，將蔡德山找了來商量。

「現在只有砒霜要有個著落。」他問：「你看該怎麼辦？」

蔡德山想了一會說：「仍舊只有用硬裝榫頭的法子，我關照鄭四去請一支火籤，到余家去搜查；砒霜就作為這一回搜出來的好了。」

這正也是王萬鍾所想到的辦法，但他不願出口，因為跡近栽贓，可能會落人口實。如今由蔡德山獻議，他就樂得默許了。

一包來路不明的砒霜，終於可以正式列為荷姑謀害人命的「凶器」了。也是余子中自作自受的報應，在鄭四帶著差人去搜查時，不道無意中發現余子中的一具書桌，內有一隻抽屜裝有夾層，正好指為密藏砒霜之處；當假扮為差人的「一溜煙」，像變戲法似地，突然從夾層中取出那包砒霜時，連余子中的妻子都以為是她丈夫暗藏在那裡的。

這包砒霜由唐錫謙備咨文移送；王萬鍾便又透過蔡德山，通知鄭四將荷姑帶到蘇公祠來過堂查證，先出示紙包，再打開紙包，讓荷姑目驗，那知她一伸手拈起一撮砒霜，便待塞往口中。虧得這天是蔡德山親自值堂照料，他的反應極快，手起一掌，打開了荷姑的手，但也將整包砒霜都打翻在地上。

「讓我死，讓我死！」

荷姑哭喊著，伸出一隻手去抓地上的砒霜；蔡德山一把將她拖開，喝一聲：「上銬！」制伏了荷姑，蔡德山還得去撿取砒霜，白霜和塵，成了一包灰色粉末；這也是沒法子的事，王萬鍾回想變起不測的經過，才嚇出一身冷汗，如果不是蔡德山手快，讓荷姑服了毒，這件罕見的大案，就不知如何收場了？

「回大老爺的話，今天不問了吧？」

王萬鍾定下心來，凝視細想了一會說：「不！今天這件事傳了出去，有人當作笑話；可也有人會胡亂揣測，造謠生事，只有今天問明白了，接下來審余子中，盡快結案，謠言就造不起來了。」

但此時荷姑依舊哀泣不止，蔡德山建議暫時退堂，等她激動的情緒平撫下去，再來審問。王萬鍾亦以為然，退回私室，靜坐了半個時辰，等蔡德山來請，方再升堂。

「李夏氏，」王萬鍾先作安撫：「你一時之錯，犯下大罪，殺人償命，法無可赦，不過情有可原，本縣看你本心並不想作惡，悔悟之意很誠，將來會極力想辦法成全你，你明白嗎？」

荷姑自然明白，死罪難逃、剮刑可免，這也正是她一心祈求的事；當即俯首著地，磕了兩個響頭說：「小女子明白。但願青天大老爺公侯萬代！」

「你明白就要說實話。」

「是。」

「剛才你都看過了，當初余子中給你的砒霜，是不是那樣的一包？」

「是。」

「裡面的砒霜呢？」

「一模一樣。」

「他交砒霜給你的時候，是怎麼說的？」

「他說，他一共弄來兩包，不過用一包盡夠了。」

「你呢？你怎麼說？」

「小女子說，既然一包夠了，留著那一包幹甚麼？不如毀了它，留著會受害。他說，我要留著治耗子；只要藏得嚴密，沒有人會受害。」荷姑停了一下又說：「那天余子中打發人來問，有沒有這麼一個紙包，掉在小女子那裡？小女子心裡有數，也很擔心，所以想找他來問個明白。」

「你想問他甚麼？」

「小女子想問他，為甚麼把砒霜帶在身上？」

「你的意思是，要問問他，是不是又要去害別人？」

「是。」荷姑答說：「小女子在想，如果找到了，小女子要逼著他把這害人的東西毀掉。」

「好！」王萬鍾問：「你還有甚麼話？」

「小女子只求青天大老爺，賞小女子一個全屍。」

王萬鍾心想，依荷姑的罪名，凌遲大概不至於，但要爭取到能落個全屍的絞刑，只怕很難；因而答說：「這不是我能做主的，我盡力替你去爭，爭不到，你別怪我。」

「小女子對青天大老爺，只有感激；那裡敢怪青天大老爺？」

王萬鍾不作聲，命刑書唸了口供，看荷姑畫了花押，隨即退堂。第二天一早去拜訪唐錫謙，商量提審佘子中。

不過商議變成爭執；原來這樁李維清中毒疑案，因為移送至省城審理，本已冷了下去，及至荷姑與佘子中相繼被捕，復又熱了起來，成為街談巷議的話題。但百姓對佘子中審過一堂，即未再審，頗為不解，因而便有各種揣測，到得長二姑開釋回鳳翔，便有一種說法：長二姑有錢有勢；封疆大吏，格外照顧，設計將謀殺的罪名，架在荷姑與佘子中頭上。當然，這種流言，一半出於佘子中的親友，有意無意的散播。但長二姑是烜赫多年的權相的遺屬；富名在外，更是不爭的事實，所以這種說法，很容易為人接受。

到得省裡派了委員來，流言便又波及唐錫謙，一說是王萬鍾移駐鳳翔，出於唐錫謙的設計，目的是讓唐錫謙來結案，遮掩他受賄的痕跡；一說是省中大吏認為唐錫謙審理不妥，特派王萬鍾來接辦，後一種說法與先前「封疆大吏」格外照顧長二姑的說法是矛盾的，但對唐錫謙的傷害，與前一種的說法，並無二致。

因此，唐錫謙要求王萬鍾，這回提審佘子中，必須公開，他願意將鳳翔縣的大堂讓出來，以便盡量容納百姓，對審理經過，共見共聞；同時他還指出一個要求：「王老大哥，這一案辦得清清白白，我連差役都不准他們騷擾，你是完全清楚的。如今飛矢及我，這個無妄之災，有關我的聲名，務必要請老大哥替我洗刷，我想請你當堂切切實實問一問佘子中，可曾聽說長二姑有向官府行賄的情事？即無實據，聽人傳說，亦准指控，不必顧忌。這一下，多少可以澄清流言了。」

「是，是。我一定遵照吩咐辦理。不過，提審余子中，目前還不宜公開。」

「喔，」唐錫謙問道：「請試言其故！」

「有些話，不便公然審問。」

「那些話？」唐錫謙決定打破沙鍋問到底。

「是這樣的，為求從速結案，有些事不能問了；私下問，我可以開導他，高坐堂皇，有些難免涉私的話，就不便說了。」接下來，低聲密語，總算讓唐錫謙諒解了。

「王老大哥，顧慮細密，不能不佩服。不過——。」

「老兄，不必再說了。我一定會有辦法，為老兄澄清流言。」

「全仗大力。」唐錫謙想了一下說：「解余子中到蘇公祠，人家一看那頂轎子，就會跟了去；不如照你在長安縣的辦法，在我花廳裡審。」

不知道是那年流傳下來的規矩，解送死囚，或者赴刑場處決，如果必須用小轎抬走，照例要卸掉轎頂；行路百姓倘或看見一乘無頂轎子抬向蘇公祠，自然就會想到轎中人必是余子中，跟了去看熱鬧，是無法禁止的。唐錫謙的顧慮甚是，王萬鍾欣然同意。

雖在花廳開審，但不過是將花廳布置成大堂，公案陳設，絲毫無二；衙役值堂、刑具備用，亦是照式照樣。同時王萬鍾公服升座，不是像一般在花廳問案慣著的便服。

將腳鐐手銬的余子中帶了上來，王萬鍾先命開去手銬，照例訊明姓名年籍以後說道：「余子中，你當過代書，總記得《大清律》吧？」

「小人多年不曾執業，記不得了。」

「我這裡有《大清律》，卷三十六〈刑律斷獄〉上面有一條，我打了圈在上面，你把它唸一遍！」

王萬鍾從公案上拿起一本《大清律》，隨手翻到折了角的那一頁，由衙役交到余子中手裡，他看了一下唸道：「『強竊盜人命及情罪重大案件，正犯及干連有罪人犯，或證據已明，再三詳究，不吐實情；或先已招認明白，後竟改供者，准夾訊外，其別項小事，概不許濫用夾棍。』」

唸完，余子中待將《大清律》交回衙役，王萬鍾卻又開口了，「你翻過來，有一條註，也唸一唸。」

「是。」

那條註是：「康熙四十三年例：其應夾人犯，不得實供，方夾一次；再不實供，許再夾一次。」等余子中唸完，王萬鍾問道：「夾棍預備了沒有？」

「預備了！」值堂衙役齊聲答應，接著「嘩啦啦」一陣暴響，一副夾棍摔在余子中面前。

余子中猝不及防，嚇得一陣哆嗦，不過旋即恢復常態，磕一個頭，從容說道：「回大老爺話，向來有句話：『三木之下，何求不得？』不過，小的不知道大老爺要求的是甚麼？只管明白開示，小的照供就是。」

王萬鍾心想，這余子中果然厲害，一上來就留下一個將來翻供的伏筆；且先點破了他，「你的意思是，我打算屈打成招？」他笑一笑說：「你錯了！我所求的是，真相大白；不過，我不用三木，我用證據。來！把那個紙包，拿給他看。」

這天是鄭四與蔡德山親自值堂，為的是有荷姑奪食砒霜那件意外風波；而受審的又是奸狡百出的余子中，所以特具戒心。而那包砒霜已變了質，絕不能打開，所以鄭四左掌托著砒霜紙包、右手護在前面，以為戒備。

「你問他，認識這個紙包嗎？」

「大老爺問你，」鄭四轉述堂諭：「知道不知道這個紙包裡面是甚麼？」

「不知道。」

「告訴他，」王萬鍾又吩咐：「這個紙包是那裡來的？」

「這個紙包，是從你家搜出來的；你的書桌，有個抽屜有夾層，紙包就藏在夾層裡面。」

余子中一楞。很顯然的，他內心十分困惑，砒霜藏於枕箱，而枕箱已交代妻子埋藏，何以會在抽屜夾層之中。

「余子中，你自己說吧，這個紙包是怎麼回事？」

「小的實在不知道。」

「那末，我告訴你吧，你一共弄來兩包砒霜，一包交了給李夏氏去謀害大婦；另一包，李夏氏勸你銷毀，你不肯，說要留著毒耗子，可有此事？」

「李夏氏血口噴人！」余子中答說：「求大老爺提李夏氏到堂，與小的對質。」

「現在還不到對質的時候，你只說，有這回事沒有？」

「沒有。」

「那末，我再問你，有個走方郎中王萬祥，你認識不認識？」

一聽這話，余子中臉色頓變，看得出他方寸大亂；想承認而又不想承認地囁嚅著說：「小的跟他是點頭之交。」

「我沒有問你跟他交情的深淺。不過，我可以告訴你，你說跟王萬祥是點頭之交；王萬祥認為他跟你的交情深得很，你幫過他的大忙，是不是？」

「是。」余子中想了一下說：「他遭人誣陷，小的幫他打贏了官司。這件事在小的不過見義勇為，想不到，他還記著小的對他的好處。」

「好個『見義勇為』！」王萬鍾冷笑一聲：「你也讀過書，總知道甚麼叫義？朋友相交，有福同享、有難同當，這是最起碼的義，是不是？」

「是。」

「那麼，我講個故事給你聽，甲乙兩人，交了朋友，甲出了一個謀財害命的主意，而且供給凶器，由乙去動手，誰知陰錯陽差，誤殺無辜，乙被捕以後，良心不安，頗有悔禍之誠，把如何起意、如何下手、如何出錯，整個謀財害命的經過，都供了出來。余子中，」王萬鍾突然提高了聲音問：「你說，官府應該不應該逮捕甲來審問？」

「這是天經地義。」

「可是，甲一口否認，那又怎麼說？」

「那自然是因為本無此事，乙隨口亂說之故。所以甲不肯承認。」

「你怎麼知道乙是隨口亂說？」

「喔，」余子中陪笑答道：「小的只是從情理上去猜想。」

「如果乙不是隨口亂說，確有其事，甲居然一口否認，那是不是有難不能同當？」

「是。果然如此，甲就是不義。」

「原來你也知道這是不義！」王萬鍾緊接著說：「你是懂律例的，我再問你，甲始終不肯承認同謀，『熬刑』到底！你說，官府該怎麼辦？」

「這，這在《大清律》上，自有明文規定，小的不敢胡說。」

「好！我先不提這一段，再告訴你一點別的。」王萬鍾像聊閒天似地說：「甲嫁女兒，乙從他主人家裡偷了一支金鑲紅玉押髮作為賀禮，這樣的朋友，你說，夠不夠意思？」

余子中不作聲，但臉色越來越難看，而且牙齒似乎格格作響；顯然的，他已經無法強自鎮靜了。

「話再說回來，甲熬刑不承認跟乙同謀，你道官府就拿他沒辦法了嗎？大謬不然。官府可以從追贓著手，那時候甲的女兒，也不能不拋頭露面了；他女兒是無辜的，可惜，她有個不義的老子！」王萬鍾長嘆一聲：「唉！我想，做這個官府，好難唷！」

余子中似乎精神一振，雙眼亂眨了半天問道：「大老爺，這位官府的難處在那裡？」

「這位官府原來有心包涵，一不想讓甲受皮肉之苦；二不想追問其他小罪。無奈甲明知活不了，偏偏不肯痛痛快快死，以至於官府不能不公事公辦，追究到底，甲對不起朋友不說，還害了全家。其實這不是那位官府的本心。」

「這位官府，可真是菩薩心腸。」

「雖說菩薩心腸，可也有金剛手段，拚著罰薪降級的處分，一頓板子當堂打殺了他。唉，世間原有好官，可恨的是，偏有人要逼他做『滅門縣令』。」說到這裡，一拍驚堂木，大聲說道：「今天不問了！」

說完，他先起身離座，一踏進角門，只見唐錫謙兜頭一揖，笑嘻嘻地說道：「這齣戲真看得過癮！聲容並威，精采紛呈。來、來，請換了衣服，把杯細談。」

在唐錫謙的簽押房中，兩人一面喝酒，一面談論余子中的心態，唐錫謙說他的「心防」，已為王萬鍾輕易攻破，但對他是否能如王萬鍾所預期的，老實招供，卻仍持懷疑的態度。

「老兄不必過慮。」王萬鍾毫不為意地答說：「我另外有部署。」

原來王萬鍾與蔡德山、鄭四已完全商量好了，這天等余子中還押以後，鄭四特為備了酒菜去探望，使得余子中大感意外，「鄭頭，」他不安地說：「你何必這麼破費？」

「老朋友嘛！」鄭四答說：「相聚的日子不多了。」

余子中聞言黯然，這明明是來訣別；但他不明白死期何以如此之速？因為這一案由縣到省轉部，即令不駁，一來一往，起碼得有兩個月的工夫，「文到處決」的「釘封文書」才會到達鳳翔，而聽他的口氣，似乎數日以內，就會畢命，此是何故？

因此，他老實問道：「鄭頭，你說，我們還能有多少日子見面？」
「那要看你自己，也許幾個月，也許幾天。」
「幾天？」余子中又問：「莫非撫台要『請王命』？」
封疆大吏皆有「王命旗牌」，是前明「尚方寶劍」的遺制。人命關天，凡是死刑，必須經刑部審議奏准，方能執行；但如有緊急情況，必須即時處決犯人時，亦得「先斬後奏」，督撫更迭，辦理交接，與大印一併列入優先移交的「王命旗牌」，便是授權作緊急處分的憑證。
「你又不是江洋大盜，要請甚麼王命旗牌？」鄭四緊接著說：「這位王大老爺，脾氣與眾不同，好講話非常好講話；惹毛了他，馬上翻臉，甚麼都不顧的，你不聽他說了，大不了降官罰薪，一頓板子打殺了你。像你這種情形，『立斃杖下』的處分，亦不會太重的。」
余子中沉思不語，好一會方始說了句：「真的一下子就去了，倒也痛快。」
「你是痛快了，你要想想人家不痛快。首先，你們家出閣的那位小姐，麻煩就大了。」鄭四又說：「你死了還要落個害人的罵名；譬如你跟荷姑會面的那座廟，就會讓你害得『捲堂大散』。」
「那，」余子中始終不肯承認與荷姑有姦情，此時依然嘴硬：「那是沒有證據的事。」
「當然，你跟荷姑上床，誰也沒有見過。不過，另外的證據，可多得很，譬如砒霜，從你家搜出來的時候，四鄰都親眼看到的。」
「這一點，我就弄不懂了，我記得——」余子中發覺失言，急忙頓住。
「你記得——，」鄭四略想一想就知道他要說的甚麼話，「你記得是把砒霜藏在枕箱裡的是不是？」
余子中一臉驚異的表情，怔怔地對鄭四望了好一會，開口說道：「鄭頭，你是怎麼知道的？」
問到這句話，等於承認了，鄭四笑道：「這，可不能告訴你。」
「唉！」余子中長嘆一聲，雙淚交流；看得出他內心悔恨莫名。

「余先生，」鄭四說道：「我可不是來套你的口供，說老實話：雙拳難敵四手，你本事再大，也搞不過我們聯手對付你。好漢一人做事一人當，你聰明一點，或許還有一兩分生路；越用心機，越是往死路裡走。」

一聽這話，余子中淚眼發亮，「鄭頭，」他說：「請你指點。」

「你先要把情形看清楚，如今只有王大老爺一個人能幫得上你的忙，所以你一定要討王大老爺的歡心，他才會用心替你想一想，筆下能不能弄活動點，讓你去碰碰運氣。」

「運氣？我的運氣很壞；不過，我還是想碰一碰。鄭頭，你說，王大老爺要怎麼定我的罪？」

「荷姑是自己知道，死定了，只想落個全屍；王大老爺想給她弄個絞立決；如果她是絞立決，那末你就是絞監候，在秋審的時候，就要碰你的運氣了。」

原來每年各省定了死罪的犯人，都要造冊呈報，名為「招冊」；刑部選派能幹的司官八員，組成「秋審處」，負責審檢招冊，奏請皇帝「勾決」，除了「情實」的犯人，當年霜降之後處決以外，其他如「可疑」、「可矜」等等，都會留到下一年，再作定奪。這樣，起碼便又多活了一年。

余子中當然懂這套規矩，而且過去為富人打官司，曾經進京到刑部去打點過。

不過，秋審處的八司官，號稱「八大聖人」，從未發生過受賄的情事；是情實還是矜疑，死生之分，全看原判，語氣輕重之間，出入甚大，鄭四所說的「只有王大老爺一個人能幫得你的忙」，確是實情。

於是，余子中起身向鄭四下跪；膝剛著地，鄭四已經跳了開去，「幹甚麼，幹甚麼？」他說，「你求我沒有用。」

「我是謝謝鄭頭指點我一條生路。」余子中說，「還要請鄭頭再指點，怎麼討王大老爺的歡心。」

「你給王大老爺面子，就是討王大老爺的歡心。」鄭四說道：「你請起來，坐著談。」

「是。」余子中問：「我怎麼能給王大老爺面子？」

「王大老爺決意要辦一件漂亮差使，審理你們這麼一件大案，不動刑罰，能讓你老實招供，那是從來沒有過的事。我們唐大老爺雖然很佩服他，可是不相信他能辦得到。王大老爺呢，自己也覺得話說得太滿了一點，不過，面子拘著，收不回來。你如果替王大老爺圓上這個面子，他怎麼不幫你的忙？再說，你也不吃虧；『熬刑』兩個字，說來容易，你倒試試看！我就不相信你能熬得住！」

「是，是。」余子中連連點頭，「我不能自己弄成個殘廢，雖說碰運氣，也得留著身子去頂。」

「你算想通了。不過，」鄭四面色突轉嚴肅，「說話要算話，現在滿口答應，到了堂上又放刁，那就害得我在王大老爺面前都沒有面子。余先生，我們先小人、後君子，如果你是那樣子，怨不得要請你睡『匣床』了。」

「匣床」是監獄中私設的酷刑，用一隻木匣罩在犯人身上，除了露出腦袋以外，四肢無法動彈，更莫說輾轉反側了。

「不會，不會！」余子中急忙答說，「我不會自己跟自己過不去。」

於是，當天晚上，鄭四便會同蔡德山去見王萬鍾覆命。王萬鍾深為滿意，將鄭四大大地誇獎了一番，接下來商量提審的日期及細節。

「我的差使是審出真相，真相既明，只要余子中畫了供，就可以結案。不過，這件案子，有關地方風化，非鄭重其事不可。」王萬鍾想了一下說：「由我來審，太占唐大老爺的面子，而且不能占用他的大堂；蘇公祠地方又太小，得要另找寬敞之處，亦太費事。我想，把這個人情，送給唐大老爺，請他主持結案，你們看，是否可行？」

鄭四與蔡德山對看了一眼，各各面有難色；最後是鄭四低聲說了一句：「德山，你說。」

蔡德山想了一下說：「這件案子能破，鄭頭的功勞最大，現在到了功德圓滿的一刻，是頂要緊的當口；獨怕唐大老爺一句話問得不對，像上回一樣，節外生枝，麻煩就大了。」

「這不要緊！」王萬鍾答說，「我替唐大老爺開一個節略，那些話一定要問，那些話不能問，一看就明白。」

既然他執意要讓功，蔡德山當著鄭四，不便苦勸；鄭四當然亦沒有為唐錫謙推辭之理，點點頭說：「差人明天一早，跟本官去回，看是怎麼個說法，差人再來回報。」

第二天近午時分，鄭四尚無回話，唐錫謙卻差人持了名片，派了他的大轎來接王萬鍾去小酌。一見了面，彼此都是笑容滿面；入席便談正事，唐錫謙說：「鄭四已經告訴我了，王老大哥的盛情，只有感激，不敢領受。何以故呢？此案你來結，我來結，兩皆不可；由我來結，你在憲命上無法交代；由你來結，上官詰責，地方官所司何事，我亦無辭以對。」

王萬鍾覺得他的話不錯；便即問道：「那末，請教老兄，該怎麼辦呢？」

「很明白，我們倆一起主持結案。至於申詳定讞的公事，非老大哥的大筆不可。」

「這是義不容辭，亦是責無旁貸的事。」王萬鍾略想一想說：「我有一個拙見，老兄看如何？公案不設兩張，我們並坐問案，是否可行？」

「有何不可？拿公案從暖閣中搬出來，擺在大堂中間，讓鳳翔百姓，瞻仰瞻仰你這位王青天的丰采。」

「言重、言重！老兄該罰酒。」

兩人對乾了一杯；唐錫謙復又斟滿了酒相敬，「王老大哥，我真是服了你了！」他說：「說不用刑，真不用刑，辦此大案，舉重若輕，比坡公當年還要瀟灑，真正難能可貴。」

「誇獎了！」王萬鍾略停一下說：「我想會審那天，請你主審，有兩點，我許了余子中跟荷姑的，請你成全他們。」

「那兩點？」

「第一，竊案不必追究，只讓鄭四去料理好了。」

「是。」唐錫謙又加了一句：「能不能言其故？」

王萬鍾不便明言，長二姑已作了許諾，追出贓來，作為酬謝鄭四辦案辛勞之用；想了一下，找到一個藉口：「如果追究竊案，拖泥帶水，案子結得不夠清楚，防著部裡會駁。」

「是、是。」唐錫謙欣然接受，「我明白了。還有呢？」

「還有就是余子中與荷姑幽會之處，亦請不必追究。」

「這一層，」唐錫謙躊躇著說：「我只能暫時不問；此案結後，我還是要追究的。」

「那在老兄的權衡，我無可置喙。」

「還有甚麼要交代的沒有？」

「就這兩點。」王萬鍾答說：「如果臨時想到，我會提醒老兄。」

「對，對！我有不到之處，請老大哥不必客氣，隨時指點。」

由於事先已有消息傳了出去，到提審余子中那天，鳳翔縣衙門，人潮洶湧，以至於唐錫謙不能不請城守營派出兵丁來彈壓；也因此，延誤到近午時分，方能升堂開審。

公案照原定的計畫，由暖閣移至大堂正中，唐錫謙是地主，謙讓王萬鍾坐在上首，但發號施令則仍是唐錫謙。

「帶余子中！」

「喳！」三班六房的衙役，齊聲答應；接著遞相傳呼：「帶余子中——」

聽審的百姓頓時肅靜無聲，一個個墊起了腳注視著廊上的東角門，不久，腳步聲由隱而顯，在四名獄卒護持之下，余子中出現了，人叢中隨即響起一片竊竊私議之聲——在百姓想像中，余手中一定飽受刑罰無復人形，那知眼前所見，全不是這麼一回事，只見他只上手銬，並無腳鐐，而且步履穩重，神態安詳，一點都不像一個死囚的樣子。

由於公案設在大堂中間，所以佘子中下跪之處，已近堂口，秋陽入屋，一片金黃色的光，正覆在他身上，堂下的百姓都看得很清楚。

「你叫甚麼名字？」

「小的叫佘子中。」

「大聲說！」唐錫謙吩咐；目的是讓聽審的百姓都能聽得見。

佘子中便將聲音提高了又說一遍：「小的叫佘子中。」

「你跟李夏氏是怎麼認識的？」

「李夏氏原是李維清的結髮妻子，後來李維清娶了李朱氏，反要將李夏氏作妾；李夏氏心有不甘，找小的幫她打官司，這才認識的。」

「李夏氏要告李維清？」

「不是，李夏氏要告李朱氏。小的勸她不要告，因為李朱氏財大勢大，官司不容易打贏。」

「混帳！」唐錫謙拍桌罵道：「打官司輸贏全憑法理；你莫非以為她財大勢大，本縣就會偏袒她？」

「求青天大老爺息怒！」佘子中磕個頭認錯：「小的失言了。」

「也罷，你既認錯，本縣饒你一頓板子。」唐錫謙目視著刑房查辦說：「拿證據給他看！」證據便是那包砒霜，刑房書辦交給鄭四；鄭四在佘子中面前揚了一下問：「看清楚了沒有？」

「看清楚了。」

「這包砒霜，是你的東西嗎？」

余子中不即回答，堂上堂下，頓時都緊張了，怕他不肯承認，便成了翻案的局面，尤其是鄭四，瞪大了眼睛，呼吸都快停止了。

「是小人的東西。」

此言一出，堂上鬆了口氣；堂前的人叢中便又議論紛紛，唐錫謙將驚堂木一拍，大聲喝道：「誰在擾亂公堂？攆出去。」

於是有個衙役，舉起皮鞭在空中掄圓了，使勁往磚地上砸了下去，「噼啪」一聲暴響，將聽審的百姓鎮懾住了。

「你的砒霜，一共幾包？」

「一共兩包。」

「還有一包呢？」

「給了李夏氏了。」

「給她做甚麼用？」唐錫謙問：「用來毒死李維清？」

「她為什麼要毒死李維清？李維清一死，她成了寡婦，於她有甚麼好處？」

這種反詰的語氣，跡近冒犯，但唐錫謙不以為忤，復又問道：「那末是要毒死李朱氏？」

余子中遲疑了一會，低聲答了一個：「是。」

「是誰起的意？」

「這很難說。」

「怎麼叫很難說？」

余子中想一想說：「回大老爺的話，是她一言、我一語，慢慢談出來的。李夏氏跟小的說，李維清告訴她將來得意了，會給她另請一副誥封。小的說：『雙官誥』是戲文，那有這回事？誥封只得一副，她占了就沒有你的分了。除非她死了，你再扶了正，才輪得到。李夏氏聽我這一說，發了脾氣，她說：我原是正，她奪了我的名分，我死也不甘心。這樣談來談去，才談到下毒這回事。」

「這樣說，你們是同謀。」

「是小的一時糊塗。」

「糊塗」總有個原因，在荷姑是不甘於以嫡為庶，名分被奪；余子中呢？為了甚麼？是害命謀財，還是戀姦情熱？但以王萬鍾事先作過提示，不追監守自盜，也不追姦情，所以唐錫謙沒有話可問了。

於是，他轉臉問王萬鍾：「貴縣奉憲委主審本案，有甚麼話要問余子中？」

王萬鍾想一想答說：「案情已很明白，李夏氏、余子中同謀毒害李朱氏，誤殺李維清。證據確鑿，而且招供不諱；貴縣百姓，共見共聞，已無疑義，應該可以結案了。」

「極是，極是。」唐錫謙連連點頭；然後大聲問道：「余子中，你還有甚麼話說？」

「事到如今，小的百口莫辯，只有求兩位青天大老爺筆下超生。」

「看你的造化吧！」唐錫謙吩咐：「畫供！」

畫供以後退堂，散出去的百姓，一路走，一路議論紛紛，有的說：「唐大老爺平時像個書獃子，今天忽然變得很精明了。」有的雖未開口，心裡卻總在想：余子中這條「赤練蛇」居然這樣子老實，真是不可思議！

王萬鍾這件案子辦得很漂亮，也很順利，全案申詳到京，刑部絲毫未駁，奏准照原議，將荷姑與余子中都定了「絞立決」的罪。另外吏部照陝西巡撫為王萬鍾、唐錫謙勞績請獎的保案，奏准王萬鍾升任知府，遇缺即補；唐錫謙要差一點，以知府記名，不過如今也補上缺了。

小余兒所講的故事，對彭華來說，是個極大的啟示，決心要以王萬鍾為法，所以到任以後，在刑名上特別講求，官聲極好。加以有大青通勒姨太太的這條內線的奧援，所以署理不到三個月便補償了。

彭華能建立好官聲，他的刑幕梁守常功不可沒，此人是浙江蕭山人，是他的同鄉前輩汪輝祖的得意門生。汪輝祖字龍莊，先前亦以遊幕為生，乾隆二十一年中了進士，「榜下即用」，放到湖南去當知縣。

汪輝祖一到任就親自寫了一張布告，大意是說：「官民一體，聽訟責在官，完賦責在民。官不勤職，咎有難辭；民不奉公，法所不恕。」他宣布與百姓共守的公約是：一旬之內，以七天審理訴訟；兩天徵比田賦；還有一天則親自撰擬申詳的公文，「較賦之日，亦兼聽訟」。

他說：「若民皆遵期完課，則少費較賦之精力，即多聽訟之功夫。」百姓感於他的誠意，多願合作，汪輝祖不必在徵賦上多傷腦筋，聽訟亦就更能從容推求了。

汪輝祖精於律例，但世事變幻莫測，律例有時而窮，好在他學問淵博，律例所不及者，引用四書五經的道理，或者史書中所記據的情況，準情酌理，作出最適切的判決。梁守常的腹笥亦很寬，所以彭華以師禮相待。

就在他真除不久，巴州南鄉發生一件姦情案，有個叫浦四的十五歲男孩，有個童養而未成禮圓房的妻子王氏，為浦四的叔叔浦經勾引成姦，事發以後，彭華依親屬相姦的律例，打算將浦經「發附近衛充軍」，但梁守常堅持不可。

「這是『凡姦』，罪不能定得這麼重。」

姦情案有各種性質，男女兩造毫無關係而和姦者，謂之凡姦。彭華便說：「老夫子，依服制，姪為叔伯父母服喪，是『齊衰不杖期』，怎麼能算凡姦？」

「服制由夫而推。王氏童養未婚，夫婦的名分未定，不能旁推夫叔。」

「可是王氏管浦四的父親叫『公公』，這不是媳婦的身分嗎？」

「不然。」梁守常說：「公公與媳婦對稱，王氏還不是媳婦，淵四的老子就不是公公。這所謂公公，不過鄉下年紀輕的，對年長的一種尊稱而已。」

「說得是。」

彭華定了浦經與王氏各杖九十的罪。不道為臬司駁了下來，說王氏為浦四之妻，而童養於浦家；如以凡姦論罪，則於浦四夫婦的名分上說不通了。

「童養不過是虛名。」梁守常說：「王氏從小叫浦四為四哥；浦四叫王氏為妹妹。既以兄妹相稱，就不能算夫婦；浦四既還不能算是王氏的丈夫，浦經就不是王氏的『叔公』。」

這一回申詳上去，又被駁了下來，套了一頂「名分有關」的大帽子，這下事態嚴重了，因為有悖倫常是可以奏參革職的，梁守常安慰彭華，一定可以請臬司維持原判。

於是梁守常殫精竭慮，引用古書，做了一篇極精采的文章，他說：「《禮記》：『未廟見之婦而死，歸葬於女氏之黨』，以未成婦也。今王氏未廟見，婦尚未成，且古人有言：『附從輕』，言比附人之罪，以輕為尚，《書經》亦言：『罪疑惟輕。』婦而童養，疑於近婦，如以王氏已入浦門，與『凡』略有差異、比『凡』稍重則可，如必以服制相論，則與從輕之義不符。設或所犯之罪，重於姦情者，則出入太大。」這是說，倘有重於姦情的命案，不論服制，只不過杖一百、充軍三千里；倘有服制便是絞立決，生死所關，出入不能說不大。

因此，梁守常下了一個結論：「浦經從重枷號三個月，王氏歸母族。令浦經別為其姪浦四娶婦，似非輕縱。」

這回准了，而且很意外地，得到總督勒保的一封信，說由臬司衙門轉報浦經與王氏姦情一案，引析古義，至為允當；足見肯讀書上進，勤理民事，至為欣慰，特函嘉勉。

對這番獎許，高興的只是大青，覺得面子十足；將來去探望勒姨太太、重晤舊日女伴時，足以揚眉吐氣。在彭華卻淡淡地不以為意，因為他另有心事。

「二爺，你怎麼啦？」大青十分關切地問，「好幾天了，也沒有見過你有一張笑臉，到底甚麼事煩著你了？」

彭華先是不作聲；然後嘆口氣說：「事情遲早是瞞不住的，我跟你實說了吧！」

原來當勒姨太太將大青贈彭華作妾，而他感於兩婦之間難為夫，欲待辭謝而不得時，恰好羅桂鑫來訪，談起這件時，羅桂鑫認為以魏祿官的賢慧，跟她實說，必能諒解他的身不由己。

至於以後如何接她到任上，須因時因地制宜，目前無法計議。彭華也認為跟魏祿官明說了，能否獲取諒解，固然在未定之天，但如瞞著她另外納妾，先就難逃薄倖之名，所以同意了這個建議。

去做說客的，當然也是羅桂鑫；得到的回音是：魏祿官不但毫無妒意，而且因為彭華的起居有人照料，顯得頗為欣慰，不過，羅桂鑫也帶來一個令人憂慮的消息，魏祿官夜咳不眠，每天下午雙頰如玫瑰，這是「潮熱」，有經驗的人，都說她已經得了癆病了。

「哎喲！怎麼得了這麼一個要命的病呢？」大青顯得十分關切地說：「如今好一點了吧？」

彭華搖搖頭，從抽斗中取出一封信來，默默地遞給大青，信上的稱謂很少見：「彭二叔大老爺尊前」；下面是：「敬稟者，套言不敘」，所敘的正事，措詞與信紙一樣粗糙：「今為姨奶奶之病，半年至今，服用白木耳三斤多，毫無效驗，反增病勢。姪早想修書稟報，姨奶奶堅持不肯；我二叔令姪私下實告，立候指示，切切。專肅並請福安。姪桂鑫百叩。」

「這桂鑫是誰？」

「就是羅思舉的姪子，我在東鄉安的家，是他一手料理的。」

「那末，二爺。」大青問說：「你打算怎麼辦呢？」

「我不知道該怎麼辦？」彭華答說：「我不能到東鄉去看她；也沒有辦法接她到巴州來：第一，先要跟你說明，就是一件很難開口的事；第二，縣管忽然又冒出來一個姨太太，巴州百姓會當笑話講。」

大青略想一想，問：「她知道有我這麼一個？」

「知道。」

「那就好辦了。我到東鄉去看她。」

「好極！」彭華的愁懷頓解，「我請羅桂鑫來接了你去。」

「我去了，該說些甚麼？二爺，你得把她的情形跟我說一說，見了面才有話好談。」

「她是魏長生的——」

等彭華細談了魏祿官的身世，以及結合與定居東鄉的經過以後，大青細想了一會說：「我想把她的弟弟小龍帶回來。癆病是要過人的，童子癆一到發育的歲數，就是難關。你看呢？」

「我當然贊成。不過帶了來，要有人養。」

「那當然是我的事。」大青答說：「不但要養，我還要管他。」

「那是再好都沒有。」彭華頗為感動，「你這樣子待祿官，就算她命薄早死，死得也安心的。」

「也不見得就早死。勒大人的老太太，亦是二十歲開外就得了癆病，後來活到七十三歲才壽終。」

彭華不作聲，靜靜地回憶著剛才所發生的一切，內心充滿了溫馨；有這麼好的事嗎？他在想，真個如大青所說，魏祿官未必早死，能擁有這麼兩個和睦相處的美妾，可真是一段豔福。

但世事變幻無常，別想得太美了。

轉念到此，忽生隱憂，「既然癆病要過人，你！」他鄭重警告：「你可千萬當心，別也染上了，那可是非同小可的事。」

「我會當心。」大青笑道：「二爺，我想你的運氣也不會那麼壞吧，會弄兩個藥罐子陪你。」

「人無遠慮，必有近憂——」

「二爺你別再說了，再說，我就當你是咒我。我在勒家服侍過老太太，也沒有染上。」大青緊接著說：「你就趕緊寫信，讓羅桂鑫來接我吧！」

信去半月，羅桂鑫趕到了，他管大青叫「新姨奶奶」，見過了禮，略略作一番寒暄，方始談到魏祿官，說她的病勢一度顯得極重，但自得知大青要去看她後，精神好得多了。

「這是人逢喜事精神爽。不過，」羅桂鑫面色轉為凝重，「有經驗的老人家說，這是迴光返照。新姨奶奶要去看她，宜乎早點動身。」

「我也想早早動身。這幾天都是宜於出門的好日子。」大青盤算了一會說：「是這樣的，我派了人到成都跟勒大人要一枝好人參；算日子，今天明天應該回來了。如果明天還不回來，只好我先走，人參就再說了。」

第二天派到成都的專差回來了，帶回來四兩上好的吉林人參。於是由羅桂鑫陪著大青到了東鄉；她比魏祿官大一歲，但照歷來的規矩，叫魏祿官為「姊姊」，魏祿官便亦稱她為「妹妹」。初次相見，魏祿官的言談舉止，不免拘謹生澀，但大青大方親切，所以彼此很快地就像熟人一樣了。

「姊姊，我替你帶了四兩人參來。這些參是從前皇上賞勒大人老太太的；還傳了個方子叫『生脈散』，用人參五錢、麥冬、五味子各三錢，煎得濃濃兒的，臨睡以前服，晚上就睡得安穩了。」

「多謝妹妹費心，真叫我過意不去。」

「別這麼說，只望你寬心養病。二爺說了，如果生脈散見效，只管常服，不必怕花錢。其實，花錢是小事，就怕沒有好人參；我會想法子給你捎了來。」

這樣赤心相待，魏祿官實在感動，再看到大青豐容盛鬋，容光煥發，而自己每天照鏡子，消瘦得不成人形，相形之下，特顯榮枯，一陣心酸，忍不住流下淚來。

「姊姊別傷心，年災月晦，總是有的，千萬自己要放寬來想，病才好得快。」

「那裡好得了，不過二爺有妹妹服侍，我放了一半心；還有一半——」魏祿官嘆口氣，不再說下去了。

大青知道，她另外一半放不下心的，是怕小龍在她身後，孤露無依；但她並不說破，因為那一來便似託孤，會惹她格外傷心。

閒聊了一會巴州的風物，小龍從蒙館中下學回來，魏祿官便喊著他說：「小龍，來見姊姊。」小龍不明白怎麼又出來一個姊姊，一時愣在那裡，不知所措；大青已是站了起來，撫著他的腦袋說：「原來這就是小龍弟弟，長得好結實！來，來，我有樣見面禮給你。」

見面禮是一塊古色斑斕的漢玉；魏祿官識貨，立即阻攔著說：「這麼貴重的東西，別給他；弄丟了，可惜。」

「不會丟，我給他掛在脖子上。這叫『剛卯』，辟邪的。」

剛卯上繫著一條黑絲繩，大青替他在脖子上掛好，小龍這時候聰明了，說一聲：「謝謝姊姊！」

「你跟我到巴州去好不好？」大青不待他回答，轉臉對魏祿官說道：「二爺交代，要我問一問姊姊，如果你願意，讓我帶他到巴州去念書。」

「我怎麼不願意。」魏祿官答說：「就怕他給二爺跟你添一個累贅。」

「你的骨肉就是我的骨肉，怎麼談得到累贅？」

「好！這下，我完全可以放心了。」魏祿官一臉的愉悅，「小龍，你給姊姊磕頭。」

等小龍要下跪時，大青一把將他拉住，「千萬不能！」她說：「從來就沒有人給我磕過頭！我怎麼當得起？」

「那，讓他給你作個揖。」

「這，行！」大青鬆開了手，讓小龍必恭必敬地替她作了個揖。

「妹妹，我可把小龍託付給你了。你可千萬別見外，該罵該打，別姑息他。」魏祿官又叮囑小龍：「你可千萬要聽姊姊的話。」

「我知道。」

「好！你玩去吧！我跟你姊姊有話說。」

魏祿官的話，仍是有關小龍的一切，從梳妝台上取一枝眉筆，將小龍的生辰八字寫了下來，交了給大青，「妹妹，我是心比天高，命如紙薄，看來不能再跟二爺在一起了。如今只有癡心妄想，小龍能夠成材，替我們魏家爭一口氣。」她停了一下問道：「不知道二爺打算怎麼樣教養小龍？」

「自然是讓他念書，能從正途上去討個出身。」

正在談著，羅桂鑫來了，一開口就說，他不能護送大青回巴州，但會另作安排；問大青何日動身？他派妥當的人來照料。

問起原因，才知道陝西寧陝鎮總兵屬下的五千新兵，突然叛亂；已升任太平協副將的羅思舉，奉到勒保的命令，帶領所部赴陝西聽候德楞泰調遣。羅思舉一向只在四川剿匪，如今要開拔到鄰省，對於留在四川的軍眷，怕照顧不到，所以急召羅桂鑫去商議。

寧陝鎮的總兵叫楊芳，字誠齋，貴州松桃人，本來也是個讀書人，只為幾次都考不上秀才，決定投筆從戎；其時楊遇春駐紮松桃，楊芳便在楊遇春營中，充任一名司書，靠微薄的軍餉來養活妻子。

楊遇春是四川崇慶人，武舉出身，他善於用人，認為軍營無不可用的人，譬如聾子，可用作左右奔走的勤務兵，可以避免洩漏軍情；啞巴作傳送密信的傳令兵，不會加油添醬，造作許多全無必要的言語；跛子呢，最好管信炮，由於腿不俐落，不會到處亂逛，耽誤正事；瞎子亦有用處：行軍時當「斥堠」：因為瞽於目者聰於耳，伏地聽遠，勝於常人。廢人尚且如此，何況是讀過書的人，所以楊芳到差不到一個月，便被拔擢為把總，從征苗疆，積功升為守備，駐紮銅仁寨防苗。

其時征苗的專閫之將是，大學士一等公雲貴總督福康安，下了一道命令，守寨諸將，如果自覺兵力單薄，不妨轉移他處，以期保全實力。守銅仁寨的游擊孫清元，膽怯懼戰，打算移寨。楊芳堅持不可，他說：「尺地寸土，皆當為皇上守住，怎可輕棄於賊？」孫清元無奈，只好不移。

不久，苗子夜襲，孫清元倉皇逃走，雖有楊芳奮力抵抗，怎奈軍心渙散，終於不守。福康安大怒，派材官逮捕孫清元，以軍法從事。孫清元辯說：「卑職本來要遵大帥命令，移到難攻易守之處；可是守備楊芳一定不許。他在卑職營中，主管輜重，移寨要靠他指揮調度，他不聽命令，卑職無能為力。」

福康安一聽這話，立即下令：「把這楊芳替我綑了上來！」等將五花大綁的楊芳押到面前，他大聲怒斥：「你是甚麼東西，敢違抗我的命令？」

楊芳不為他的震怒所懾，跪在地上，仰臉答說：「卑職讀聖賢書，惟知忠孝，銅仁寨雖小，亦是皇上所付託，輕易放棄，是違君命。是故卑職想一戰以揚士氣，至於勝敗，自有指揮者負責，罪不在卑職。倘或是由卑職指揮，今天卑職不會在大帥面前。」

「不在這裡，在那裡？投降了苗子？」

「不是。銅仁不守，一定是卑職陣亡了。」

福康安頓時息怒，將他調到大營，管帶親軍。福康安死後，調為額勒登保部下；轉戰川、陝，剿教匪時，每每擔任偵察的任務，深入敵後，盡得賊情地勢；大軍進發時，則充先鋒，負嚮導之責。他的官運亦扶搖直上，升都司、升游擊、升參將、升總兵。

他是陝西寧陝鎮總兵，選了鄉勇精銳五千人編成一標，號為「新兵」。楊芳待這些新兵非常寬厚，但副將楊之震，恰好與他相反，刻薄寡恩、貪汙成性；楊芳想把他調走，但無計可施，因為楊之震另有靠山。

其時楊遇春是陝西固原提督，奉召入覲，由楊芳署理提督，而楊之震則署理寧陝鎮總兵。「一朝權在手，便把令來行」，下令軍糧不發米麥，改發包穀雜糧；餉銀及其他應有的補給，不是剋扣，便是愆期；他平時本不得軍心，這一來自然更是到處怨聲。於是先是鼓譟；接著由於名叫陳達順、陳先倫的這兩個人的煽動，終於叛亂了。

當叛亂發生以前，已風有聲，便有人去勸楊芳夫人連夜出城，避往安全地帶。這楊夫人姓龍，四川華陽人，膽識不讓鬚眉，當時表示：「反不反還不知道。如果我走了以後，他們造反，我就變成通賊了；否則，何以我先得信息？」

及至亂作，未叛者誓死保護楊夫人；已叛者則揚言，情急而叛，與楊夫人無關，盡請安心。叛眾還請見楊夫人，避在總兵衙門的官眷都說不宜接見，但楊夫人不從，端坐公堂，詢問來意。

「送楊太太出城。」

「如果光是我一個人，我不走；我不能扔下這許多眷屬，一個人脫險。」

叛眾答應讓所有的官眷都跟著她走。轎子一出大門，便聽得有人傳呼：「擺隊送楊太太。」

「停！停！」楊夫人伸手拍著轎槓，等轎子停下，將為首的找了來，厲聲苛責：「這是甚麼時候，你們也太荒唐了，還鬧這些官派！除了現在衙門前面的人以外，其餘的都不准露面。如果不聽，我不走了。」

這就是楊夫人顧慮周密之處，新兵已叛，而居然仍當她是總兵夫人，以禮相送，其情與通賊無異；不過這猶在其次，別有一層深遠的用心，是要借此立威，楊芳馭下極寬，部下只是感恩；楊夫人則恩威並用，一向為新兵所敬憚，此時身處危地，人心浮動，必須讓他們在懷德以外，還有畏威之心，始為萬全。

出了寧陝南門，不遠便到石泉，沿著漢江北岸，東西一條大路，西至城固、南鄭，出陽平關入川，東面便是入湖北的要道。楊夫人是往東走，因為石泉以東的興安州知州，就是她的堂兄龍燮堂。其時二楊都已接到警報，楊遇春剛走到西安，自然要停下來，會同陝西巡撫方維甸，部署應變；在固原的楊芳，只帶親兵四人，冒雨急馳南下，三日三夜，馬不停蹄。奔了一千兩百里，到了渭水南岸的盩厔，才知道楊夫人暫住興安，妻兒脫險，寧陝便可暫時不理了，由盩厔直奔石泉。

在石泉得到兩個消息，一個是朝廷已派德楞泰為欽差大臣專責平亂；另一個是，叛亂新兵的首領，已經換了，新的首領叫蒲大芳——這是個好消息，因為蒲大芳原是楊芳的心腹衛士；這一下，甚麼事都可以商量了。

但此時叛亂已成燎原之勢，蒲大芳裹脅良民數千，由寧陝向西攻至褒城以北的留壩，再向東折回，攻陷了洋縣，分兵直取子午谷，進圍迫近西安的鄠縣，攻勢凌厲，官兵一敗再敗，但只要遇到楊遇春及楊芳，立即不戰而退，所以官兵雖敗，傷亡並不太重。

於是楊芳與楊遇春秘密商議，由他親自去勸蒲大芳來投降；楊遇春復又轉陳德楞泰，取得同意後，楊芳單騎直入敵陣，一見蒲大芳抱住了痛哭。

「我跟你們相處幾年，共患難、同生死，如今竟成了仇敵。朝廷徵調大軍進剿，我不忍看你們自召滅門之禍，不如你們先殺了我。」

一半真情，一半做作，聲淚俱下，叛眾們亦都哭了。當天晚上，楊芳與蒲大芳通宵密議，談定了條件，犧牲首先起事的陳達順、陳先倫，其餘概不追究，仍歸原來的建制。

回到德楞泰的大營，楊芳報告了談判的結果，德楞泰徵詢部將的意見，羅思舉首先反對，他說：「兵變而殺將、陷城，大破官軍，造反到這種地步，而竟無事，這不等於鼓勵造反嗎？」

但這種義正辭嚴的態度，竟無人響應，德楞泰決定接受蒲大芳的條件，但奏摺上又是一番說詞：「賊匪見大兵雲集，四面環攻，賊首蒲大芳、王文龍等環跪痛哭乞命，將首先謀逆之陳達順等二人綑縛送出，其逃赴留壩等處賊匪一千餘人，又經該逆隨同官兵截回。其滋事兵丁共二百二十四名，擬遴選將弁，分別管帶，暫歸原營約束。」

結果是奉嚴旨申飭，說他「所為錯謬已極！賊匪罪在不赦，即因其畏罪乞降，亦不過貸其一死，已屬法外施恩，豈有仍令各歸原營，充當兵丁之理？德楞泰膽大專擅，出乎情理之外，姑念其在川陝帶兵剿賊，曾著微勞，不加嚴譴，傳旨嚴行申飭，交部議處。乞降叛賊二百餘名，應即定擬應得罪名，具奏請旨。」

這道上諭到達陝西，德楞泰深恐激出意外，祕而不宣，但風聲已經外洩，儘管楊芳盡力安撫，而蒲大芳已大感不安，深悔不該投誠，為了試探，他向楊芳自告奮勇，到興安去接楊夫人回寧陝。

這試探有好幾層深意在內，如果朝廷要治罪殺降，他是罪魁禍首，開刀的第一個就是他，楊芳怕他風聞逃走，就不會准他到興安；或者預料會有兵變，寧陝成了危地，楊夫人仍宜避居興安，又何必接她回來？如果懷疑他包藏禍心，要防他劫持楊夫人就更不會准他到興安；或者將信將疑，則必另外派人同行，以為監視。總之，當此情勢曖昧之際，可能會有怎麼樣的變化，都可從楊芳的反應中，窺知端倪。

楊芳當然亦要防到蒲大芳有不測之心，但要人輸誠，自己先要示之以誠，而且他亦深信妻子必能應變保身，所以泰然答說：「好！你去接她回來過年。」此外別無表示。

到得興安，正值大風雪，龍夑堂勸她不要走，先將蒲大芳打發回去，等天氣好了，另外派人送她回寧陝。楊夫人不肯，抱著襁褓之子，泰然登程；龍夑堂要派親兵護送，亦為她婉言辭謝了。

冒雪西行，第一站是漢陰廳；這裡駐有一名參將，姓謝，「公館」就打在他家。第二天楊夫人剛剛起身，聽得人聲喧譁，叫丫頭出去一問，才知道是蒲大芳跟同行一個衛士王奉打架，謝參將出來排解，王奉倒住手了，蒲大芳還是扭住了不放。

衛士等於家丁，楊夫人是可以管的，當下叫進蒲大芳跟王奉進來，細問曲直，錯在蒲大芳；楊夫人指責他說，在謝參將家作客，何可無禮？吩咐先打軍棍四十，綁起來帶回寧陝，再以軍法處治。

其實這也是蒲大芳與王奉串通好了，來試探楊夫人，看她處置一如平時，仍舊拿他們當家丁看待，心裡就踏實了。快回到寧陝時，王奉帶了幾個同伴來為蒲大芳求情鬆綁；亦不必告訴楊芳，免得治以軍法。楊夫人先是不允，禁不住王奉等人苦求，終於點頭答應。

夫妻相見，悲喜交集，細訴離衷，纖悉不遺，楊夫人獨獨不說蒲大芳、王奉打架之事。過了幾天，謝參將來見楊芳，屏人密談後，楊芳回到上房問他妻子：「你知道謝參將來幹甚麼？」

「我怎麼知道？」

「他是不放心我們特為來探望的。」楊芳問道：「你在漢陰廳打了蒲大芳的軍棍？」

「是的。」

「你回來甚麼事都談了，何以這件事沒有告訴我？」

「你不知道反而好。」楊夫人答說：「你知道了不辦，是廢弛軍法；辦了，是我失信。」

「這話也是。」楊芳又說：「當時我准蒲大芳去接你，很有些人在擔心，我說你向來料事如神，一定會託辭不走。不想我料錯了。」

「我看得不透徹，當然不敢走；敢走，就一定有把握能夠駕馭蒲大芳。」楊夫人又說：「不過到底如何處置，以速為宜，愈快愈好。」

「快了。」楊芳答說：「全制軍已經到了。」

他口中的「全制軍」，指湖廣總督全保，奉旨馳驛到陝西，會同德楞泰處理寧陝新兵叛亂已平之後的善後事宜，新到的一道上諭中，指示極其明確，為首的蒲大芳等二百二十四人，死罪改為充軍，但如何發遣，是一件很棘手的事，稍有不當就會激起第二次的叛變。

由全保召集德楞泰、方維甸、楊遇春、楊芳等四人，經過一整天的密議，定了一條調虎離山之計，以調防新疆為名，將降眾二百餘人，搭配其他新兵三百餘，共計六百人，分批開拔。

為首的蒲大芳、馬友元等人，排在最後一批，找個適當的地點宣布罪狀、定擬罪名，或斬或絞，請旨辦理。至於其他抵達新疆的叛眾，則發配十處「回城」，分給回子為奴，以示懲罰。

議定以「六百里加緊」飛奏；旋即奉到上諭：「降賊二百餘人，本應拘傳到案，明白宣諭，遠配新疆，今全保等恐復生反側，擬借換防為名，遣令隨從遠戍，到彼後再分給回子為奴。

「為此權宜之法，細思究未妥協，降賊等均係罪犯極刑，此時貸其一死，並未能明白定罪發遣，但以換防為名，於國法仍屬未伸。且甫經宣旨派赴換防，迨至到達後，又復傳旨將伊等撥給為奴，忽為防兵，忽為罪隸，豈有如此不信之詔旨乎？」

然則應如何處置呢？上諭中倒有個比較明快且寬大的辦法：「今既以換防為名，莫若逕行加恩，即令分赴新疆各回城，充當戍兵，永不換回。此時止傳令換防，不必宣露此意，既稍示懲創，而辦理仍不失為正大。」

不過「專派新兵，猶恐該兵丁等心存疑慮，自應將舊兵攙入，一同派往。」此外還有好些瑣碎的指示，諸如口糧一體照發，不得有差異的待遇；曾經因立功而賞給軍功頂戴者，仍准戴用。至於「將降賊內著名頭目，作為末起，俟出山行抵平原，相機拿解，定擬斬絞，請旨辦理，尤可不必。此時無論首逆，總著歸併一體辦理，無庸再分等差，轉生枝節。」總之，朝廷務求平安無事，將此二百二十四人送到新疆，永遠隔離的謹小慎微之心，在上諭中表露得非常透徹。

因此，主事將帥，對於施行這條調虎離山之計，慎重非凡，關防尤其嚴密，全保將軍機處「廷寄」的上諭傳示德楞泰、方維甸、楊遇春、楊芳諸人以後，隨即親自裝入信封，揚一揚說：「這道上諭，我日夜不離身，要等伊犁將軍奏報防兵全部到達新疆接收以後，才會歸檔。當然，上諭內容，我絕不會洩漏一個字，但願各位都是如此。我此行已有結果，不宜再作逗留，決定明天動身回湖北，就此跟各位辭行吧！」說著，起身拱拱手，往外就走。

這一下將做主人的方維甸搞得手足無措，只好示意戈什哈高唱一聲：「送客！」開正門將他送出巡撫衙門。

客不送客，其餘四人仍在花廳，等方維甸送客回來，德楞泰說道：「全制軍躲避麻煩，唯恐不速，他一定會單銜出奏，撇清責任；我們如果出了岔子，不但不能期待他幫忙，說不定還會落井下石，所以換防一事，愈快愈好。我們亦不必談甚麼『責成』，就事論事，邊境換防，每年照例的軍務，無須張皇，我看就交給誠齋一手料理好了。誠齋既不必請示，我們亦不宜過問，各位以為如何？」

「是！」方維甸答說：「聲色不動，以平常心對之最妙。」

「不錯。」德楞泰看著楊芳說：「你趕緊回寧陝吧！」

「是。」

「請示大帥。」楊遇春問道：「卑職是不是照常入覲？」

「慢慢！」德楞泰說：「這兩天必有後命，看看再說。」

果然，十天之內，一連接到三道上諭，第一道是湖廣總督全保調任陝甘總督。第二道是德楞泰授為西安將軍。第三道於二楊都有關係：「寧陝鎮兵叛，各鎮兵臨陣逃散，固原提督楊遇春、寧陝鎮總兵官楊芳、河州鎮總兵官游棟雲均解任，交西安將軍、陝甘總督全保查明參奏。」

德楞泰對這第三道上諭，祕而不宣，因為解任聽勘，即須另外派人代理職務，楊芳正在辦理換防分批發遣事宜，關係重大，豈可換手。但儘管如此，消息還是外洩了，傳到寧陝以後，留在最後一批發遣，而仍在楊芳左右擔任衛士的蒲大芳，到中門上跟管家婆說，要見楊夫人。

「太太，」他說：「外面傳說，固原楊大人跟我們大人，都要拿問治罪了。可有這話？」

「我不知道。」楊夫人答說：「不過即使有這樣的事，亦不足為奇。朝廷自有紀綱，他治軍不嚴，亦是罪有應得。」

「這麼說，豈不是弟兄們害了大人？」

「都怪楊之震。他不怪你們，你們亦不必覺得不安。」楊夫人很懇切地說：「大芳，我同你們將軍，都希望你們能夠改過，好好當差，新疆是邊防重地，立功的機會很多，只要肯上進，不愁沒有出息。」

「太太是金玉良言，大家都會記在心裡。不過弟兄們都有點怕，大人治軍不嚴如果有罪，犯罪的弟兄怎麼能沒有事。大家怕的是，一到新疆算老帳，與其在那裡做遊魂野鬼，倒還不如死在家鄉好些。」

「沒有的事！」楊夫人說：「你們相信我的話，絕不會跟你們算帳，不過你們在路上鬧事，那就另當別論了。」

「太太的話，我們自然相信。不過聽說管新疆的松大人，一向獨斷獨行，不大講道理的。」

「他獨斷獨行，不講道理，總也不敢跟皇上作對吧？你們已經皇恩大赦了，怕甚麼？」楊夫人略停一下又說：「你們如果覺得害大人受累，心裡過意不去，那就應該格外守法，不然的話，旁人就有話說了：你們看，楊某人不是治軍不嚴？」

「是。」蒲大芳心悅誠服，「我告訴弟兄們，一定格外小心。」

即因有此蒲大芳輸誠的表示，所以營官一直在擔心的，最後發遣的兩批人，一定會藉故鬧事，而竟服服貼貼，一切遵令而行，順順利利地出關而去。

任務告成，楊芳正待赴西安覆命時，德楞泰已派專差，送來一個包封，內有上諭抄本兩件；德楞泰私函一封。第一道上諭是：「楊遇春著降為寧陝鎮總兵官；固原提督著由直隸提督薛大烈調任，未到任前，仍由楊遇春署理。」

第二道上諭專為楊芳而發：「楊芳係營伍出身，洊膺恩擢，乃身為專閫大臣，平日馭兵，不能嚴明訓練，一味姑息，以博寬厚之名，致令兵丁不知軍紀，桀驁者糾眾倡亂；怯懦者臨陣潰逃，其咎實難寬宥，著即革職；其應得何罪之處，仍著德楞泰會同全保悉心詳議，具奏請旨。」

德楞泰的信中說：全保不日可到西安；薛大烈亦已馳驛來陝。楊芳要先將署理固原提督的印信，交還楊遇春，再交寧陝總兵的印；楊遇春則先交提督，再接總兵，兩人都要辦理兩次移交，而固原寧陝相去千里，太不方便，所以他想了一個變通的辦法，不妨派中軍將提督、總兵的印信，都送到西安，等薛大烈一到，三方面分別交接，最為便捷。

「信中沒有提到議罪的話，不過，這道上諭跟以前的那道有一點不同。」楊夫人問說：「不知道你發現沒有？」

「以前是『解任』，這回是革職。」

「還有！」

「還有？是那一點？」

「有『會同』二字表示以西安將軍為主，似乎上面還有保全之意。不過革職已經定局了，我從沒有去過貴州，看來只有暫時回娘家。」

「先到了西安再說吧！」

於是先派人到西安賃房作公館；隨後楊芳親自攜帶印信與妻子進省。一到先去見德楞泰，談到夜深方始回來，神色頗為憂鬱。

「你說得不錯，上面確有保全之意，德將軍跟我說，他原來的意思，想定一個降三級調用的處分，可是已經革職了，革職以外再定罪，罪名就輕不了；他為我的事，愁得晚上睡不著覺。」

「『輕不了』，會是怎麼樣的重呢？」

「至少也是充軍。」

楊夫人不作聲，沉吟了好一會說：「你自請充軍新疆好了。那是個保全大家、立功贖罪的機會。」

楊芳為妻子那句「保全大家」的話提醒了，細細思量，愈想愈有道理；第二天一早去見德楞泰，開口問道：「大帥跟松將軍很熟？」

「你是說松筠松湘浦，怎麼不熟？我們從小就在一起玩的。」

德楞泰與松筠都是蒙古人，雖不同旗，卻是三代的世交，聽說他們從小就是玩伴，楊芳便問：「照大帥看，松將軍是怎麼樣的一個人？」

「大好人一個。不過不拘細節，有時到了胡塗的地步；他的笑話很多。大家都說你馭下太寬，不過比起松湘浦來，你也要自愧不如。有一回——」

有一回松筠宴客，有人遣急足來送信，要立等回音，松筠傳他到宴客之處，來人好奇，踮起腳看他請客用些甚麼菜？松筠一眼望見，便即說道：「你中意我的菜，是不是？」立即命聽差撤下兩碗賞來人。在他的身後的小書僮，從未見過這樣新鮮的事，不自覺地伸探頭注視，松筠又發覺了，「莫非你也歡喜？」又撤兩肴賞書僮。座客為之啼笑皆非。

又有一回，松筠奉召入覲，有幾個相熟的喇嘛，有事求他，趕到涿州等候，松筠得知皇帝駐蹕圓明園，便借了喇嘛的馬，間道直奔圓明園進見，等在長辛店的家人都撲了個空。第二天他長子由海甸接他回家，行至中門，遇見一個中年婦人，松筠問道：「這是那家的親戚？」

長子答說：「這是姨娘啊！」松筠是個大近視，他的姨太太臉上有幾粒細白麻子，松筠納之十年沒有看出來。

在辦教匪時，松筠總說教匪都是脅從，可以諭降。但事實並非如此。

松筠從陝甘總督調任伊犁將軍時，自請入覲面陳軍事，他說：「賊不患不平，而患在將平之時，既平之後，請弛私鹽、私鑄之禁，俾散匪餘勇，有所謀生。」當今皇帝認為他的見解過於荒唐，沒有睬他。松筠復又上疏，重申前請，這下惱了皇帝，降職為副都統，照例不能再當將軍，貶為伊犁領隊大臣，最近方以辦理對俄羅斯交涉得力，復升為都統銜的伊犁將軍。

「鄉勇出身的新軍，身經百戰，機詐百出，善用則為勁旅，不善用必成禍害。君子可欺之以方，我怕蒲大芳見了松將軍這樣的長官，一定會出花樣。」

所謂「出花樣」，自然是製造事端、相機叛亂，如果再勾結回部官員，那情形的嚴重，就比寧陝新兵的叛亂，不知超過多少倍？到那時失職諸臣的處分，就不是降革充軍所能了事的。

轉念到此，德楞泰的一顆心，猛然往下一沉，「誠齋，」他說，「虧得你及早提醒，還來得及防備，我想趕緊給松湘浦去一封公事，請他格外小心。」

「這麼怕未見得有用，而且見諸公事，也不大合適；如果洩漏了，反而引起他們的猜忌，有害無益。」

「那末，」德楞泰躊躇著問：「該怎麼辦才好？」

「只有我到新疆去一趟。禍由我起，我不能不盡責任。」楊芳慨然說道：「大帥想成全我的德意，我很感激，不過上諭既責我治事不嚴，把我發往新疆軍台效力，亦是罪有應得。請大人跟全制軍就照此出奏好了。」

聽得這話，德楞泰喜出望外，而且感動萬分。「誠齋，」他說：「你這麼顧大局，這麼講義氣，我真不知道該怎麼說了？」

「說實話，這是內人的主意。」

德楞泰一聽楞住了，好一會站起身來，理一理袖子站到一旁，恭恭敬敬地作了一個揖；楊芳猝不及防，避之不可，只有跪下來還禮。

「不必，不必！」德楞泰趕緊扶起他來，「誠齋，我是請你代嫂夫人受我一拜。夫人真正是巾幗英雄，將略膽識，你我不及。來、來，請坐下來，我們從長計議。」

當下議定了一個「便宜行事」的辦法，即是一面與全保會奏，議定楊芳遣戍新疆，交松筠差遣，並說明為了約束發遣至新疆的降卒，已先遣楊芳就道。本來大員定罪，須奏准方能執行，如今先辦後奏，即是便宜行事。此外，由德楞泰具一封致松筠的私函，細敘一切，特別要求，關於降卒的處理，請他充分尊重楊芳的意見。

「至於嫂夫人亦不必回華陽，就住在西安，我會叫人安排，好在龍夔堂亦在本省，往來走動，不致寂寞。」德楞泰又說：「你到新疆看情形給我寫信，只要降卒安置妥當，不會鬧事；我馬上會上摺子力保，早則三月、遲則半年，一定能讓你跟嫂夫人團圓。」

楊芳請安道謝，站起身來，正打算告辭時；戈什哈來報：「羅副將求見。」

羅副將便是羅思舉，原是德楞泰的愛將，連聲道「請」。接著向楊芳說道：「羅天鵬來了，你別走，回頭一塊兒喝酒。」

等羅思舉進來行了禮；由於官階之差，他也向楊芳打了個扦，楊芳以平禮相還，略作寒暄，不再開口，好讓羅思舉跟德楞泰談事。

「大師，」羅思舉從口袋中掏出一張發皺的紙，稍微抹一抹遞了過去，「這道上諭，不知大師接到沒有？」

在文官，讀上諭是要站起來的；羅思舉拿上諭抄本視如廢紙，更是不敬之至，但武夫不能繩以禮數，德楞泰亦就馬虎了，將上諭擺置在匟几上，細細抹平，戴上老花眼鏡默念。

上諭是為湖北陝西兩省，嘉慶四年以後的報銷，開頭就說：「國家設兵衛民，本不應有鄉勇名目，前此邪匪倉卒滋事，各該省或因一時徵調不及，暫時雇募鄉勇，就近征剿，是亦情事所有，而軍需報銷之弊，大半即以鄉勇為名，恣其浮冒，總緣鄉勇本無定數，可以任意增添，非如各省官兵，有名糧冊籍可考，而其招募裁撤，又無一定月日，或久或遠，一聽地方官任意捏報，無從詳悉稽查，因之百弊叢生，凡有軍營內浮支濫應之款，其無可報銷者，無不歸之於應付鄉勇之項。」

念到此處，德楞泰失聲說道：「麻煩來了！」

「是！思舉就是為此來見大師。我的麻煩很大，劉清更不得了。」

「劉清不得了，我亦不得了。」德楞泰看了看末尾，喊一聲：「來啊！」

喚來戈什哈，吩咐持他的名片去請巡撫方維甸，說有要事商議，務請即刻命駕。然後再看上諭；看完以後，雙眉深鎖，久久不語。

終於他開口了，「這件事只怕很難了。」德楞泰這回將上諭大聲念了出來：「戶部此次所奏，湖北省題列報銷鄉勇如案，祇在嘉慶三年以前，已開有鄉勇三十六萬六千七百餘人，其鹽糧口食，開銷有四百七十餘萬，米亦有二十三萬餘石，浮冒顯然！試思嘉慶三年以前，湖北邪匪祇不過聶傑人、張正謨等數犯，首先起事，其裹脅附從者，亦尚有限；若彼時果實有鄉勇三十六萬餘人，加以本省及徵調鄰省兵數萬人，勢已百倍於賊，又何難立時撲滅淨盡？何至賊匪鴟張，蔓延滋擾？」

念到此處，德楞泰停下來喝口茶潤喉，楊芳忍不住插嘴說道：「這是算太上皇生前的老帳，畢制軍嘉慶二年死在任上；今上即位責備他教匪初起，失察貽誤；又責備他濫用軍需，以致死後抄家。畢制軍的靠山和相國，亦已罪有應得。怎麼到今天，又來算老帳？」

「可憂者在此！」

「畢制軍」是指三任湖廣總督的畢沅，此人是高宗特地識拔的狀元，一向聖眷優隆，從乾隆三十一年外放甘肅後，扶搖直上，任封疆大吏二十年之久。生性愛才，一時名士為門下食客者，不知凡幾；開銷太大，不免由虧空而貪汙，但高宗每每曲予優容，甘肅冒賑案，他難逃徇庇之嫌，但王亶望身首異處，畢沅只降為三品頂戴，不久復賞還。

乾隆五十一年，畢沅由陝甘總督，調任湖廣，其時和珅用事，深相結納。和珅做四十歲生日，各省大吏皆有重禮餽贈。畢沅的禮比較風雅，古玩書畫之類，但另外做了十首詩，寫成壽屏相送；他門客中的名士錢泳便說：「這十首詩，將來會入《天水冰山錄》。」明朝嘉靖年間嚴嵩父子抄家後，有一本籍沒的目錄，即名《天水冰山錄》。錢泳的意思是和珅將來會成為嚴嵩第二，抄家的目錄中，有畢沅所送的壽屏，豈能免禍。

畢沅大悟，可是已悔之莫及。他生性懦弱，不敢違背和珅的意旨，教匪初起，和珅說「太上皇年事已高，只能報喜，不能報憂」，畢沅聽他的話，沖淡其事，以致釀成大亂。畢沅在嘉慶二年中風歿於任上，追贈「太子太保」；但嘉慶四年，上皇駕崩。當今皇帝因和珅而追論畢沅貽誤之罪。和珅賜死，畢沅抄家，罪有攸歸，應該一筆勾銷了，但如今忽又追究太上皇在世之時的「浮冒」之罪，自然是難以令人心服的，所以楊芳有此不滿的議論。

「可憂者，正在算老帳。」德楞泰指著上諭最後一段說：「『所有湖北、陝西省未經題銷之案，著交該督撫等，各發天良、大加刪減，核實具題。陝西巡撫方維甸等，均非當日承辦軍務之人，無所用其迴護。俟各該省題銷全到，該部再行核覆具奏。』湖北、陝西如此，四川當然亦不例外；錢已經花出去了，我不知道如何『大加刪減』？且等方中丞來了再商量。」

「大帥，」羅思舉說：「這裡面有許多安撫投誠教匪的款子，沒有錢只好向紳糧暫借，講明白等報銷准了歸還。我倒還好，借錢的時候就先看一看彼此的交情，真的沒法子歸還，人家也不會硬逼我。劉清可不同，他欠了十七、八萬，有的是賣田賣地，或者拿做買賣的本錢借給他的，不還怎麼行？」

「別急！方中丞才具不減乃公，我相信他一定會找出辦法來。」

就在這枯坐鵠候之際，談起方維甸的父親方觀承；羅思舉、楊芳年紀都還輕，而且從未到過北方，只知道從大清朝入關以來，有個當了二十年直隸總督的「方大人」，不知其他；德楞泰卻很清楚，原來這方觀承是安徽桐城人，桐城有兩方，從明朝以來，就是有名的世家，兩家代有名人，明末四公子之一的方以智是一方；曾為「朱三太子」師傅的方拱乾是另一方，方觀承便是方拱乾的曾孫，康熙末年，由於戴名世的《南山集》文字獄，方觀承的祖父方登嶧、生父方式濟牽連入內，都充軍到極邊之地的寧古塔。

方觀承曾七次出關省親，往來南北，萬里之遙，皆是徒步；這七次的萬里之行，使得方觀承不但對海內的山川險要，瞭如指掌，也結交了許多隱名的奇才異能之士，這就是他能督直二十年，無人可以替代的本錢。

雍正初年，窮愁潦倒的方觀承，為平郡王福彭所識拔，荐之於世宗，授為內閣中書、軍機章京。高宗即位後，更得重用，乾隆十四年授為直隸總督，兼河道總督，乾隆十六年、二十二年、二十七年、三十年等四次南巡，京畿根本之地，都放心託付給方觀承。南巡是沿運河乘船南下，高宗不怕有人暗算，半夜裡遣「水鬼」潛入水下，鑿破御船，使之沉沒者，就因為方觀承與俗稱「清幫」的「漕幫」，有非常密切的關係，在北遙控，便可保駕之故。

方觀承於乾隆三十六年，歿於任上。據說他五十歲時，尚未有子，家人為他置妾，問起來是故人的孫女，方觀承即日遣還，並助奩資為她擇人而嫁；因此，在他六十一歲，續弦的吳夫人生子時，都說是他積了陰德之報。

他的這個兒子，就是方維甸。高宗聽說他晚年得子，亦為他高興，命他抱進宮來，親自抱置膝上，解了所帶的荷包相賜。到了乾隆四十一年，高宗東巡時，方維甸以貢生迎駕，授職內閣中書，充軍機章京，入仕經歷與他父親完全一樣，所不同的是，方維甸在乾隆四十六年中了進士，成了正途出身。

正在談著，只聽戈什哈在垂花門外高唱：「方大人到！」是方維甸來了，楊芳與羅思舉隨即趨出廳外，垂手肅立，這是下屬迎上官的禮節，名為「站班」；巡撫從二品，總兵正二品，但因巡撫照例掛兵部右侍郎銜，是所謂「堂官」，所以即令從一品的提督，見巡撫亦須「堂參」，正式執屬下的禮節。

身材矮小步履安詳的方維甸，先跟楊芳招呼過了，然後指著羅思舉問道：「這位是？」

「太平協副將羅思舉。」

「啊！原來就是羅天鵬！」方維甸很高興地說：「幸會，幸會。」

其時德楞泰亦已出廳迎接，方維甸趨前見了禮，戈什哈說一聲：「請方大人升匟！」與德楞泰左右坐定，楊芳與羅思舉坐在東面的椅子上相陪。

「葆巖兄！」德楞泰稱方維甸的別號說：「今天有一喜一憂兩件事奉告，喜事是誠齋兄自請赴新疆軍台效力，襄助松湘浦安置降卒新兵，有他在，蒲大芳不致為患，實在是再好不過的事。」

「此是國家之福。誠齋不為個人計，欽佩莫名。」

「不敢！」楊芳站起來答說：「楊芳是罪有應得。」

「將功贖罪，辛苦個一年半載，必有恩旨賜還。」

「我也是這麼說。」德楞泰接口，「楊嫂夫人原籍華陽，我想亦不必回了。不妨就在西安定居，以待好音。葆巖兄，這件事要拜託你費心了。」

「應該！應該！我交代首府來辦，一定妥貼。」方維甸問道：「憂的那件呢？」

「喏！就是這道上諭。」

方維甸將德楞泰遞過來的上諭，只略看了幾行，便即放下，「我接到好幾天了。」他說：「還在籌思善策，所以沒有抄送惇帥。」德楞泰字惇堂，所以方維甸稱他「惇帥」。

「上諭說要大加刪減，錢已經花出去了，如果刪減，在座的人，就都要賠累；賠不出來，如之奈何？」

「彌補的辦法多得很，各官各做，最方便的辦法，莫如徵派，不過，我絕不會這麼做。」方維甸略停一下說：「說老實話，那樣做，就是官逼民反。」

「著！」德楞泰拍著匟几說：「可憂者就在此。葆巖兄，你打算如何應付嚴旨？」

方維甸想了一下說：「我先談一件往事，我在乾隆四十六年殿試後，派到吏部當主事，四十九年、五十二年、五十六年，三次在福文襄戎幕——。」

乾隆五十六年，廓爾喀侵後藏，朝命福康安為將軍督師討伐；五十七年師出青海、六月入廓爾喀境界，六戰皆捷，廓爾喀遣使講和，歸還自後藏所擄掠金瓦寶器，並進貢駿馬白象，是為乾隆「十大戰功」的最後一功。

對廓爾喀用兵，前後不過一年，而軍資耗用兩千餘萬，及至凱旋回京，達官貴人登門道賀者，不知凡幾？司閽奉命，非大學士以上的高官，一律擋駕，不道有一天司閽送上來一張梅紅箋所書的名刺，上面寫的是：「戶部經承申天喜叩見。」

「經承是甚麼官？」

「經承不是官，是書辦的官稱。」

這一聽，福康安發脾氣了，「混帳，書辦甚麼東西？也要來見我！」他又罵司閽：「此人混帳，你比他還渾，居然敢替他來通報？」

「老奴原也不敢，無奈他說事關軍需報銷，關係重大；中堂一定會接見，老奴怕誤大事，不敢耽擱。中堂請息怒，老奴把他攆走就是。」說完，司閽轉身就走。

「慢點！」福康安喊住他說：「此人膽子不小，我倒要聽聽他說些甚麼？叫他進來。」

申天喜到了福康安面前，先恭恭敬敬報名磕頭賀喜，然後起身肅立，靜候問話。

「你還有甚麼話說？」

「戶部的書辦，公推小人來求賞。」

「甚麼戶部的書辦，推你來求賞？你的意思是戶部的書辦來跟我索賄？」

「書辦怎麼敢跟中堂索賄？莫非不要命了？不過，」申天喜將此二字加重了說，「用款至數千萬兩，冊籍太多，必得多添書手，日夜趕辦，幾個月之中，一次了結具奏。皇上正為大功告成，在高興頭上，一奏而定，毫無瓜葛。不然的話，就很難說了。」

「怎麼難說？」

「不是花大筆的錢，多添人手，多賞飯食銀子，就現有的人手按部就班來辦，只有一案一案，陸續題奏，今天奏的是西軍報銷案，明天奏的又是西軍報銷案，皇上都煩死了，一定會找麻煩；那班都老爺，一看上諭責問，自然就有文章好做了；那時候，會不會像甘肅冒賑案、福建虧空案那樣興起大獄，就很難說了！」

福康安大為心動，正在沉吟未答之際，申天喜又開口了。

「部裡的書辦公議，說福中堂馭下最寬厚不過，一定要賣心賣力，保福中堂過關，才公推小人來見中堂。」說完，又磕了一個頭。

「好！」福康安交代戈什哈，將管糧台的道員傳了來，當面交代：「賞戶部書辦兩百萬。軍需報銷，你只跟這個申書辦接頭好了。」

聽方維甸講完這個故事，都說這個申天喜口才非常人可及，但方維甸還有內幕可以談下去。

原來這是和珅想出來的花樣，事後他個人獨得一百萬兩，司官及書辦合分九十萬兩，聽到這裡，性子耿直的羅思舉插嘴問道：「方大人，應該合分一百萬才是，怎麼只有九十萬兩呢？」

「花了十萬銀子的本錢。」方維甸答說：「福文襄何許人？他的司閽肯無緣無故替一個戶部書辦去通報嗎？」

「明白了，原來遞一張名片，司閽就得了十萬銀子的好處。」

「對了。不過和相國也沒有白拿那一百萬，對福文襄也幫了很大的忙。那一回紫光閣功臣圖像，阿文成讓福文襄居首，自願列為第二，就是和相國從中斡旋之功。」

紫光閣為禁中閱武之地，地居西苑三海之西，在明朝原名「平臺」，命將授印，常在此處。康熙年間，每逢秋日，集親貴侍衛，在此較射；武進士殿試，亦在此地。

乾隆年間就平臺原址，改建為紫光閣，正好回部平定，大賞功臣，並集廷臣外藩，在這裡特舉大規模的慶功宴，從此成了定制，大軍凱旋犒勞諸將，以及萬壽年節，賜宴藩部及屬國使臣，都在紫光閣前設帳篷舉行。

至於閣內，仿凌煙閣之例，圖畫功臣圖像，高宗自號「十全老人」，由於他自舉的十大武功而來，平準噶爾，定大小金川，受廓爾喀之降，都算兩次，此外是定回部、平台灣、征緬甸、征安南各一次，合而為十。平伊犁回部居首的功臣為福康安之父傅恆；此外都以阿桂居首，即是方維甸所談到的「阿文成」；從平大小金川開始，福康安皆與功臣之列，但只有十大武功最後一功，亦就是第二次受廓爾喀之降，才得躍居功臣第一。

「照此說來，」心直口快的羅思舉又發議論了，「福文襄的這個『第一』，一半是花二百萬兩銀子買來的？」

「也可以這麼說。不過軍需報銷，原有『部費』，這是前明就定下來的陋規；只是軍需報銷的部費，定為總額的二成，是從那一次才定來的規矩。」

「好傢伙！」德楞泰搖搖頭，「軍需報銷動輒幾百萬，部費就是上百萬，這麼大的數目，誰來擔當？」

「這，惇帥倒不必發愁，報銷以前，就須先留下來了。譬如湖北報銷四百多萬，據我所知，就浮報了九十萬，預備作為部費。換句話說，如果不花部費，馬上就可以刪減九十萬。」

「不花部費行嗎？」

「當然行！」方維甸略停一下，才說下文：「只要不怕麻煩，不惜紗帽；駁一次，頂一次。」

「那怎麼吃得消？」德楞泰問道：「既奉嚴諭，必當遵辦，我想請教老兄，是如何大加刪減？」

「辦法是有，亦不必大加刪減，不過，這是教匪侵擾各省的通案，陝西一省，不能單獨行事。」

「我已經咨呈四川勒制軍，請他派幹員來商量；大概這幾天就有確實回音了。」方維甸又說：「鄉勇糧餉開支，以四川為最麻煩，所以這件事一定要請勒制軍來主持。」

「照卑職看，勒大人恐怕亦沒有甚麼辦法；到頭來，無非四川老百姓倒楣，層層加派而已。」羅思舉又說：「卑職倒還頂得住，只怕劉清受累不淺。」

「層層加派，萬萬不可。」方維甸斷然決然地說：「我就絕不用這個法子。」

「然則，」德楞泰接口，「你總有腹案吧？」

「是。」

「何妨先行見示。」

「我是從疏導著手，定下幾個宗旨：第一，減是要減，不能大加刪減；第二，刪減的數目，用兩個辦法來彌補，一個是請各位大帥，分函有力量的將帥，體諒時艱，酌量捐助；一個跟部裡去打交道，酌減部費。譬如說吧，湖北報銷四百多萬，如果當年在湖北帶兵多年，經手餉項較多的將帥，能合捐五十萬，部費減為一成，這一來就可以刪減一百萬，再請幾位明事的大老，相機進言，我想皇上亦不會再有甚麼嚴諭了。」

「好！」德楞泰很爽快地說：「我首先響應，多了捐不起，捐三萬銀子。」

「惇帥捐三萬銀子，勒制軍當然亦不會少於此數；有兩公為之倡，眾擎易舉，這件事大概可以順利辦成。」

「勒制軍捐三萬太少了。」德楞泰沉思了一會說：「我來做個戇大，等他來了，我要對他說：劉、羅兩君跟鄉紳移挪的款子，請他負責。」

「這不妥。」方維甸說：「勒制軍可能會起誤會，以為劉、羅兩位，來求惇帥說項。天鵬久隸惇帥麾下，猶有可說：『劉青天』可是久受勒帥知遇的，無須第三者為之進言。反正事成通案無分彼此，劉羅兩位貸諸私人，用諸公事。這些款子，我一定會替他們力爭，盡先歸埑。」

聽到這話，羅思舉由衷感激，當下站起身來，整整衣袖，鄭重道謝；德楞泰也感慨地說：「封疆大吏都能像老兄這樣子，體恤將士，視民如子，那裡會有教匪造反，蔓延數省的大禍？」

「幸而如今大功已可告成，得力在於惇帥、勒制軍跟額經略能和衷共濟，前幾年皇上在宮中卜的卦，應驗了。」

「甚麼卦？」

「我亦是聽人所談，未知確有其事否？據說嘉慶五年元旦，皇上憂心教匪之亂，不知何日可平；沐手焚香，求得一卦，斷曰：『三人同心，其利斷金。』皇上對近侍說：從來用兵，最忌將帥不和；德某、勒某、額某都是難得的將材，如果他們不爭功、不妒忌，能夠同心協力，烏合之眾的教匪不足平。看來這一卦，要應在他們三個人身上了。」方維甸又說：「照現在看，皇上卜卦一事，傳說應該不假。」

德楞泰拈鬚微笑，顯得很得意似地，「葆巖，」他說：「你素來識人、知人，倒不妨評一評我們三個人的長處何在?有甚麼短處?」

方維甸欲言又止,對楊芳與羅思舉瞄了一眼;顯然的在他們面前議論三大帥是件不合適的事,所以楊芳首先站起身來說:「卑職告退。」羅思舉亦即起身,跟楊芳站在一起,表示行動相同。

「好,好!你們兩位先請,」德楞泰問道:「天鵬,你住在那裡?」

「卑職住在西關悅遠客棧。」

「還要住幾天?」

「明天就回去了。順便此刻就跟大帥辭行。」說著,羅思舉請了個安。

「可以多玩兩天;好好兒聊一聊。」

「原以為總有三五天耽擱,不想卑職跟劉清的難處,得有大帥跟方大人擔代;防務要緊,卑職覺得還是早點回去的好。」

「那也好;我不堅留你了。」

於是羅思舉隨著楊芳一起告辭。回到悅遠客棧,換了衣服,打算去看朋友,正要出門時,只見德楞泰的戈什哈由店夥陪著,大踏步地闖了進來,一見面先揚一揚名帖,大聲說道:「大帥有請!」

「喔,」羅思舉問道:「有甚麼事嗎?」

「上頭沒有交代。」戈什哈又說:「方大人也還在,似乎也在等著。」羅思舉不敢怠忽,隨即又換了官服,騎馬到了將軍衙門;德楞泰與方維甸,仍舊坐在原處,不過方維甸已經換了便衣,看樣子是德楞泰要留他小酌。

果然,德楞泰吩咐聽差:「取一件我的袍子來,請羅副將換了好喝酒,有事跟你談。」

方維甸卻不等開席,便先談了起來,「巴州的彭大全,跟你很熟吧?」他問。

「是。」羅思舉轉臉對德楞泰說:「就是馬蹄崗之役,經大帥奏保勞績的彭華。」

「我知道。」

「天鵬！」方維旬問說：「這彭大全，據說是和相國貼身的人，是嗎？」

「是。」羅思舉答說：「他替和中堂掌管機密書札。」

「和相國管戶部多年，這彭華，想來跟戶部的書辦很熟？」

「那就不知道了。不過，」羅思舉說：「戶部的書辦，未必能見得著和中堂，倘有甚麼事接頭，照道理說，只有跟他談。」

「這話不錯。」德楞泰說：「看來咱們是找對人了。」

「是。」方維旬點點頭，方欲再言，德楞泰的聽差，捧了個衣包，來請羅思舉更衣，卸卻行裝，換上棉袍，隨後便在花廳上開席，酒過三巡，重入正題。

原來在楊芳跟羅思舉告辭以後，方維旬跟德楞泰促膝密談，都認為鄉勇報銷案，越早了結越好。德楞泰完全同意方維旬的腹案，擬出了一份名單，除了額勒登保確是不要錢以外，其餘在軍將帥，或多或少，都要吐出若干，來彌補浮報；至於朝中應該找那些大老來相機進言、斡旋其事，亦都有了成議。唯一的難題是，找誰跟戶部的書辦，去談部費減成？

這件事難在非熟人不可。外省官員進京，要想跟他們打交道，由於身分不同，無從直接溝通；往往是託同鄉或同年的部中司官介紹，但書辦對司官，表面尊重，其實大多虛與委蛇，即使幫忙，亦屬有限，談到減讓數十萬銀子的部費，為恐落下把柄，致遭斥革，乾脆不承認有這回事，甚至挑剔批駁到更厲害。因此得要有個身分跟他們相去不遠，以平輩論交，而對他們的花樣，又極其熟悉，能坦誠相見的人去做說客，才能談出一個結果。不得其人，反易僨事。

談來談去，德楞泰想到了彭華，但他所知不多，卻知其詳，要問羅思舉；這就是特地請他來跟方維旬細談的緣故。

「聽說彭華是你極得力的部下，他能放到巴州去當縣官，出於你的力保，有這話嗎？」

「方大人太抬舉我了，我那有資格保部下當縣官？」羅思舉答說：「彭華有志從軍，曾經捐了個守備的職銜；有一年勒制軍進京，和相國當面託他，有機會提拔彭華。他的縣官是勒制軍聽從劉天一的舉薦才放出去的，與我無關。」

「交情呢？」

「交情不淺，他的眷屬，就住在我東鄉；是劉天一跟我幫他的忙，替他安的家。」

「喔，那就行了。天鵬，」方維甸說：「我跟惇帥商量，想請他進京，跟戶部的書辦去打個交道。這件事，勒制軍那裡，一定會點頭；但要他本人願意才行，光是上命派遣，內心不願，辦事不上勁，去了也沒有用。」

「方大人的意思，是要我勸一勸他？」

「正是。」

羅思舉沉吟了一會說：「這件事，理當效勞，不過他最近心情不太好，或許不肯出遠門亦未可知。總之，我盡快去辦就是。」

「心情是怎麼不好？」

「他的眷屬，也就是住在東鄉的那一位——」

「慢慢！我先要請教，所謂眷屬是怎麼樣的眷屬，何以不隨住任所？」

「是他的側室。何以不隨住任所，說來話長，亦無關緊要，我就不談了。他的這位側室曾共患難，感情極深，如今命在旦夕，方大人倒想，他的心情，怎麼能好得起來？」

「我明白了。」方維甸答說：「既然危在旦夕，或許已賦悼亡亦未可知。請你先辛苦一趟，盡快給我回音；如果他真的不願，自然亦不能強人所難。」

當下約定，至多半個月，必有專差馳送信息，但半個月過去，音信杳然，直到二十天上，羅思舉復又到了西安，逕投巡撫衙門，遞手本求見。方維甸派戈什哈將手本，請羅思舉以便衣在花廳相見。

「怎麼？天鵬，半個月不見來信，事情不妙？」

「不能說不妙；不過有點棘手，非當面來跟方大人商量不可。」羅思舉答說：「如方大人所說，彭華果然悼亡了。心情雖然不好，但過一陣子也就過去了，只是他有一件事，想求列位大人栽培，恐怕有為難之處。」

「且請說來看。」

「他想調到兩江，以便完婚——」

「原來他還沒有完婚？少年翰林，『玉堂歸娶』，照例給假；未婚縣官，請假歸娶，未之前聞。至於要調兩江，除非江督奏調；可是那得有緊要事故，非他不能辦此差使的理由，恐怕很難。等我想想，咱們先喝酒。」酒到一半，方維甸想到了，「明年己巳年，考績之年，如果這回進京的差使，辦得圓滿，勒制軍給他考個『卓異』，送京引見以後，會有升官的恩命，那就有辦法可想了。」

「可是那得明年。」

「怎麼？」方維甸微帶詫異地問道：「莫非悼亡之痛猶在，新婚之念已起？」

這似乎有點責備彭華「只見新人笑，不見舊人哭」的薄倖意味；羅思舉無可解釋，想了一下問道：「他算是武官，還是文官？」

「他雖捐的武職，但因軍功派任縣官，自然改敘為文官了。」

「文官的考績是怎麼回事？請方大人給我說一說，我好告訴他。」

「文官的考績，有京官、外官之分。」

京官名為「京察」；外官名為「大計」，皆由吏部考功司主持。京、外官考績，都是三年一舉，京察逢子卯午酉歲舉行，分一、二、三等，京察一等，引見後往往外放，如五六品的翰林部員，一放出去，必是知府。

外官大計逢寅巳申亥歲舉行，制度比京察嚴得多，才守俱優者為「卓異」；不及格者以「六法」糾劾，六法又分為三種，「不謹」、「疲軟」者革職；「浮躁」、「才力不及」者降調；「年老」、「有疾」者回家吃老米飯，名為「休致」。至於無功無過，不舉不劾者，稱為「平等」。凡舉為卓異的外官，自縣令而至道員，皆須送部引見，升官可期，如果奏對稱旨，不次拔擢，亦是常有之事。

「照規定，京察一等，是七名京官取一；大計卓異，則道、府、廳、州、縣官中十五取一，所以大計卓異，比京察一等難得多，因此，從前有許多限制，譬如不派雜差、不加派、不拖欠錢糧、不虧空倉庫等等，有一於此，再好亦不能考卓異。」

「不過，這是康熙、雍正年間的話，乾隆十大武功，軍興頻繁，不派雜差、不加派，行嗎？所以現在只有一項限制；不拖欠錢糧。這一點，」方維甸鄭重囑咐：「你特別要交代彭華留意。」

「是。不過，明年己巳才是大計之年；彭華進京辦完事，還回來不回來？」

「回來不回來，跟他新婚不生關係；我請勒制軍寬他的期限，他回家娶了親，帶他的新婚妻子到任上來。明年卓異引見以後再設法調兩江好了。」

「方大人，」羅思舉很吃力地說，「我特為要跟你老來商量的是，彭華是想進京辦事以後，就能調兩江，不想再回四川了。你老能不能格外成全？」

「我一個人也無能為力，還要靠勒制軍，不過要緊的是靠他自己，他的差使辦得格外圓滿，我可以跟勒制軍進言，另外再派他臨時差使，讓他一直出差在外，直到明年引見。當然，」方維甸又說：「這是大家心裡的打算，他不能先有一去不歸的安排。天鵬，你明白我的意思嗎？」

「我明白。不能多帶行李，也不能帶家眷。總之，不能做出離任的樣子，免得引起議論。」

「一點不錯。不過，我倒不明白了，」方維甸問道：「他怎麼還有家眷？」

「是另一個側室，原是勒制軍姨太太的心腹丫頭，名叫大青；勒姨太太看中彭華的人才，把大青送了給他。」

「勒制軍很聽姨太太的話。」方維甸興味盎然地問：「我又不明白了，彭華既然有這麼一條內線，在四川不怕不得意，為甚麼一心想到兩江去呢？」

彭華跟羅思舉是無話不談的，吳卿憐的事，也跟他說過；羅思舉心想，事隔多年，又是方維甸這樣的地位人品，透露這個秘密，想來絕不要緊。

「這也是他報主情殷。」羅思舉將吳卿憐當時如何假死脫身，將彩霞認為義女，許配給彭華，以及定居吳江的經過，原原本本告訴了方維甸以後又說：「最近那位『吳姨太』接連來了兩封信，說身弱多病，只為彩霞的大事未了，日夜掛心，病情更難望轉好，催他快回江南。彭華為此焦急不得了，正打算找個理由辭官，恰好要派他進京，才想到是個好機會，所以提出來這麼個條件。據我所知，他自己覺得做地方官，比較能發揮所長，也很想到兩江繁劇之地，去顯一顯身手，不過最主要的，還在能就近照應那位吳姨太。」

「我在京裡也曾聽說，和相國有個姨太太沒有死，原來真有其事。」方維甸沉吟了一會說：「也許我格外可以幫他一點忙。」

「那再好沒有。只不知道方大人是怎麼格外幫他的忙？」

「我給他寫一封信，讓他去見兩江鐵制軍，也許能找出一個辦法，拿他調到兩江。」方維甸又說：「只要我想出辦法，鐵制軍一定會成全他；我跟鐵制軍是兩代的交情。」

「鐵制軍」是指兩江總督鐵保，字治亭，滿洲正黃旗人。宋徽宗蒙塵，宗室隨之北遷五國城者甚多；五國城到底在何處，有五種說法，但都不離吉林、黑龍江一帶；趙家子孫歷經元、明兩朝，亦由漢人成了滿族，清太祖起兵後，因為趙家子孫亦曾是天潢貴冑，所以認之為同族，賜姓「覺羅」，繫「紅帶子」。到了乾隆年間，由於高宗有一半漢人的血統，已是公開的祕密，所以好些原為趙家子孫的「覺羅」，恢復漢姓，蔚成風氣；不想大為高宗所惡，下詔申斥，於是又改回滿洲姓氏，但已不能再成為「紅帶子」，鐵保家改姓「棟鄂氏」。在順、康、雍三朝，「棟鄂氏」寫作「董鄂氏」，內中牽涉到世祖孝獻端敬皇后董鄂氏，原為冒辟疆姬人董小宛的祕密，所以在高宗將滿洲姓氏，重新釐定漢文音譯時，改董鄂氏為棟鄂氏。

鐵保是武將世家，他的父親叫誠泰，原任泰寧鎮總兵。直隸總督下轄七總兵，以馬蘭鎮總兵居首，主要的任務，即在保護以「孝陵」為首的「東陵」；泰寧鎮總兵居次——世宗在易州的陵寢，定名「泰陵」，亦稱「西陵」，泰寧鎮總兵的職掌。顧名思義可知以保護泰陵為主。

誠泰當泰寧鎮總兵時，正是方觀承當直隸總督，頗加呵護、交誼不淺。及至鐵保折節讀書，乾隆三十七年，以二十一歲中了進士，授為吏部主事，由於阿桂的提拔，到乾隆五十四年已由內閣學士遷調為禮部侍郎；其時方維甸官居太常寺少卿，後調禮科給事中，這兩個職位都跟禮部有密切關係，與鐵保相處得很好。他們先是世交，以後則介乎師友之間，這就是方維甸所說的「兩代的交情」。

有這樣一條好路子，羅思舉亦替彭華高興，帶著方維甸致鐵保的親筆信，欣然到了巴州，彭華自是感激不盡。羅思舉盤桓了兩天，告辭回任；在他走後不到十天，奉到來自成都的「札子」，召彭華進省述職。大青要跟著一起走，去看勒姨太太；同時提議，先以奉召進省為名，繞道東鄉，去祭一祭魏祿官的新墳。

於是一面派專人通知仍在東鄉照管軍眷的羅桂鑫；一面加緊料理錢糧徵比，訴訟結案等等公事，準備離任，不過省裡又來了一道札子，明言「該員另有差委」，派了一名候補知縣來署理，「該員俟交卸後，著即馳驛來省。」

這下麻煩了，水陸驛路，都有部定的驛程里數，何處打尖，何處住宿，按規章辦事，無由自主；成都在西，東鄉在東，往西馳驛，怎麼到得了東面？

「那就只有我帶了小龍，到東鄉去上新墳。」大青答說：「好在新官總得十天半個月才能到，還要等首縣來監交，我到東鄉去一趟，還來得及趕回來跟你一起走。」

「那也只好如此了。唉，」彭華嘆口氣說：「我沒有想到，我跟祿官的緣分這麼薄，臨死不能見一面，離川連她的墳都沒有見過。」

鬱鬱寡歡的彭華，白天忙著公事，辰光還容易排遣；到晚來孤獨相對，心事如潮，感念平生，想到和珅的下場、吳卿憐的歸隱、長二姑的遭遇，以及自己入川竟會做了縣官，而又邂逅魏祿官，成就了一段難得的姻緣，誰知中道不終，生離死別。說甚麼白雲蒼狗，世事的變幻無常，才真難測，也真無情。

每天這樣感慨萬千的思量著往事，不由得興起遁入空門，求得一個大解脫的念頭；先是此念旋起旋消，自己覺得荒唐可笑。但那種無憂無慮，四大皆空的境界，越來越令人嚮往，漸漸地便認真考慮起來了。

但考慮又考慮，總覺得塵世間有些東西割捨不下，每每終宵徘徊，為自己內心所造成的無奈之局困住了，以至於自東鄉歸來的大青，大吃一驚，「你的臉色好難看！」她著急地問：「是怎麼回事？」

彭華不肯透露心事，照一照鏡子，才發覺自己大為消瘦，「是公事累的。」他安慰她說：「好在忙得差不多了；行李有你收拾，我就不管了。」

從這天起，有了警覺，盡力收斂心神，加以有大青作伴，商量家務旅程；同城文武官員及士紳，排日餞行話別，忙得不可開交，也沒有工夫去多想心事，臉上的氣色也就逐漸恢復紅潤了。

到得成都，已是下午，先投客店；彭華略略安頓，隨即換了官服，到督署轅門投手本「稟到」；

這就像外省大員，進京先到「宮門請安」一樣，是一道例行手續，投帖以後，復回客店。不旋踵間，小余兒來了，是奉勒姨太太差遣，來接大青去見面。

這一去，直到深夜，才由小余兒帶領戈什哈，打著總督衙門的大燈籠送了回來；大青滿臉笑容，神采飛揚，是遇見很得意的事了。

等打發了小余兒等人，她笑著說道：「恭喜老爺！要當知府了。」

「這，」彭華愕然，「這話從何而來？」

「你真得謝謝勒姨太太；一半也是機會湊巧——」

原來自從方維甸專程到成都，商定派彭華進京之事以後，勒姨太太怕彭華一完了婚，正室不容偏房，不准彭華來接大青，豈不尷尬？因此堅決要求勒保准許彭華攜妾同行。

「我是無所謂。不過這一來只怕害了彭仲實；都老爺參上一本，我可迴護他不得。這話，我要跟你說在前面。」

「那，我倒請問，他要怎麼樣，才能帶大青同走呢？」

「除非卸任。」說到這裡，勒保突然眼前一亮，「現在倒是有個機會，河南、山東黃河決口，河工上要花大錢，捐例放寬了，現任州縣正印官，可以加捐知府，就不知道彭仲實有錢沒有。」勒保又說：「恐怕沒有，他也總算是個清官。」

「捐知府要花多少銀子？」

「總得四五千，他未見得拿得出。」

「他拿不出，我拿得出。」勒姨太太說：「我那兩萬銀子是他幫我撿回來的。」

原來勒姨太太的那兩萬銀子私房，經彭華寫信給張四官查問以後，不但將本金要了回來，而且還加了利息；張四官在信中說：加息是為了彭華，藉此見好於勒姨太太，以期宦途順利。

但彭華並未將這話告訴任何人；只將小余兒找了來，告知有此一事；同時讓他去問勒姨太太，這筆款子如何交付？

這又是一個難題，兩萬多銀子當然不能運到四川，但京中親友雖多，只以勒保身為總督，經常有幾十萬的軍餉在手裡，要避嫌疑，無可委託。最後仍是彭華跟張四官函札往來，轉存在崇文門外祝家；這姓祝的是浙江紹興人，在前明就是工部的胥吏，入清以後，康熙年間因為承辦軍米運輸，發了大財，人稱「米祝」，是京師有名的殷實人家；勒姨太太的私房存在他那裡，是再穩當不過的事。為此勒姨太太一直念著彭華的好處，如今得有此機會，稍通人情，即便是為了大青，也是很值得做的一件事。

話雖如此，彭華仍舊覺得心有未安；而且傳出去說勒姨太太斥私房為他捐的官，名聲也不大好聽。可是手頭雖有數千銀子，到京尚須花用；幸好他手邊還有些京中帶來的珍寶，檢點了四樣首飾，命大青送給勒姨太太，作為補償。

第二天到轅門稟見，隨班「堂參」，勒保並沒有說甚麼；等他退出官廳，小余兒湊到他身邊，悄悄說道：「大人留飯！」

跟著小余兒由側門進了督署的西花園，有個丫頭等在那裡，是來引領他去見勒姨太太的；她住的是西花園最勝之處的「錦帆樓」，一共三層，最上一層供起居休憩之用，憑欄西眺，大江中風帆片片，秋陰漠漠，彭華不由得想起兩句唐詩：「錦江春色來天地，玉壘浮雲變古今。」正在吟哦著，聽得樓梯聲響，回頭一看，是大青匆匆而來，從她的腳步與眼神中顯示，是有話要搶在勒姨太太前面關照他。

「回頭你要跟太太道喜。」她說：「大少爺從京裡來信，稱呼是『繼母大人』，我們也都改口稱太太了。」

原來勒姨太太扶正，已獲「大少爺」同意。這自然是應該道賀的大喜事；但他不知道自己應不應該改口？如果改口稱「太太」，就得磕頭，自覺跡近諂媚，所以當機立斷，作了個決定。

「我先裝作不知道。你趕緊下去，回頭也別提這件事。等勒大人告訴我以後，再作道理。」

大青略想一想，猜到了他的心思；點點頭，匆匆而去，不久復又陪著勒姨太太上樓。彭華一如往時，只打千請安，稱呼亦一仍舊貫。

「多謝姨太太栽培，為我花那麼多錢，真正是卻之不恭，受之有愧，不知道該怎麼說了。」

「你別那麼說！你幫了我那麼大一個忙，倒是我不知道該怎麼謝你；還有你那個姓張的朋友，我也應該有一點謝意才是。」

「小事、小事。」彭華答說：「說不定他將來有事求勒大人，那時候請姨太太從旁說一兩句話，受惠就不淺了。」

「好，一言為定。他有甚麼事求我家大人，我一定幫他的忙。」

「是。」

「仲實，」勒姨太太問道：「我聽說你這趟回去是要完婚？」

這一下，又碰上彭華的難言之隱了，勒姨太太及大青都只知道，他已定下一門親事，此外甚麼都不知道。大青倒是試探著問過幾回，而每一回都讓彭華顧而言他地閃避了；這一回也只是淡淡地向大青說了一句：「女家催得很急，事情不能不辦了。」大青想細問時，依舊是一番支吾，不得要領。

如今是勒姨太太當面問到，自然不容閃避，老老實實地答一個：「是。」

「我問大青，她說從沒有聽你提過這門親事。」勒姨太太問：「是那一家的小姐？」

「姓吳。」

「想來是宦官人家的小姐？」

彭華心想，自己的出身，勒姨太太是知道的，宦家之女許配寒士的很多，卻不會嫁一個身分不相配的書僮；她這一問，是否有意試探，雖還看不出來，但如含糊應答，再追問下去，就無以為答了。

這原是不難回答的一問，而這沉吟未答，便顯得事有蹊蹺；轉念到此，越發窘急。而一急之下，倒急出一個計較，只說一半真話。

「原是吳姨太娘家的姪女兒。」

「這麼說，是吳姨太替你定的親？」

「是。」

「甚麼時候？」

這就更像是盤問的語氣，彭華心想，吳卿憐未死的秘密，只有羅思舉知道；據羅思舉說，他已將這個秘密告訴了方維甸；而方維甸這回到成都來看勒保，是否亦透露了這個秘密，頗成疑問。如果勒保已知其事，勒姨太太當然也知道了；人都是好奇的，勒姨太太一定先會談這件事。照這樣推論，方維甸並未透露這個秘密。

看準了這一點，就容易回答了；「是很早的事。」他說：「在和中堂未出事以前。」

「呃，」勒姨太太又問：「吳小姐現在住那裡？」

「吳江。」

「是鄰近蘇州的吳江嗎？」

「是。」

「那麼你這趟回去，打算在那裡辦喜事？」

「吳江。」

「你不是河西人嗎？」勒姨太太問：「怎麼在吳江辦喜事呢？」

話中又出現了漏洞，不過還不難彌補，彭華想了一下說：「吳姨太太留了一座房子在吳江，是座別墅，叫做『望湖小築』。我打算行了禮以後，就住在吳江。」

「吳江算是你太太的娘家？」

「也可以這麼說。」

「你在岳家辦喜事，又長住岳家，不成了招贅了嗎？」

贅婿每易為人輕視，勒姨太太懷疑他的完婚其實是入贅；帶了先進門的姬妾去作贅婿，在她從未聽說過，因此表情在好奇之中，帶些憂慮，自然是為大青的將來擔心。

察言觀色，猜到她的心事，彭華覺得不能不有一番交代，「那座別墅，風景很好，是兩層樓房，將來我想讓內人跟大青各占一層。」他略停一下又說：「內人很明白事理，大青也是很識大體的人，我想，她們會相處得很和睦。」

終於說了讓勒姨太太跟大青都覺得很安慰的話，勒姨太太的臉色頓時不同了，「家和萬事興，巴不得如此。」她又笑道：「我家大人如果能調兩江，我一定到你的望湖小築去住一陣子，也享幾天清福。」

正在談著，丫頭傳報，請彭華入席，到得花廳一看，大感意外，賓主連他一共三人，另一位客人竟是劉清。

彼此見過了禮，勒保說道：「仲實，只怕你還不知道，天一升了臬司了。」

於是，彭華又向劉清賀喜，順口問道：「那天接印？」

「不能接印。」劉清答說：「我丁憂了；見了勒大人，回家就得成服。」

彭華未及答話，勒保已語氣急促地說：「天一，你別固執，墨絰從戎，古今皆有，何況你丁的是繼母之憂。」

「繼母亦是斬衰三年。如今大功已成，墨絰從戎在禮上是說不過去的。」

「大功雖已告成，但善後事宜，千頭萬緒，尤其是臬司，有多少受裹脅的良民，繫在獄中等候發落，你不能為禮法所拘牽。」勒保又說：「我請你來，是告訴你一聲；奏請『奪情』的摺底已經擬好了，明天就可以拜發。」

「大人千萬不能這麼辦！貪位忘親，罪名甚重，必有都老爺參上一本；卑職落個革職的處分，固屬咎由自取，只怕連大人都會蒙嚴旨譴責，那就更增卑職的咎戾了。」

「不會。」勒保答說：「我的摺子說得非常委婉，皇上一定知道，我之此請，純為大局著想，必邀俞允。」

劉清仍是堅執不允，因此入席以後，還是爭論不休。一旁靜聽的彭華心想，這件事在前朝，只要和珅講一句話，不但奉旨照准，而且還會溫諭嘉獎。但現在沒有「權相」，事很難說；如果不准，則必遭嚴譴，反而害了劉清，應該想個調停的辦法。

盤算了一會，找個他們談話的空隙，插嘴說道：「兩位大人，卑職在想，乾隆末年，福中堂老太太在京去世，福中堂正由安南回京，奉到上諭，在任守制。父母之喪，漢人守制二十七個月，旗人穿孝百日。勒大人是不是可以援引福中堂之例，讓劉大人先回貴州辦喪事，百日以後，到任守制，這樣公私似乎都顧到了。」

「妙極，妙極！」勒保擊節稱賞，「這樣子辦，就面面俱到了。天一，你不會再反對了吧？」

「只要站穩了腳步，我豈敢有意違逆大人的意思，落個不識抬舉之譏。不過……」劉清說道：「援福中堂之例，似乎可以不提。」

「當然，當然，一提反而會弄巧成拙。」勒保轉臉問道：「仲實你總明白我的意思吧？」

彭華自然明白。當今皇帝最痛恨的人，第一個是和珅，第二個便是福康安。不提他還好，一提他，皇帝就會生氣，明明很好的事，應該照准而且嘉獎，只為「逢君之惡」，反落得申斥不准。

正在此時，聽得轅門砲響，時已過午，不會是「午炮」；勒保立即吩咐聽差：「去看看，是不是『拜摺』？趕緊追回來，摺子要改。」

「是，是！卑職明白。」

果然，是為「拜摺」放炮，等把「摺盒」追了回來，勒保親自解開黃絲繩，在摺盒中看清楚原摺仍在，方始放心。

「本來你不必開缺，亦不必派人代理，如今，」勒保說道：「既有百日喪假，應該派首府署理：你先回雅州辦一個交代，派首府署理的公事，隨後再送。」

「是。」劉清答說，「辦了交代，我就從雅州由水路到重慶，起旱回貴州，不再跟大人來辭行了。」

「好、好！反正三個月工夫，一晃眼就過去了。」勒保轉臉問彭華：「你呢，怎麼走法？」

「卑職打算由陸路走。」

「陸路出劍閣，經棧道入陝，太辛苦了；路上也不安寧，還是水路出川吧！」

「是的。」劉清也說：「水路為妙；而且還可以在重慶跟羅天鵬一敘離衷。」

「怎麼？」彭華覺得他的話費解。

「原來你還不知道，羅天鵬調署重慶鎮總兵，已經在署任途中了。」

「那好！」彭華很高興地說：「我決定先到重慶，再出三峽，咱們在重慶會面。」

在成都領受了指示，彭華帶著大青，以及一張藩司衙門所掣給的捐納知府的「實收」，由陸路到重慶；在江津遇見羅桂鑫，他日奉羅思舉之命，特地來迎接的。

「劉青天到重慶了沒有？」

「已經到了，在重慶專等老叔。」

「啊！」彭華不安地說：「耽誤他奔喪了。」

「耽誤幾天也不要緊。」羅桂鑫答說：「他的繼母並不是後母——。」

原來劉清的繼母本是他的伯母，劉清過繼給人之後；他的繼母從小待他就不好，母子之間，感情極淡，劉清只是照禮法行事，內心並非如何哀戚，反正已經在任上成了服，並且早就派了人到原籍去料理喪事，所以並不急著奔喪。

聽得這一說，彭華方始釋然。到得重慶，逕投總兵衙門；羅思舉已經備好公館，與劉清住在一起。當夜就在劉清所住的前院中，置酒縱談，談的是時事，劉清與羅思舉各有見聞，而彭華只是小小一名縣令，又在僻地，相形之下，孤陋寡聞，就只有把杯靜聽了。

聽到的大都是可詫可嘆之事，最駭人聽聞的是，來自伊犁的消息。寧陝叛兵蒲大芳等人到了回疆，伊犁將軍將他們分開來安置，蒲大芳在塔爾巴哈台，其餘黨羽馬友元等人，分遣天山南路各城，先有楊芳相助約束，平安無事；不久，德楞泰上了一道密摺，請赦回楊芳，奉旨照准，以千總錄用，分發廣東差遣。這一來，蒲大芳漸有不穩的跡象，松筠大舉搜捕，捉了五十多人，一律處決。

第二年春天，檄調馬友元率領部下一百餘人到伊犁墾殖，中途埋伏了一支軍隊，包圍逮捕，盡斬無餘。事後以謀逆擒斬奏報，上諭責備松筠「未鞫而殺，有失政體」，降職為喀什噶爾參贊大臣。

「松公性子很直，不過，向來寬厚，像這樣的事，」劉清遲疑著說：「似乎不像他做的。」

「就是這話囉！」羅思舉接口。「所以有個說法，似乎可信。這個說法是，皇上始終認為寧陝叛兵罪無可赦，有密諭給松公，要他這樣子處置。」

「那不是失信於民了嗎？」彭華忍不住插了一句嘴。

劉清與羅思舉相視不語；好半天，劉清嘆口氣說：「朝廷失信於民的事，也不止這一樁；教匪雖平，民心不平，大局著實可憂。」

「文官武將，能都像兩位這樣，大局亦不足為憂。不過，」彭華搖搖頭，「這是奢望。」

「唉！」劉清有些心煩，「莫談國事了！商量商量自己的正事，親喪在身，我不能再耽擱了，打算一兩天就動身南下。仲實，你不妨在重慶多住幾天。」

「是。我實在捨不得走。」彭華停了一下又說：「祿官臨終不能見一面訣別，臨走想到她墳上哭一場，亦不能如願；再回想在京的遭遇，真正世事無常，那時候每天晚上失眠，想遁入空門，以求解脫，幾次下了決心又推翻，只為富貴榮華看得開，想到朋友的情義，我的心就軟了。」

劉清與羅思舉都動容了，但卻無言以慰；安慰的話是有，但泛泛之詞，還是不說的好。

「江南有句話：『少不入廣，老不入川』，因為蜀道艱難，老了入川，只怕出川不容易，作了他鄉之鬼。」彭華緊接著說：「說實話，這回方大人替我寫了信給鐵制台，到兩江大概已成定局，不過在兩江候補的道府最多，補缺不知道那一年？我雖不老，不怕入川，可是回川的機會，恐怕很渺茫；跟兩位這一分手，不知何年何月，再能見面；教我怎麼割捨得下？」說著，眼圈都紅了。

「你雖不能入川，我們出川的機會是有的，尤其是天一；勒大人如果到兩江，一定會請調天一。」羅思舉又說：「江南的風景，嚮往已久，我亦會想辦法，找個機會去看你。」

「但願如此。」彭華的神情顯得寬慰了些。

就這樣離情依依地，一直談到夜深人靜，方始散去。第二天近午時分，羅思舉派羅桂鑫來接彭華與大青到總兵衙門；由於羅思舉雖為署理，業已奏請真除，與實任無異，所以眷屬亦接在任上，大青被送至內宅見禮，接受款待。花廳上只得賓主二人。

「天一訪友去了，待一會會來。」羅思舉說：「咱們先談一件事，你捨不得朋友的情形，我跟我姪子談了，他說，朋友既然如此投契，何不就換個帖。我覺得這話很不錯，問天一的意思，他也很贊成；現在就看你的意思了。」

彭華喜出望外，愣了一會，方始答說：「只怕我高攀不上。」

「別說這話！如果你也贊成，咱們今天先改了稱呼，天一居長，你是老么。後天過中秋，咱們到北碚溫泉寺去逛一天，就在溫泉寺的國聯殿一起磕頭，你看如何？」

裡面也談得很投機。大青照官稱，叫女主人「羅太太」；女主人稱大青為「妹妹」。一見面就投緣，有個很特殊的原因，羅太太出身蓬門，未曾裹足；每遇應酬，第一次見面的官太太都會打量她那雙腳，看得她渾身不自在，這回看到大青也是一雙天足，不由得就很親切了。

羅太太很健談，性情也跟她丈夫一樣坦率，不知道甚麼事是要隱晦的，亦不諱言羅思舉做過強盜，談了他好些劫富濟貧，以及路見不平、拔刀相助的故事。

但羅思舉從不曾因為個人貧困而為盜，「我先覺得天鵬的想法很怪，譬如說，大把銀子幫窮朋友的忙，就從不肯拈一塊碎銀子，割兩斤肉，孝敬我公公跟婆婆。有一回我實在忍不住了，我說：『你只會講義，就不知道甚麼叫孝。』妹妹，」羅太太說：「你道他怎麼回答我？他說：『為朋友兩脅插刀是義氣；不能從正途上賺錢來養父母，那才是真正的不孝。』聽了他的話，我把一支金簪子從頭上拔下來還給他；我說：『我也不要戴這支來路不清白的簪子。』他哈哈大笑，連連誇說我有志氣。」

「真是，有其夫必有其妻。」大青答說：「羅二爺能有今天，一半就因為有你這位賢內助之故。」

「賢是不賢，內助倒是有的。養公公婆婆，靠我這雙手；日子雖苦，總還過得去，怕的是一有病痛就傻眼了。」

羅思舉的父母體弱多病，延醫服藥，不但要花錢，而且羅思舉夫婦一定會親侍湯藥，誤了正業——羅思舉無恆業，幫人打雜，甚麼賣氣力的事都幹；羅太太靠十指做女紅負擔家計，閒個一兩天還不要緊，十天八天不做工，就得鬧虧空，因此兩老一遇病痛，每每隱忍不言，強自支持。

「兩位老人家是體恤小輩，其實，那一來更壞；小病變成大病，錢花得更多，好幾回病得醫生都不肯開方子了，天鵬沒有辦法，只好割股，割了還不止一回。」

「原來是孝子！」大青失聲說道，「常言說是，求忠臣於孝子之門，這話真是不假。」

正在談得起勁，外面傳進來消息，說劉清也來了，三個人正在商量換帖；羅太太親自走到花廳，隔著屏風問羅思舉證實了這個消息，已經先換了稱呼。

大青心想，她跟羅太太的稱呼也得改一改；沉吟了一下，守著分寸，老老實實稱之為「二太太」，不敢用妯娌相稱「二嫂」。羅太太也改了口，在「妹妹」上面加了一個字，叫她「三妹妹」。

「三妹妹，他們哥兒三個，後天到北碚去逛溫泉寺，白天行禮，晚上賞月，附帶替劉大爺餞行──。」

「喔！」大青插嘴問說：「劉大爺回貴州？」

「對了！十六就走。」羅太太又說：「他們逛他們的，我們在家過節，好好兒敘幾天。」

重慶是嘉陵江與長江交匯之處，隔著東西走向的長江，有南北兩溫泉；北溫泉又名北碚。本來小皐叫做碚，但北碚之東卻是一座大山，名為崑嶁山，山上有一座縉雲寺，所以本地人稱之為縉雲山。

縉雲山高十里，山勢峻秀，林木深幽，號稱「小峨眉」，是避暑的勝地。山有九峰，各具特色；九峰勝處的縉雲寺建於南朝宋少帝景平元年，是蜀中第一古剎，明末流寇之亂，縉雲寺燬於兵火；入清到了康熙二十二年，方始重建。這天，劉清、羅思舉、彭華是先瞻禮了縉雲寺，再轉往西面的溫泉寺。

溫泉寺東負縉雲山，西臨嘉陵江，溶岩深壑，清泉瀑布，又是一番曲折幽秀的風景；這座寺亦建在南北朝，幾經興廢，原寺早已不存，如今的溫泉寺，建於明朝，比縉雲寺幸運的是，並未燬於兵火，入清以後，又陸續擴充，規模益見宏偉，最早的一座殿，名為大佛殿，建於明朝宣德年間；其次是接引殿，為景泰年間所建，此外還有供奉觀音的鐵瓦殿；以及塑有關聖帝君神像的關聖殿──桃園結義，豔傳古今，劉、羅、彭義結金蘭，便在此殿行禮。

殿中早由羅桂鑫布置，紅燭高燒，芸香馥郁，供桌上除了香花素果以外，最觸目的便是供著三份「蘭帖」。

羅桂鑫辦事很周到，還特地請人選了時辰，吉時是夕陽將下的申時；到了表指四點，羅桂鑫燃好了一束線香，遞到劉清手中，說一聲：「劉大叔，吉時已到，請上香吧！」

於是劉清上了香，退回到紅氈條後面，看一看右首的羅思舉、左首的彭華，示意一起下跪，行了八拜之禮，再行兄弟之禮，先是羅思舉與彭華向劉清磕頭；再是彭華向羅思舉磕頭，最後是羅桂鑫向「三位老叔」行禮，一樣也是磕頭。

「二弟、三弟，」劉清說道：「剛才跟關聖行禮之間，我作了一番默禱，可不是俗套的『不是同月同日同時生，但願同月同日同時死』，要那一來，就大糟其糕了。」

「怎樣？」直性子的羅桂鑫問道：「劉大叔，是何道理？」

「桂鑫，我倒問你，我們三個要怎麼才會同月同日同時死？」

「啊，啊，我明白了。那必是——」

「那必是全軍覆滅！」劉清將羅桂鑫嚥下去的話說了出來，略停一下又說：「我默禱的是，但願我們弟兄三個，能學關聖那種正氣跟義氣；兩位老弟，請你們記住，共患難易，共富貴不易，既能共患難，又能共富貴，更為不易。」

這幾句話意思很深，羅、彭二人都能認真地在體味，亦都有自己的心得，「怪不得明太祖要殺功臣，」羅思舉說：「這個人原就是只能共患難，不能共富貴的人。」

「我的看法跟二哥有點不同，」彭華緊接著羅思舉的話說，「共患難而不能共富貴，十之八九是出於在下者忘記了自己的身分之故，像世宗皇帝跟年大將軍，在上者有心長共富貴，而在下者自以為你當皇上一半靠我，驕恣跋扈，忘記了應守的臣節，以至於自取殺身之禍。」

「你們兩位說得都有理。」劉清用調停的語氣說：「世上原有一種氣量狹窄，只能共患難，不能共富貴的人，像越王句踐、明太祖都是；但也有一種不識進退輕重，像年大將軍那樣『身在福中不知福』的人。」

劉清又說：「細細推究，都只為當初相知不深，或者不能自知，或者昧於知人，以致交誼不終。現在官場流行的習慣是：起先身分相等的朋友，拜了把子，到後來一個飛黃騰達，一個沉於下僚，在下者將蘭帖找出來，送還給拜把子的長官，表示不敢再以兄弟相稱，名為『繳帖』。我每見到這種情形，心裡總不免好笑：既有今日，何必當初？」

「我就繳過。」羅思舉笑道，「那不是我的本意，是拜把子的長官叫人來暗示我『繳帖』。繳就繳，這樣的把兄弟，我也不稀罕；不過，我當初的做法不大對，現在也很懊悔。」

「二哥，」彭華問說：「你是怎麼做的？」

「我把帖子找出來，上面批了兩個字：『絕交』，交來人帶了回去。」

「這就是惡聲了，我們三個，將來絕不致如此。不過，」劉清正色說道：「我忝居老大，有兩句話要跟兩位老弟表明，我們以義相結，當然患難相扶，但不管怎麼樣，行為要正派。我們三個，出身不同，際遇也不同，老三的官位雖低，而年紀還輕，前程遠大，將來到底是誰最得意，現在還很難說；不過不管怎麼得意，不可徇私，更不可存了個我有很得意的把兄弟在那裡，可以作靠山，就胡作非為起來。如果我有這種情形，你們勸我，勸我不聽，你們把帖子送回來，作為絕交，我不怪你們。」

這番義正辭嚴的話，出於劉清之口，特別顯得有力量，羅思舉看一看彭華答說：「我跟三弟絕不敢忘記大哥的教訓，請放心好了。」

「大哥的經驗閱歷，是我怎麼樣也學不到的，」彭華接著也說：「分手在即，請大哥多開導開導我。」

劉清點點頭答道：「你是可造之材，我也恨不得把我的一點心得，統統告訴你。」他沉吟了一下又說：「那天你跟我談到世事無常，想遁入空門的話，我很奇怪，你年紀還輕，怎麼會起這種念頭？」

「我亦不知其所以然。」彭華答說，「想來是讀書不多，見識不夠，一時想到岔路上去了。」

「現在呢？」

「現在？」彭華毫不遲疑地答說：「我覺得塵世其實亦頗可戀，尤其是友朋之樂，沒有東西可以代替。」

「人活在世界上，就是一個情字。」羅思舉接口說道：「我總覺得五倫之中，除了朋友，其他的情分都是身不由主的，譬如父子之情，出於天性，不容你不生感情，只有朋友之情，獨立無私，也就是一個『純』字，因而可貴——」

「你這話說到我心裡去了。」劉清搶著話說：「不論君臣、父子、兄弟，總要帶點朋友之情，才會永久。古往今來，兄弟之情最深的莫如蘇東坡對子由，『願世世為兄弟』，就因為兄弟之情以外，還有朋友之樂，彼此切磋欣賞，與一般的兄友弟恭不同之故。」

彭華覺得劉清的議論很新，也很深；忽得啟發，亦有些話要說，但未及開口，讓羅桂鑫打斷了。

「三位老叔，請喝酒吧！溫泉寺不忌外葷，我叫人弄了幾樣菜，只怕不中吃；不過酒是好的，劉大叔家鄉的茅台。」

「好、好！」劉清欣然，「正好慰我鄉思。」

席面就設在關聖殿外的露台上；其時一輪滿月，已高掛在縉雲山上，清輝流瀉，萬里無雲，羅思舉說了句：「燃燭是多餘的！」隨即「噗」地一聲，將紅燭吹滅。

三人就在月光下把酒談心，由山上談到山下；由樂山大佛談到眉山「三蘇」，不由得觸發了彭華想說而未說的話。

「大哥，你剛才說，不論君臣、父子、兄弟，總要帶點朋友之情，才會永久。這話真正不錯。我看過《十朝聖訓》，聖祖仁皇帝晚年對臣下說：他接位以後，立定宗旨，要視大臣如兄弟，這就帶點朋友之情了。康熙一朝，君臣的感情最深；也從沒有雍正、乾隆兩朝殺大臣的事，不正就印證了大哥的話嗎？」

「不錯、不錯！」羅思舉連連點頭，「其實，五倫之中，夫婦也要像朋友那樣才好，不有句話嗎，相敬如賓。」

「君臣、夫婦、兄弟，都有朋友之情，」彭華問道：「可不知道父子之間，有沒有帶點朋友之情的？」

「怎麼沒有？」羅思舉接口，「嚴嵩父子就是，嚴嵩在賓客面前，提到他兒子，稱呼既不用『小兒』，也不叫『世蕃』，竟稱他的別號『東樓』，這不就像朋友了嗎？」

「老二，你這個例舉得不好。嚴嵩父子就算像朋友，也是狼狽為奸的狐群狗黨。」劉清沉吟了一會說：「我倒想起一個人，宋朝的范文正公，他跟他的兒子，倒有朋友的情分在內，而且是道義之交。」

范文正公就是為西夏人稱為「小范老子」的范仲淹，共生四子，《宋史》中都有傳；宋朝名臣中子孫之美，無過范仲淹，次子范純仁，尤為傑出，劉清講了他的一段軼事。

「這段軼事兩見於宋人筆記，自然可信。據說范文正在睢陽做官時，命范純仁回蘇州去收租，一共收到麥子五百斛，裝船運回睢陽；范文正問他：『在東吳見故舊乎？』你們聽，一開口就是朋友的語氣。」

「是，」羅思舉點點頭，「老子的朋友，也就是兒子的朋友，所以才會有這種語氣。」

「對了。當時范純仁告訴他父親，在丹陽遇見石曼卿，欲歸不得，因為他家連遭喪事，三口靈柩浮厝在那裡，無力下葬。范文正說：你何不把一船麥子送給他？范純仁回答：已送他了。」劉清緊接著說：「做父親的認為兒子理當濟人之急；做兒子的亦知道父親的性情，不必秉命而行，父子以道義相結，相知又如此之深，你們說，是不是像好朋友相處？」

「二哥的話不錯，友情最可貴。」彭華笑道：「看來五倫之中，應該讓朋友一倫居首了。」

「老三，」劉清半真半假地警告：「你在京裡可別發這種議論！不但離經叛道，簡直是逆倫了；在雍、乾兩朝，光憑『五倫以朋友一倫居首』這句話，就足以招來滅門之禍。」

「好在這裡天高皇帝遠，不怕隔牆有耳，只要談得投機，甚麼都不必顧忌，這就是友朋之樂。只是，」彭華的聲音，轉為淒涼，「此樂難再！」

「老三，你別難過，你聽我說。」劉清不是說，是唱，只見他拿竹筷敲擊著酒杯唱道：「明月幾時有，把酒問青天，不知天上宮闕，今夕是何年？我欲乘風歸去，只恐瓊樓玉宇，高處不勝寒。起舞弄清影，何似在人間？」

這首詞是蘇東坡「中秋歡飲達旦，大醉」後所作的〈水調歌頭〉。劉清的嗓子宏亮，加以貴州音的四聲沉著分明，所以將這首名作唱得蒼涼沉鬱，仰望著高掛中天的明月，彭華自覺胸襟開闊得多了。

劉清喝了口酒，接唱下半闋：「轉朱閣、低綺戶、照無眠。何事長向別時圓？人有悲歡離合，月有陰晴圓缺，此事古難全。但願人長久，千里共嬋娟。」

在餘韻悠揚中，羅思舉、彭華不約而同地舉杯敬劉清：「大哥，『但願人長久，千里共嬋娟！』」

高陽作品集・世情小說系列

水龍吟 新校版

2023年5月三版 定價：平裝新臺幣350元
精裝新臺幣650元

著者	高陽
叢書編輯	杜芳琪
校對	吳美滿
	吳浩宇
封面設計	兒日

出版者	聯經出版事業股份有限公司
地址	新北市汐止區大同路一段369號1樓
叢書編輯電話	(02)86925588轉5394
台北聯經書房	台北市新生南路三段94號
電話	(02)23620308
郵政劃撥帳戶	第0100559-3號
郵撥電話	(02)23620308
印刷者	世和印製企業有限公司
總經銷	聯合發行股份有限公司
發行所	新北市新店區寶橋路235巷6弄6號2樓
電話	(02)29178022

副總編輯	陳逸華
總編輯	涂豐恩
總經理	陳芝宇
社長	羅國俊
發行人	林載爵

行政院新聞局出版事業登記證局版臺業字第0130號

本書如有缺頁，破損，倒裝請寄回台北聯經書房更換。
ISBN 978-957-08-6873-9 (平裝)
ISBN 978-957-08-6874-6 (精裝)
聯經網址：www.linkingbooks.com.tw
電子信箱：linking@udngroup.com

國家圖書館出版品預行編目資料

水龍吟 新校版/高陽著．三版．新北市．聯經．2023年5月．
424面．14.8×21公分（高陽作品集・世情小說系列）
ISBN 978-957-08-6873-9（平裝）
ISBN 978-957-08-6874-6（精裝）

863.57 112004596